국문학의
자각 확대

학문 혁신에서 예술 창조까지

조 동 일

지식산업사

조동일 趙東一

서울대학교 불문학, 국문학 학사, 서울대학교 대학원 국문학 석박사.
계명대학교·영남대학교·한국학대학원·서울대학교 교수를 역임하고, 현재 서울대
학교 명예교수, 대한민국학술원 회원이다.
《한국문학통사 제4판 1~6》(2005), 《동아시아문명론》(2010), 《서정시 동서고금
모두 하나 1~6》(2016), 《통일의 시대가 오는가》(2019), 《창조하는 학문의 길》
(2019), 《대등한 화합》(2020), 《우리 옛글의 놀라움》(2021) 등 저서 다수.
화집으로 《山山水水》(2014), 《老巨樹展》(2018)이 있다.

초판 1쇄 인쇄   2022. 2. 16.
초판 1쇄 발행   2022. 3. 1.

지은이   조동일
펴낸이   김경희
펴낸곳   (주)지식산업사
본사 ● 10881, 경기도 파주시 광인사길 53(문발동)
전화 031 - 955 - 4226~7 팩스 031 - 955 - 4228
서울사무소 ● 03044, 서울시 종로구 자하문로6길 18 - 7
전화 02 - 734 - 1978, 1958 팩스 02 - 720 - 7900
영문문패 www.jisik.co.kr
전자우편 jsp@jisik.co.kr
등록번호 1 - 363
등록날짜 1969. 5. 8.

이 책에 대한 문의는
지식산업사로 연락해 주시길 바랍니다.

국문학의 자각 확대

학문 혁신에서 예술 창조까지

조 동 일

국문학자 조동일 교수가 50년이 넘는 기간 동안 얻은
자각 가운데 긴요한 것들을 간추려 토론 자료로 제시한 책

"국문학은 스스로 일어난 학문이다.
맡은 사명을 알아차리고 잘 수행하는 것으로
만족하지 않는다. 자각을 확대해 주위의
다른 학문도 함께 깨어나자고 하고,
세상을 바로잡으려고 하기까지 한다."
                                    – 첫말 가운데

지식산업사

첫말

국문학은 스스로 일어난 학문이다. 맡은 사명을 알아차리고 잘 수행하는 것으로 만족하지 않는다. 자각을 확대해 주위의 다른 학문도 함께 깨어나자고 하고, 세상을 바로잡으려고 하기까지 한다.

그 내력을 이 책에서 간추려 고찰하면서, 힘써 해야 할 일을 말한다. 교육을 바로잡아 학문을 살리고 나라를 살리자. 학문 혁신을 일제히 이룩하는 길을 찾자. 공연예술의 창조 원리를 계승하는 방법을 찾아 실행하자. 이에 관한 논의를 다섯 장에 걸쳐 한다.

제1장 〈밖에서〉에서는 교육과 학문의 관계를 다각도로 고찰하고 잘못을 바로잡으려고 한다. 교육을 잘하려면 학문이 할 일을 해야 한다고 한다. 학문의 현황을 점검하고, 개선할 과제를 학문 안팎에서 찾아낸다.

제2장 〈안으로〉에서는 학문을 잘하는 비결을 찾아 제시한다. 기존의 작업을 이용하는 비결을 둘 말한다. 고전 읽고 깨닫기, 이룬 성과 발전시키기이다. 새로운 작업을 하는 비결을 둘 추가한다. 의문 키우기, 원리 찾기이다.

제3장 〈크게 말하고〉에서는 연구의 현황을 점검하면서 전환을 준비한다. 이룬 성과 가운데 두드러진 것들을 골라 재검토한다. 안으로는 문학사의 전개를, 밖으로는 몽골문학과 월남문학을 본보기로 들어, 외국문학과의 비교를 새롭게 고찰하고자 한다.

제4장 〈작게 따지고〉에서는 새로운 연구를 시작한다. 미시적인 연구와 거시적인 연구가 어떤 관계를 가지는지 살피고, 구체적인 사례를 들어 고찰한다. 시조 세 수를 정밀하게 분석하는 것을 본보기로 삼고 학문 혁신의 방향을 찾는다.

제5장 〈마당으로〉에서는 탁상의 문학론에서 현장의 예술론으로 나아간다. 우리 공연예술의 특징은 무엇이고 어떻게 계승할 것인지 논의한다. 공연자와 참여자가 함께 이룩하는 대등창작이 가장 소중하다고 한다.

수고 자랑을 하려는 것이 아니다. 국문학자로 나서서 50년이 넘는 기간 동안 얻은 자각 가운데 특히 긴요한 것들을 간추려 토론 자료로 제시한다. 토론에 방해가 되지 않으려고, 말을 줄이고 책을 짧게 쓴다.

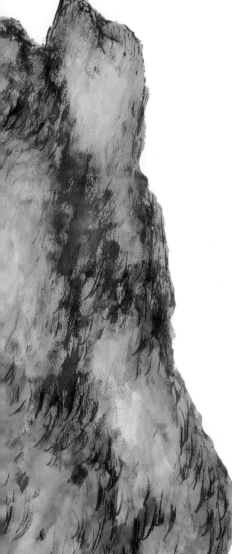

차 례

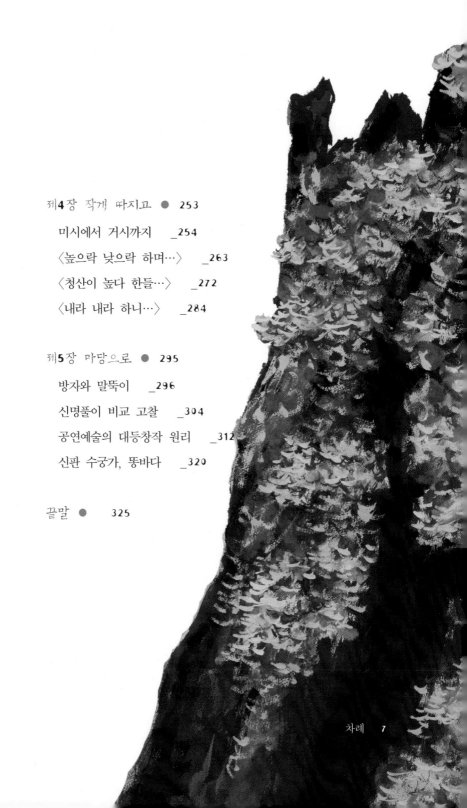

제1장

밖에서

여기서는 밖에 나가, 교육과 학문의 관계를 다각도로 고찰하고 잘못을 바로잡으려고 한다. 교육을 잘하려면 학문이 할 일을 해야 한다고 한다. 학문의 현황을 점검하고, 개선의 과제를 학문 안팎에서 찾아낸다. 대강 말하면 설득력이 부족하리라고 생각하고, 사정을 자세하게 살핀다. 남겨야 할 증언이 많이 포함되어 있다.

교육과 학문

1

교육과 학문은 어떤 관계인가? 이 질문은 교육을 위해서도, 학문을 위해서도 아주 긴요하다. 누구나 대답할 수 있는 쉬운 질문인 것 같은데, 명쾌하게 대답하지 못하고 있다.

교육이 무엇이고 학문이 무엇인지 복잡하게 논의하고 둘을 비교하는 것은 어리석은 방법이다. 본론을 서론의 전제로 삼는 잘못이 있어, 질문에 대한 대답을 찾기 더 어렵게 한다. 교육과 학문은 하나인가, 둘인가? 질문을 이렇게 다시 하면, 서론의 실마리가 풀린다.

교육과 학문은 하나이면서 둘이고, 둘이면서 하나이다. 교육과 학문이 하나가 아니고 둘이어서, 교육은 자율성을 확보하고 학문이 그 나름대로 발전한다. 교육과 학문이 둘이 아니고 하나여서, 학문 덕분에 교육은 내용이 충실해지고 학문은 교육에서 유용성을 확보한다.

교육은 누구나 생각을 바르게 하면서 타당한 지식을 습득하도록 하는 훈련이다. 어린 시절에 시작하고, 불특정의 대중과 소통하는 체험을 확대하면서 진행해야 하므로, 교육은 학문과 하나가 아니고 둘이어야 한다. 바른 생각이 무엇이고, 어떤 지식이 타당한지 자명하지 않으며, 학문에서 맡아 검증한 결과를 받아들여야 하므로, 교육은 학문과 둘이 아니고 하나여야 한다.

바른 생각이나 타당한 지식이 자명하다고 여기면, 인습을 굳히고 통념을 받드는 교육을 할 염려가 있다. 교육을 하지 않는 것이 더 나을 수도 있다. 생각이나 지식은 끊임없이 재검토하고 개발해야 한다. 이 작업은 학문의 소관이다. 학문에서 힘들여 연구한 결과를 받아들여 교육에서 활용해야 한다. 활용이 검증이기도 하다. 활용할 만한 가치가 있는지 얻은 성과가 어느 정도인지 교육에서 알려주는 바를 경청해, 학문 연구의 지표로 삼아야 한다.

2

학문은 버려두고 교육만 걱정하는 것은 잘못이다. 교육의 획기적인 전환을 표방하고 대학입시 방법이나 바꾸려고 하는 정책은 교육과 학문의 관련에 대한 무지에서 비롯한다. 대학입시 방법이 아닌 대학교육의 수준을 최대의 관심사로 삼아야 한다. 대학교육의 수준은 학문을 제대로 해야 향상된다. 학문이 교육을 위기에서 구출해야 한다.

교육이 잘못되고 있다고 말이 많으나, 학문의 부실은 알려지지 않고 있다. 학문에 종사하는 당사자들이 기득권을 보호하려고 부실을 비밀로 하는 것만은 아니다. 학문이 날로 세분되고 특수화되어 옆집은 물론 옆방에서 하는 일도 모르게 되었으므로, 비밀 유지에 신경을 쓰지 않아도 된다. 여론에서 관심을 가지지 않고, 국가 시책과 무관한 거리를 유지한다.

교육이 잘못되고 있다고, 누구나 당사자라고 하면서 나서서 크게 떠들어댄다. 논란의 핵심이 대학입시이다. 대학입시에서 불이익을 당해 부당한 피해자로 전락한다고 여기는 대다수가 자기네에게 유리하게 제도를 바꾸라고 외치는 것이 정당한 권리라고 한다. 모든 사람을 만족시키는 대학입시 제도는 있을 수 없다. 공정성과 객관성을 보장하면 된다고 하지만, 공정성과 객관성에 관한 견해가 각기 달라 합의가 불가능하다. 그래서 벌어지는 소동이 언제까지 계속될 것인가?

대학입시의 공정성과 객관성은 이해 당사자들이 합의해 결정할 사항이 아니다. 대학교육이 왜 필요하고 어떻게 해야 하는가에 근거를 두고 결정해야 한다. 대학이 위신 상승의 도구로 타락해 모든 판단을 흐리게 하는 것을 그대로 두지 말고, 대학이 학문의 전당인 본질을 되살려야 한다. 어떤 실용 분야라도 학문으로 교육하고 개발하는 것이 대학이 할 일이므로, 대학이 학문의 전당이라고 하는 데 예외가 있을 수 없다. 대학입시는 학문하는 능력을 가진 학생을 선발해야 하는 것 이외의 다른 기준은 필요하지 않다.

대학입시 경쟁은 지나치게 치열하고, 대학교육의 수준은 너무나도 낮은 것이 이 나라의 비극이다. 이 비극을 그 자체로 해결할 수는 없다. 해결한다고 해도 아무 소용이 없다. 대학교육의 수준 향상이 입시 경쟁을 두고 벌어지는 소동을 해결하는 최종 방안이다. 대학교육의 수준 향상은 학문의 힘으로 해야 한다. 학문이 부실해 힘이 없으면 되는 일이 없다. 학문이 부실한 내막은 당사자들이 새나가지 않게 하는 비밀이 되어, 여론에서 관심을 가지지 않고, 국가 정책의 소관에서 벗어났다.

이것이 비밀일 수 없게 하는 명백한 증거가 대학교육 안에 있다. 박사과정이 유명무실한 것이다. 국산 박사는 저질이라는 이유로 불신하고, 유학을 해서 외국에서 박사를 취득해야 실력을 인정한다. 이것은 학문을 제대로 하지 못하는 후진국의 전형적인 모습이다. 우리가 선진국이 될 수 없게 하는 결정적 장애이다.

3

대학이 9년제인 것이 세계 공통의 제도가 되었지만, 실상은 각기 다르다. 처음 4년의 학사과정만 대단하게 여기고 입시 경쟁을 야단스럽게 하는 나라는 후진국이다. 마지막 3년의 박사과정이 높은 수준의 대외적인 경쟁력을 가지는 나라는 선진국이다. 우리도 후진국 시대를 청산하고 이제 선진국이 되고 있다는 것이, 이런 관점에서 평가하면 착각이고 망상이다.

물건 몇 가지를 잘 만들어 돈을 벌면 선진국이 되는 것은 아니다. 일본은 망하고 있어 쉽게 앞지를 수 있다고 큰소리를 치지 말아야 한다. 한국박사를 일본박사보다 온 세계에서 더 높이 평가해주어야 역전이 증명된다. 한국박사가 미국박사나 유럽박사와 대등하고, 더러는 앞선다고 해야 선진국이다. 이 이상 명백한 증거는 없다.

대한민국학술원 회원 가운데 일본박사가 여러 분 있다. 분야는 법학, 수학, 공학, 의학, 수의학, 농학 등이다. 대한민국학술원과 상응하는 일본학사원에 한국박사가 이 정도 또는 이 이상 있는 날이 올 것인가? 한국박사가 국제적인 평가를 높게 받고 미국이나 유럽의 대학에도 널리 진출할 수 있을까? 이런 희망이 실현되어야 한국이 선진국이 되고, 인류를 위해 크게 기여한다고 평가된다.

물건을 어떻게 해서든지 잘 만들어 팔면 되는 것은 아니다. 학문의 선진화가 가장 중요한 과제이다. 이것은 공허한 이상이 아니고, 실리를 항구적으로 보장하는 방책이다. 학문이 선진화되어야 기술개발이 정상적으로 이루어져 경제발전이 지속될 수 있게 한다. 학문의 선진화는 대학에서 학문교육을 제대로 해야 가능하다.

물건을 잘 만드는 것은 당사자가 알아서 할 수 있다. 정부가 도와준 것이 얼마 되지 않은데, 생색을 크게 낸다고 할 수 있다. 대학에서 학문교육을 제대로 하도록 하는 것은 당사자들의 노력만으로 성과를 내기 어렵다. 대학의 제도를 나라에서 묶어놓아 스스로 풀 수 없다. 투자할 재원이 대학에는 없다. 수익이 보장되지 않는 것을 무릅쓰고 외부에서 투자하라고 하는 것은 무리이다.

유치원 교육을 바로잡으려고 정부에서 애쓰는 것을 보고 할 말이 많다. 하지 못하고 있던 일을 이제라도 하니 다행이라고 하겠으나, 일의 순서가 잘못되었다. 윗물이 맑아야 아랫물이 맑아지는 원칙을 어겼다. 유치원 교육을 제대로 받은 아이들이 자라나 나라를 바로잡으면 선진국이 되는가? 박사과정이 정상화되어 배출한 우수한 박사가 교수가 되어 대학교육을 잘하는 효과가 유치원까지 파급되어야 선진국이 되는가? 이런 질문에 대한 대답은 명확하다. 교육 정상화를 맨 아래의 유치원에서부터 하지 말고 맨 위의 박사과정에서부터 해야 위아래의 물이 다 맑아진다.

유치원 교육을 바로잡겠다는 것은 사립 유치원에서 국고 보조를 횡령하는 회계 부정을 없애겠다는 말이다. 당연히 해야 할 일이지만, 가장 중요한 교육시책일 수는 없다. 유치원에서 시작해 초등학교와 중등학교를 거쳐 대학에 이르기까지, 국고 보조를 횡령하는 회계 부정이 전연 없도록 하려고 많은 난관을 무릅쓰고 오래 분투하면 그 자체로는 훌륭하지만, 교육을 바로잡고, 나라가 잘되게 하는 데 직접적인 기여를 하는 것은 아니다.

나라가 잘되게 하려면 교육의 수준을 향상해야 한다. 교육의 수준을 밑에서 시작해 유치원에서부터 향상하려고 하면 위에까지 가는 데 너무 많은 시일이 소요되고, 엄청난 재원이 필요하다. 생각을 고쳐 방향을 바꾸어야 한다. 맨 위의 박사과정 교육부터 바로잡는 것은 짧은 기간에 적은 예산을 사용해도 가능하며, 파급 효과가 바로 나타난다.

양쪽은 사태를 파악하고 대책을 세우기 쉽고 어려운 차이가 있다. 유치원 교육을 바로잡겠다고 하면서 회계 부정을 없애는 일은 학부형들의 요구를 받아들여 교육부의 일반직 공무원들이 생색을 크게 내면서 할 수 있다. 박사과정 교육을 바로잡아 향상하는 일은 학부형들이 요구할 수 있는 사항이 아니다. 교육부의 일반직은 물론 장관도 능력 밖이어서 생각조차 하지 않고 있다. 언론을 통한 여론의 압력도 없어 방치되어 있다. 잘 모르는 사람들이 억지 주장을 하면서 다그치면 이상한 방향으로 뻗어나갈 수 있다.

4

박사과정을 어느 특정 대학에만 두면 수준이 향상된다는 주장이 있다. 이렇게 하면 역효과만 낸다. 박사를 지도할 만한 교수는 특정 대학에 모여 있지 않고, 전국 어느 대학에든지 있다. 특정 대학의 무능 교수가 박사 지도를 독점해 횡포를 자아내고, 다른 여러 대학의 유능 교수는 박사 교육을 잘할 수 있는 능력을 발휘하지 못한다. 국내 박사의 질이 더욱 낮아지니 외국 박사 선호도가 더 높아진다.

그러면 어떻게 해야 하는가? 능력과 업적이 뛰어나 박사 지도를 할 만한 교수를 공신력 있는 과정을 거쳐 선발해 필요한 권한을 주는 것이 마땅하다. 박사지도교수 자격 인정을 독일에서 먼저 제도화한 것을 유럽 각국은 물론 일본이나 중국에서도 받아들였다.

대한민국 정부를 수립할 때 경황이 없고, 알아야 할 것을 몰라 중요한 제도 하나를 빼놓았다. 아주 알기 쉬운 비유를 들면, 운전면허 제도를 채택하지 않는 것과 같다. 운전면허 제도를 채택하지 않고서 교통사고를 줄이려고 갖가지로 애쓰고, 운전을 조심해서 하라고 홍보하는 예산을 많이 세워 집행하면서 회계 부정이 전연 없게 하면, 편안하게 살 수 있는가? 이런 시책을 펴는 정부가 훌륭하다고 할 것인가?

박사과정 교육의 형편이 이와 같다. 무자격자가 박사 논문 지도와 심사를 마음대로 해서 저질 박사를 양산한 결과가 처참하게 나타나 있다. 무자격 가짜 박사가 가짜 교수가 되어 가짜 강의를 하고 가짜 논문을 쓴다. 가짜 교수가 국가의 연구비를 받아 가짜 논문을 써도, 내용은 문제 삼지 않고 연구비 지출에서 회계 부정이 있었는가 하는 것만 감시한다. 영수증만 잘 챙기면 된다. 이래도 선진국이 될 수 있다고 믿으니 한심하다.

이제라도 박사지도교수 제도를 채택해야 한다. 박사학위를 대학이나 학과가 아닌, 박사지도교수가 책임과 권한을 가지고 관장하게 해야 한다. 박사지도교수는 대학이나 학과의 간섭을 받지 않고, 학생을 선발하고, 수강 과목을 정하고, 국가에서 바로 오는 장학금을 지급할 수 있어야 한다. 수강 과목은 소속 학과의 교과과정에 구애되지 않고, 다른 대학의 박사지도교수가 개설하는 과목, 아래에서 설명할 연구교수가 개설하는 과목 가운데 선택할 수 있는 폭을 넓혀야 한다.

박사지도교수라야 박사학위 심사 자격을 가지게 해야 한다. 박사지도교수들끼리 연계를 가지고 연구교수들의 협조를 얻어, 박사과정은 사실상 전국 단위로 운영하는 것이 바람직하다. 박사의 품질은 출신대학이 아닌 지도교수가 보장하도록 해야 한다.

5

교사가 학생에게 지식을 일방적으로 전달하는 교육은 그만두어야 한다. 교사와 학생이 함께 지식을 생산하는 교육을 해야 한다. 지식을 전달하는 교육에서는 지식의 생산과 수용, 교사와 학생이 차등의 관계를 가진다. 지식을 생산하는 교육에서는 지식의 생산과 수용, 교사와 학생이 대등하다.

차등의 교육을 대등의 교육으로 바꾸어놓으려면 학문이 앞장서서 혁신의 모범을 보여야 한다. 학문을 교육 속에 넣어 운신의 폭을 좁히면 교육을 바르게 하는 데 기여할 수 없다. 학문이 교육에서 독립해 교육과 대등한 관계를 가져야 교육을 획기적으로 살리는 위업을 달성할 수 있다.

지식을 전달하는 교육은 수입학에 근거를 둔다. 지식을 생산하는 교육은 창조학의 훈련이고 실현이다. 수입학이 행세하는 풍조를 바로잡고 창조학으로 나아가는 대전환을 이룩해야 한다. 중진국까지는 수입학의 효용이 크지만, 선진국이 되려면 창조학을 학문과 교육의 원리로 삼아야 한다.

수입학은 정확성을, 창조학은 모험심을 존중한다. 객관식 택일로 정확성을 시험해 일정한 목표에 완벽하게 도달하면 가장 우수한 학생이라고 하는 평가 방식이 창조학을 방해한다. 모험심을 가지고 미지의 세계로 나아가고자 하는 의지를 존중하고, 실패를 나무라지 않아야 창조학이 이루어진다.

학문 연구 지원 정책에도 획기적인 전환이 필요하다. 연구 계획과 결과가 일치해야 한다는 지금의 제도는 창조학을 죽인다. 모험을 각오하고 실패를 두려워하지 않는 연구를 해야 커다란 성과를 거둘 수 있다. 어느 연구든지 계획이 아닌 결과를 평가해야 하고, 지원을 하려면 사후의 보상으로 해야 한다.

6

진학 인원의 감소로 지금 대학은 존망의 위기에 이르렀다. 학문이 대학교육과 분리되어야 함께 망하지 않는다. 강의교수 자리가 대폭 줄어들지 않을 수 없는 파국을 연구교수를 늘여 해결해야 한다. 정부에서 대학과 연구에 지원하는 예산을 연구교수에게 집중해 사용해야 한다. 사립대학 연구교수 인건비도 정부에서 부담해야 한다.

연구교수가 하는 학문이 자유롭게 뻗어나 커다란 기여를 할 수 있게 해야, 대학이 살고 국가도 산다. 연구교수는 계획을 제시해 심사를 받는 절차를 거치지 않고 자유로운 연구를 창의적으로 하는 모험을 할 수 있게 보장해야 한다. 연구의 진행을 알리는 강의를 대학 안팎에서 진행해 교육 수준의 획기적 향상에 직접 기여하는 것도 바람직하다.

연구 조직을 적절하게 갖추어야 한다. 일본은 유럽의 전례를 고착화해, 교수-조교수-조수로 이루어진 이른바 교실 구성원들이 차등의 관계를 가지고 교육도 하고 연구도 한다. 독일의 막스프랑크협회 산하의 많은 연구소에서는, 연구소장이 연구원들을 선임하고 공동연구를 지휘한다. 이것도 차등의 관계이다. 불국의 국립연구센터 연구원들은 각기 자기 연구를 하면서 평등의 관계를 지향한다.

우리는 어떻게 해야 하는가? 연구 역량과 업적이 뛰어나 연구교수로 선임된 석학이 대학의 연구소에 자리를 잡고, 동료 연구교수 둘을 임의로 선임해 연구 업적 평가를 함께 받도록 하는 것이 바람직한 제도이다. 함께 연구하는 세 연구교수는 전공과 역량이 다양해 서로 돕는 것이 마땅하다. 이것은 차등이 아니고, 평등과도 다른 대등의 관계이다.

연구교수는 교육을 위해 직접적인 기여를 하기로 한다. 연구 진행을 알리는 공개 강의를 박사과정 학생들이 수강해 학점을 취득하는 것을 권장한다. 연구교수는 박사학위 논문 심사에 적극 참여하는 것이 바람직하다.

7

재벌의 문어발식 경영을 나무랐다. 기업이든 학자든 한 가지 일만 택해 외골수로 나아가야 착실한 성과를 얻는다고 했다. 이런 주장은 타당하지 않은 것으로 판명되어 설득력을 잃었다. 외골수로 나아가면 하던 일만 해서 시대에 뒤떨어진다. 다양한 시도를 해야 새로운 가능성을 발견하고 변신이 가능하다.

생각을 바꾸어 학문도 이렇게 해야 한다. 한 우물만 파는 협소한 전문가가 되어 식견이 막히다가 자폐증을 초래하는 데까지 이르지 말고,

넓은 안목을 가지고 새로운 연구를 개척하면서 다면적인 접근을 해야한다. 개개인이 종합적이고 총체적인 학문을 하려고 노력하는 것만으로는 부족하다. 전공과 역량이 상이한 연구교수들이 서로 도우면서 커다란 작업을 하는 방향으로 나아가야 한다.

지금까지 없는 새로운 상품을 개발해 미래의 시장을 선점해야 하는 것이 기업 경영의 성공 비결이다. 학문은 이보다 앞서 나가야 한다. 기존 학문의 어느 분야를 치밀하게 파고드는 것은 낡은 방식이다. 지금까지 없는 학문을 창조해 새로운 시대를 예견하고 장차 닥칠 문제를 해결하는 학문을 해야 한다.

그렇게 하려면 어떻게 해야 하는가? 탁월한 능력을 갖추고 시야를 넓게 여는 공통점을 상이하게 갖춘 석학들이 대등한 위치에서 생극의 관계를 가지고 연구를 함께 진행하는 것이 최상의 방안이다. 반드시 공동연구를 해야 하는 것은 아니며, 서로 연관되는 작업을 각자 진행하면서 비판과 조력을 하는 방법이 더 좋을 수 있다.

8

학문을 잘하려면 그 근본을 이루는 철학을 바로잡아야 한다. 동아시아의 정통사상에 집착하는 복고주의를 청산하고, 유럽문명권 철학의 수입을 대안으로 삼는 의타주의도 불식하는 결단을 고도의 철학으로 갖추어야 한다. 전통사상을 내부에서 뒤집은 비판논리를 이어받아 수입철학의 결함을 시정하는 논의를 분명하게 해야 한다.

그 작업을 생극론이 맡는다. 상생이 상극이고 상극이 상생임을 밝혀 논하는 생극론으로 상극이나 상생에 치우친 동서고금의 과오를 일거에 시정할 수 있다. 상생에 치우친 형이상학은 무력해졌으나, 상극을 일방적으로 존중하는 변증법은 위세를 자랑하고 있어 그 편향성을 생극론에 입각해 바로잡는 것이 긴요한 과제이다. 변증법이 계급모순을 상극의 투쟁으로 해결한다고 하면서 민족모순이나 문명모순을 확대해, 상극이 상생이게 하는 생극론의 노력이 더욱 절실하게 요망된다.

생극론이 사람들 사이의 관계에서 구체화되는 것이 대등론이다. 귀천이나 현우는 정해져 있다면서 사람을 차별하는 차등론이 오랫동안 큰 폐해를 자아냈다. 차등론을 비판하고 평등론을 대안으로 삼아야 하는 것은 아니다. 귀천이나 현우의 차이를 그냥 없애려고 하지 않고, 뒤집을 수 있는 가능성을 인식하고 실현하는 대등론이 실질적인 대안이다. 귀하므로 천하고 천하므로 귀하고, 슬기로우므로 어리석고 어리석으므로 슬기로울 수 있는 역전으로 역사를 창조해야 한다.

생극론이나 대등론의 철학은 철학이 아니어야 한다. 철학을 독립학문으로 삼고 배타적인 논리를 구축하는 자폐증을 청산하고 개방 노선을 선택해, 모든 학문의 갖가지 논의가 일관성을 지닌 철학이어야 한다고 선언한다. 생극이나 대등의 의의를 원론의 차원에서 입증하는 서론은 최소한으로 줄이고 구체적 사례를 고찰하는 각론에서 탁월한 통찰력을 보여주어야 한다.

9

지금 코로나바이러스가 창궐해 학교 문이 닫히고, 학생들은 집에서 화상수업을 받는다. 해결의 기미가 보이지 않는다. 백신 주사를 세계 전역에서 맞아도, 사태가 일거에 해결될 것 같지 않다.

화상수업은 앞으로도 계속될 것이다. 등교가 가능해 대면수업을 할 수 있게 되어도, 화상수업은 그 나름 대로의 장점이 있어 계속 활용되리라고 생각한다. 화상수업의 장점을 대학교육 이상의 수준에서 점검해 보자. 학사나 석사 과정 수준에서는, 어느 분야의 대표적인 교재를 쓴 저자의 강의를 일제히, 누구나 들을 수 있다. 그 교재를 사용해 강의를 하던 교수는 강의를 같이 듣고 학생들과 토론하는 수업을 하면 된다. 이런 강의를 몇 개 듣고 함께 토론하면 더 좋다. 교재를 써서 강의를 하는 교수는 우대해야 한다.

박사과정에서는, 기존의 저작이 아닌 연구발표를 교재로 삼고 강의를 하는 것이 바람직하다. 새로운 연구의 진행 과정이나 얻은 결과를 화상에서 발표하면, 관심을 공유하고 학문을 혁신하려고 하거나 관련된 연구 작업을 하고자 하는 탐구자들이 듣고 토론하기로 한다. 박사과정 강의는 이런 것으로 하고, 별도로 개설하지 않아도 된다. 교수가 학생들과 화상발표를 함께 듣고 토론하고, 자기도 화상발표를 하면서 강의의 임무를 수행한다.

이런 화상강의나 화상발표는 어느 대학의 범위 안에서 하는 것이 아니고, 누구나 이용할 수 있게 공개한다. 강의나 발표를 하는 교수가 어느 대학에 소속되지 않아도 된다. 국가 연구기관과 느슨한 관계를 가지고 자유롭게 강의하고 연구하는 프리랜서 교수나 학자가 많이 있도록 해야 한다. 이분들이 하는 강의나 연구 발표의 질을 평가해 대학에 재직하고 있는 교수와 대등한 수준의 급여나 연구비를 국가 예산으로 지급하는 것이 마땅하다.

뛰어난 연구발표를 하는 프리랜서 학자라도 박사지도교수가 되어 박사의 수준을 높이는 데 직접 기여할 수 있게 하는 것이 바람직하다. 박사지도의 수준에 따라 급여나 연구비를 증액하는 것이 또한 필요하다.

이렇게 하면 진정한 석학이 탄생해 국가의 수준을 바라는 대로 높일
수 있다.

10

이 책에서 전개하는 논의는 대학이 정상화되어 교육도 학문도 제대
로 할 수 있기를 바라고 하는 것들이다. 그런데 대학이 무너지고 있어
정상화하기 어렵다. 이런 사태에 어떻게 대치하고, 교육과 학문을 살릴
것인지 말하지 않을 수 없어 한 걸음 앞으로 나간다.

구체적인 상황을 말해보자. 대학 진학 인구가 줄어들어 대학이 문을
닫고, 교수들이 실직자가 되고 있다. 교수가 되려고 공부를 하는 젊은
이들의 앞길이 막혀 있다. 학문이 고사 상태에 빠지는 것을 더욱 염려
해야 한다. 이런 문제를 해결하는 획기적인 대책을 강구하는 것이 필요
하고 가능하다고 여기고 말을 덧붙인다.

대학 밖의 학문 자영업을 육성하고 지원하자. 모든 국민을 위해 수준
높은 평생교육을 하도록 하자. 이렇게 하는 것을 경제복지 상위의 문화
복지라고 평가하고, 국력을 기울여 지원하자. 학문 자영업자가 되려고
하면 유튜브 같은 매체를 이용해 스스로 강의를 하도록 한다. 그 내용
과 수준을 학사·석사·박사급으로 구분해 평가하고, 강의자에게는 보수
를 지급하고, 수강자는 학위를 취득하는 자격을 가지게 한다. 이렇게 하
는 데 문을 닫거나 남아도는 대학의 시설이나 장서를 이용할 수 있다.

대학 입학과는 무관하게 최상의 강의를 누구든지 언제나 무료로 수
강하고 학위도 취득할 수 있으면, 학벌이 무의미해진다. 국민의 지식이
나 의식의 수준이 획기적으로 향상된다. 대학이 문을 닫아 학문이 고사

상태에 빠지는 것을 염려하지 않고, 새로운 발전을 다채롭게 할 수 있다. 위기를 기회로 삼고 획기적인 발전을 할 수 있다.

이 모든 것이 문화복지다. 문화복지에 대해 진지하게 생각할 때가 되었다. 경제복지가 향상되면 행복해지는 것은 아니다. 더욱 커지는 욕망이 박탈감을 부추겨 기괴한 범죄를 일으키게 한다. 엄벌을 주장하는 여론을 따르면 사태가 수습된다고 여기지 말아야 한다. 문화복지에서 해결책을 찾아야 한다.

문화복지는 마음을 넉넉하게 하고, 사고의 수준을 높인다. 경제복지보다 예산이 적게 소요되는 문화복지가 월등하게 큰 효과를 가져온다. 문화복지의 수준이 국가 평가에서 가장 큰 의의가 있는 것을 알고, 부끄러움을 씻어야 한다.

이런 학문 저런 학문

1

학문을 잘하려면 우리 학문의 현주소를 알아야 한다. 학문의 분야가 어떻게 나누어져 있고 어떤 상관관계를 가지는지 점검하면서, 잘못되어 있는 것을 찾아내 바로잡아야 한다. 이런 작업을 하지 않고, 학문의 성장이나 국가의 발전이 바람직하게 이루어지기를 바라는 것은 무리이다.

이 일을 모두 하려면 엄청난 노력이 필요하고, 내 능력으로 감당할 수 없다. 범위를 좁혀서 우리 전통을 다루는 국학과 서양 전래의 지식을 취급하는 양학의 관계를 고찰하고자 한다. 국문학과 영문학, 국사학과 서양사학을 본보기로 들어도 좋겠으나, 민속학과 인류학의 관계를 살펴보면 무엇이 문제인지 더욱 분명해진다.

민속학은 자국학이고, 인류학은 식민지학이다. 이 말이 지나치다고 할 수 있어도, 상당한 정도 타당하다. 자국학인 민속학이 국문학이나 국사학과 나란히 자리를 잡지 못하고 방황하는 판국인데, 식민지학이 필요해 개발한 선진국의 인류학을 받아들이면 우리 학문도 선진화한다고 여기고 관심을 밖으로 돌리기나 하는 것은 정상이 아니다. 구색을 갖추려고 탁상인류학을 대강 엉성하게 가져오면, 수입학의 폐해를 더욱 심각하게 나타내기나 한다.

이에 관해 막연한 일반론을 펴지 않고, 상황을 구체적으로 파악하고자 한다. 민속학은 국문학의 이웃 분야여서 사정을 잘 아는 편이어서, 자세하게 고찰할 수 있다. 목격담을 많이 내놓을 수 있다. 학문이 추상적인 원리의 구현이라고 여기면, 논의가 공허해진다. 통계로 잡을 수 있는 사실을 들어 수량적인 고찰이나 하고 마는 것은 책임회피이거나 직무유기이다. 학문은 사람이 하는 일이고, 개인적인 사정이나 우연과 밀접하게 관련되어 있다. 주연과 조연에 대해 길게 거론하는 것이 불가피하고, 내가 직접 겪어서 아는 바를 적극 활용한다.

이 대목에서는 말을 줄이고 책을 짧게 쓰겠다는 다짐을 어기고, 이용할 수 있는 증거를 최대한 동원해 내용을 충실하게 하고자 한다. 백서라고 할 만한 것을 만들어, 거국적인 논란을 위한 자료로 제시한다. 이런 작업을 학문의 모든 영역에서 일제히 할 필요가 있다.

2

민속학을 시작한 분은 宋錫夏이다. 송석하는 趙潤濟와 1904년생 동갑이다. 송석하는 민속학을, 조윤제는 국문학을 학문으로 이룩하려고 노력했다. 송석하는 1948년에 44세로, 조윤제는 1976년에 72세로 세상을 떠나 활동한 시기에는 상당한 차이가 있다. 인접한 두 학문 가운데 민속학은 문호가 한산하고, 국문학이 번성한 것은 두 선구자의 수명과 무관하지 않다.

나는 조윤제의 유업을 이으면서 송석하의 영향을 받아, 두 분을 함께 거론한다. 조윤제의 뒤를 이어 국문학을 발전시키는 데 송석하의 영향이 결정적인 작용을 했다. 조윤제의 문학사에서는 문헌에 기록된 작품만 다루고 구비문학은 제외했다. 구비문학을 발견한 것은 송석하 덕분이다. 송석하가 현지조사를 통해 발견한 구비전승을 문학의 유산으로 받아들여, 기록문학과 구비문학의 상관관계 고찰을 평생의 일거리로 삼아왔다.

두 분 가운데 조윤제와 먼저 만났다. 조윤제의 《교육국문학사》가 고등학교 시절의 교과서였다. 축약본인 이 책으로 만족할 수 없어 《國文學史》 원본을 구해서 뒤적였다. 훌륭한 학문이라는 생각이 들기는 해도 감동을 받았다고는 할 수 없었다. 대학에 입학할 때 불어불문학과를 1지망으로, 국어국문학과를 2지망으로 했다. 1지망에 실패하면 차선책으로 국문학을 전공하기로 했다.

결과는 불문학을 공부하라는 쪽으로 나타났다. 그쪽의 문학작품을 탐독하면서 특히 상징주의에 심취해 행복한 나날을 보내다가, 4.19를 겪고 꿈에서 깨어난 것 같은 충격을 받았다. 불문학 공부를 계속해 무엇을 얻을 수 있는가? 삶의 보람을 충만하게 하고 역사를 스스로 창조하는 길을 어디서 찾아야 하는가? 불문과를 졸업하고 대학원에 입학했다가 휴학하고 도서관에 틀어박혀 독서여행으로 세월을 보냈다. 언어와 학문의 경계를 넘어서서 끝없이 헤매고 다녔다.

그러다가 송석하의 《韓國民俗考》를 발견했다. 송석하가 남긴 글을 사후 12년이 되는 1960년에 모아 낸 책이 1962년에 나를 인도하는 등불 노릇을 했다. 민속극을 처음 만나는 놀라움을 경험하고, 〈봉산탈춤〉 대본을 읽고 "바로 이거다!" 하고 외쳤다. 공연을 보고 발견의 의의를 재확인했다. 우리 것이어서 소중하다고 하고 말 일이 아니었다. 상징주의마저 버리고 초현실주의까지 나아가 사멸하게 된 예술을 살려내는 광명, 발랄하게 생동하는 대안, 인류를 위한 구원의 길이라고 할 것이 거기 있었다.

송석하가 내 인생행로를 지시했다. 불어불문학과와 작별하고 국어국문학과로 이주해 고전문학을 전공하기로 하고 탈춤을 연구의 중심 분야로 삼았다. 〈탈춤발생고〉(1966)라는 학사논문을 방대한 분량으로 쓰고, 〈가면극의 희극적 갈등〉(1968)으로 석사학위를 취득했다. 그 뒤에 대학 강단에 서서 탈춤을 강의하면서 《한국 가면극의 미학》(1975), 《탈춤의 역사와 원리》(1979), 《탈춤의 원리 신명풀이》(2006)를 냈다.

탈춤과 함께 구비문학의 다른 여러 분야 민요, 설화, 판소리 등에 관한 연구도 함께 하면서 구비문학 일반론을 이룩하려고 했다. 구비문학과 기록문학 또는 구비문학·한문학·국문문학의 관련 양상이 시대에 따라 달라져온 내력을 파악하는 문학사를 서술했다. 이 작업을 동아시아 문학사에 적용하고, 세계문학사를 통괄해 이해하는 데까지 확대했다.

송석하는 1904년에 오늘날의 울산광역시 울주군(上北面 楊等里)에서 태어났다. 마을 북쪽의 石南寺의 이름을 따서, 호를 石南이라고 했다. 부친(宋台觀)은 일찍이 일본 유학을 하고 고종 때 종2품직(宮內府 侍講院

副卿)을 맡았으며 재산이 엄청난 부호였다.

송석하나 조윤제보다 나는 35년 뒤에 태어났다. 여러 세대가 지난 것 같이 생각되는 것은 그 사이에 많은 변화가 있었기 때문이다. 오늘날의 생각으로 지난 시기를 판단할 수 없다. 나는 일제강점기를 6세까지만 경험하는 데 그쳤다. 1946년에 초등학교에 들어가 일제 교육을 받지 않은 첫 학년이다. 일본어는 대학을 졸업한 다음 공부하기 시작했으며 초보수준을 넘어서지 못한다. 식민지 시대에 관해 알기 위해서 자료를 찾고 연구를 해야 했다.

송석하와 조윤제는 대한제국 시대에 태어나 6세가 되자 일제의 식민지 통치를 겪게 된 것이 나의 경우와 반대가 된다. 그 이전 시기는 잘 몰랐을 것이다. 일제 아래 조성된 상황에 적응해 초등교육과 중등교육을 마치고 고등교육을 받을 기회까지 얻었다. 울산과 예천 시골 사람들이 서울 도심에 이주해 살았다. 잘나가는 쪽에 속했다고 할 수 있다.

두 가지 조건이 구비되어 그럴 수 있었다. 학비를 감당할 수 있는 재력이 있고, 경쟁이 심한 입학시험에 합격할 수 있는 능력이 있어 사회 상층에 자리 잡았다. 송석하가 입학한 대학(東京商科大學, 현재의 一橋大學)이나, 조윤제가 택한 대학(京城帝國大學)은 평가가 높은 명문대학이었다.

두 사람이 다른 점도 살펴보자. 송석하는 중등교육과 고등교육에서 모두 상업학교를 택해 인문계 학교를 다닌 조윤제와 달랐다. 상업을 공부하면 재물을 늘릴 수 있다고 여겼으리라고 보는 것이 당연하다. 조윤제는 조선에서 으뜸인 인문계 대학, 송석하는 일본 최고의 상과대학에 입학해, 조윤제는 졸업하고, 송석하는 중퇴했다. 관동대지진을 겪고 중퇴하기로 했다고 알려져 있는데, 그 뒤의 활동이 상과대학에서 공부한 것과 무관하므로 다른 해석이 필요하다.

대학을 다니러 일본 유학을 갔다가 중퇴하고 돌아오는 사람이 당시에 흔히 있었다. 학비가 없는 것이 가장 큰 이유였는데, 송석하는 이에 해당되지 않았다. 가르쳐주는 것이 마음에 들지 않아 그만두는 경우도 적지 않았다. 당시 일본의 학문은 미숙하고, 민족해방을 염원하는 식민지 청년들에게 도움이 되는 것이 거의 없었다. 송석하의 경우는 이에 해당되면서, 특수한 내막이 있었다.

송석하는 부친이 요구한 상업은 그만두고, 민속학 공부를 하고 싶었으나 뜻을 이루지 못하고 귀국했다고 보는 것이 마땅하다. 민속학 공부는 부친의 허락을 얻지 못해 할 수 없었던 것이 한 가지 이유였을 것이다. 민속학이 일본에서 대학에 자리 잡지 못하고 있는 아마추어 학문이어서 배울 곳도 없었던 것이 또 한 가지 이유였을 것이다. 민속학은 혼자 공부해도 된다고 여기고 귀국한 것 같다.

일본에서 대학을 다니다가 중퇴하고 귀국한 것도 어느 정도 학력으로 인정되어 여러 가지 생업에 종사하는 일이 흔히 있었다. 어려운 시기여서 어떻게 해서든지 먹고 살려고 애써야 했다. 그런데 송석하는 생업에 종사하지 않으면서 풍족한 생활을 했다. 조윤제가 경성제국대학 조수로 있다가 밀려나 경성사범 교유가 되었다가, 다시 밀려나 동성상업 강사가 되어서까지 생계를 도모해야 한 것과 사정이 달랐다.

송석하는 생활하고 남는 재력을 학문하는 데 썼다. 귀중한 전적 및 민속품을 모으고, 고급의 기자재를 가지고 민속 현지조사를 하고, 조선민속학회의 학회지 《朝鮮民俗》을 자비로 간행하는 등의 일을 어려움 없이 했다. 震檀學會 창립에 참여하고 학회지 《震檀學報》의 간행비도 부담했다.

나라가 없어져 공적인 능력으로는 도와주지 못하던 시기여서 사재가 아니고서는 연구비가 없었다. 독지가의 도움을 얻기 위해 애쓰는 것이 흔한 일이었다. 조윤제는 심혈을 기울여 집필한 주저를 출판하기 위해 내키지 않았지만 친일파 부호를 찾아가야 했다. 송석하는 하고 싶은 연구를 할 재력이 있으니 얼마나 다행이었던가.

현지에 나가 자료를 조사하고 채록하는 것이 본격적인 작업이었다. 글이 많지 않고 분량이 얼마 되지 않는다고 불만스럽게 생각하지 말자. 거의 다 학술논문의 요건을 갖추지 않았다고 탈잡는 것은 더욱 부당하다. 전인미답의 사실을 힘들게 찾아낸 결과여서 길이나 형식이 문제되지 않는다. 문헌 인용으로 지면을 메우는 작업과 한자리에 놓고 비교할 것이 아니다. 기존의 업적을 여럿 모아놓고 적당히 시비하고 조합해 논문이라고 써내는 오늘날 흔히 하는 짓거리와는 차원이 다르다.

송석하는 재력을 가지고 문화재를 돌본 점에서 全鎣弼과 상통한다. 典籍은 두 사람에게 공통되고, 전형필은 미술작품을, 송석하는 민속품을 모으는 데 힘쓴 점이 서로 다르다. 더 큰 차이는 전형필은 수집가로 그쳤지만, 송석하는 민속의 보존을 위해 힘쓰는 문화운동가로 나서고 현지조사를 계속하면서 민속을 연구하는 학자가 되었다. 그 모든 활동을 열성적으로 해서 한 시대를 움직이는 영향력을 가졌다.

전형필의 수집품은 개인 미술관(澗松美術館)에 잘 보존되어 있다. 누구든지 가서 볼 수 있어, 애쓴 보람이 분명하게 확인된다. 송석하는 광복을 하자 바로 국립민족박물관을 만들고 수집품을 내놓았다. 갑자기 세상을 떠나자, 박물관이 없어지고 수집품은 이리저리 옮겨 보관해야 하는 천덕꾸러기가 되었다. 행방을 찾고 목록을 만들고 하는 일이 없지는 않았지만, 한데 모아 전시한 곳이 없으며 대부분 유실된 것으로 생각된다.

3

경성제국대학이 광복 후 경성대학이 되었을 때, 송석하가 힘써서 인류학과를 창설했다. 교과과정을 만들고 강의도 한 것 같으나, 교수가 되지는 못했다. 국립민족박물관장 자리를 내놓지 못했거나, 대학 중퇴자여서 학력 미달이었기 때문이 아니었던가 한다. 송석하가 세상을 떠나자 인류학과도 없어졌다. 경성대학이 서울대학교로 개편될 때 인류학은 사회학과에서 관장한다고 하고서 실제로는 제외했다.

민속학 또는 인류학의 박물관이나 학과는 학문을 하기 위해 반드시 필요할 뿐만 아니라 나라의 체면이기도 하다. 한 사람의 죽음이 탄생 단계에 있던 학문의 소멸을 가져오는 어이없는 사태가 벌어졌다. 그때의 결손이 오랜 시간이 지나서야 가까스로 회복되었다. 송석하가 그만큼 큰 인물인 것은 재평가하면서, 뒤를 이를 인재도 능력도 없었던 것을 개탄하지 않을 수 없다.

송석하의 학문은 미완이어서 열려 있다. 공백 메우기에서 새로운 연구가 시작된다. 유산을 여러 학문의 다양한 전공에서 재평가해 적극 활용하는 것이 마땅하다. 재평가를 오늘날 학문의 더 나은 미래를 이룩하기 위한 발판으로 삼아야 한다. 이렇게 생각하면서 내 나름대로 노력해 왔다.

송석하는 자기가 하는 학문을 민속학이라고 했다. 학과를 창설할 때에는 인류학을 한다고 했으니, 인류학을 송석하의 유업이라고 할 수도 있다. 송석하가 하고자 한 인류학은 형질인류학이 아닌 문화인류학이다. 송석하 사후에 두 학문이 어떻게 되었는지 살펴보자.

민속학은 한동안 崔常壽(1918-1995)가 거의 홀로 돌보았다. 최상수는 동래 출신이며, 일본에 가서 외국어학교(大阪外國語學校)에서 영어를 공부했다. 송석하와는 교류를 하지 않은 채 자기 나름대로 민속 연구에 뜻을 두고 자료 현지조사에 힘썼다. 1946년에 만든 조선전설학회를 1955년에 한국민속학회로 개편하고 《한국민속학보》를 창간해 두 호를 냈다. 《조선민간전설집》(1946), 《河回가면극의 연구》(1959), 《한국의 세시풍속》(1960), 《한국인형극의 연구》(1961), 《海西가면극의 연구》(1967) 등의 많은 저작을 남겼다. 몇 가지 저술을 영어로도 냈다.

최상수는 업적이 상당하지만, 동참자 없이 혼자 활동했다. 한국민속학회의 회장을 하면서 회원을 늘이지 못했다. 여러 대학에 출강하고 한국외국어대학교 교수 자리를 얻었으나 민속학과를 만들지는 못해 후계자가 없다. 나는 최상수의 책을 여러 연구에 이용했지만, 만난 적이 없고, 전설 속의 인물처럼 생각했다.

최상수가 홀로 민속학을 한 것은 아니었다. 任晳宰(1903-1998)도 대단한 작업을 했다. 경성제국대학에서 심리학을 전공하고, 서울대학교 사범대학 교수로 재직한 임석재는 일찍부터 무속, 무가, 설화 조사에 힘써, 《관북무가》(1965)를 비롯한 여러 지방 무가 자료집, 《한국무속연구서설》(1970) 같은 연구서를 내고, 《임석재전집 한국구전설화》 전12권(1987-1993)을 남겼다. 직분이 교육심리학 교수여서, 조사하고 연구하는 분야의 강의를 할 수는 없었다.

임석재는 최상수의 한국민속학회와는 별도로 1958년에 한국문화인류학회를 결성하고 1968년까지 회장을 했다. 李杜鉉(1924-2012)과 가까운 관계를 가지고 학회를 운영했다. 이두현은 서울대학교 사범대학 국어교육과 교수이며, 《한국신극사연구》(1966), 《한국연극사》(1969)를 주요 업적으로 삼는 한편, 《한국민속학개설》(1974)을 공저로 냈다. 1982년부터 작고할 때까지 대한민국학술원 민속학 분야 회원이었다.

임석재나 이두현은 문화인류학을 하지 않았는데, 한국문화인류학회를 창설하고 이끈 것은 이해하기 어려운 일이다. 의문이 제기되는 것이 당연해, 해명하는 말을 자주 하는 것을 들을 수 있었다. 민속학회는 최상수가 하고 있어서 따로 만들 수 없고, 그 학회에 들어가 활동할 수 없어서 새로운 학회를 만들어야 했다는 것은 소극적인 이유였다. 민속학은 문화인류학으로 발전해야 한다고 하는 것이 적극적인 이유였다.

민속극, 민요, 설화, 무가 등을 공부하는 국문학자들은 한국문화인류학회에 가입해 활동하는 것이 예사이다. 梁在淵(1920-1973) 교수가 그 선두에 서서 한국문화인류학회 회장(이사장)을 맡기도 했다. 나도 회원이 되어 활동했다. 문화인류학회에서 정부의 지원으로 전국민속종합조사를 할 때 경상북도 민요 조사를 맡아 설화를 조사하는 임석재 선생과 함께 다녔다.

임석재 선생은 마음씨 좋은 시골 노인처럼 보이고 말씀을 조용조용하시는 분이다. 자료 제보자들이 아무 부담 없이 친근감을 가지게 접근해 밤낮 열심히 자료를 채록했다. 그 일에 대해 계속 열정을 가지고 지칠 줄 모르고 노력을 기울이는 것을 가까이서 뵙고 깊은 존경심을 가졌다. 경상북도 상주시 화북면 용유리에서 함께 조사를 하고 한방에서 같이 잔 기억이 오래 남는다.

1967년에 서울대학교에 고고인류학과가 생기고, 사회학을 하던 韓相福이 인류학 전임강사가 되었다. 미국에서 사회인류학 박사학위를 취득하고 1972년에 돌아와, 한상복은 1975년에 고고인류학과에서 분리된 인류학과 학과장이 되었다. 정통의 전공자가 등장하자 한국문화인류학회에서 판도 변화가 일어나지 않을 수 없게 되었다. 자연적인 변화를 앞당기는 사건이 일어났다.

영남대학교에서 열린 한국문화인류학회 발표대회에서 한상복은 비전공자들이 학회를 주도해온 것은 잘못이라고 하고, 전공자 위주로 학회를 운영할 때가 되었다고 선언해 큰 파문이 일어났다. 나는 그 대회에 참가하지 않아 소식을 어렴풋이 듣고 있다가, 서울에서 우연히 이두현 교수를 만났다. 이두현 교수는 차 한 잔 하자고 하더니, 한상복이 무엇을 어떻게 했는지 말하고 어찌 그럴 수 있는가 하고 분개했다. 학회를 만들고 키운 은공은 잊고 선학들을 비전공자라는 이유로 몰아내려고 하는 배은망덕을 용서할 수 없다고 했다.

나는 이두현 교수에게 말했다. "선생님 언제 문화인류학을 했습니까? 문화인류학을 하지 않으면서 한다고 해서 욕을 보십니다. 제가 보기에는 선생님 전공은 한국연극사입니다. 선생님이 한국연극사를 하는 것을 누가 무어라고 하겠습니까?" 이두현 교수가 대답하는 말을 듣지 않고, 한 마디 더 했다. "저는 문화인류학을 한다고 한 적 없습니다. 구비문학을 합니다." 미움을 받을 각오를 하고, 하고 싶은 말을 다 했다.

사범대학 국어교육과에 한국고전문학 교수가 두 분 있는데, 다른 분은 산문 교육을 담당하니 이두현 교수는 시가 교육을 담당해야 하는 것이 주어진 직분이었다. 연구 분야가 직분과 거리가 멀어 고충이 있었다. 1975년 서울대학교가 관악 캠퍼스로 이전하면서 재조직할 때 교수들이 희망에 따라 소속 학과를 바꿀 수 있을 때, 이두현은 사회과학대학 인류학과로 옮기겠다고 신청했다. 거기 가서 문화인류학을 하는 포부를 살리고자 했다.

학과장 한상복 교수가 비전공자이므로 적합하지 않다고 강력하게 반대해 뜻을 이루지 못한 것으로 알고 있다. 이두현 교수는 인문대학 국어국문학과로 옮겨 한국연극사를 연구하고 강의하면 전공을 살리고 학생들에게 유익했을 것이다. 학과 창설 이래로 계속 무시되어온 연극 분야를 정상화해 전공자를 길러냈을 것이다. 나는 이렇게 생각했다.

서울대학교 국어국문학과 대학원에 '전통극연구'라는 과목이 있는데 담당할 사람이 없어 개설하지 못하는 형편이었다. 내가 한국학대학원 교수일 때 강사로 나와 강의를 맡아달라는 제안을 받았다. 만나는 기회가 있어 이 말을 우연히 했더니, 이두현 교수는 국어국문학과 교수 몇 분 성명을 들고 "나를 이렇게 푸대접할 수 있는가" 하고 크게 화를 냈다. 말을 분명하게 하지는 않았지만, 그 강의를 당연히 맡아야 하는 이두현에게는 말이 없고 조동일을 부른 것을 용서할 수 없다고 분개했다. 나는 몸 둘 바를 몰랐으며, 무어라고 대꾸할 말이 없었다.

내가 서울대학교 국어국문학과로 자리를 옮기고 그 과목을 다시 맡게 되었을 때, 중앙대학교 연극학과에서 제안이 왔다. 대학원 한국전통극 강의를 이두현 교수가 계속 맡았는데 더 하기 힘들다고 하니 대역을 해달라고 했다. 나는 중앙대학교 대학원 학생들을 서울대학교로 불러 합반을 해서 수업을 했다. 그 뒤 중앙대학교에서 그 과목을 계속 맡아달라고 했으나 힘이 들어 하지 못한다고 사양했다.

중앙대학교 연극학과는 역사가 가장 오래된 연극학과이다. 연극인도 배출하고 교수도 배출했다. 그런데 한국연극 전공 교수는 없이 학과를 운영했으며, 이두현 교수가 강사로 나가 긴요한 기여를 했다. 다른 대학 연극학과에도 한국연극학 교수가 없기는 마찬가지이니 크게 개탄할 일이다. 서양연극은 유학 가서 공부해 오는데, 한국연극은 가르치는 데가 없어 전공자가 배출되지 않았다. 내가 만약 이두현 교수라면 중앙대학교 연극학과로 자리를 옮겨 한국연극학을 크게 일으켰을 것이라고 생각했다.

그럼 "너는 왜 옮기지 않았는가?" 하고 물을 수 있어 대답한다. 나는 한국전통극 연구에 뜻을 두고 〈가면극의 희극적 갈등〉(1968)으로 석사를 하고, 《탈춤의 역사와 원리》(1979)를 내는 데 그치지 않고, 민요, 설화 등 구비문학의 여러 영역을 두루 연구했다. 구비문학사가 문학사의 기저를 이룬다는 관점에서 《한국문학통사》(제1판 1982-1988, 제4판 2005)를 썼다. 서울대학교에서 한국고전문학사 강의를 가장 중요한 임무로 삼았다.

서울대학교 대학원 한국전통극 강의를 계속하면서, 뛰어난 제자 史眞實을 지도해 박사학위를 취득하자 그 강의를 물려주고 참고로 한 외국 서적도 다 주었다. 사진실이 중앙대학교 한국연극학 교수가 되어 피차의 오랜 숙원을 풀었다. 내가 《탈춤의 원리 신명풀이》(2006)를 낼 때에 머리말 말미에 "중앙대학교 사진실 교수가 원고를 자세하게 검토하고 잘못을 고쳐주어 고맙고 자랑스럽다"고 쓸 수 있었다.

사진실 교수는 기대한 바와 같이 눈부신 활약을 하다가, 뜻하지 않은 질병이 찾아와 30대에 세상을 떠났다. 빈소에 가서 "사진실이 내 조문을 해야지, 내가 사진실의 조문을 하다니"하고 길게 탄식했다. 맨 먼저 열정을 기울인 연구 분야, 송석하의 학통을 이어 발전시켰다고 자부하는 영역이 절손의 비운을 맞이했다.

나는 전통극과 함께 민요, 설화 등 구비문학의 다른 여러 영역의 연구에도 힘쓰기로 하고, 1968년에 대구 계명대학 전임강사가 되어 가까이 있는 경상북도 동북부 지방에서 현지조사를 한 성과를 《서사민요연구》(1970)에서 내놓았다. 그러면서 구비문학은 문학이고 문학으로 연구해야 한다고 주장했다.

《구비문학개설》(1971)을 張德順·趙東一·徐大錫·曺喜雄 공저로 내서 이런 주장에 입각해 구비문학의 여러 영역을 체계를 갖추어 정리했다. 서론에서 구비문학을 민속학 또는 인류학으로 연구하는 관점, 기록문학 연구가들의 관점도 있으나, 구비문학 자체를 문학으로 연구해야 한다고 했다. 설화, 민요, 무가, 판소리, 민속극, 속담, 수수께끼 등에 관한 각론을 갖추고, 구비문학에서 기록문학으로의 이행, 구비문학의 현지조사에 관한 논의를 보탰다.

이 책이 나온 뒤에 구비문학이 국문학과의 한 전공으로 공인되었다. 1993년에는 한국구비문학회가 생겨 서대석이 초대 회장을 맡았다. 구비문학이 등장해 국문학과 고전문학의 전공분야가 구비문학·한문학·고전시가·고전산문으로 구분되었다. 구비문학 전공 교수 자리가 전국 많은 대학에 생겼다. 민속극, 민요, 설화, 무가 등을 공부하는 사람들이 대학에 당당하게 자리 잡고 구비문학을 강의하고 논문 지도를 하게 되었다.

그 때문에 국문학은 자료가 풍부해지고 시야가 넓어졌다. 구비문학을 전국에서 일제히 조사해 《한국구비문학대계》를 내는 작업이 진행되고, 지금 그 후속 작업을 하고 있어 전공자들이 할 일이 많아졌다. 이 모두가 우리 학문 발전에 큰 기여를 하는 것을 자축한다.

4

그러는 동안 민속학은 떠돌이 학문 신세에서 벗어나지 못했다. 민요를 비롯한 민속학의 여러 분야의 저작을 내는 서라벌예술대학 任東權 교수가 1969년 민속학연구회를 결성하고 1970년에는 민속학회라고 했다. 무속 조사를 많이 하는 경희대학교 국문과 金泰坤 교수가 1993년에 최상수의 한국민속학회를 재건했다. 나중에 한국비교민속학회, 한국실천민속학회, 민속기록학회, 한국무속학회, 무형문화재학회 등도 나타났다. 학회가 많아 학문이 잘되는 것은 아니다.

1979년에 안동대학교에 민속학과가 생겨 민속학과가 처음으로 대학에 자리를 잡았다. 노숙인 시절을 청산할 훌륭한 집이 생겼다. 이것이 전국 유일의 민속학과이다. 이 학과에서 민속학 전공자를 배출해 아마추어 시대가 끝나고 전문가 시대가 시작되었다. 제주도까지 포함 전국에 각지 수많은 민속박물관 학예사를 이 학과에서 배출한다. 서울의 국립민속박물관 관장도 이 학과 출신이었다.

공부하는 열의를 가지는 학생들이 모여들어 대학원도 잘된다. 연구비를 많이 받는다. 정부 지원으로 진행하는 전국구비문학 조사를 이 학과의 林在海 교수가 주도했다. 교수 7인이 조사연구를 활발하게 해서 많은 논저를 낸다. 이제부터는 민속학개론, 민속학의 이론과 방법, 한국민속사, 한국민속사전 같은 총괄 저작을 내서 민속학을 체계화하는 데도 힘쓰기 바란다. 비교연구에도 힘써, 한국의 민속학이 동아시아의 민속학이고, 세계의 민속학이게 하는 작업까지 하면 더 좋을 것이다.

안동대학교 민속학과는 국문학을 전공하는 成炳熙 교수가 주도해 창설했다. 나는 열렬하게 지지하고, 힘자라는 대로 성원했다. 성병희 교수는 지역 민속, 특히 민속놀이에 관심을 가지고 연구를 하다가 민속학과를 만들어 자리를 옮기고 역량 있는 교수들을 모아 학과를 육성했다. 민속학이 안동 일대의 지역학으로 뿌리를 내리고 한국학으로 성장하게 하도록 하는 위대한 공적을 이룩했다. 두고두고 치하할 일이다.

이것은 영남대학교 金宅圭 교수가 문화인류학과를 만든 것과 상통하면서 다른 면이 있다. 성병희와 김택규는 가까운 사이이며 같은 연구를 했다. 김택규 교수도 국문학을 하면서 민속문화에 관심을 가지고 조사연구를 했다. 김택규는 일본에 가서 문화인류학을 공부해 박사학위를 받고 돌아온 것이 성병희와 달랐다. 영남대학교에 문화인류학과를, 안동대학교 민속학과보다 먼저 1972년에 창설했다.

중간에 일본에 관한 말을 좀 할 필요가 있다. 일본은 柳田國男(야나기다 쿠니오, 1875-1962) 같은 애호가가 앞장서서 열심히 조사하고 연구해 자국 민속에 대한 일반 국민의 관심을 크게 키운 나라이다. 민속학이 일본의 특징이고 자랑이라고 할 수 있다. 그렇지만 민속학은 대학에서는 하지 않은 아마추어 학문이다.

柳田國男은 대학에서 법학을 공부하고 행정공무원으로 일하면서 민속 조사 연구를 취미로 하다가 만년에야 대학에서 하고 싶은 강의를 조금 할 수 있었다. 민속학은 그 뒤 오늘날까지 대학에 들어서지 못하고 있는 민간학문이다. 구비문학을 일본문학으로 받아들여 대학에서 강의하지 않고, 뜨내기 신세인 민속학에 내맡기는 관습도 이어지고 있다.

민속학은 밀어내고 문화인류학이 대학에 당당하게 자리를 잡고 위세를 떨친다. 영국이나 미국처럼 세계적인 범위에서 패권을 행사하는 강대국에서 힘써 하는 문화인류학을 일본이 본받았다. 외국에 진출해 조사연구를 하는 작업을 일본도 하면서 세계 학계에서 발언권을 가진다.

일본 동경대학 문화인류학 교수 泉晴一(이즈미 세이찌, 1915-1970)는 한국을 현지조사 지역으로 삼았다. 1930년대부터 진행한 현지조사에 의거해 《濟州島》(1966)라는 책을 써냈다. 한국에 자주 왕래하면서 李杜鉉 교수를 비롯한 일본어 세대의 여러 학자와 교분을 두텁게 하고, 문화인류학에 대한 관심을 일으켰다. 한국에서도 민속학이 아닌 문화인류학을 해야 하겠다고 생각하게 했다. 민속학은 저열하고 문화인류학은 우월하다는 생각이 퍼진 것이 이와 무관하지 않다.

泉晴一은 일본어 세대 비교적 젊은 학자들을 위해 일본 유학을 주선하고 유대를 더욱 강화하고자 했다. 제주도 제주대학교의 玄容駿과 대구 영남대학교의 金宅圭는 이 사람의 주선으로 일본에 가서, 이 사람의 지도로 동경대학에서 문화인류학을 공부하고 사회학박사를 취득했다. 두 분 다 국문학 교수였으므로, 학위는 자랑스럽지만 사회학박사여서 국문학과 어울리지 않았다. 현용준은 국문학 교수 노릇을 충실하게 하고 다른 생각은 하지 않았으나, 김택규는 문화인류학과를 만들고 옮겨

갔다.

김택규 교수와 자주 만날 기회가 있어서, 문화인류학과가 아닌 민속학과를 만들라고 적극적으로 권유했다. 그러나 이미 작정한 마음을 바꾸지 않았다. 자랑스럽기 이를 데 없는 문화인류학을 하지 않고 촌스럽기 그지없는 민속학을 하는 학과를 만들라고 하는 것이 어불성설이었다.

영남대학교에서 민속학과를 먼저 만들었으면 그것이 전국 최초의 민속학과이다. 안동대학교 민속학과가 7년 뒤에 생겨날 수 없었을 것이다. (문화)인류학과는 서울대학교에 이어서 두 번째로 만든 학과여서 그 뒤를 따라야 했다. 김택규 교수는 영남대학교 문화인류학과 교수진을 서울대학교 인류학과 출신들로 구성했다. 학과가 생기고 어떤 연구를 했는지 알려지지 않은 채 세월이 흘렀다. 김택규 교수는 1999년에 작고했다. 서울대학교 인류학과 대학원 출신인 영남대학교 문화인류학과 교수들도 모두 정년퇴임을 했다.

안동대학교 민속학과와 영남대학교 문화인류학과를 비교해보자. 안동대학교 민속학과는 민속학이 지역학이면서 한국학이게 한다. 영남대학교 문화인류학과는 세계적인 범위의 문화인류학의 하나로 한국문화인류학을 한다. 지역학에 대한 관심은 부차적인 것이다.

2021년 6월 현재의 교수진을 보자. 안동대학교 민속학과에서는 교수 6인이 민속학의 여러 분야를 나누어 담당한다. 영남대학교 문화인류학과의 교수는 4인이다. 그 가운데 1인은 고고학자이다. 문화인류학은 민속학보다 다루는 범위가 더 넓은 만큼 교수가 더 있어야 하는데 그렇지 못하다.

안동대학교 민속학과는 민속의 유산을 찾아 조사하고 보존하는 사명감을 가지고 일하면서, 민간학자들이 해온 일을 수렴하고, 일반 독자가 환영하는 저작도 내놓는다. 영남대학교 문화인류학과 교수들의 연구는 넓은 관심사를 산만하게 다루어 집약점을 찾기 어렵다. 안동대학교 민속학과는 민속박물관 학예사를 배출해, 전국 각처에서 일자리를 얻게 한다. 문화인류학과 졸업생은 진로가 막막하다. 인류학 학예사라는 것은 없다.

5

민속학과는 중앙대학교에도 있었다. 任東權 교수가 주도해 만든 것으로 알고 있다. 재벌 기업이 중앙대학교 운영을 인수하면서 경쟁력 없는 학과를 과감하게 정리하는 구조조정을 한다면서 민속학과를 없앴다. 학과와 함께 학과 홈페이지도 없어져 내력을 밝힐 수도 없다. 사람이 죽자 이력서가 소각된 것과 같다.

민속학과가 경쟁력 없는 학과라고 판단한 것은 안동대학교 민속학과를 보면 타당하지 않다. 교수 수가 적고 능력이나 의욕에도 문제가 있어 학과가 잘되지 않는지 진단해보려고 하지 않고, 민속학이라는 학문 자체가 무용하다고 판단했다. 근시안적 실리 추구를 경쟁력의 유일한 척도로 삼고 과감한 구조조정을 한다는 것이 얼마나 어리석은지 알려주는 대표적인 사례이다.

중앙대학교에서 민속학과를 없애 안동대학교 민속학과가 전국 유일의 학과가 되었다. 중앙대학교는 경쟁력을 상실하고, 국가의 경쟁력도 약화되었다. 민속학과가 하나만 있어 다양성이 사라진 것도 우려할 일이다. 안동대학교 민속학과 교수진이 잘못 구성되어 놀고먹는다면 나라 꼴이 말이 아니게 된다.

민속학과가 하나만 있는 것은 생물이 단성생식을 하는 것과 같다. 생물이 단성생식을 하면 유전자가 다양하지 못해 멸종할 위험이 있다. 단성생식이 아닌 양성생식을 해야, 유전자가 다양해져 여러 가지 가능성이 있다. 불리한 환경이 닥치더라도 살아남아 번성할 수 있다. 거의 모든 생물이 분명하게 알고 차질 없이 실행하는 이런 기본 원리를 무시하고 잘못된 줄 모르는 것은 너무나도 어리석다.

안동대학교 민속학과 교수들은 너무나도 큰 짐을 지고 있다. 논문 몇 편 잘 쓰고 맡은 강의를 잘하는 것만으로는 턱없이 모자란다. 민속학이 아마추어가 취미로 하는 학문이 아닌 본격적인 학문으로 대학에 당당하게 자리 잡고 인접 학문들과 경쟁하고 협동하면서 크게 자라날 수 있게 하는 막중한 책임이 있다.

국문학에서 하는 것 같은 작업을 일제히 해야 한다. 체계화된 민속학 개론을 갖추고, 《한국문학통사》에 상응하는 《한국민속사》를 방대한 내용을 갖추어 서술하고, 여러 영역이나 문제를 새롭게 고찰해 세계적인 범위에서 획기적인 의의를 가진 일반이론을 정립하는 작업을 해야 한다. 민속학 전공자들은 물론, 인접 분야 연구자들, 민속에 관심을 가진 일반 독자까지도 크게 깨우쳐주어야 한다. 독점은 혜택이 아니고 저주이다. 민속학과가 더 생겨 독점에서 벗어나야 숨을 쉴 수 있다.

이 나라 대한민국에는 대학의 분포와 학과 설치에 관한 아무런 전망이나 계획도 없다. 교육부는 이런 일은 하지 않고, 불필요한 간섭이나 일삼고 권한을 남용하기나 한다. 진학 인원이 줄어드니 구조조정을 해서 학과를 없애고 모집 인원을 줄이라고 다그치기나 한다. 그냥 내버려두면 저절로 조절될 것인데, 살아남을 곳과 죽을 곳을 교육부가 판정하려고 하면서 권력을 휘두른다.

민속학과는 안동대학교에만 있고, 인류학과 또는 문화인류학과는 아주 많다. 서울대학교 인류학과, 한양대학교 문화인류학과, 연세대학교

문화인류학과, 덕성여자대학교 문화인류학전공, 영남대학교 문화인류학과, 강원대학교 문화인류학과, 전북대학교 고고문화인류학과, 전남대학교 문화인류고고학과, 목포대학교 고고문화인류학과가 있다. 서울대학교에는 고고미술사학과가 따로 있으나, 다른 곳들의 문화인류학과는 고고학을 포함하고 있다.

호남 지방 세 국립대학에 모두 고고문화인류학과 또는 문화인류고고학과가 있다. 모두 세상을 널리 돌아다니려고 하니, 우러러보아야 할 것은 아니다. 어느 한 곳이라도 민속학과가 되어, 호남 지방의 민속 연구를 위해 착실하게 노력해야 한다. 풍부하고 다채로운 자료를 힘써 수집하고 고찰하는 인재를 양성해야 한다.

문화인류학은 민속학보다 취급 범위가 훨씬 넓은 학과라고 자부한다. 세계 전체를 관장한다고 한다. 이런 자부심과는 상치되게, 교수 수는 훨씬 적다. 잔뜩 열거하는 세부 전공을 감당할 수 없다. 수입한 지식을 강의하고, 공부를 더 할 사람은 외국에 보내, 선진국 학문 국내 대리점 정도의 구실이나 하니, 문화인류학과는 부실해도 그만인가? 그러면서도 민속학은 뒤떨어진 학문이라고 얕잡아보아도 되는가?

《우리 학문의 길》(1993)에서 우리 대학을 지배하다시피 하고 있는 수입학의 풍조를 "올림픽 구경하고 전국체전 선수 깔보기"라고 비꼰 적 있다. 전국체전에 출전해 선발되지 않고 올림픽 선수가 될 수 없다. 올림픽은 구경하면 되는 것이 아니고 나가서 뛰고 좋은 성적을 거두어야 한다. 학문도 이와 같다.

민속학과는 제주도에도 있어야 한다. 제주도는 민속문화 유산의 비중과 의의가 전국의 절반을 차지한다고 할 수 있다. 제주도 무속, 무가, 민요, 설화 연구는 우리 학문의 자랑스러운 영역이다. 서울에서 제주대학교로 간 張籌根 교수의 지도와 감화로 玄容駿·秦聖麒·金榮敦 같은 학자가 배출되어 나라 전체의 민속학을 크게 발전시켰다. 그것을 내 학문의 소중한 영양소로 삼았다.

제주대학교에는 민속학과가 없고 민속학 강의도 없다. 정부에서 안동대학교 민속학과 설치인가를 내줄 때 제주대학교에도 민속학과를 만들 의향이 있는가 물었는데, 현용준 교수가 반대를 했다고 한다. 실업자를 양성할 학과는 필요 없다는 것이 이유였다고 한다. 앞을 내다보지 못하는 소극적인 자세가 제주대학교의 발전을 가로막고, 나라가 그릇되게 했다.

그 뒤에 민속학과를 만들자는 주장이 있었으나 내부의 반대로 뜻을 이루지 못했다. 제주대학교는 제주도의 특수성에서 벗어나 전국 어디에도 있는 보편적인 대학이게 해야 한다는 것이 그 이유이다. 민속의 보고인 곳에 민속학과가 없을 뿐만 아니라, 지질학 연구를 위한 최상의 자료가 널려 있는데 지질학과도 없다. 제주대학교는 제주 사람들의 삶을 옹색하게 유지하는 데 도움을 주는 자급자족의 대학이라고 여기고, 제주도의 특수성을 개발해 온 국민에게 널리 혜택을 베풀어야 한다고 여기지 않는다.

집중강의를 하러 가서 알아보니, 납득하기 어려운 일이 한둘이 아니었다. 현용준 교수는 사범대학 국어교육과 교수의 직분을 충실하게 수행하느라고 열의를 쏟고 있는 무속과 무가 연구에 관한 말을 강의 시간에는 입 밖에도 내지 않았다고 한다. 제주학 하기강좌를 개최해 전국 대학생들이 피서 겸해 몰려와 교정에 천막을 치고 수강하고 학점을 인정하면 좋을 것이라고 낭만적 상상을 잔뜩 말하니, 전혀 바라지 않는 일이라고 했다.

제주대학교에 민속학과를 만들지 않는 이유가 무엇인가? 이에 대한 대답은 앞에서 말했듯이, 제주대학교는 제주도의 특수성에서 벗어나 전국 어디에도 있는 보편적인 대학이게 해야 한다는 것이다. 심리학과도 없는데 민속학과라니, 말이 되지 않는다고 대학 운영 주도자들이 말한다고 한다. 제주도 민속박물관 학예사도 안동대학교 출신일 수밖에 없어도 제주대학은 개의하지 않는다.

민속의 보고 제주도에서 민속학은 아마추어 떠돌이 학문이게 내버려 두고 집을 지어주지 않는다. 집이 아주 없지는 않고 가건물 정도는 있다. 제주대학교 탐라문화연구소는 제주민속 연구를 배제하지 않으나, 일자리를 제공하지는 못한다. 대학원에 한국학 협동과정이 생겨 제주민속을 공부하는 학생들이 입학해 학위 논문을 준비한다. 국문과, 사학과, 사회학과에서 이미 하고 있는 강의를 골라 수강해 비빔밥을 만들어 먹으라고 하는 것이 야박해도, 제주민속학으로 한국학을 하지 못하게 막지는 않으니 다행이다.

한국학협동과정이면 한국학 총론, 방법론, 학문학 같은 강의를 해야한다고 주장하면서, 가서 세 차례 집중강의를 했다. 학문을 어떻게 할 것인지 발표를 하라고 하면 학생들은 제주 무속을 조사한 자료를 열거하기나 하고 방법이나 이론에 대한 관심이 없었다. 민속학을 아마추어 학문으로 해온 관습이 장애가 되어, 대학에 당당하게 자리 잡을 용기를 가지지 못하고 있다. 그래서는 되지 않는다고 심하게 나무라고 가혹한 훈련을 하다가 반발을 사서 세 번째 집중강의는 장이 서지 않았다.

6

문화인류학은 어떤 학문이고, 민속학은 어떤 학문인가? 이에 관해서 논의를 본격적으로 해야 한다. 두 학문의 내력까지 문제 삼으면서 쟁점을 두루 거론하려면 말은 많아지고 핵심이 불분명해질 수 있다. 서울대학교 인류학과, 안동대학교 민속학과 홈페이지에서 자기네 학문을 규정한 말을 좋은 자료로 삼기로 한다. 몇 해 전에 옮겨 적은 것인데, 크게 달라지지는 않았으리라고 생각한다. 둘을 (갑)과 (을)이라고 일컫기로 한다.

(갑) 인류학은 인간과 문화에 대한 과학으로 인간을 문화적 측면과 생물학적 측면에서 종합적으로 연구하는 학문이다. 인류학은 사회과학일 뿐만 아니라 인문학적 성격과 자연과학적 성격도 가지고 있다. 이러한 성격 때문에 인문·사회과학 중에서 가장 포괄적이며 기초적인 학문에 속한다. 인류학은 시간적으로 선사시대부터 현대에 이르는 시기를, 공간적으로는 세계의 모든 지역의 인간과 문화를 연구대상으로 삼는다. 인류학은 21세기에 필요한 전문적 지식을 생산하는 학문임과 동시에 인간의 삶에 대한 총체적 이해를 목표로 삼는 종합학문이다. 인류학의 핵심적 개념은 문화이다. 여기서 문화는 고급예술이나 교양이라기보다는 인간의 일상적 생활양식 및 관념체계를 의미한다. 일상적 생활양식과 관념체계에 대한 문화상대주의적 이해를 통해 현실 세계에 존재하는 인간 문화의 다양성과 보편성을 설명한다. 서구의 인문주의와 함께 발달해 온 인류학은 소위 '원시사회'에 대한 연구나 인류의 진화에 대한 연구를 통해 인간에 대한 새로운 이해를 추구한 학문이었다. 하지만 시대의 변화와 함께 인류학자의 연구는 '원시사회'로부터 현대사회로, 이국적인 문화로부터 자기 문화에 대한 연구로 그 관심의 폭을 넓혀왔다.

(을) 민속학은 생활 속에 전승되고 있는 민중들의 전통문화를 조사하고 연구하여 민족문화의 고유성을 주체적으로 밝히는 전통학문이자, 토박이 한국인다운 문화를 가꾸어 세계문화 속에 새로운 한국문화의 전통을 만들어가는 창조적인 미래학문입니다. 한국문화학의 중심성을 확보하기 위해 문화학과 민속학 관련 일반이론 교과목을 개설하고, 민속학의 대상을 민속문학, 민속사회, 민속종교, 민속예술, 민속물질 등 다섯 영역으로 나누어 각 영역별 교과과정을 균형 있게 개설하여 강의합니다.

우연히 붙인 호칭인데, (갑)은 갑답고, (을)은 을답다. (갑)은 권위를 자랑하면서 반말을 하고, (을)은 조심스러운 자세로 존댓말을 했다고 하면 지나친가?

(갑)은 어마어마하게 많은 공부를 한다고 하는데 과연 할 수 있는가? 남들이 해놓은 공부를 가져와 자랑하는 수입학을 일삼는 것이 아닌가? (나)는 "민족문화의 고유성을 주체적으로 밝히는 전통학문"이라고 하니 수입학일 수는 없고, 자립학이다. 자립학만 하면 할 일을 다 하는가?

(갑)에서 "일상적 생활양식과 관념체계에 대한 문화상대주의적 이해를 통해 현실 세계에 존재하는 인간 문화의 다양성과 보편성을 설명한다"는 것은 훌륭한 목표이다. 민족문화에 대한 일방적 집착에서 벗어날 수 있어 좋다. 그런데 한국문화에 대한 문화상대주의적 이해는 누가 어떻게 하는가? 외국인들이 한 것을 소개하려고 하는가?

민속학은 문화인류학의 한 분야라고 맡아 놓기만 하고 돌보지 않는다. 상식 수준의 말이나 하면 책잡힐 수 있다. 저급한 분야의 연구에 열의를 쏟으면 체면이 손상된다고 여기는 것 같다. 송석하가 일생을 바처 한 학문의 후계자가 되는 것은 너무 부담스러워 슬쩍 피하고 딴소리나 한다. 현장에 나가 몸을 험하게 굴리지 않고, 잘 정돈된 연구실에 편안하게 앉아 장정이나 편집이 훌륭한 미국책이나 읽고 수입학을 일삼으면서 박식을 자랑하니 품위가 있어 보인다.

서울대학교 대학원에 유학해, 한국고전문학 그 가운데서도 구비문학을 전공하는 미국인 학생이 어느 날 연구실에 찾아와서 말했다. "한국의 민속문화를 공부하려고 문화인류학과 강의를 수강했더니, 미국 책만 읽으라고 합니다. 미국 책을 읽는 것이 공부라면 왜 유학을 왔겠습니까? 한국민속 공부는 어디서 합니까?" 한국민속 공부는 국문과에서 구비문학에다 곁들여 할 수밖에 없다고 했다. 안동대학교로 가라는 것이 정답인데, 형편을 고려해 차선책을 말했다.

(갑)에서 자랑하는 화려한 수입품을 부러워하지 말고, (을)에서 힘들여 농사지어 작물을 가꾸는 수고를 감내해야 한다. 거둔 농작물이 경쟁력 있는 상품이 되게 해야 한다. (갑)은 공중에 떠 있다고 나무라고, (을)은 땅에 붙어 있어 좋다고 할 것은 아니다. 땅에서 시작해 공중까지 가야 한다.

(갑)의 수입학은 못 마땅하지만, (을)의 자립학이 훌륭한 것은 아니다. "창조적인 미래학문"이려면 자립학에 머무르지 말고, 수입학과 자립학의 대립을 넘어서는 창조학을 해야 한다. 지방민속학·한국민속학·동아시아민속학·세계민속학으로 한 단계씩 앞으로 나아가야 한다.

앞으로 나아가려면 "문화상대주의적" 비교연구를 해야 하고, 문화 이론을 새롭게 창조해야 한다. 이것은 문화인류학에서 내세우는 목표와 일치한다. 그 목표를 수입학이 아닌 창조학으로 달성하는 것이 지금부터의 과제이다.

민속학과 문화인류학은 어떻게 구분되는가? 다루는 지역에 따라 구분해, 민속학은 한국학이고 문화인류학은 세계학인가? 취급하는 내용에 따라 구분해, 민속학은 민속학만이고 문화인류학은 민속학을 포함한 더 넓은 학문인가? 학문의 영역이 달라, 민속학은 인문학문이고, 문화인류학은 사회학문인가?

이 밖에 다른 어떤 말을 해도, 민속학과 문화인류학은 다른 학문이 아니고 한 학문이다. 한 학문이 여러 가지 학문 외적 사정 때문에 두 학문으로 나누어졌다. 그 내력을 밝히려면 많은 논의가 있어야 하고, 둘이 하나이게 하는 데 도움이 되지 않는다. 둘이 하나이게 하는 작업을 전례를 묻지 말고 우리가 결단을 내려 해야 한다. 근대를 넘어서서 다음 시대로 나가는 학문을 바람직하게 조직하는 작업을 우리가 선도해서 해야 한다.

민속학과 인류학이 하나인 학문을 우선 민속문화학이라고 하자. '문화학'은 '문화인류학'에서 가져온 말로 하고, 두 학문의 대등한 통합을 이룩하자. 민속문화학과는 규모가 크고 교수가 많아야 한다. 그 학과가 중부지방, 영남지방, 호남지방, 그리고 제주도에 각기 하나 또는 둘이 있는 것이 적합하다. 국립이든 사립이든 국가에서 대폭 지원해야 한다.

민속문화학과 하위 전공 분야에 한국민속문화학·동아시아민속문화학·세계민속문화학을 두고, 세 분야가 긴밀하게 협력하도록 하는 것이 바람직하다. 한국민속문화학은 누구나 공부해야 한다. 그 영역에서 더 깊이 들어가기도 하고, 동아시아민속문화학이나 세계민속문화학으로 나아가기도 하는 것이 마땅하다.

이런 편제를 다른 학문에서도 받아들일 만하다. 공통된 고민을 함께 해결하는 것이 바람직하다. 역사학과에서 한국사·동아시아사·세계사를, 문학과에서 한국문학·동아시아문학·세계문학을 다루는 것이 같은 방식이다. 한국사나 한국문학은 누구나 공부하고 심화나 확대를 선택하도록 하자는 것이다.

한국·동아시아·세계를 다 다루는 학과는 규모가 커야 한다. 교수진이 100명 이상 되는 것이 바람직하다. 한 대학 안의 여러 학과가 통합되는 것만으로 부족하고, 여러 대학의 학과가 통합되어야 한다. 문학과·역사학과·민속문화학과가 전국에 몇 개씩 있어야 하고, 지역 안배를 고려해야 한다.

위에서 말한 바와 같이 학과를 개편하는 것은 실무적인 차원에서 하면 되는 일이 아니고, 그 원리에 대한 깊은 연구가 있어야 한다. 설계도를 작성해야 집을 지을 수 있는 것과 같다. 이것은 대학의 학과에 소속된 연구교수가 감당하기에는 너무나도 벅찬 일이다. 학과의 이해관계에 집착하면 개혁이 불가능하다.

8

민속학과 인류학은 학문의 현황을 점검하려고 선택한 본보기이다. 두 학문을 두고 한 작업을 학문의 모든 분야에서 일제히 할 필요가 있다. 학문과 학과 구분이 적절한가? 개편이 필요하지 않는가? 개편을 하면 어떻게 해야 하는가? 문제를 이렇게 제기하고, 광범위한 조사연구를 철저하게 해서 최상의 결과를 도출해야 한다.

일을 잘하려면, 분야 이기주의, 기존 학문 옹호, 새로운 자리를 많이 차지하려는 음모 등의 장애를 배제해야 한다. 뛰어난 통찰력을 지닌 석학들이 선발되어 헌신적인 봉사를 해야 기대하는 성과를 거둘 수 있다. 세계 학문의 역사를 통괄하면서 우리 학문을 다시 설계해야 한다. 나라를 다시 설계하는 기본 과업을 하나 수행해야 한다.

본격적인 작업을 시작하기 전에 내가 위에서 한 작업 같은 것을 특별히 관심을 가진 분야에서 하는 예비적인 고찰을 공모하는 것이 좋다. 예비설계를 공모하는 것이다. 예비설계를 놓고 토론해 본설계의 방향을 정하고, 예비설계를 뛰어나게 한 사람은 본설계에 우선적으로 참여하도록 하는 것이 마땅하다.

이런 작업을 어디서 관장할 것인가? 정부가 이 일을 직접 하려고 하면 식견 부족으로 실수를 하고 만다. 하지 않은 것보다 못한 결과를 얻을 수 있다. 학문정책 총괄기구가 있어야 이 일을 할 수 있다. 이런 기구가 따로 없으니, 대한민국학술원이 막중한 임무를 맡아야 한다.

연구교수의 임무

1

연구교수가 있어야 한다. 연구교수가 있어야, 학문이 교육에 직접 봉사하는 책무에서 비약을 이룩할 수 있다. 남들이 하는 학문을 따르지 않고 창조의 주역이 되어 새 출발을 할 수 있다. 국문학이 자각을 얻으려고 너무나도 힘든 노력을 하고, 자각을 확대하려고 동분서주해도 뜻한 바를 다 이루지 못하게 하는 제도상의 장애를 없애고, 자유로운 비상이 가능하게 해야 한다.

민속학과 인류학의 관계를 두고 빚어진 혼선이나 혼란을 일거에 해결하는 민속문화학이라는 새로운 학문을 이룩하는 것은, 학과에 소속되지 않은 연구교수라야 가능한 일이다. 일본을 능가하는 학문을 해서 일본도 일본학문을 넘어서게 하자고 한 것도 어느 학과의 강의교수가 감당할 수 있는 일이 아니다. 학문의 원리와 방법에 대한 깊은 탐구를 하는 연구교수가 선두에 나서서 최상의 능력을 발휘해야 가능하다.

연구교수가 있어야 연구를 제대로 한다고 나는 거듭 말했다. 연구교수가 되려고 하다가 실패하고, 강의교수로 머물러 있으면서 연구교수 흉내를 냈다. 연구교수처럼 연구를 진행하고, 미완의 성과를 공개강의를 통해서 알리고 토론에 회부하는 강의를 했다. 그러나 연구교수가 될 수 있었던 것은 아니다. 수강생들을 이끌어주어야 하는 소임을 저버리고 너무 많이 앞으로 나갈 수는 없다. 일정한 분야를 맡아 강의해야 하는 임무를 어느 정도는 지키면서 새로운 탐구를 해야 했다.

이런 제약 조건이 석좌교수일 때 일부, 두 번째 정년퇴임을 하자 완전히 해제되어 하고 싶은 연구를 마음대로 할 수 있는 자유를 누리게 되었다. 정년퇴임자는 연구를 마음대로 하지만, 연구교수는 아니므로 공개강의를 할 교단이 없다. 연구모임에 초청되어 발표를 하는 기회는 많아 다행이지만, 그쪽에서 요구하는 주제가 있고, 시간이 제한되어 있다. 기력이 쇠퇴하고 있어 모험을 하기 어렵다.

정년퇴임을 하기 전에 연구교수가 되었으면 얼마나 좋았을까? 다른 연구교수들과 함께 연구하고 토론하는 특혜를 누렸으면, 지금까지 해온 것보다 상위 수준의 연구를 했으리라고 생각하면서 늘 아쉬워한다. 나는 누리지 못한 특혜를 후진이 누릴 수 있게 하려고 분투해야 하는 책임을 느낀다.

이 책임을 지금 새삼스럽게 말하는 것이 아니다. 오래 전부터 책임을 자각하고 수행하려고 노력해온 경과를 알린다. 연구교수가 있어야 한다고 떠들고 다니기만 해서는 효과가 없는 줄 알고, 〈강의 않는 연구교수제 도입을〉이라는 칼럼을 다음과 같이 써서 《문화일보》 2002년 3월 14일자에 실었다.

인문 및 사회 분야의 기초연구를 획기적으로 진작하기 위해 연간 500억의 국가 예산을 책정한다면 어떻게 사용할 것인가 생각해보자. 돈이 없는 것은 아니다. 이보다 몇 갑절 되는 액수를 책정했다고 발표했는데, 자연과학 분야가 포함되었을 것이고, 일시적인 선심 공세가 아닌지 의심되기도 한다. 500억을 적정액수로 잡고, 투자 효과를 높이는 방법을 찾자.

제1안은 연구비를 지급하는 것이다. 건당 1억 내외의 연구비 500건을 추가로 지급해 연구비를 그만큼 늘린다. 1억 가운데 절반 정도는 정해놓은 단가에 따라 연간 교수는 180만원, 박사는 1500만원, 박사과정 학생은 720만원, 석사과정 학생은 480만원씩 나누고, 나머지는 자료비, 회의비, 여비 등 연구에 직접 소요되는 경비로 사용하도록 한다.

제2안은 거대연구소를 국립으로 신설하는 것이다. 땅을 사고 건물을 짓는 데 처음 두 해에 1000억은 투입해야 한다. 그다음부터는 건물과 사무기기 유지비, 사무직 인건비 기타 필요 경비 50억, 도서구입비 40억, 전산실 운영비 5억, 출판비 5억, 연구직 인건비 50억, 사업비 350억의 예산을 편성한다. 사업비 가운데 300억은 연구비로 지급하고, 50억은 학술회의를 개최하고 해외학자를 초청하는 데 쓰기로 한다.

제3안은 여러 대학에 이미 있는 연구소에 연구에 전념하는 연구교수를 두도록 하고 인건비를 지급하는 것이다. 연구교수 1인당 연봉과 기본연구비를 포함해 연간 5000만원씩 배정하면, 500억으로 1000명의 인재를 확보할 수 있다. 몇몇 대학에 편중되지 않은 100개 내외의 연구소에 각기 10인 정도의 연구교수를 두는 것을 기준으로 삼고, 실적과 계획, 대학 당국의 관심과 지원을 평가해 적정 인원을 배정한다.

제1안은 효과가 의심스럽다. 강의 부담이 과중하고, 미해결 과제가 누적되어 여력이 없는 교수들에게 연구비를 더 준다고 해서 연구가 진작되지는 않는다. 공연한 탐심 때문에 연구 계획서를 만들도록 유혹해 시간이나 빼앗고 말 수 있다. 박사 실업자들에게 한 달에 120만원씩 1년간 주면서 연구 보조에 전념하도록 요구하고 좋은 결과를 기대하는 것은 무리이다. 대학원 학생들에게 주는 돈 또한 장학금이라고 해도 너무 적다. 자연과학에서는 그런 사람들을 모아 커다란 집단을 만들어야 한다고 하지만, 조용하게 진행되는 개인연구라야 내실을 갖추는 쪽은 사정이 아주 다르다.

제2안에서는 땅이나 집, 기관 운영에 소요되는 막대한 비용이 헛되다. 50억으로 잡은 인건비를 늘여도 연구 성과를 기대하기는 어렵다. 국립 연구소의 학예연구직은 상급자의 지시에 따라 근무하는 사무직이어서, 학문 발전의 주역이 되는 재량권을 가지고 창조력을 발휘하지 못한다. 연구를 시키는 사람이 제대로 들어서서 그런 결함을 시정할 수는 없다. 연구를 밖에 의뢰해 연구소 설립의 목적을 달성한다는 것은 기만이다. 제1안의 잘못을 연구비 지급 총액을 축소해 저지르거나 한다.

제3안을 택하면 낭비 요인이 없어 투자 효과가 극대화된다. 계획서를 제출하거나 지시를 받는 절차 없이 스스로 선택해서 진행한 연구의 성과를 연구소 단위로 5년 정도의 일정 기간마다 평가해 지원의 지속과 중단, 또는 확대와 축소를 결정하면 부실의 염려가 없어진다. 선의의 경쟁을 유도해 대학의 질적 향상에 기여하는 효과도 크다.

제1안은 교육부 실무자들이 선호할 만하다. 연구비 유용 여부를 영수증철을 보면 쉽사리 판별할 수 있어, 감독권 장악에 유리하다. 제2안은 국정 담당자가 지시해 추진할 만하다. 기존의 연구기관이 부실하다는 비난에 신설로 응답해 자기 업적을 과시하면서, 새롭게 표방하는 구호 합리화를 지시하고, 가까운 사람들을 들어앉히면 삼중의 이득을 얻을 수 있다. 그렇더라도 힘은 적게 들여 제1안 예산을 일부 전용해 수준 이하의 부실공사를 하다가 비난을 살 수 있다.

제3안을 택하면 국고를 자기 돈으로 여기는 사람들이 허전하게 되지만 미련을 버려야 한다. 연구 예산 증액을 홍보하면서 국민을 현혹하려고 하지 말고 결과를 보여주어야 한다. 연구 정책이 국가 경영의 과제임을 명심하고 투자 효과를 최대한 높일 수 있는 방안을 찾아 실행해야 한다.

2

자기 전공분야의 강의교수가 되었다가 관심이 달라져 다른 분야의 연구를 하는 사람들이 더러 있다. 이렇게 해서 생긴 강의와 연구의 불일치가 당사자의 불행일 뿐만 아니라, 대학이나 학문의 편제를 혼란시켜 상당한 문제를 일으킨다. 이에 대한 고찰이 연구교수 제도의 필요성을 입증하기 위해 반드시 필요하다.

처음부터 교수가 아니거나, 교수직을 사임하고 나가서 하고 싶은 말을 마음대로 하는 사람들은 거론하지 않는다. 강의와 연구의 불일치를 논의하는 데 소용되지 않기 때문이다. 교수가 아닌 사람들이 학문을 한다고 표방하고 실제로는 문필 활동을 하는 것까지 시비할 겨를은 없다. 학문의 명예를 훼손한다고 나무라지 않고 넘어간다.

강의와 연구의 불일치는 강의 분야에서 벗어난 연구를 열심히 할 때

드러나고 문제로 부각된다. 실제로 있는 본보기를 몇 들어 무엇이 왜 문제인지 살펴보자. 본보기로 드는 분들의 성명은 적지 않고, (가)· (나)·(다) … 라고 지칭하기만 한다. 개개인의 특수한 사정은 고려하지 않고 전형적인 특성만 고찰하고자 하기 때문이다.

(가) 널리 알려진 원로학자 한 분은 사범대학에서 교육심리학을 가르치는 교수였다. 설화나 무가의 현지조사에 평생 진력하고, 많은 자료집을 냈다. 연구하는 분야가 무엇인지 분명하게 말하지 않았으나, 교육심리학과는 거리가 멀었다. 한국문화인류학회의 초대 회장이 되었으니, 문화인류학을 한다고 한 셈이다. 문화인류학계에서는 이분의 기여를 인정하지 않는다. 이론이라고 할 것은 없어 그리 대단하게 여기지 않으면서, 조사해 제공한 자료를 국문학에서 요긴하게 여긴다.

(나) 국어교육학이나 국어국문학 담당하는 강의교수 가운데 민속학 연구에 몰두하는 분들이 있었다. 이 경우에는 강의와 연구가 연관되고, 강의 영역에 연구하는 것이 포함된다. 연관되고 포함되는 양상을 밝혀 논하지는 않고, 두 분야를 별개의 것으로 여기는 관습을 준수하면서, 강의하는 것과는 별개인 장외의 연구를 했다. 대학에 자리 잡지 못하고 밖에서 서성이는 민속학의 주인 노릇을 하는 것으로 만족했다.

(다) 교양 영어가 강의 과목인 교수 가운데 알타이학을 한다고 나선 분이 있었다. 영어영문학 교수가 자기 분야의 연구에는 힘쓰지 않고 국어국문학을 기웃거리는 것은 흔히 볼 수 있는데, 이 경우에는 정도가 심했다. 국어국문학의 원류가 된다고 여긴 알타이민족의 문화를 통째로 연구한다고 나서서 많은 논저를 부지런히 써냈다. 연구하기 어려워 전인미답으로 남아 있는 분야를 과감하게 개척해 획기적인 의의를 가진다고 자부하는 업적을 속속 내놓았다. 관심을 가져주는

사람은 없고, 무시되거나 백안시되었다.

(라) 어느 법학 교수가 강의 영역과는 무관한 탐구에 폭발적인 정열을 가지고 매진하고, 특히 유럽의 화가나 작가의 전기를 쓰는 데 열중해 엄청나게 많은 책을 써낸다. 기존의 견해를 정리하는 정도에 머무르지 않고, 다른 논자들은 모두 틀렸고 자기만 옳다는 주견을 강력하게 내세운다. 법과대학이 법학대학원으로 개편될 때 그쪽으로 가지 않고 교양학부의 강의를 하겠다고 자원한 것으로 알고 있다. 힘써 연구하고 저술한 것들이 교양과목에서 수용될 수 있었는지, 대학에 갓 입학한 학생들에게 어느 정도 도움이 되었는지 의문이다.

(마) 한국 고대사가 자기의 강의 과목이 아닌 다른 여러 분야의 교수들, 사회학, 법학, 지리학 등의 전공자가 한국 고대사 이해를 바로잡겠다고 나서서 열정적인 활동을 하는 것을 볼 수 있다. 중국은 오랜 대국주의에 의거해, 일본은 식민지사관으로 한국 고대사를 말살하고 왜곡하고 폄하한 과오를 국사학자들이 바로잡지 않고 있는 직무유기를 크게 나무라고, 그 과업을 맡아 나선다고 하는 것이 공통된 주장이다. 말살한 것을 되살리고, 왜곡한 것을 바로잡고, 폄하한 것을 평가하려고 자료 부족을 무릅쓰고 백방으로 노력한다. 고대 한국사의 주역인 고조선은 엄청나게 넓은 강역을 다스린 위대한 나라이고, 인류문명을 빛내는 업적을 이룩한 것이 의심의 여지가 없는 분명한 사실이라고 주장한다.

위에서 든 분들은 고인이 되었거나 정년퇴임을 했다. "과거는 묻지 마세요"라고 할 것인가? 현재에 있고 미래에도 있을 일을 이해하고 문제 삼기 위한 본보기를 과거에서 찾는다. 현재나 미래는 드러나 있지 않으므로 잘 알려진 과거를 들어 논의하는 것 이외의 다른 길은 없다.

개인 사정이 아닌 전형적인 모습을 논의한다고 거듭 밝힌다.

이 네 경우 모두 공통된 문제를 지니고 있다. 강의할 의무가 있는 분야와 자진해서 하는 연구가 분리되어, 강의가 부실하거나 왜곡될 수 있다. 동일 분야를 강의하는 교수가 복수로 있지 않으면 학생들이 영양실조의 피해를 당한다. 결손을 스스로 보충하지 못하면, 무자격자가 될 수 있다. 강의교수의 직무를 충실하게 수행하지 못하는 잘못을 별개의 연구를 잘해서 시정할 수 있는 것은 아니다.

연구를 잘하는가 하는 것이 더 큰 문제이다. 여기서 연구 내용을 하나하나 거론할 필요는 없다. 연구의 여건을 들어 질을 평가할 수 있다. 강의하면서 검증하고 보완하는 기회를 얻지 못하는 장외의 연구는 잘하기 어렵다. 달갑지 않은 강의를 줄곧 해야 하고, 하고 싶은 강의는 하지 못하는 것은 크나큰 비극이다. 비극을 줄이려고 편법을 쓰면 떳떳하지 못하고 치사하게 된다.

마음먹고 하고 있는 연구가 대학에 자리 잡지 못하고 있는 장외 경기인 것이 심각한 문제이다. 열심히 하는 일을 별난 취미나 아마추어의 자아도취로 여기고 진지한 관심을 가져주지 않으니 진전이 더디다. 진지하게 토론하고 검증할 동학들이 없어 발전이 확인되지 않는다. 대장간에서 불에 달구어 망치로 두드리는 과정을 거치지 않고 만들어내는 농기구 같다. 대중의 환영을 받을 인기 저술을 하다가 학문을 저버리게 된다. 학자를 상대로 한 논증문을 쓰지 않고, 대중을 상대로 한 설명문을 펼쳐놓아 학문에서 멀어진다.

학문을 잘할 수 있는 인재들이 학문 밖의 유통시장에서 얻는 작은 수입을 기대하고 타락의 길로 들어선다. 연구업적을 대중화해서 생계를 이어갈 수 있는 여건이 마련되어 있지 않아 학문을 버리게 된다. 관심을 가지고 푼돈을 낼 사람들을 늘이려고 인기인이 되는 것을 노리고 아무 말이나 함부로 하고, 심하면 개그맨 수준의 짓거리나 한다. 나무라기 전에 함께 괴로워해야 할 일이다. 시정 방법을 찾아야 한다.

(가)는 자료 조사만 하고 논의하지는 않아 학문을 했다고 인정하기 어렵다. 학문이 아니어도 좋다고 여겼지만, 이 점을 문제 삼지 않을 수 없다. (나)는 자료에다 논의를 어느 정도 보태고, 대학 밖에서 서성이는 민속학의 주인 노릇을 한다고 했다. 검증하는 기회를 마련하지 못해 수준이 낮은 것은 염려하지 않고, 희소가치를 주장한다.

(다)에서 하는 말은 허황되게 들렸다. 이해하고 평가할 말한 전문가들이 가까운 곳에는 없기 때문이다. 나라 밖에서 관심을 공유하는 동학들을 찾아 토론해야 연구 성과가 타당하다고 인정될 수 있는데, 국내에 머물러 있으면서 자폐증의 증세를 보이기나 했다.

(라)의 연구는 세계 도처 수많은 동학의 공동 관심사를 자기 나름대로 다루는 것이다. 새로운 주장을 폈다고 인정되려면 올림픽에 출전해 금메달을 따는 것과 같은 과정을 거쳐야 한다. 전문적인 식견이 없는 국내의 독자들을 상대로 큰 소리를 치고 있으면서 평가를 받고자 하는 것은 무리이다. 옛사람들이 구들목장군이라고 얕본 짓을 한다고 해도 지나친 말이 아니다.

(마)의 연구는 고대사 전공자들이 문제로 삼지 않고 외면한다. 아무리 공격해도 응답을 하지 않아 경기가 이루어지지 않는다. 이것은 고대사 전공자들의 직무유기를 더욱 소리 높여 고발해야 할 이유가 된다고, 목소리를 높이면 해결책이 생기는 것은 아니다. 국내의 경기가 이루어지지 않으면 국제 경기에 바로 나가는 것이 마땅한데, 이러지도 못한다. 중국이나 일본은 한국 고대사를 말살하고 왜곡하고 폄하한 범인이라고 규탄을 앞세우고서 경기를 하자고 제안할 수는 없다. 선수들끼리 경기를 하지 않고, 마치 어떤 상대방이라도 다 제패한 듯이 대중매체를 통

해 알리는 것은 적절하지 못하다.

시합이 이루어지 않은 것은 상대방의 잘못 때문이라고 일방적으로 몰아붙이고 말 수는 없다. 경기할 자세가 되어 있고, 경기의 규칙을 지킬 용의가 있는지 스스로 물어볼 필요가 있다. 상대방에 대한 비난을 앞세우면, 경기할 자세가 되어 있지 않다고 할 수 있다. 문제를 공유하고, 객관적 증거를 존중하고, 타당한 논리를 전개해서 주장하는 바를 입증하는 것을 경기의 규칙으로 인정하고 준수해야 한다.

지금까지 지적한 여러 문제를 연구교수 제도를 시행해 해결하는 것을 구상해본다. 자기 책무 밖의 연구를 열심히 하는 강의교수는 연구교수가 되어 하고 싶은 연구를 마음대로 하게 하는 것이 바람직하다. 강의교수 자리를 비워 다른 사람을 채용할 수 있게 해야 직무유기의 책임을 면할 수 있다.

해당자는 모두 연구교수가 되도록 해야 하는 것은 아니다. 연구교수 자리만 차지하고 연구는 제대로 하지 않을 사람은 선발에서 제외해야 한다. 선발에서 제외된 사람들은 강의교수 노릇을 충실하게 하거나, 교수직을 사임하고 나가서 문필 활동을 하거나 하라고 종용하는 것이 마땅하다.

연구교수를 선발하는 기준을 말해보자. 연구 의욕, 능력, 업적에 대한 평가를 얻어야 연구교수가 될 수 있지만, 의욕을 특히 중요시할 수 있다. 의욕을 일단 가라앉혀 순화하고 고양하는 과정을 거치도록 해야 한다. 독불장군이기를 그만두고 토론을 통한 검증을 소중하게 여기도록 해야 한다. 이에 관한 다짐을 선발의 조건으로 해야 한다.

연구교수는 그 나름대로 구속이 있어야 한다. 동료 연구교수들과 철저하게 토론하고 비판하는 내부의 경기를 혹독하게 거친 다음, 연구 진행 상황을 공개강의를 통해 알리고 외부의 경기를 공식적으로 하는 것을 필수로 해야 한다. 그 결과 타당성이 널리 인정되는 결과를 내놓아야 한다.

공개강의만으로는 부족하다. 국내외의 학회에서 발표하는 과정도 거쳐야 한다. 연구 분야나 주제에 따라서는 외국에 가서 발표하고 토론하는 것이 더욱 긴요할 수도 있다. 결과를 출판하는 것은 검증을 거친 다음의 일이다. 출판 단계에서 대중매체를 통해 연구 결과가 알려져야 한다.

대중매체는 학문과 학문 아닌 것을 구분해 혼동하지 않도록 하는 의무가 있다. 학문은 알려지지 않아 힘이 없고, 학문 아닌 것이 학문으로 행세해 인기를 모으는 사회는 혼란을 겪고 수준이 낮다. 학문 아닌 것은 학문보다 저급하다고 하는 것은 아니다. 문필 활동의 꽃인 문학 창작은 학문 이상의 학문일 수 있으나, 학문이라고 표방하고 행세하려고 하면 진정한 가치를 잃고 사이비가 된다.

학문이 아닌 것을 학문이라고 행세하는 풍조를 방치하거나 조장하는 것은 사이비 종교가 피해를 끼치도록 도와주는 것과 그리 다르지 않다. 이 둘이 우리 사회를 멍들게 한다. 그 책임이 대부분 대중매체에 있다. 대중매체의 무분별과 합쳐 세 가지 병폐가 있다고 말할 수 있다.

3

마침내 2008년에 연구교수 제도가 생기기는 했다. 대학의 신청을 받고 정부에서 심사해 대학 연구소에 연구교수 인건비를 배정해 필요한 사람을 채용하라고 했다. 부산대학교 인문학연구소가 연구교수 자리를 열 다섯이나 얻어내 단연 앞섰다.

부르기를 고대하고 있는 줄 알았는지, 나를 오라고 하고 연구교수들을 위한 발표를 해달라고 한 것이 2008년 4월 22일의 일이다. 〈유럽중심주의를 넘어선 비교문화의 시각〉이라는 글을 써서 보내고, 발표는 생략하고 토론만 하겠다고 했다. 그 글을 여기 내놓는다.

논의의 근거: 지금부터 전개하는 논의는 시간의 제약 때문에 간략하게 하지 않을 수 없다. 그러나 착상 단계에서 할 수 있는 말을 하는 것은 아니다. 더 보태는 견해도 있지만, 대부분은 이미 연구해 발표한 내용이다. 그래도 재론의 여지가 많고, 미개척의 과제가 상상 이상으로 펼쳐져 있을 것이다. 나로서는 "교정한 시각"을 말하지만 "교정할 시각"으로 받아들일 수 있다.

발표하는 내용과 긴요한 관련을 가진 저작을 든다. 너무 많아 미안하지만 어쩔 수 없다. 두고두고 읽으면서 미비한 내용을 보충하고 자세한 논의를 확인하는 데 이용할 것을 부탁한다. 업적의 전모나 근래의 동향에 대해 알고자 하면 홈페이지(chodongil.x-y.net)를 찾기 바란다.

《한국문학과 세계문학》(1991); 《우리 학문의 길》(1993); 《동아시아 문학사비교론》(1993); 《세계문학사의 허실》(1996); 《인문학문의 사명》(1997); 《동아시아 구비서사시의 양상과 변천》(1997); 《중세문학의 재인식》1-3(1999); 《철학사와 문학사, 둘인가 하나인가》(2000); 《소설의 사회사 비교론》1-3(2001); 《세계문학사의 전개》(2002); 《세계·지방화시대의 한국학》1-7(2005-2008); *Interrelated Issues in Korean, East Asian and World Literature*(2006)

과제와 해결 방안: 유럽은 세계사의 중심이고 가치 평가의 척도여서 우월하다는 주장이 '유럽중심주의'(eurocentricism)이다. 유럽과 미국이 함께 포함되므로 '유럽문명권중심주의'라야 정확하다고 하겠지만, 줄여

일컬어도 무방하다. 서양이라고 자칭한 유럽이 동양이라는 범칭에 포함시킨 다른 모든 문명권을 일제히 낮추어보는 '동양주의'(orientalism)가 이와 표리를 이룬다. '동양주의'는 낯선 번역어이고 무엇을 뜻하는지 알기 어렵다. '동양폄하주의'라고 할 것을 '동양주의'라고 약칭한다고 해야 오해가 시정된다. 둘 다 불행한 시대의 유산이어서 비판하고 극복해야 한다.

유럽중심주의나 동양주의를 자주 들먹이면서 청산의 대상으로 삼는 논의가 유행이 되다시피 하고 있다. '탈식민주의'(post-colonialism)라는 말도 함께 애용하면서 식민지 통치의 시대는 지났다고들 한다. 수많은 논저가 나와 필요한 논의가 다 이루어진 것 같지만, 읽어보면 부분적이고 표피적인 언설을 산만하게 늘어놓아 실망스럽다고 하지 않을 수 없다. 말을 낭비하고 있는 것이 또한 문제로 삼아야 할 증세이다.

이에 관한 진단을 먼저 할 필요가 있다. 청산의 대상이 청산의 주역일 수는 없다. 환자가 자각증세를 말하는 것으로 진단과 치료를 대신하지는 못한다. 성실한 자세로 반성을 한다고 해도 인식이 치우치고, 자기네 문명권이 아닌 다른 문명권에서 무엇을 할 수 있는지 모르는 탓에 대안 제시가 가능하지 않다. 유럽문명권에서 선도해 이룩한 근대 학문의 특히 중요한 성과인 역사, 구조, 논리 등에 관한 인식을 스스로 불신하는 포스트모더니즘이 끼어들어 시야가 더욱 흐려지기도 한다.

획기적인 전환을 마련하려면 연구의 주역이 새롭게 등장해, 연구 방향을 다시 설정해야 한다. 유럽중심주의의 잘못을 총체적으로 파악하고 전면적인 대안을 제시하려면 유럽 밖에서 유럽을 바라보아야 한다. 세계사의 장래에 대한 낙관적인 전망을 가지고, 근대 학문의 중요한 성과를 불신하지 않고 쇄신해 다음 시대를 위한 학문을 이룩하고자 해야 필요한 내용을 갖출 수 있다. 중세학문이 근대학문으로 전환된 것과 같은 비약이 다시 있어야 한다. 세계사 발전을 선도하는 주역이 교체되어야 한다는 것을 알고, 유럽이 아닌 다른 문명권에서 지니고 있는 역량을 살려 대안을 마련해야 한다.

과거를 청산하기 위해서는 미래의 편에 서는 결단을 내려야 한다. 유럽중심주의의 증세를 진단하고 원인을 밝힌 다음에는 치료를 하려고 나서야 한다. 반론을 제기하고 대안을 마련하는 것이 치료이다. 유럽문명권 학문에서 저지른 과오를 시정하는 새로운 연구를 실제로 해서 타당성이 분명한 성과를 내놓아야 필요한 작업을 한다.

유럽문명권의 위세가 경제·정치·군사력에서 엄존하고 있다고 절망할 것은 아니다. 너무 크고 강하게 되는 것은 멸망의 길이다. 멸망을 자초하고 있을 때 다른 쪽에서 반론을 제기하고 대안을 마련하는 것이 당연한 이치이다. 경제·정치·군사력 이면의 진실을 찾는 학문·문화·통찰력에서 전환을 준비하고 설계해야 한다.

너무 크게 말하면 실현 가능성을 의심할 수 있으므로, 수입학·자립학·시비학·창조학이라고 일컫은 네 학문의 상관관계를 들어 논의를 구체화하고자 한다. 수입학은 시야를 넓히는 데 도움이 되지만 문제 해결에 기여하지는 못한다. 유럽중심주의에 대한 자기비판을 가져와 널리 알리면 해결책을 제시하는 것 같지만, 상품 교체로 수입학의 위세를 키우면서 불행한 과거를 연장시키는 데 가담할 따름이다.

우리 것을 그 자체로 숭앙하는 재래의 국학 또는 한국학을 다른 이름으로 일컫는 자립학에 머무르면, 문제 파악에서 뒤떨어지고 대응책을 마련하지 못한다. 소박한 민족주의를 논거로 삼는 당위론으로 세계사의 난문제를 해결하는 것은 전혀 불가능하므로 꿈을 깨야 한다. 자립학이든 수입학이든 가리지 않고 나무라는 시비학은 가장 공정한 것 같지만, 책임이 없어 자유로운 방관자의 발언이거나 본론을 마련하지 못한 서론에 지나지 않는다.

시비학에서 펴는 주장을 실현하겠다고 자원하고, 수입학과 자립학이 각기 지니는 장점을 합쳐서 살리면서, 세 학문을 한꺼번에 극복하는 창조학을 해야 비로소 길이 열린다. 창조학을 위한 당위론이 소중한 것은 아니다. 먼 장래의 희망을 말하는 것은 더욱 어리석다. 남들에게 시키는 일을 스스로 감당하고 나서는 일꾼이 있어야 하고, 장차 할 일을 지금 하기 위해 분투해야 한다. 창조학은 기적으로 주어지는 것이 아니다. 수입학과 자립학을 시비학의 문제의식에 따라 받아들여 합치면 창조학이 시작된다. 누구든지 창조학을 하는 자격이나 역량을 일부는 갖추고 있으므로 나머지를 보충하면 전환이 가능하다.

창조학에는 두 단계의 작업이 있다. 첫 단계의 작업인 비교연구를 거쳐 다음 단계인 일반이론 정립으로 나아가야 한다. 가까이 있어 잘 알고 쉽게 다룰 수 있는 것에서 출발해 멀리까지 나아가, 알기 어려운 것들까지 비교연구에 포괄해 일반이론 정립의 근거를 넓히는 것이 마땅한 순서이다. 비교연구는 일반이론 정립을 목표로 하고, 일반이론은 비교연구를 근거로 삼아야 하다.

나는 한국문학에서 동아시아문학 또는 제3세계문학으로 나아가고, 그 성과를 이용해 유럽문학까지 새롭게 고찰해 세계문학 일반론을 다시 이룩했다. 문학에서 시작한 작업을 역사나 철학으로 확대해 비교연구의 범위를 넓히고 일반이론의 타당성을 키웠다. 한문·산스크리트·아랍어·라틴어문명권 또는 유교·힌두교·이슬람·기독교문명권을 대등한 위치에 두고 함께 파악해 공통점과 차이점을 밝히는 데 힘썼다. 어느 문명권에나 중국 같은 중심부, 한국 같은 중간부, 일본 같은 주변부가 있어 중심부·중간부·주변부끼리는 동질성을 지닌다는 사실을 찾아낸 것이 또한 비교연구와 일반이론의 긴요한 내용이다.

유럽중심주의의 실상: 유럽중심주의는 동기나 태도가 잘못되었다고 나무라면 치유할 수 있는 것은 아니다. 주장하는 바가 최상의 연구에서 얻은 성과라고 자처하고 또한 인정되므로, 학문하는 수준을 더 높여 대처해야 한다. 치료를 하려면 진단이 선결과제이다. 진단 능력이 뛰어난 것부터 보여주어야 의사 자격이 입증된다. 유럽중심주의의 증세는 다음과 같은 주장으로 나타난다는 것이 내가 진단한 결과이다.

(가1) 인류의 역사는 아시아에서 먼저 시작되었으나 유럽에서만 제대로 발전했으며, 아프리카에는 역사라고 할 것이 없다. (가2) 유럽에서 고대나 중세의 전형적인 모습을 보여주고, 근대를 만들어 세계 전체에 이식되도록 했다.

(나1) "진리에 대한 사랑"을 뜻하는 '필로소피아'($\varphi\iota\lambda\sigma\sigma\varphi\acute{\iota}\alpha$)는 고대그리스의 창안물이어서, '철학'이라고 번역되는 '필로소피'(philosophy)가 유럽문명권에만 있고 다른 문명권에는 없다. (나2) 유럽철학의 수입과 정착이 세계 어디서나 필수적인 과제이다.

(다1) 고대그리스의 비극과 서사시가 문학의 전범이어서 유럽문명권은 문학에서도 다른 문명권보다 우월하다. (다2) 소설은 유럽 근대의 시민문학이므로, 근대에 이르지 못하고 시민이 성장하지 못한 다른 곳에서는 생겨날 수 없었다.

증세를 진단했으면 원인을 밝혀야 한다. 모든 것이 과대망상증의 산물이라고 하는 정도의 일반론에 머무르지 말고, 개개의 증세가 어떻게 해서 나타났는지 구체적으로 밝혀야 치료가 가능하다. 이를 위해 많은 작업이 필요하지만, 여기서 번다한 논의를 하는 것은 바람직하지 않다. 연구해서 밝힌 성과를 최대한 압축하면 다음과 같이 말할 수 있다.

(가1)은 근대 형성을 선도하는 서부 유럽의 자부심 표현으로 출현했다. 그 대열에 한 발 늦게 들어선 독일은 자국 대신 유럽의 우월성을

내세워 선진국과 대등하게 되고자 했다. 헤겔이 《역사철학》에서 유럽중심주의 세계사관을 정립해 이중의 목적을 달성했다. (가2)는 그 뒤에 계속 추가되고, 근대화에 관한 거의 모든 논의에서 오늘날까지도 대전제 노릇을 한다. (가1)이 문화 인식에서 (나1)·(나2)·(다1)·(다2)로 나타났다.

(가2)는 이론의 일관성을 유지하기 위해 요망되는 데 그치지 않고, 침략과 지배를 합리화하는 실질적인 기능이 있어 반드시 필요했다. 인도를 통치하는 영국의 고민이 특히 컸다. 인도를 아프리카와 같이 취급할 수 없어 문명 비교론을 갖추어야 했다. 고대그리스문명이 고대인도문명보다 앞서고, 영국은 고대그리스문명의 후계자이므로 인도를 통치할 자격을 가진다고 했다. 인도에 파견하는 관리나 군인에게 고대그리스 고전 이해를 필수적인 무기로 제공했다.

침략당하고 지배를 받는 세계 도처의 많은 민족에게 유럽은 고통을 강요하는 원수이면서 발전의 길을 보여주는 스승이기도 했다. 그런데 식민지가 되지 않은 상태에서 근대국가를 이룩하는 곳에서는 유럽을 원수로 여기지 않고 스승으로 섬기기만 하면서 과도하게 미화하고 찬양했다. 일본의 경우가 그 좋은 본보기이다. 일본에서는 (나)에 충실해 '철학'은 '서양철학'이라고 여기고, 전에 없던 일본철학사를 서양철학을 수입해 이룩하고자 한다. (다1)과 (다2)를 문학론의 기본요건으로 삼고, 일본문학은 특이한 예외라고 한다.

한국은 일본의 식민지 통치를 받으면서 일본을 원수이기도 하고 스승이기도 하다고 여겼다. 일본이 스승인 이유는 유럽 스승의 가르침을 전달하기 때문이었다. 전달 내용이 실상보다 이중으로 미화되어 유럽중심주의가 더욱 확대되었다. 광복 후에는 유럽문명을 직접 습득하는 사람들이 늘어나고 있지만 이해가 편중되고, 기존 관념에 편승해 수입학의 효용을 선전하면서 처신을 유리하게 하고자 한다. 환자 말석에 끼이려고 하고 의사로 나설 생각을 하지 못한다.

(가)에 대한 반론: (가1)에 대한 반론은 유럽을 능가하는 역사 발전을 이룩해야 가장 설득력 있게 마련된다. 그러나 장래를 낙관하면서 기다리자고 할 것은 아니다. 지금 할 수 있는 일을 성실하게 하면서 전환의 논거를 제공해야 한다.

(가2)에 대한 반론은 중세에 대한 재인식에서 쉽사리 마련되어, 더욱 진전된 논의를 위한 단서가 된다. 어느 문명권에서든지 공동문어와 민족어가 공존하고 가치관에서도 이중구조를 가진 시대가 중세였다. 종교의 수장이 세속의 통치자를 책봉하는 체제가 일제히 있었던 것도 중세의 특징이다. 중세문명은 기본적으로 동일하면서 어느 정도의 격차가 있었다.

중세문명의 요건을 상대적으로 덜 갖춘 유럽이, 유럽의 주변부여서 더욱 뒤떨어진 영국에서 근대를 이룩하는 데 앞섰다. 동아시아에서 일본이 근대화에 앞선 것도 같은 이유이다. 같은 현상이 그전에도 있어 고대의 후진이었던 아랍인이 이슬람을 창조해 중세의 선진이 되었다. 역사는 순환하면서 발전한다. 후진이 선진이 되는 당연한 변화가 다시 일어나 근대 이후의 새로운 시대를 창조할 것이다. 이에 관한 생극론의 역사철학이 새로운 학문의 근거가 된다.

근대는 유럽이 만들었다고 하는데 일거에 이룬 것이 아니다. 중세에서 근대로의 이행기가 16세기 이래로 오래 지속되다가 산업혁명과 시민혁명을 거쳐 19세기에 근대가 시작되었다. 중세에서 근대로의 이행기는 다른 여러 곳에서도 함께 나타난 세계사의 공통된 단계이다. 유럽은 중세에서 근대로의 이행기 시발부터 근대였다고 하고, 다른 곳들은 중세에서 근대로의 이행기의 종말부터 근대라고 하는 이중의 잣대를 사용해 혼란을 빚어내는 잘못을 시정해야 한다.

근대 형성에 관한 논의를 경제사가 독점할 수 없다. 사회사에서 할 수 있는 일이 더욱 분명하고 보편적인 의의를 가진다. 사회사에서 보면, 중세는 신분사회이고, 근대는 계급사회이며, 중세에서 근대로의 이행기는 신분과 계급이 생극의 관계를 가진 시대였다. 신분이 우월한 귀족과 유력한 계급인 시민이 다투면서 귀족이 시민화하기도 하고, 시민이 귀족화하기도 했다. 구체적인 양상은 나라에 따라 달라 다각적인 비교를 필요로 한다.

중세에서 근대로의 이행기 동안 시민의 귀족화가 널리 이루어진 점에서 한국은 프랑스와 상통한다. 프랑스에서는 국법으로 부유한 시민은 귀족이 되어야 했으며, 한국에서는 웬만한 사람에게도 신분 상승의 길이 비공식적으로 열려 있었다. 그런데 프랑스에서는 혁명으로 귀족이 없어지고, 한국은 상승이 일제히 이루어져 둘 다 권위 부정의 성향이 강한 평등사회가 되었다. 신분제의 철폐가 하향평준화로 나타난 중국, 신분제의 전통이 아직 남아 있는 일본보다 한국사회가 한층 역동적이고 성취동기가 더 큰 기풍을 지니는 이유를 이런 데서 찾을 수 있다.

(나)에 대한 반론: 철학을 뜻하는 말이 '필로소피아'만일 수 없다는 것을 밝히면 (나1)에 대한 반론이 시작된다. 다른 문명권에서 독자적인 용어로 상이한 생각을 나타내는 것이 당연하다. 더 넓은 생각을 나타낸 것이 잘못은 아니다. 산스크리트의 '다르사나'(darsana)는 이치를 따지는 데 그치지 않고 정신적 통찰력을 얻고 정신을 정화하는 것까지 말했다. 아랍에서는 '필로소피'에 상응하는 이성철학 '팔사파흐'(falsafah)뿐만 아니라 통찰철학이라고 할 수 있는 '히크마흐'(hikmah)도 있었다. 동아시아에서 '心學', '玄學', '道學' '理學' 등으로 일컫던 것들이 모두 철학이다. 철학사를 각기 이해하면서 비교연구를 하는 것이 바람직하다.

철학은 독자적인 범위와 그 자체의 엄밀한 방법을 갖춘 독립된 학문 분야이여야 한다는 것은 근대 유럽의 편견이다. 철학의 글쓰기를 하면서 시를 쓰거나 이야기를 만드는 일이 자주 있었다. 표현에서뿐만 아니라 내용에서도 철학과 문학을 둘이면서 하나이고 하나이면서 둘인 양상을 세계적인 범위에서 비교했다. 지금은 철학과 문학이 최대한 멀어져 있어 다시 가까워지고 하나가 되는 것이 바람직한 전환이라는 결론을 내렸다.

중세후기에 해당하는 12-13세기의 동시대에 힌두교에서 라마누자(Ramanuja), 이슬람의 가잘리(Ghazali), 유교의 朱熹, 기독교의 아퀴나스(Thomas Aquinas)가 각기 산스크리트·아랍어·한문·라틴어로 이룩한 업적이 뚜렷한 공통점을 가져 철학이 하나이게 했다. 보편종교의 원리를 공동문어로 밝혀 논하면서 현실에서 제기되는 여러 문제에 대한 최종적인 해답을 제공하고자 했다. 그 뒤에 이에 대한 해석, 적용, 시비, 비판 등을 하는 작업이 다양한 방식으로 나타났으며, 문학이 긴요한 구실을 했다.

라마누자와 카비르(Kabir), 가잘리와 아타르(Attar), 朱熹와 鄭澈, 토마스 아퀴나스와 단테(Dante)의 관계는 특히 주목할 만하다. 공인되고 규범화된 철학을 낮은 자리에서 받아들여 풀이하고 확대하며 뒤집어놓기도 하는 작업을 공동문어가 아닌 민족구어를 사용해 누구나 이해할 수 있게 하는 시에서 일제히 진행했다. 같은 시기 네 문명권의 철학, 철학과 시의 관계, 시가 지니는 동질성이 인류문명이 하나임을 입증하는 데 최상의 설득력을 가진다.

중세에서 근대로의 이행기에 이르면 그런 체계가 무너졌다. 규범화된 철학을 거부하고 삶의 진실을 다시 찾는 작업을 철학에서도 하고 문학에서도 했다. 철학과 문학의 서열이 무너지고, 둘이 아주 가까운 관계를 가지고 공동의 과업을 수행하는 시대가 되었다. 철학이 사라져 철학사에 공백이 생긴 것 같은 인도나 아랍에서는 문학이 철학의 임무까지 감당한 것을 밝혀냈다. 동아시아 각국에서 일제히 일어난 氣철학은 동시대 유럽의 계몽철학을 비교해 가치관 혁신의 공통된 과업을 상응하는 방식으로 추구했다고 논증했다.

유럽이나 동아시아뿐만 아니라 다른 문명권에도 오랜 기간 동안 축적된 철학의 유산이 있다. 중세에서 근대로의 이행기에 발전이 크게 이루어졌다가 근대 유럽의 침해를 받고 혼란에 빠졌다. 손상된 능력을 되찾아 근대 유럽의 철학과 대등한 토론을 하면서 비판적인 섭취의 길을 찾는 것이 (나2)를 극복하는 방안이다.

독점적인 의의를 가진다고 하는 유럽철학이 심각한 위기를 겪고 있다. 철학은 독자적인 영역과 방법을 가진 이성의 학문이라고 하면서 자기 방어를 일삼다가 자폐증에 빠졌다. 철학을 개방해 다른 방식의 문화창조와 합쳐야 하고, 이성을 넘어선 통찰을 갖추어야 한다. 잊고 있는 전통을 재발견해 고금학문 합동작전을 하는 것이 구체적인 해결책이다. 생극론을 이어받아 새롭게 이용하는 나의 작업이 한 본보기이다.

(다)에 대한 반론: (다1)에서 고대그리스의 비극을 일방적으로 평가한 잘못을 시정하기 위해 연극미학의 기본원리를 비교해 고찰했다. 고대그리스 비극의 '카타르시스', 중세의 인도 산스크리트 연극이 보여주는 '라사'(rasa)와 함께, 중세에서 근대로의 이행기 한국의 민속극에서 좋은 본보기를 찾을 수 있는 '신명풀이'가 세 가지 기본원리이다. 세 본보기에서 세 가지 기본원리가 어떻게 다른지 알아낼 수 있다.

셋의 비교는 겹겹으로 이루어진다. '카타르시스'는 파탄에 이르는 결말을, '라사'와 '신명풀이'는 원만한 결말을 보여준다. '라사'는 우호적인 관계의 차질을, '카타르시스'와 '신명풀이'는 적대적인 관계의 승패를 보여준다. '신명풀이'는 미완성의 열린 구조를, '카타르시스'와 '라사'는 완성되어 닫힌 구조를 보여준다.

비극이 최고의 연극이라는 주장은 '카타르시스' 연극에나 해당된다. 연극의 원리는 갈등이라는 것 또한 그렇다. '라사' 연극은 우호적인 관계에서 생긴 차질을 시정하고 원만한 결말에 이르러 조화의 원리가 소중하다는 것을 확인한다. '신명풀이' 연극은 갈등과 조화를 함께 나타내면서, 갈등이 조화이고 조화가 갈등이라고 한다.

고대그리스 서사시가 서사시의 전범이라고 하는 (다1)의 편견은 서사시의 하위갈래에 대한 광범위한 비교연구에서 극복되었다. 세계 어디서나 구전서사시가 원시 시대의 신령서사시, 고대의 영웅서사시, 중세 이후의 범인서사시로 변천해온 과정을 밝혀냈다. 그 한 단계의 영웅서사시가 기록되고 윤색되어 전하는 고대그리스 서사시는 일반론 정립에 쓰이기 어려운 예외적인 형태이다.

한국 특히 제주도의 서사무가는 이른 시기 구비서사시의 소중한 유산이어서 광범위한 비교연구의 출발점을 제공한다. 일본의 아이누인, 중국 운남 지방 여러 민족, 필리핀의 여러 언어집단의 전승에 가까이서 비교할 자료가 풍부하다. 터키계 여러 민족, 아프리카의 여러 곳의 구비서사시 또한 일반이론 정립을 위한 비교연구에서 긴요한 작용을 한다.

세계적인 범위에서 진행한 비교연구의 결과 한국의 서사시에 대한 새로운 인식을 하게 되었다. 여러 단계를 거쳐 전개된 구비서사시의 오랜 역사 가운데 시초와 결말이 상대적으로 두드러지고 중간은 흐릿한 것이 한국의 특징이다. 시초인 원시·고대구비서사시는 인식과 평가 밖에 방치되어 있다가 조사해서 연구하는 데 쓰이는 소중한 자료가 되었다. 결말에 해당하는 판소리는 민족예술의 자랑스러운 유산으로 받들어지는 영광을 차지했다.

(다2)에서 소설이 유럽 근대의 시민문학이라고 하는 것은 이중으로 잘못되었음을 자세하게 밝혀 논했다. 소설이 출현한 시기는 근대가 아니고, 중세에서 근대로의 이행기이다. 소설은 시민문학이 아니고, 귀족과 시민, 그리고 남성과 여성이 생극의 관계를 가지고 이룩한 경쟁적 합작품이다. 어느 일방이 독점하려는 시도는 소설을 약화시켰다.

동아시아와 유럽의 소설은 대조적인 성격을 지니고 함께 변천했다. 한쪽에서는 가짜 傳을, 다른 쪽에서는 가짜 고백록을 만들어 가치관 혼란을 흥밋거리로 만든 것이 공통된 출발점이다. 흥미로운 사건을 갖춘 一夫多妻의 관계, 내심 고백으로 전달되는 多夫一妻의 관계를 각기 만들어내 내용을 추가한 것이 당연한 귀결이다.

중세에서 근대로의 이행기 동안에는 소설 발전에서 동아시아가 앞서고 유럽이 뒤따랐다. 근대가 되자 인쇄술과 유통방식의 혁신 덕분에 유럽소설이 크게 발달하다가 파탄이 생겼다. 시민의 독점에 내면의식 위주의 자폐적인 문학이 되어 소설이 해체되기에 이르렀으나 지구 전체의 위기는 아니다. 제1세계의 지배에 대한 제3세계의 반론을 세계사적 문제의식을 가지고 제기하는 쪽에서 새로운 소설을 창작하고 있다.

소설이 참칭하고 전복시킨 동아시아의 傳이나 유럽의 고백록 같은 것이 없어 아프리카소설은 전통이 빈약하다고 할 수 있다. 그러나 중간 시기 종교이념을 규범화한 특정 형태의 기록물 대신에 연원이 더욱 오랜 신화의 보편적인 구전을 오늘날의 문제를 다루는 배경으로 삼는다. 정치적 시련에 시달리고 빈곤이 격심해 비관적이기만 한 상황을 넘어설 수 있는 낙관의 근거를 신화에서 찾는다.

한계와 반성: 나는 모든 일을 혼자 했다. 강의나 연구 발표를 듣고 성실하게 토론해준 분들의 도움은 많이 받았으나 공동연구는 하지 않았다. 보조연구원의 조력을 내가 모르는 외국어, 월남어 및 러시아어 자

료 해득을 위해 받았을 따름이다. 읽을 수 있는 자료에서 발견되는 미지의 사실은 스스로 해득하기 위해 애썼다.

의욕과 용기를 작업의 동력으로 삼았다. 언어권을 넘나들고 학문 분야를 가리지 않고 어떤 비교연구라도 두려워하지 않고 진행하면서 일반이론을 이룩하는 일을 과감하게 진행했다. 그래서 새로운 학문을 위한 주장이 당위론의 차원에 머무르게 하지 않고 연구를 실제로 진행해 결과를 보여주었다. 큰 뜻을 품고 많은 노력을 하면 무엇이든지 할 수 있다는 것을 입증했다.

반성할 점이 적지 않다. 혼자 힘으로는 감당할 수 있는 범위가 얼마 되지 않는다. 알지 못하는 언어, 이해의 능력을 넘어선 자료가 얼마든지 있다. 논의를 거칠게 해서 재검토하고 다듬어야 할 것들이 너무 많다. 아직은 가설 정도에 그치고 치밀한 연구를 제대로 해야 할 과제가 적지 않다. 생각하고 노력한 범위 밖에 얼마나 크고 중요한 연구 거리가 있는지 알지도 못한다.

바람잡이를 하다가 만 과도기의 학문, 떠들기를 일삼고 내실은 부족한 연구, 너무 많아 어수선한 논저, 이런 것들이 내가 저지른 잘못이라고 생각한다. 학문과 학문 운동을 함께 하느라고 깊이가 모자라는 서론을 자주 펴면서 학계 밖의 이해를 구하기도 했다. 다른 임무에서는 벗어나 연구에 몰두하고자 했으나 뜻을 관철하기 어려웠다. 강의와 연구를 일치시키려고 온갖 편법을 써도 잘되지 않았다.

정년퇴임을 하고 석좌교수가 되고서야 새로운 계기를 마련했다. 하고 싶은 강의를 스스로 개설해 누구나 자유롭게 수강하도록 공개하는 방식으로 진행한다. 세계·지방화시대의 한국학을 열 학기에 걸쳐 강의하면서, 세분된 제목을 내세워 단계적으로 구체화한다. 세계적인 범위의 비교연구를 근거로 일반이론을 새롭게 이룩하는 본보기를 보이고 방향과 방법을 제시하는 것이 커다란 비중을 차지한다.

그러나 최상의 작업을 하고 있다고 할 것은 아니고, 스스로 불만스럽게 생각되는 바가 없지 않다. 특정 주제에 관한 연구를 세차게 진행하기에는 힘이 모자란다. 내 자신의 연구를 진척시키기보다 연구 방향을 바꾸는 데 더욱 도움이 될 수 있는 작업을 한다. 전공, 관심, 수준 등이 다양한 참여자들이 널리 관심을 가질 논의를 학문 일반론의 관점에서 펴는 데 힘쓴다.

한 사람이 할 수 있는 일은 얼마 되지 않는다. 한평생 이상은 보장되어 있지 않고, 분신술을 쓸 수도 없으므로 한계를 시인하고 물러나면서 후진에게 부탁한다. 나의 경험이 새로운 작업을 더 잘할 수 있게 하는 데 도움이 되기를 바라고 간곡하게 당부한다. 좋은 기회를 얻어 꼭 하고 싶은 말을 하게 되어 기쁘다. 원고를 쓰면서 계속 들뜨고, 발표할 날짜가 빨리 다가오기를 바란다.

내가 해온 연구에 대해서 후진이 계속 관심을 가지고 보완·비판·극복의 대상으로 삼기를 간절히 바란다. 가설을 만들거나 문제를 제기한 의의가 있다고 인정되기만 해도 수고한 보람이 있다. 더욱 소중한 것은 진행과정에서 얻은 내밀한 경험이다. 이에 관해서는 조리를 갖추어 설명할 수 없다. "조동일은 어떻게 일루타를 칠 수 있었는가, 왜 이루타 이상은 치지 못했는가"를 밝혀내는 데 필요한 질문을 퍼붓기 바란다.

새로운 작업에 대한 기대: 이제부터는 여럿이 힘을 합쳐 함께 연구하기 바란다. 공동연구보다는 협동연구가 더욱 바람직하다. 여럿이 한 사람처럼 움직이는 공동연구는 제대로 되지 않고 성과가 빈약하게 마련이다. 각자 자기대로 연구하면서 서로 돕는 협동연구는 개인연구와 공동연구의 장점을 아우를 수 있다. 외국어 해득 능력과 전공 분야를 다양하게 갖추어 피차 유익하게 하는 것이 바람직하다.

비교연구를 위해서는 공동의 작업에 더욱 힘쓰고, 일반이론 정립은 개인의 과제로 삼고 서로 토론하는 것이 마땅하다. 비교연구를 함께 하고서 서로 다른 이론을 각기 마련하고 토론한 성과를 공저가 아닌 연작저서로 내는 것을 최상의 방안으로 삼을 만하다. 공동연구를 위해 원하지 않은 일에 시달리고, 정작 하고 싶은 연구는 시간 부족으로 하지 못하고 마는 비극은 없어야 한다. 연구 책임자는 자기 생각대로 휘두르지 말고, 연구 종사자는 무엇을 어떻게 연구해야 할 것인지 멀리 내다보고 깊이 생각해야 한다. 피차 유익한 성과가 있는 토론을 힘써 해야 한다.

창조학을 하려면 많은 시간이 소요된다는 것을 바로 알아야 한다. 수입학은 기성품을 취급하므로 시간을 적게 들이고도 할 수 있다. 자립학은 자료 작업부터 해야 하니 만만치 않지만 범위를 적절하게 한정하는 것은 가능하다. 시비학은 착상이 뛰어나면 해낼 수 있다. 그러나 창조학은 수입학·자립학·시비학을 다 하는 것보다 더 많은 노력을 요구한다. 자료에서 문제 해결까지 스스로 해야 하는 작업이 끝없이 이어진다. 모든 노동시간을 투입해야 성과를 기대할 수 있다.

지금까지 창조학이 가능하지 않았던 이유의 하나가 연구 시간 부족 때문이었다. 강의를 주업으로 하면서 잡무에도 시달리고 남는 시간에 연구를 해야 했으므로 수입학·자립학·시비학은 가능하지만 창조학은 불가능했다. 개인적인 노력으로 난관을 극복하는 것은 참으로 어려운 일이어서 제도 개선이 요망된다. 학과가 아닌 연구소에 소속된, 강의교수와는 다른 연구교수가 있어야 할 절대적인 이유가 창조학을 해야 한다는 데 있다.

이제 새로운 제도가 마련되어 연구교수가 등장하기 시작했다. 아직 미흡하지만 감사하게 여기고 좋은 기회를 최대한 활용하기 바란다. 나는 평생토록 희구하고 역설해도 얻지 못한 혜택을 누리는 후진이 생겨나 밤잠을 자지 않고 기쁨에 들떠 있을 만하다. 창조학을 제대로 할 수 있는 특권을 얻어 얼마나 자랑스러운가. 일생의 학문을 멀리 내다보고 크게 구상해 많은 것을 이루기 바란다. 강의교수가 되기 위해 임시로 연구교수 노릇을 하겠다고 하는 어리석은 생각은 하지 말아야 한다.

이 글은 원고를 미리 보내 참석자 전원이 읽어오게 했다. 현장에서는 30분간 간추려 설명하고, 이어서 140분에 걸친 토론을 했다. 그 뒤에도 여러 말이 오가 다섯 시간쯤 땀을 흘렸다. 긴요한 토론 요지를 적는다.

문: 생극론에 입각한 창조학을 하겠다는 것은 유럽중심주의를 동아시아 또는 한국중심주의로 바꾸자는 것이 아닌가?

답: 생극론은 동아시아 용어이지만, 생극론에 해당하는 사고형태는 세계 보편적인 것이다. 변증법의 한계를 생극론으로 극복해 인류 전체의 관심사를 새롭게 해결하는 대안을 내놓는 것이 창조학의 과업이다. 생극론이라는 용어를 영어로 옮겨 널리 알리려는 생각은 하지 않고, 사고형태에 대한 논의를 다양하게 벌이는 것을 당면 과업으로 삼는다.

문: 앞으로 세계는 다시 네 문명권으로 나누어지는가?

답: 세계는 하나로 합쳐진다. 하나로 합쳐진 세계에서 인류의 다양한 창조력이 발휘되도록 하기 위해 여러 문명권의 유산을 고루 이어받아야 한다. 서로 다른 전통과 사고가 생극의 관계를 가져 새롭게 재창조되는 세계를 만들어야 한다.

문: 중세에서 근대로의 이행기의 유산 가운데 근대에서 쓰이지 못하고 폐기된 것들을 찾아내 근대를 넘어서서 다음 시대를 만드는 발판을 삼아야 한다고 한 것이 무슨 말인가?

답: 중세에서 근대로의 이행기의 탁월한 사상가 가운데 한국의 洪大容

이나 일본의 安藤昌益(안도쇼에키)를 들어 말할 수 있지만 프랑스의 볼태르(Voltaire)가 설득력이 더 크다. 볼테르는 근대 프랑스에서 으뜸가는 위인으로 받들지만, 모든 종교는 대등하게 훌륭하므로 유럽이 우월하다는 생각을 버려야 한다는 지론은 폐기되었다. 소중한 가치를 되찾아 다음 시대로 나아가는 데 써야 한다.

문: 철학의 엄밀성을 갖추는 데서 유럽을 따르지 못하면서, 새로운 학문을 한다고 할 수 있는가?

답: 철학을 다른 학문이나 저술에서 고립시켜 엄밀성을 지나치게 따지다가, 학문의 위기를 자초했다. 철학에서 제시하는 추상명사가 어떤 절실한 의미를 가지는지 문학과 연결을 가지고 삶의 실상으로 들어가야 검증하고 평가할 수 있다. 철학과 문학이 다시 가까워지게 해서 둘을 함께 살리는 것이 새로운 학문의 과제이다.

문: 고전의 본질은 그 자체로 정확하게 이해하고 평가하려는 노력 없이 함부로 이용하려고 하면 되는가?

답: 다른 사물이 모두 그렇듯이 고전에도 불변의 본질은 없다. 오늘날 내가 가지는 문제의식으로 다시 읽어 찾아내는 가치가 소중할 따름이다. 고금학문 합동작전의 대상으로 삼는 것이 고전 평가의 최대 과업이다.

문: 창조학의 성과를 가장 높인 선인은 누구인가?

답: 元曉이다. 복잡한 논술만 하지 않고, 구비철학에도 참여하고, 춤추고 노래하기까지 해서 그럴 수 있었다.

문: 개화기 이후에는 창조학이 사라진 이유가 무엇인가?

답: 식민지 상태에서 수입학을 숭상했기 때문이다. 철학의 파탄이 가장 격심하다. 그런데 학문은 망했어도 문학창작은 살아 있어 창조학의 과업을 수행한 작품이 적지 않다. 철학사와 문학사, 학문사와 예술사

를 함께 이해해야 한다는 것을 말해준다.

부산대학교에 준비를 많이 하고 가서 여러 시간 동안 고생했으나, 후련하지 않았다. 보다시피 성과 있는 토론이 이루어지지 않았다. 어느 강의나 강연에서 흔히 있는 통상적인 수순의 문답을 하는 데 그쳤다. 제기된 문제를 내가 이미 한 작업을 넘어서서 새롭게 해결할 인재가 있기를 기대한 것이 허사가 되었다. 이미 제기한 문제를 넘어서서 더욱 중요한 문제를 제기하고 획기적으로 해결하는 학문을 하는 역군이 있기를 바라는 희망이 사라졌다.

연구교수가 되는 것은 나는 평생 바라기만 하고 이루지는 못한 소망이다. 그런 소망을 이룬 감격을 자랑하면서, 학문이 신천지를 개척하는 벅찬 사명을 안고 예지가 번뜩이는 젊은 학자들을 만나리라는 기대는 무너졌다. 내가 실패를 겪고 좌절한 것 못지않게 침통했다. 그 이유가 무엇인지 두고두고 생각했다.

제도가 미비한 이유는 쉽게 말할 수 있다. 오랜 여망을 받아들여, 국가에서 모처럼 새로운 제도를 만들면서, 연구교수는 조건부 비정규직이게 했다. 10년 동안만 국가 예산으로 연구교수의 급료를 부담하고, 그 뒤에는 대학에서 정규직으로 채용해야 한다고 했다. 정규직은 강의교수라고 이해하고 있다. 연구교수란 강의교수 희망자가 임시로 맡은 비정규직이라고 여겨 사기가 높지 않다.

업적 평가를 두고 경쟁을 해야 하므로, 상위의 정규직 강의교수는 하위의 비정규직 연구교수가 연구를 잘하도록 도와주는 것과는 반대로 나가고 싶은 심정을 누르기 어렵다. 연구교수가 소속된 대학의 연구소는 강의교수가 소장을 비롯한 여러 보직을 맡아 운영하는 기관이다. 연구교수는 비정규직이라 서러울 뿐만 아니라, 식민지통치를 받는 신세이므로 자율성이 인정되지 않는다. 연구소장이 프로젝트를 따와서 연구교수식솔들을 먹여 살린다고 생색을 내니 더욱 처량하다.

그렇더라도 제도의 미비나 탓하면서 의기소침하게 지내는 것은 잘못이다. 10년 이후를 걱정하느라고 10년을 허송세월하는 것은 용서할 수 없다. 청춘의 정열을 바쳐 연구에 매진해야 한다. 불타는 의욕, 넘치는 문제의식, 폭발하는 발상으로 새로운 학문을 이룩해야 한다. 연구교수들끼리 단결해 권익을 확대하고 서로 도와 높은 성과를 올려야 한다. 제도를 바꾸고 잘못을 고쳐야 한다는 것을 높은 평가를 근거로 삼아 주장해야 한다.

4

그 뒤 2014년 4월 22일 서울대학교 인문학연구원의 연구교수들을 상대로 발표하고 토론할 기회를 다시 얻었다. 서울대학교 인문학연구원은 연구교수가 20여 명이나 되었다. 몽골학·인도학·아랍학 전공자를 교수로 받아들여 학문의 폭을 넓힌 것이 더욱 반가운 일이라고 토론 시간에 말했다. 이화여자대학교에도 유사한 규모의 이화인문과학원을 만들었다. 이 번 모임을 두 기관이 공동으로 주최하고 지정토론자가 양쪽에서 한 사람씩 나왔다. 그날의 발표는 토론을 유발하기 위한 것이었으므로 원고를 쓰지 않고 창조학이 무엇이며 어떻게 해야 창조학이 무엇이며 어떻게 해야 하는가를 요약해 진술한 아래의 글을 이용했다.

수입학·자립학·시비학을 넘어서서 창조학으로 나아가는 것이 새로운 학문의 길이다. 수입학은 남들이 이미 한 결과를 가져와 자랑하는 학문이다. 자립학은 우리 것을 그 자체로 연구하는 데 머무르는 학문이다.

시비학은 기존의 연구가 잘못 되었다고 나무라는 것을 능사로 삼는 학문이다. 창조학은 창조를 내용으로 하는 이론이면서 창조하는 길을 제시하는 학문론이다. 선행하는 세 학문, 수입학·자립학·시비학을 나무라고 물리치면 넘어설 수 있는 것은 아니다. 각기 이룬 바를 받아들여 발판으로 삼아야 창조학으로 나아갈 수 있다. 수입학으로 시야를 넓히고, 자립학에서 연구를 실제로 수행하고, 시비학으로 잘못을 가리는 작업을 합쳐서 발전시켜야 창조학을 할 수 있다. 수입학·자립학·시비학을 하는 사람들이 창조학을 질투해 손상을 입히지 않고 창조학을 위해 기여하는 것을 보람으로 삼으면서 창조학에 다가오도록 하는 것이 마땅하다.

학문은 역사적 성격을 지닌다. 보편적 진실을 역사적 조건에 맞게 추구하고 실현하는 작업을 학문이 선도한다. 현재의 상황을 판단하고 미래를 전망하는 역사의식을 분명하게 해야 학문을 제대로 할 수 있다. 유럽문명권 주도로 이룩한 근대학문을 청산하고 근대를 넘어선 다음 시대의 학문을 이룩하는 것이 이제부터 하는 창조학의 사명이다. 역사는 종말에 이르고, 거대이론의 시대는 끝났다고 하는 말에 현혹되어 동반자살을 하려고 하지 말고, 선수 교체를 수락해야 한다. 선진이 후진이 되어 생기는 공백을 후진이 선진이 되는 전환을 이룩해 메우면서 세계 학문의 주역으로 나서야 한다. 정치나 경제는 아직 후진이므로 학문에서는 선진이어야 하는 사명을 수행해야 한다.

다음 시대로 나아가는 창조학은 지난 시기의 학문에 대해서 이중의 관계를 가진다. 근대학문에서 이성의 가치를 최대한 발현해 역사, 구조, 논리 등에 대해 분석적 고찰을 한 성과를 폐기하는 데 동의하지 않고 이어 발전시키면서, 근대학문이 부정한 중세학문에서 이성 이상의 통찰로 모든 것을 아우르고자 한 전례를 되살려 두 시대의 학문이 하나가 되게 하는 것이 마땅하다. 중세에 뒤떨어진 곳에서 중세를 부정하고 고대를 긍정하면서 근대화에 앞섰듯이, 이제 근대의 피해자가 된 곳에서 근대를 비판하고 중세를 계승하면서 다음 시대 만들기를 선도하려고 분발해야 한다.

근대에 이르러 고착화된 자연과학·사회과학·인문학의 구분을 바로잡는 것도 긴요한 과제이다. 먼저 '학문'을 공통개념으로 삼아 용어의 불균형을 시정하고 '과학'의 횡포를 제어해야 한다. 자연학문·사회학문·인문학문으로 구분된 세 학문 가운데 인문학문이 앞서서 학문 혁신의 주역 노릇을 해야 한다. 인문학문이 배격되는 세태에 자각으로 맞서 전반적인 상황을 검토하고 조정하는 학문학을 하는 것이 창조학의 긴요한 내용이다. 자연학문·사회학문·인문학문 순서로 정해져 있는 우열에 따라 직분이 상이하다고 하는 차등론을 뒤에서부터 뒤집어 우열을 부정하고 직분을 통합하는 방향으로 나아가야 한다.

서경덕에서 최한기까지의 기철학에서 생극론을 이어받아 문학사의 이론으로 발전시킨 것이 내가 시도한 창조학의 가장 긴요한 작업이다. 이것은 고금학문 합동작전의 본보기이고, 우리의 경우를 연구해 얻은 성과를 출발점으로 삼고 광범위한 비교연구에서 공통점을 찾아 널리 타당한 일반이론을 다시 마련한 사례이며, 문학·역사·철학을 연결시켜 함께 다룬 실제 작업이다. 변증법이 상극에 치우친 편향성을 시정하고, 상극이 상생이고 상생이 상극임을 밝히는 대안으로 생극론이 소중한 의의를 가진다는 것을 소설사에서 상론해 효력을 입증하고 설득력을 갖추었다. 생극론은 누구나 자기 것으로 삼을 수 있는 공유재산이고 다른 여러 측면에서 크게 기여할 수 있다. 찾아내 이용할 유산이 생극론만은 아니다.

그날의 강연은 발제 30분, 토론 90분으로 시간이 배정되어 있었다.

발제를 짧고 알차게 하기 위해서 위에 든 원고를 배부하고 낭독했다. 이어서 두 사람의 지정토론이 있고, 인문학연구원의 연구교수들을 비롯한 여러 참석자들이 참여해 일반토론이 길게 이어졌다.

나는 답변을 하면서 "한말로 실망스럽다"고 하는 무례한 말부터 해야 했다. 창조학을 위한 큰 그림을 그리려고 하지 않고, 수입학 범위 안의 사소한 쟁점에 매몰되어 있어 기대에 어긋났기 때문이다. 일반토론에서도 단순한 질문이 이어지고, 내가 이룬 데서 더 나아가고자 하는 시도나 노력은 발견되지 않았다. 길게 잡은 토론 시간이 낭비가 아니었던가 한다.

부산대학교에서 한 토론 정도로 요약해 적을 것도 없었다. 상당한 시간이 경과한 다음에 평가가 더 높다는 대학의 연구교수가 더 많은 연구소에서, 다른 대학의 연구교수들까지 모아놓고 훨씬 크게 벌인 행사가 소문난 잔치 먹을 것 없다고 할 만하게 되었다.

연구교수는 대부분 수입학의 학력과 실적으로 발탁되어 지금까지 하던 작은 범위의 연구를 그대로 하면 된다고 생각하는 것이 아닌지 의심된다. 밖에서 가져오면 되는 창조학을 우리 스스로 이룩하겠다는 것은 생소하고 기이한 발상이라고 여기는 것 같다. 거대 규모의 공동연구를 한다는 구실로 정부의 지원을 얻어 연구원을 설립했다. 구성원과 조직 사이에 심각한 부조화가 있으나, 창조학을 멀리하는 것은 공통된 지향이다.

연구교수 제도가 생기기 이전 기존의 강의교수들이 원장을 비롯한 여러 보직을 맡아 연구원을 운영한다. 부산대학교에서 발견한 문제가 그대로 있다. 무엇이 문제인지 다시 분명하게 하기 위해서 실감 나는 증거를 제시한다. 서울대학교 인문학연구원에 가서 강연을 하기 전에 원장실에 들렀을 때 있었던 일이다. 독일철학을 전공하는 강의교수인 원장이 자기네 연구원에서 통일을 준비하는 인문학의 대단위 연구를 정부의 지원을 받아 한다고 했다.

대단위 연구가 연구교수들의 먹거리인 것을 알았다. 원장이 그런 것을 마련하는 수고를 하면서 연구교수들을 돌본다는 것도 알았다. 감사를 해야 할 것인가? 아니다. 분노가 치밀어 올랐다. 연구교수들 각자 하고 싶은 연구를 하면 지원을 받지 못한다는 말인가? 연구교수들이 자구책을 스스로 마련하지 못하고 식민지 통치자와 같은 강의교수 원장의 돌봄을 받아야 하는가?

통일을 준비하는 인문학의 대단위 연구가 어떤 것인지 실감이 나지 않았다. 많은 연구를 했다면서 분량이 대단한 보고서를 낸 것이 내용은 허망할 수 있다는 생각이 들었다. 공연한 수고로 겉치레나 하고 내실이 없어, 학문의 위신을 추락시키지 않은가 하고 염려하는 마음이 생겼다. 정부에서 볼 때 학자라는 사람들은 돈을 따먹기 위해 이용할 가치가 없는 일을 지어내는 성가신 존재라고 여길 수 있다. 망상에 가까운 이런 생각이 떠오르는 것을 뿌리치려고 실질적인 의의가 있는 질문을 하나 했다.

"한국철학사를 쓰는 작업부터 해야 하지 않는가요?" 이에 대해 참으로 뜻밖의 대답을 했다. "독일철학사도 없는데, 한국철학사가 있어야 하나요?" 독일철학을 전공하는 서울대학교 인문학연구원 원장이 한 말이다. 통일을 준비하는 인문학의 대단위 연구를 입안한다면서 한 말이다. 이 이상 시비할 필요가 없어 말을 멈추고 자리를 떴다. 다음에 적는 것은 혼자 마음속으로 한 말이다.

독일철학사가 따로 없는 것은 더 큰 유럽철학사가 있기 때문이다. 독일뿐만 아니라 유럽의 다른 어느 나라에서도 유럽철학사를 철학사라고 하고 자국의 철학을 그 속에서 다룬다. 우리도 한국철학사를 동아시아

철학사에서 다루고, 동아시아철학사에서 세계철학사로 나아가는 것이 바람직하다. 명실상부한 철학사를 쓰는 인류의 과업을 성취하기 위해 이런 작업을 적극적으로 추진해야 한다.

철학사를 논의하려면, 철학알기에 머무르지 않고 철학하기에 들어서서 얻은 바가 있어야 한다. 자기와 연관된 철학을 새롭게 해명하고, 한국철학사로 나아가야 한다. 한국철학사를 버려두고 더 큰 일을 할 수는 없다. 한국철학사를 잘 써서 얻은 결과를 확대하고 발전시켜야 한다. 이것 외의 다른 길은 없다. 옛 사람이 修身·齊家·治國·平天下라고 한 것이 잘못이 아니다.

통일을 준비하고 이룩하려면 철학사를 합치는 것이 긴요한 과제이다. 북쪽에서는 《조선철학사》를 아주 소중하게 여겨 앞서 나간 것을 인식하고 인정해야 한다. 《조선철학사》를 부정하고 해체하면 된다고 여기는가? 그렇지 않다면, 두 가지 대응 방안을 마련해야 한다. 북쪽의 철학사와 대응되는 남쪽의 철학사를 갖추는 것이 소극적인 방안이다. 소극적인 방안은 임시로 필요하다. 남북의 철학사를 합쳐서 넘어서는 것이 적극적인 방안이다. 적극적인 방안은 항구적으로 필요하다.

북쪽의 철학사는 상극의 철학사이다. 이와 대응되는 남쪽의 철학사는 쉽게 생각하면 상생의 철학사이다. 아직 이런 것도 갖추지 못해 학문 통일에 관해 말할 자격이 없는 것을 심각하게 반성해야 한다. 잘못을 시정하기 위해 적극 노력하면서 다음 작업으로 나아가기까지 하면 후진이 선진일 수 있다. 상극의 철학사와 상생의 철학사가 평행선을 달리게 하지 말고 합쳐져 상극이 상생이고 상생이 상극인 생극의 철학사를 이룩해야 한다. 이것이 학문 통일의 핵심 과업이고, 학문 발전의 당연한 과정이다.

철학 전공자들이 사태 파악마저 제대로 하지 못하고 있어 절망적이라는 생각이 든다. 그러나 철학은 전공자의 전유물이 아니고, 누구나 하는 공동의 학문이어야 한다. 생극의 철학사를 이룩하는 작업을 어느 학문에서든지 할 수 있다. 철학사를 통괄해서 서술하지 않고서도 필요한 논의를 심도 있게 전개할 수 있다. 철학이 아닌 다른 학문에서 제기되는 절실한 문제의 철학적 해결에서 철학의 의의를 선명하고 절실하게 입증할 수 있다.

철학이라는 학문이 따로 있고 독자적인 방법을 사용한다고 하면서 담을 쌓은 고립주의가 철학을 빈곤하게 만들었다. 이런 잘못을 시정하려면 밖에서 담을 헐고 들어가야 한다. 이것은 세계의 모든 철학에 일제히 적용되는 진단이며, 북쪽도 예외가 아니다. 한국 남쪽의 철학은 담을 제대로 쌓지 못한 직무 태만이 잘못 시정을 용이하게 하는 좋은 조건이 된다. 다른 어느 곳에서도 하기 어려운 일을 우리는 할 수 있어 다행이다.

서울대학교 인문학연구원 연구교수들이, 아니 다른 어느 누구라도 이런 고민을 하면서 할 일을 해야 한다. 한국철학사를 바람직하게 서술한 성과를 확대해 동아시아철학사를 훌륭하게 이룩하고, 더 나아가서 세계철학사를 바로잡기 위해 일생을 바치는 사람이 있어야 한다. 연구교수가 된 혜택을 최대한 활용해 강의교수는 생각조차 할 수 없는 엄청난 과업을 수행해야 한다. 대단위 연구 과제에 포함되어 있지 않아도, 누가 시키지 않아도, 설사 방해를 한다고 해도, 불가능한 것을 가능하게 하기 위해 일생을 바쳐 분투해야 한다.

5

　연구교수가 할 일을 제대로 하도록 하려면 사람을 잘 선정해야 한다. 이에 관해 이미 많은 말을 한 것을 간추려 재론한다. 연구 의욕, 능력, 업적이 탁월한 강의교수들 가운데 연구교수이기를 희망하는 사람이 나서라고 공모해야 한다. 심사는 공신력 있는 기관에서 맡아야 하므로, 대한민국학술원이 적합하다.

　연구교수가 되면 어떤 이득이 있는지 명시해야 한다. 강의 부담이 없고, 보수를 국가에서 지급해 소속 대학의 존망과 무관하고, 계획서를 제출하지 않고 하고 싶은 연구를 하며, 일정액의 연구비를 전도금으로 지급하고 추후 정산하도록 하고, 동료 연구교수 2인을 발탁한다. 그 2인의 보수도 국가에서 지급한다. 이런 조건이면 연구 의욕, 능력, 업적이 가장 탁월한 강의교수들이 연구교수가 되겠다고 자원할 만하다.

　연구교수가 혜택만 누리면서 놀고먹으면 어떻게 하는가? 이렇게 염려하는 말이 당연히 나오리라고 예상하고 응답한다. 선임 연구교수 1인과 후임 연구교수 2인, 도합 3인이 진행한 연구를 5년이 적합하다고 생각되는 기간마다, 개별 평가는 하지 않고 총괄해 평가해 上中下로 나눈다. 이 평가도 대한민국학술원에 총괄해 위임하는 것이 좋다. 결과가 上이면 3인이 각기 2인씩의 후임 연구교수를 발탁하도록 한다. 中이면 3인이 하던 연구를 계속하도록 한다. 下이면 연구교수 3인을 모두 해임한다.

　이 제도를 시행하면 입학할 학생들이 줄어들어 대학이 망하게 된 위기에 구애되지 않고 학문을 살릴 수 있다. 교육과 학문이 하나이기만 하고 둘이 아니어서 학문 발전이 저지되던 잘못을 획기적으로 해결할 수 있다. 위기가 기회임이 명백하다. 대학이 망하기 전에 학과가 없어져 수많은 교수가 실업자가 되고 있다. 실업수당을 주고 구제하는 것은 한계가 있다. 실업자가 되는 교수 가운데 연구 의욕, 능력, 업적이 탁월한 사람은 연구교수가 되어 강의교수일 때보다 더 큰 기여를 할 수 있다. 대학에서 새로 박사학위를 취득한 신진학자들은 강의교수의 자리가 줄어들어 갈 곳이 없다. 그 가운데 유능한 인재는 연구교수로 발탁해 능력을 펴도록 해야 한다.

연구교수 3인이 연구단을 구성해 어느 대학의 연구소에 함께 소속되어 서로 도우며 연구를 하도록 한다. 이 방법은 한국인의 기질을 잘 살리고자 하는 것이다. 독일의 여러 국립연구소에서는 강의교수의 경력을 가진 연구소장이 교수가 될 기회가 없었던 동료 연구원을 다수 발탁해 대단위의 공동연구를 지휘하면서 진행하는 것이 예사이다. 불국의 국립과학연구센터(CNRS)에 소속된 교수급 연구원은 대등한 위치에서 각자 자기 연구를 한다. 우리는 연구단을 3으로 구성하고, 선임자이든 후임자이든 모두 연구교수라고 하고, 식견의 차이는 가지면서 대등한 관계에서 연구를 함께 진행하고 평가를 함께 받도록 하는 것이 가장 효율적인 제도라고 판단한다.

이런 조건이면 동료 연구교수 2인을 잘 발탁해야 한다. 연구 의욕, 능력, 업적을 정확하게 평가해야 하는 것은 물론이고, 연구 분야와 능력이 상보적인 것도 고려해야 한다. 연구는 공동연구, 연합연구, 개인연구, 그 어느 것이든지 좋다. 어떤 연구를 하든, 서로 토론하고 비판하고 수정해주는 열의를 가져야 한다. 연구교수는 연구 진행을 공개강의를 통해 알리는 것이 좋고, 의무로 할 수도 있다. 그러기에 앞서, 그 뒤에 연구교수들끼리 점검하는 것이 더 중요한 일이다.

연구교수가 학문의 역사를 바꾸어놓는 획기적인 연구를 해야 나라가 빛나고 선진국이 된다. 연구교수가 박사논문을 직접 지도할 필요도 있지만, 연구에 바치는 시간이 줄어들지 않도록 제한된 범위 안에서 조금만 하는 것이 좋다. 연구교수는 논문 지도를 하지 않더라도, 박사학위의 수준 향상에 두 가지 직접적인 기여를 할 수 있다. 공개강의를 박사과정 학생이 수강하게 한다. 박사논문 심사는 맡을 수 있다. 이런 직접적인 기여보다, 뛰어난 연구업적을 양산해 최상의 자양분을 풍부하게 공급하는 간접적인 기여가 더 크다.

6

지금까지의 논의를 마치면서 덧붙이고 싶은 말이 있다. 대한민국은 변변한 설계 없이 함부로 지은 건축물과 그리 다르지 않다. 권력 구조는 고쳐야 한다면서 개헌을 빈번하게 했으나, 학문하는 여건을 바람직하게 하는 제도는 거의 없는 것을 문제로 삼지 않고 방치하고 있다.

경제는 선진국이 되었다고 좋아하면서, 학문은 후진의 상태에서 어려움을 겪는 것을 알지 못한다. 이 때문에 기대하는 대로 앞으로 나아가지 못하고, 뒤로 미끄러지게 되어 있다. 무엇을 어떻게 해야 하는가는 위에서 말했으므로 되풀이하지 않는다.《통일의 시대가 오는가》(지식산업사, 2019)에서는 더 많은 말을 한 것도 밝혀둔다.

조선왕조를 깊은 통찰력을 가지고 면밀하게 설계한 조상의 지혜가, 대한민국은 앞뒤를 가리지 않고 함부로 만든 형편과 너무 다르다. 이런 말을 하는 의도는 그 지혜를 되살릴 수 있으니 희망을 가지자는 것이다. 나는 통일된 조국은 '우리나라'라고 하자고 주장한다. '우리나라'는 사전 설계를 조선왕조 이상으로 더욱 철저하게 해서 아주 잘 만들어야 한다. 이를 위해 필요한 논의를 보태려고 이 책을 다시 쓴다.

희망을 오직 '우리나라'에 두는 것은 잘못이다. '우리나라'에서 이룩해야 할 것을 대한민국에서 시험하고 검토해야 한다. 그래야 대한민국이 더 나빠지지 않고 더 좋아져, 주도적인 구실을 하면서 통일을 바람직하게 이룩할 수 있다. 엄청난 쓰레기는 버리고 가야 하므로, 힘써 찾아내고 들어내려고 애쓴다.

학술상을 정당하게

1

잘하면 상을 주고, 못하면 벌을 준다. 이렇게 하면 세상을 바로잡을 수 있을 것 같으나, 그렇지 않다. 벌보다 못한 상도 있고, 상보다 나은 벌도 있다. 이래서는 안 된다. 벌을 정당하게 주고, 상 또한 정당하게 주려고 노력해야 한다.

상과 벌을 정당하게 주려면 어떻게 해야 하는가? 먼저 상과 벌에 관한 총론이 필요하다. 벌에 관해서는 형법이 있고, 형법을 연구하는 형법학이 있다. 상에 관해서 이런 것이 없다. 양쪽이 균형을 갖추어야 한다. 벌과 상을 아울러 고찰하는 총론이 있어야, 양쪽을 한자리에서 비교하고 둘 다 정당하게 하는 시발점을 마련할 수 있다.

상벌학이라는 새로운 학문을 갖추어야 한다. 상벌학은 유럽문명권에서 선도한 근대학문에서는 가능하지 않고, 근대를 넘어서서 다음 시대로 나아가기 위해 새로 창안해야 할 학문이다. 性善說에 입각한 유가의 德治 이념, 모든 중생은 佛性을 지녔다는 불교의 가르침을 이어받아, 유럽문명권에서 이룩한 근대의 형법학이 상실한 나머지 반을 찾아내, 사회적 행위의 선악에 대한 총괄론을 이룩하는 중대한 작업을 해야 한다.

너무 어렵다고 여기고 물러나지 말고, 소박한 착상으로 서론을 구상해보자. 벌과 상 또는 상과 벌을 아울러 고찰하는 총론을 갖추려면, 이 둘이 무엇인지 한꺼번에 말할 수 있어야 한다. 벌과 상 또는 상과 벌은 특정인의 행위가 통상적인 수준을 크게 벗어난 사실을 공인하고 실행하는 응분의 조처이다. 공인한다 함은 다수가 합의된 기준과 절차에 따라 인식하고 평가한 바를 명시한다는 것이다. 응분의 조처는 공인한 사실에 합당한 행위를 구체화하는 것이다.

2

사람은 공동체의 유대를 가지고 살아간다. 특정인이 통상적인 기준에서 크게 벗어난 행위를 하는 것을 공동의 관심사로 삼고, 공익에 합당한 조처를 실행하려고 상이나 벌을 준다. 특정인의 행위가 혜택을 베풀면 상을 주어 혜택을 확대하고자 한다. 손해를 끼치면 벌을 주어 손해를 축소하고자 한다.

상을 주어 혜택을 확대하려고 하는 것과 벌을 주어 손해를 축소하려고 하는 것은 정반대이지만, 차등을 부정하고 대등을 실현하려고 하는 공동의 목표가 있다. 이에 관한 총괄적인 논의가 대등론의 의의를 확인하고, 대등문명을 이룩하기 위해 반드시 필요하다. 차등의 시대인 근대를 넘어서서, 다음 시대에는 대등문명을 이룩해야 한다고 말해왔다. 막연한 주장을 분명하게 하는 데 지금 펴는 논의가 아주 긴요하다.

근대에는 벌을 주는 것이 군주가 자의적으로 행사하는 고유한 권한이 아님을 분명하게 했다. 공정한 절차에 대해 선출된 국민의 대표자들이 합당한 근거를 가지고 제정한 형법을 가지고, 전문적인 자격을 갖춘 법관이 독자적인 판결을 공개적으로 해서 벌을 주어야 한다고 하게 된 것이 대단한 진전이다. 이와 같은 진전이 상에 관해서는 거의 없다.

벌은 합리적이고 민주적인 절차를 갖추어 주어야 한다고 하면서, 상은 주는 사람이 자의적으로 행사할 수 있는 권한인 듯이 여기고 있다. 이런 인습이 차등론을 지속시키고 대동론 실현을 방해하는 작용을 겹겹으로 한다. 상은 주는 사람의 권한이라고 여기는 것이 그 자체로 심각한 차등론이다. 벌과 상, 상과 벌의 맞물리는 대등한 관계를 인정하지 않은 것도 잘못되었다.

벌은 법률로 명시할 수 있는 확실한 사안이고, 법률 전문가가 배타적인 우월감을 가지고 관장하는 것이 마땅하다. 상은 법률로 명시할 수 있는 확실한 사안이 아니고, 전문가가 관장할 일도 아니다. 상은 합리화나 민주화가 되어 있지 않은 것이 어쩔 수 없는 일이다. 이렇게 생각하면서, 벌과 상을 차별하는 것은 차등론을 연장시키고 대등론을 억누르는 더 큰 과오이다.

3

벌과 상은 정부와 민간, 법률과 공론, 양쪽에 걸쳐 있다. 벌은 〔벌1〕 정부가 법률에 의해 주는 것이 중심을 차지하고 있으나, 〔벌2〕 민간에서 공론을 근거로 주는 것도 있다. 상은 〔상1〕 정부가 법률에 의해 주는 것도 있으나, 〔상2〕 민간에서 공론을 근거로 주는 것이 무게를 더 가지고 있다. 중심에서 벗어나 있거나 무게를 덜 가지는 〔벌2〕나 〔상1〕

에 대해 먼저 고찰해보자.

〔벌2〕에는 공식 또는 비공식의 간행물이나 언론에 의한 비난, 시위나 규탄, 직접적인 위해 등이 있다. 직접적인 위해는 법률로 금지되어 있으며, 택할 만한 방법이 아니다. 시위나 규탄은 정해진 절차를 따라야 하는 제한이 있으며, 동참자가 많고 언론을 통해 알려져야 효과가 있다. 지금은 비공식인 언론인 댓글이 크게 활성화되어, 못마땅한 언동에 대해서 누구나 벌을 내릴 수 있다. 비판하고 단죄할 수 있는 창조주권을 각자 발현하면서 대등사회로 나아가는 길을 열고 있다.

〔상1〕에는 국가가 수여하는 훈장과 포상이 있다. 이를 위한 규정이나 심의 절차가 분명하게 있어 판정을 정확하게 한다고 하면서, 나중에 다른 사실이 밝혀져 취소하기도 한다. 판정이 정확하면 다른 문제가 없는 것은 아니다. 명예롭게 여겨야 하는 의무가 있는 것이 부담스럽다. 거부하면 크게, 불명예로 여기고 투덜거리면서 받으면 작게, 국가를 모독하는 죄를 지어 상이 벌로 변할 수 있다. 금전적인 혜택은 없거나 아주 적기 때문에도, 이 상은 관심의 대상이 되지 않는다. 일정한 조건을 갖춘 사람들에게 일제히 주어 상이 요식행위로 전락하는 것도 문제이다.

〔상1〕은 명분이 부족한 것을 인정하고, 국가 예산으로 주는 학술상이나 예술상을 학술원이나 예술원에 맡긴다. 〔상1〕일 수 있는 것을 〔상2〕로 바꾸어 성가를 높인다. 〔상1〕인 문화훈장과 〔상2〕인 학술원상 또는 예술원상 가운데 어느 것을 택할 것인가 묻는다면, 대답은 분명하다. 상금이 없고 있는 차이가 결정을 좌우하는 것은 아니다. 허식보다 실질을 선호한다.

국가에서 법률에 의해 주는 〔벌1〕과 민간에서 공론을 집약해서 주는 〔상2〕만 인정할 만한 의의를 가지고 맞서서, 대등한 관계를 가진다. 〔벌1〕이 정당하게 이루어지면 겉보기가 훌륭해진 사회이다. 근대의 이상을 이룩했다고 평가된다. 〔상2〕까지 정당하게 이루어져야 속속들이 성숙한 사회이다. 근대를 넘어서서 다음 시대로 나아갈 수 있다.

근대의 이상은 평등을 지표로 내세워 차등을 합리적으로 조정하는 것이다. 근대를 넘어서서 다음 시대로 나아가려면 차등의 잘못을 대등으로 시정해야 한다. 이렇게 하려면 〔상2〕를 정당하게 하려고 분투해야 한다.

4

〔벌1〕을 정당하게 하는 것은 국가의 책무이다. 책임을 져야 할 당사자를 우선순위에 따라 들면, 법원, 검찰, 국회, 정부이다. 법원에서 판결을 정당하게 해야 하고, 검사가 기소를 정당하게 해야 하고, 국회에서 법을 정당하게 제정해야 한다. 정부에서 이 모든 일을 정당하게 하는 정책을 세우고 실행해야 한다. 벌에 관한 업무를 맡는 전문가는 법률에 의해 선발되며, 수가 아주 많다. 위신이 높고 소득이 많아 선망의 대상이 된다.

〔벌1〕에 관한 업무를 맡는 전문가는 법률에 의해 선발되지만, 〔상2〕에 관한 전문가는 자격이나 선정 절차가 명시되어 있지 않다. 전문가가 없는 것은 아니고, 저절로 생겨난다. 학술에 종사한 경력이 상당하고 연구 업적이 탁월한 데다 보태, 상을 받고 심사한 경험이 축적되면 상 전문가가 될 수 있다. 상을 심사하는 사람은 전문가여야 한다. 과연 그런지, 전문가 노릇을 제대로 하는지 점검해보아야 한다. 자기반성이 우선해야 한다.

나는 국내외의 많은 학술상을 받고, 두 번 학술상을 제정해 운영한 경험이 있으며, 학술상 심사를 계속 하고 있다. 전문가일 수 있는 경험과 식견을 어느 정도 갖추었다고 여기고, 학술상 심사를 잘하는 원리에 대해 말하고자 한다. 인문학문 분야를 논의의 초점으로 하고, 다른 분야는 간접적으로 다룬다.

제시하는 견해는 토론 자료이다. 국회에 제출하는 법안 초안 같은 것을 내놓고, 동료 전문가들이 고명한 식견을 가지고 토론해 타당성이 입증된 결과를 얻고자 한다. 학술상 심사의 불문율로 널리 통용되는 것이 있기를 바란다.

5

[상2]는 [벌1] 못지않은 정당성이 있어야 한다. [벌1]의 정당성은 법률이 보장해주지만, [상2]의 정당성은 당사자가 스스로 마련하고 보장해야 한다. 이에 관한 성문법은 없지만, 자연법은 엄연히 존재한다고 인정하고 따라야 한다.

상을 공개적으로 주는 것은 사사로이 좌우할 수 없는 사회적 행위여서, 정당하게 수행해야 할 의무가 있다. 공론을 집약해야 하는 의무가 있다고 더 구체적으로 말해야 한다. 공공의 가치를 실현하고, 공익 증진에 기여해야 상을 주는 의의가 분명해진다. 공공의 가치에 대한 신뢰와 봉사가 성숙된 사회의 필수 요건이고, 문화 수준을 평가하는 척도이다.

[상2]라고 위장한 가짜, 잘못된 상이 세상에 허다하다. 오래된 본보기를 들면, 지방 수령이 임기가 만료되어 떠나면서 자가 발전으로 永世不忘碑를 세운 것들이 있다. 이런 짓을 나무라려고 石碑는 헛되고 口碑가 진실하다고 한다. 돌에 새긴 문구는 외면당하다가 삭아 없어지지만,

공론을 입으로 전하는 말은 계속 살아 있다고 한다.

오늘날 사람들은 좀 더 간교해져, 시상자를 빛내려고 상을 준다. 시상식에 가보면 시상자에 대한 칭송이 요란하고, 수상자는 들러리이다. 시상자를 존경하지 않으면 상을 주지 않으려고, 전문가로 구성된 심사위원들은 수상 후보 몇을 고르도록 하고 최종 선택은 시상자의 측근이 한다. 이런 낮도깨비 같은 상이 대명천지에 크게 행세한다.

누구에게나 상을 줄듯이 광고해, 요행을 바라는 수상 희망자들이 업적 보따리를 한 짐씩 지고 길게 줄을 서 있는 추태를 보이게 하기도 한다. 헛된 경쟁을 하다가 공연히 욕을 보지 않으려고 업적이 탁월한 석학들은 자취를 감추도록 한다. 이런 일은 모두 없어져야 한다.

수상자로 선택될 때까지 본인은 모르게 하는 것이 마땅하다. 이것이 가능한가? 널리 기회를 주지 않고서 합당한 수상자를 찾아낼 수 있는가? 이런 의문을 제기할 수 있어 내 경험을 들어 응답한다. 나는 한국고전문학 분야의 학술상 둘을 시차를 두고 제정해 시상하는 일을 총괄한 적 있다.

하나는 金東旭 선생을 받들고 '羅孫학술상'이라고 한 것이다. 전년도의 박사학위 논문 최우수작을 골라 시상하는 것이다. 한국고전문학 여러 분야에서 최상의 식견을 가진 심사위원들을 고정시켜 일관성을 유지했다. 몇 년 지나서는 수상자들이 예선을 해서 수상 후보작 네 편 정도를 고르게 했다. 이 상을 받으면 상금보다 월등하게 큰 보상이 있었으니, 대학 교수로 발탁되는 것이었다. 상금이 아주 적고, 고갈되어 시상을 오래 계속하지 못한 것이 아쉽다.

또 하나는 張德順 선생을 받들고 '城山학술상'이라고 한 것이다. 50세 미만의 소장 학자가 내놓은 연구서를 대상으로 한 상이다. 50세 이상의 심사위원들이 세부 전공으로 나누어 평가할 만한 저작을 모두 찾아 읽고 최상의 것을 하나씩 골라내면, 모여서 함께 읽고 그 가운데 하나를 수상작으로 결정했다. 소장 학자를 평가하고 격려해 연구가 크게 발전하도록 하는 데 기여했다. 이것도 상금이 적고, 고갈되어 시상을 오래 계속하지 못한 것이 유감이다.

학술상에 대해서 전문적인 식견이 있으면, 상을 주는 제도를 바람직하게 만들거나 고치도록 노력해야 할 의무가 있다. 이 의무를 깊이 자각하고 실현하려고 애써도, 역부족임을 절감한다. 좋은 방법을 마련해도 상금을 지속적으로 구해대지 못해 상이 중단된다. 펴지 못하는 뜻을 글을 써서 제시하는 것만 지금 가능하다.

6

심사를 맡으면 소신껏 잘하는 것은, 할 수 있는 일이고, 힘써 해야 할 일이다. 함께 심사하는 분들과 의견이 맞지 않아 차질이 생길 수 있으나, 합당한 주장을 끈기 있게 펴서 동의를 얻어야 한다. 그런 경우에 하는 말을 여기 적는다.

위에서 말한 박사논문 상이나 소장학자 상이 아닌 상당히 중요한 학술상, 성가가 높고 상금이 많은 학술상을 심사할 때 어떤 수상작을 골라야 하는지 말한다. 이런 학술상은 무게 있는 업적을 요구한다. 무게가 있다는 것은 두 가지 의미이다. (1) 연구자가 오랜 기간 동안 노력을 기울인 성과여야 한다. (2) 기존의 연구를 광범위하게 수용하고 넘어서야 한다.

(1)에 대해서 더 말한다. 시작 단계의 연구는 뛰어나도 수상작으로 삼기에는 그리 적합하지 않다. 발전과 성숙을 기다려 상을 주는 것이

바람직하다. 학술상은 신인상이 아니고, 연구를 이끌어온 것을 평가하는 공로상이기도 하다. 정년퇴임 무렵에 수상하는 것이 적절하다. 누구에게나 대등한 기회가 있으니, 불평할 것은 아니다.

(2)에 대해서도 더 말한다. 기존연구를 무시하고 자기 말만 한 연구는 타당성 입증을 소홀하게 한 탓에 평가하기 힘들다. 기존연구 집성에 머무르기나 하고 넘어서지는 않은 저작은 연구가 아니다. 넘어선다는 것은 자료가 새롭고, 방법이 새롭고, 결론이 새로운 요건을 갖추어야 인정된다. 기존연구가 전연 없는 새로운 연구는 타당성과 유용성에 관한 검증을 아주 엄격하게 해야 한다.

자료가 새롭다는 것은 무엇인가? 없던 자료를 찾아내거나, 대강 알던 자료라도 철저히 찾아내 정리하거나, 잘 알려진 자료라도 새롭게 이용하면 자료가 새롭다는 평가를 얻는다. 자료 작업을 충실하게 하는 것은 모든 믿음직한 연구의 필수 요건이다. 다른 두 가지 요건에 대해서 더 심화된 논의를 해야 한다.

방법이 새로운 것은 어떻게 가능한가? 남이 개발한 방법을 받아들이면 바로 효과가 나타날 수 있으리라고 생각되지만, 자료에 맞게 조정하거나 개조하는 작업이 아주 힘들다. 받아들인 방법이 겉돌기나 하고, 실질적인 기여를 하지 못할 수 있다. 자료를 더 잘 다루려고 애쓰다가 좋은 방법을 스스로 개발하는 것이 바람직하다. 누구나 보는 가시의 영역을 넘어서서, 자기 나름대로의 미시로 들어가면 새로운 방법 개발이 쉽게 이루어질 수 있다.

결론이 새롭다는 것은 자료가 새롭고 방법이 새로우면 저절로 얻을 수 있는 성과만이 아니다. 자료나 방법이 그리 새롭지 않아도, 논증해 도출한 결과의 적용 범위를 넓히거나 수준을 높여 더 고찰하면 새로운 결론에 이를 수 있다. 방법을 새롭게 하려면 미시로 나아가는 것이 좋듯이, 결론을 새롭게 하려면 거시를 선택하는 것이 유리하다. 거시적인 비교를 하면 새로운 세계가 열려 연구의 차원이 달라진다.

자료·방법·결론이 새롭다는 것은 필요조건이다. 학문 발전에서 크게 기여하는 충분조건까지 갖추어야 학술상을 줄 만한 업적이 된다. 새로운 학문을 창조해 학문의 역사를 바꾸어놓는 것을 가장 높이 평가해야 한다.

7

대한민국학술원에서 수여하는 학술원상은 학술상을 정당하게 심사하는 본보기를 보일 의무가 있다. 국가에서 학술상을 직접 수여하지 않고 학술원에 위임한 것이 정당하다고 입증하는 의무도 있다. 학술상을 아무렇게 제정하고 심사하는 것을 감시하고 규제하고 처벌하는 방법을 쓰지 않고 최상의 본보기를 보여 잘못을 시정하고 혼란을 막기 위해, 학술원상은 한 점 부끄러움이 없이 정당해야 하는 무거운 책무를 지고 있다. 自淨의 극치를 보여 세상을 깨끗하게 해야 한다.

지금까지 학술원상은 많은 결함이 있다. 나는 상을 받기도 하고 심사하기도 하면서 결함을 절감하고 시정하고자 했으나, 부분적인 개선은 가능하지 않다. 여기서 학술원상 개선 방안을 총괄해서 말한다. 오래 두고 생각한 바를 드러내 말한다.

학술원 회원은 자기 전공 분야의 수상 예비 후보를 추천하는 의무를 지니고, 이 의무를 은밀하게 실행한다. 추천서를 거듭 심의하는 과정을 거쳐 그 가운데 일부를 후보로 선정하고, 심사에 필요한 자료를 구입하거나 복사해 심사를 진행한다. 몇 차례의 심사를 하고, 마지막 단계에서

투표로 수상자를 결정한다. 수상자를 결정하고 당사자에게 알린다. 상금 증액을 정부에 요청한다. 상금이 연구비로서 큰 구실을 하도록 한다.

이와는 별도로, 기부에 의해 특별상을 제정한다. 이것이 상을 함부로 수여하면서 받는 쪽보다 주는 쪽이 광채가 나도록 하는 폐단을 시정하기 위해 필요하다. 불명예를 명예로 바꾸는 수단으로 이용해 학문을 더럽히는 횡포를 제어하는 방안이다. 특별상은 기부자가 원하는 성명과 해당 야를 명시한다. 예컨대 "정주영 경제학상", "이병철 전자공학상" 등이다. 특별상은 기부금의 원금을 상금으로 사용하는 한시적인 상으로 한다. 이렇게 하면 돈이 있다고 상을 함부로 주는 폐단을 시정할 수 있다. 심사를 공정하고 타당하게 해서 상금을 기탁한 쪽의 명예를 진정으로 높이는 일을 학술원이 맡아야 한다.

대한민국의 국제적 위상이 높아지는 데 상응하는 새로운 상이 필요해 "세종학술상"(가칭)을 제정해 외국학자들에게 주자고 제안한다. 한국 학자가 외국에서 주는 상을 받아 영광이라고 하는 일방통행을 청산하고, 외국인 학자들에게 한국에서 상을 주기도 하는 쌍방통행의 시대를 열기 위해 이 상을 제정해야 한다. 나는 외국에서 주는 상을 받아, 이런 생각을 더욱 절실하게 한다.

학술원에 국제학 분과를 두고, 이 상 심사를 주관하도록 하는 것이 마땅하다. 중국, 일본, 미국, 몽골, 월남, 인도, 터키 등 우리와 오랜 친연관계가 있는 국가에 대한 연구를 하는 학자들이 우선권을 가지고 국제학 분과의 회원으로 선발되게 한다. 이들 국가 학자들이 세종학술상 수상에서 우선권을 가지도록 한다.

학술상은 학술 발전을 촉진한다. 학술의 사회적 평가를 높이고, 기여를 확대한다. 다른 여러 분야 상도 정당하게 되도록 하는 지침을 제공한다. 국가의 수준과 품격을 향상한다. 학술상을 정당하게 하도록 많은 노력을 해야 한다.

벌과 상의 관계를 생각하자. 벌만 정당하게 이루어지면 되는 것은 아니다. 상의 정당성이 더욱 소중하다. 상과 벌을 함께 다루는 상벌학이라는 새로운 학문이 생겨나 더 좋은 사회를 만드는 지침을 제공하고, 국가에서 받아들여 시행해야 한다. 이렇게 해서 근대를 넘어서서 다음시대로 나아가는 문명의 전환을 이룩해야 한다.

요즈음 엽기적인 범죄가 성행하고 있다. 엄법을 요구하는 여론을 따르면 해결책이 생기는 것은 아니다. 범죄를 가혹하게 다스리는 法家가, 나라를 다스리려면 교화를 해야 한다는 儒家에게 밀려난 이유를 알아야 한다. 이 시대에 필요한 교화가 무엇인지 알아내기 위해 상에 대한 총괄적인 연구를 해야 한다.

제2장

알 으로

앞에서 질병을 진단했으니 치료를 해야 한다. 학문의 질병은 환자가 의사가 되고 스스로 치료해야 한다. 그 비방을 알려주고자 한다. 직접 도움이 되는 말을 납득하기 쉽게 하다가 심각한 논의로 들어간다. 국문학의 자각 확대가 무엇이며, 어떤 효과가 있는지 분명히 알려고자 한다.

이제 안으로 들어와, 학문을 잘하는 비결을 찾아 제시한다. 그럴듯하게 꾸며 겉보기로만 좋은 방법론을 버리고, 실제로 도움이 되는 비결을 말한다. 기존의 작업을 이용하는 비결이 고전에서 깨닫기, 전범 넘어서기, 이룬 성과 발전시키기라고 말한다. 새로운 작업을 하는 비결을 의문 키우기, 원리 찾기라고 제시한다.

고전에서 깨닫기

1

앞에서 한 말이 너무 어수선해 정신을 차려야 하겠다. 여건을 제대로 마련하면 학문을 잘할 수 있는 것은 아니다. 그것은 필요조건이고 충분조건은 아니다. 충분조건은 학문하는 사람이 마음을 가다듬고 연구를 잘할 수 있는 방법을 자기 자신에게서 찾아야 하는 것이다.

학문을 잘하려면 어떻게 해야 하는가? 여러 말 하지 않고 간단하게 대답한다. 연구의 비결이라고 할 수 있는 것들을 말하고자 한다. 기존의 작업과 관련시켜 둘을 말할 수 있다. 고전 읽고 깨닫기, 이룬 성과의 발전이다. 새로운 작업을 하는 비결도 둘을 말할 수 있다. 의문 키우기, 원리 찾기이다. 이 가운데 고전 읽고 깨닫기에 관해 말한다.

2

고전 읽고 깨닫고자 하는 고전의 본보기는 한문고전이다. 한문고전을 읽으려면 원문에 토를 달아야 한다. 토를 가르쳐주는 사람이 시키는 대로 달지 말고 달고 싶은 대로 달자. 이렇게 하는 것이 고전을 읽고 학문을 하는 출발점이다.

토를 달고 싶은 대로 달자고 하면, 시빗거리가 될 수 있다. 무식한 소리를 한다고 나무라는 말을 들을 수 있다. 해명이 필요하고, 무슨 말을 했는지, 자세하게 밝힐 의무가 있다.

예를 하나 들어보자. 여기 드는 말은 한문 원문을 읽어야 한다. 번역으로 대치하면 논란을 할 수 없다. 한문을 모르면 학문을 할 수 없다고 분명하게 말한다.

《大學章句》의 한 대목 "物格者(물격자) 物理之極處(물리지극처) 無不到也(무불도야)"의 토를 "物格者는 物理之極處가 無不到也요"라고 달 것인가, "物格者는 物理之極處에 無不到也요"라고 달 것인가 두고 많은 논란이 있었다. 원문은 두 가지 가능성을 다 지니고 있어, 어느 한쪽으로 확정할 수는 없다. 이름 높은 명현의 선택을 따르는 우상숭배에서 해결책을 찾지 말아야 한다. 둘 가운데 어느 쪽을 선택할 것인지 글을 읽고 이해하는 사람이 스스로 결정해야 한다.

구절의 뜻을 그 자체로 아는 데 그치지 않고 이치를 깊이 생각하는 견해가 있어야 선택이 가능하다. "物理之極處가 無不到也"라고 하면, 物의 지극한 이치가 사람에게 다가온다는 말이다. "物理之極處에 無不到也"라고 하면, 사람이 物의 지극한 이치에 다가간다는 말이다. 앞의 말 "物格者"는 이 둘 가운데 어느 한쪽을 선택하도록 하지 않고, 이 둘 가운데 어느 쪽을 택하는가에 따라 의미가 달라진다.

둘의 차이를 오늘날의 용어로 말하면, 앞의 것은 객관적 인식론이고, 뒤의 것은 주관적 인식론이라고 할 수 있다. 어느 쪽이 타당한가는 어구 해석을 넘어서서 세계관을 두고 시비할 일이다. 세계관의 타당성을 검증하고 발전시키려고 독서를 해야, 두 가지 가능한 토 가운데 하나를 분명하게 선택할 수 있다.

이 두 가지 작업 가운데 어느 하나도 하지 않으면서 경전을 잘 읽는다고 자부하고, 지난날의 시비에 대해 안다고 지식을 자랑하거나 하면 공부하려는 사람들을 오도한다. 경전을 강의하고 동양철학을 한다는 사람들이 이런 수준에 머물러 조상 전래의 자랑인 철학하는 능력을 잃고도 큰 가르침을 베푸는 스승으로 행세한다. 이에 대응하려면 잡음에 현혹되지 말고 정신을 차려 고전을 스스로 읽고 창조적 의의가 있는 논란을 치열하게 벌여야 한다.

3

物格은 物이 사람에게 다가와 이루어지는가, 아니면 사람이 物에 다가가 이루어지는가 하는 시비가 주자학 또는 성리학 내부에서만 있었던 것은 아니다. 동서고금 어디서나 심각하게 전개된 논란에 그쪽도 동참했다.

독서의 범위를 넓혀 공부를 더 하자. 가까이 있는 책부터 읽어보자. 고려시대의 문인 李仁老와 李奎報가 詩는 어떻게 해서 이루어지는가 하는 문제를 두고 논란을 한 글을 읽으면 物格 시비라고 할 것이 이미 있었음을 알 수 있다. 원문을 제시하고 풀이하는 절차를 생략하고, 정리를 일단 마무리한 성과를 알기 쉽게 설명한 것을 내놓는다.

이인로는 "托物寓意"(탁물우의)를, 이규보는 "寓興觸物"(우흥촉물)을 창작의 원리로 삼았다. 그 두 말은 비슷하면서 다르다. 寓意와 興은 心에 관한 말이고, 托物과 觸物은 物에 관한 말이어서 둘 다 양쪽을 구비했다. 이인로는 托物을 먼저, 이규보는 寓興을 먼저 말했다. 이인로는 物을, 이규보는 心을 앞세운 것 같지만 그렇지 않다. 말하고자 한 것이 열거 순서와는 반대이다. 이인로는 心에서 마련한 생각을 밖으로 드러내기 위해 物을 이용한다고 했다. 이규보는 物과 부딪히면 마음이 들떠 흥이 난다고 했다.

이인로는 아름답고 순수한 心이 모든 것의 근원이라고 하는 중세전기의 철학을, 이규보는 모든 것은 物로 존재하고 物과 만남을 통해 사람이 살아간다는 중세후기의 철학을 지녀 서로 다른 말을 했다. 이인로의 철학을 불교에서 정립해놓아 새삼스럽게 말하지 않아도 되고, 이규보는 조물주가 만물을 창조했다는 생각을 부정하고 "物自生自化"의 원리를 제시하는 작업을 자기 스스로 했다.

物과 만나 인식을 쇄신하는 작업을 이인로도 어느 정도는 했으나, 이규보는 다양한 방법을 사용해 적극적으로 시도했다. 시세계에 놀라운 변이가 있는 것이 그 때문이다. 사회 비판은 이인로에게 없고, 이규보 문학의 특징을 이루었다. 자기와는 다른 농민의 처지를 문제 삼으면서 거칠게 항변을 하는 시가 그 가운데 특히 소중하다.

4

心과 物에 관한 논란이 人과 物의 관계에 대한 논란으로 확대되어, 철학의 기본 문제로 등장했다. 여러 사람이 이에 대해 서로 다른 주장을 폈다. 대표적인 발언을 들어본다. 잘 알려진 것들이 아니므로, 이번에는 원문을 제시하고 번역한 다음, 비교고찰을 하면서 풀이한다.

(가) 鄭道傳은 말했다. "人在天地之間 不能一日離物獨立 是以凡吾所以處事接物者 亦當各盡其道 而不可或有差謬也"(〈佛氏昧於道器之辨〉)(사람은 천지 사이에 있어 하루도 物에서 떨어질 수 없다. 그러므로 무릇 우리가 處事接物하는 바는 또한 마땅히 그 道를 다해야 하고, 어긋나고 잘못되는 바가 있어서는 안 된다.)

(나) 張維는 말했다. "物而立者 嬰兒也 附物而成者 女蘿也 隨物而變者 影魍魎也"(〈君子之棄小人之歸〉)(物에 의지해 일어서는 이는 어린아이이고, 物에 붙어서 자라는 것은 담쟁이덩굴이고, 物을 따라 변하는 것은 그림자나 도깨비이다.) "人必自治而後 可以不待物矣 自立而後 可以不附物矣 有守而後 可以不隨物矣"(〈義利之辨〉)(사람은 반드시 자신을 다스린 다음에야 物에 의지하지 않을 수 있고, 스스로 일어선 다음에야 物에 붙지 않을 수 있으며, 지키는 것이 있는 다음에야 物을 따르지 않을 수 있다.)

(다) 任聖周는 말했다. "做出許多造化生得許多人物者 只是一箇氣耳"(허다한 조화를 지어내고, 허다한 人과 物를 빚어내는 것은 다만 하나의 氣이다.) "此氣一動而發生萬物 一靜而收斂萬物"(〈鹿廬雜識〉)(이 氣가 한 번 움직이면 萬物을 만들어내고, 한 번 줄어들면 萬物을 거둔다.)

(라) 洪大容은 말했다. "以人視物 人貴而物賤 以物視人 物貴而人賤 自天而視之 人與物均也"(〈毉山問答〉)(人에서 物을 보면, 人이 귀하고 物이 천하다. 物에서 人을 보면, 物이 귀하고 人이 천하다. 하늘에서 보면, 人과 物이

균등하다.)

(가)에서 (라)까지의 원문을 다 기억해도 아무 소용이 없다. 어느 누가 어디서 왜 한 말인가에 관한 소상한 지식까지 갖추어도, 아는 체하는 데 쓰는 것 외에는 별 볼일이 없다. 글만 읽고 뜻을 읽지 않으면, 알 것을 모른다.

아는 체하는 것이 아는 것이 아니다. 하나하나 알면 아는 것이 아니다. (가)에서 (라)까지가 어떻게 같고 다른지 비교해 고찰해야 알 것을 안다. 무엇이 문제이고, 문제에 대한 논란이 어떻게 진행되었는지 알아야 안다고 수 있다.

논의를 쉽게 하기 위해 용어를 오늘날 사람들이 잘 이해할 수 있는 것으로 바꾼다. '人'과 '物'은 '사람'과 '만물'이라고 한다. '氣'는 '기운'이라고 한다.

(가)는 두 가지 말을 했다. (가1) 사람은 만물과의 관계에서 살아간다고 했다. (가2) 사람은 사람과 만물의 이치를 잘 알고, 사람과 만물과의 관계를 바람직하게 해야 한다고 했다. (가1)은 있는 그대로의 것을 말하고, (가2)는 있어야 할 것을 말했다. (가2)는 두 단계이다. (가2-1) 사람은 만물의 이치를 잘 알아야 한다. (가2-2) 사람은 만물과의 관계를 바람직하게 해야 한다.

(나)는 (가)에 대한 반론인 것처럼 보이지만, 다른 것들은 그대로 두고 (가2-2)에 대해서 다른 말을 했다. 사람이 만물과의 관계를 바람직하게 하려면 두 가지를 해야 한다고 했다.

(나1) 사람이 만물에 의지해 일어서지 말고, 만물에 붙어서 자라지 말고, 만물을 따라 변하지 말아야 한다. (나2) 사람은 자신을 다스리고, 스스로 일어서고, 지키는 것이 있어야 한다. 둘을 아울러 정리하면, 사람은 자기 나름 대로의 주체성·능동성·일관성을 가지고 만물에 대응해

야 한다고 했다.

(다)는 사람과 만물이 생성과 소멸을 함께 한다고 했다. (다1) 하나의 기운이 갈라져 사람도 되고 만물도 된다고 했다. (다2) 하나의 기운이 펼쳐지면 사람과 만물이 생겨나고, 움츠리면 사람과 만물이 없어진다고 했다.

(라)는 (다)의 논의를 더 전개했다. 사람과 만물은 자기가 존귀하고 상대방이 미천하다고 여기는 것이 같다. 우열 구분이 절대적일 수 없고 상대적이어서, 서로 대등하다고 했다.

이렇게 펼쳐진 논란을 알고 있어도 소용이 없다. 지식이 아닌 깨달음을 얻어야 한다. 깨달음을 그 자체로 얻었다고 할 수는 없다. 깨달음을 내가 지닌 의문을 풀고 내 이론을 전개하는 데 활용해야 실제로 얻었다고 할 수 있고, 얻은 보람이 있다고 분명하게 말할 수 있다.

나는 문학이 무엇인가 하는 의문을 풀고자 한다. 위의 여러 논자가 사람과 만물의 관계를 말한 것을 가져와 이 의문을 풀고자 한다. 사람과 만물의 관계를 자아와 세계의 관계로 바꾸어놓는다. 사람이 의식과 행동의 주체인 것이 자아이다. 의식과 행동의 대상이 된 만물이 세계이다.

(가1)에서 말한 사람과 만물의 필수적인 관계가 문학에서는 자아와 세계의 필수적인 관계이다. (가2)에서 사람과 만물의 이치를 잘 알고 사람과 만물과의 관계를 바람직하게 해야 한다고 한 것을 가져와, 문학에서 자아와 세계가 관련을 가지는 바람직한 양상을 구분한다. 이것이 세계의 자아화, 자아의 세계화, 자아와 세계의 대결을 말하는 갈래론이다. 이미 이룩한 갈래론의 철학적 근거를 분명하게 할 수 있다.

(나)에서 사람은 자기 나름대로의 주체성·능동성·일관성을 가지고 만물에 대응해야 한다고 한 것은 사람과 만물의 모든 관계를 말하지

않는다. 어느 하나를 소중하게 여기고 특별히 평가하는 발언이다. 이것이 문학에서는 세계의 자아화인 서정에 관한 논의를 보완하는 의의가 있다. 서정은 세계에 의지해 일어서지 않고, 붙어서 자라지 않고, 따라서 변하지 않고, 자신을 다스리고, 스스로 일어서고, 지키는 것이 있어, 세계를 가져와 자기 것으로 이용한다. "세계를 가져와 자기 것으로 이용한다."는 말을 "만물을 가져와 자기 것으로 이용한다."고 고쳐 (나)에 추가할 필요가 있다.

(다)에서 하나의 기운이 갈라져 사람도 되고 만물도 된다고 한 말은 "그래서 사람과 만물은 상생하고 상극하는 생극의 관계를 가진다."는 말을 내포하고 있다. 이 말을 가져와 문학에서 자아와 세계가 상생하고 상극하는 생극의 관계를 가지는 것을 밝혀 논한다.

(라)에서 사람과 만물은 우열 구분이 절대적일 수 없고 상대적이어서, 서로 대등하다고 한 것은 문학에서 두 가지 의의를 가진다. 문학은 자아와 세계의 관계를 어떻게 말하는 과정을 거치든, 결국은 양쪽이 대등하다고 한다. 문학은 사람들 사이의 우열을 뒤집어엎어, 차등론을 부정하고 생극론을 실현한다.

(가)에서 (라)까지 논란이 전개된 철학사가 문학 이론의 전개와 대등된다. 이것이 무슨 까닭인가? 심각한 문제가 제기된다. 종족발생을 개체발생에서 되풀이하는가? 대우주든 소우주든 기본 원리는 같다는 말인가? 생극론이나 대등론은 어느 경우든지 타당성을 가지기 때문인가? 출발 지점에서 너무 많이 나간 것 같아, 논의를 더 하지 않고 보류한다.

5

정도전은 말했다. "吾儒之學 所以自心而身而人而物 各盡其性無不通也" (〈佛氏心性之辨〉)(우리 유학은 心이고, 身이고, 人이고 物인 까닭에 관해, 각기 性을 다하고 통하지 않은 바가 없다.) 여기서 가져온 心·身·人·物에 의거해 문학 갈래를 구분하는 이론을 마련했다.

心은 마음, 身은 신체 활동, 人은 인간관계, 物은 물질이라고 풀이할 수 있으나 번다하므로 원래의 말을 그대로 사용하는 것이 좋다.

문학 갈래는 자아와 세계의 관계가 일정한 구조를 가지고 갈라진다. 心은 자아의 끝이고, 物은 세계의 끝이다. 身·人·物인 세계를 心인 자아로 전환한, 세계의 자아화가 서정이다. 서정과 맞서는 교술은 자아의 세계화인데, 자아와 경계가 둘로 나누어진다. 경기체가에서는 心·身·人인 자아를 物인 세계로 전환한, 제1단계 자아의 세계화이다. 歌辭는 心인 자아를 身·人·物인 세계로 전환한, 제2단계 자아의 세계화이다.

서정시와 맞서는 교술시가 처음 등장할 때에는 제1단계 자아의 세계화로 거점을 확보했다. 그러다가 세계 인식의 폭이 넓어지고 중요성이 크게 부각되면서 제2단계 자아의 세계화로 넘어갔다. 이런 과정을 충실하게 알아내려면 문학사 서술을 본격적으로 해야 한다.

전범 넘어서기

1

고전은 열려 있어, 착상을 참신하게 한다. 전범은 닫혀 있어, 발상을 축소하게 한다. 고전은 깨닫게 하는 원천이고, 전범은 넘어서야 하는 대상이다. 고전에서 깨닫고, 전범을 넘어서는 두 작업을 함께 하면서, 서로 경쟁하고 보충하도록 해야 학문이 전진한다.

위세를 자랑하는 전범이 학문에도 있고, 예술에도 있다. 그대로 따라야 한다고 요구해, 뒤에 오는 사람들이 추종자가 되게 한다. 이런 권위를 무시하고 다른 길로 가기만 하면, 수준 이하의 장외경기나 하고 말 수 있다. 비난하는 데 그치면 이룬 것이 없게 된다. 전범의 의의를 일단 인정하고, 넘어서는 길을 찾아야 한다.

전범을 추종하거나 비난하는 것은, 일방적으로 우러러보기 때문이다. 자기를 낮추지 않고 대등한 위치에서 상대하면, 어떤 전범이라도 필요한 대로 이용해 새로운 창조에 활용할 수 있다. 시대가 달라져 얻는 각성을 새로운 창조에서 구현하면, 기존의 권위가 지닌 역사적 의의와 한계를 정확하게 평가할 수 있다.

이런 논의를 치밀하게 전개해 일반이론을 마련하려고 하다가 보류한다. 대강 말하는 수준을 넘어서서 미묘한 국면까지 들어가려고 하면, 말이 모자라고 실감이 부족하게 된다. 품은 많이 들고 소득이 적다. 이해하기 쉽고 설득력이 큰 예증을 드는 것이 좋은 대안이다.

문학론은 학문이기도 하고 예술이기도 해서, 전범을 넘어서서 새로운 창조를 하는 작업의 이론과 실제를 잘 보여준다. 그 좋은 본보기를 쉽게 찾을 수 있다. 고려시대의 선인 李奎報가 李白과 杜甫의 권위를 넘어선 작전을 재평가해, 학문이나 예술에서 널리 활용할 수 있다. 작은 사례가 큰 의의를 지닌다.

2

李杜라고 병칭되는 李白과 杜甫는 唐詩의 수준을 크게 높인 뛰어난 시인이다. 동아시아 전역에서 줄곧 숭앙되면서, 한시 창작의 전범을 보인다고 평가되었다. 李杜를 따르고 칭송하느라고 후대인은 고개를 숙여야 하고, 창조력을 발현하기 어려웠다.

이런 폐단을 과감하게 시정하고 새로운 시대의 시를 창조해야 한다고 나서는 혁신의 선구자가 있었으니, 바로 李奎報이다. 개인적인 취향이 남달랐기 때문에 그랬던 것만은 아니다. 문학사의 대전환이 필연임을 간파하고 실현하고자 했다. 李杜에 관해 한 말에 구체적인 증거가 있다.

李杜에 관해 한 말을 하나하나 들고 정밀하게 검토한다. 논의를 점차 확대해, 문학사 또는 역사의 전환이 무엇이며 어떻게 이루어지는지 고찰하는 데까지 이른다. 미시에서 거시로 나아가는 연구의 좋은 본보기를 보이고자 한다.

3

이규보는 이백을 어떻게 평가했는가? 이백이 대단하다고 인정했다(《東國李相國全集》권14〈讀李白詩〉). 唐詩에는 "豈無艷奪春葩麗"(어찌 봄꽃의 아름다움을 빼앗을 만한 것이 없으리오), "豈無深到江流汪"(어찌 강물의 흐름에 깊이 이르러 널따란 것이 없었으리오)라고 했다. 갖가지 화려하고 기운찬 표현이 있었다고 했다. 이백은 그 가운데 특별하다고 했다.

"如此飄然格外語"(이처럼 빼어난 격외 말)는 "非白誰能當"(이백이 아니면 그 누가 감당하리)이라고 했다. '格外'는 표현의 격식에서 벗어났다는 말만은 아니다. '方外'와 상통하는 말이라, 세상에서 존중하는 법도에서 벗어났다는 뜻이기도 하다. 격외 또는 방외의 삶을 감당하고 전달한 것이 이백을 평가해야 할 이유라고 했다. 방외인의 삶은 그런 부류 사람들의 공동체험이다. 이백은 거기 동참한 체험을 시로 나타낸 점에서 특별한 기여를 했다고 보았다. 이백이 아무 조건 없이 훌륭한 것은 아니다. 방외인이 아닌 사람들까지 누구나 이백을 본받아야 하는 것은 아니다. 이런 생각을 하도록 했다.

李杜에 대한 평가가 지나치다는 말도 했다(《東國李相國全集》권22〈唐書杜甫傳史臣贊議〉). 《唐書》〈杜子美傳〉말미의 史臣贊에서 "韓愈於文章愼許可 至歌詩獨推日 李杜文章在 光焰萬丈長"(한유는 문장 평가를 신중하게 하는데, 노래나 시에 이르러는 오직 李杜만 높이 받들고 문장에서 광채나 불꽃이 만 길이라고 했다.)이라고 한 것을 시비의 대상으로 삼았다. 李杜의 시가 뛰어난 것을 읽으면 누구나 아는데, 한유의 말까지 들어 평가를 너무 높인 것은 마땅하지 않다고 했다.

말하고자 한 것을 더 헤아릴 수 있다. 지나친 평가는 여러모로 잘못된다. 사실과 어긋난다. 후대 사람을 무력하게 한다. 창조를 생명으로 여기는 시에서는 특히 치명적인 장애를 일으킨다.

4

이규보는 자기 시대의 시가 잘못되었다고 나무랐다(《東國李相國後集》 권1, 〈論詩〉). "攬華遺其實"(꽃만을 잡고 열매를 버리니) "所以失詩旨"(그 때 문에 시의 뜻을 잃는다.)고 하고, "外飾假丹靑"(겉을 가짜 단청으로 장식해) "求中一時嗜(한때의 기호를 맞추려고 한다.)고 했다. 알맹이는 없고 겉보 기를 꾸미는 데 힘써, 형식주의의 폐단을 심각하게 나타낸다고 했다.

이어서 "李杜不復生"(李杜가 다시 태어나지 않으니), "誰與辨眞僞"(누구와 더불어 진위를 판별하겠나)라고 했다. 자기는 진단 능력이 모자란다고 여기고, 이런 말을 한 것은 아니다. 자기의 진단이 타당하다고 李杜라면 인정할 것이라고 했다. 이렇게 말하면서 李杜를 무조건 신뢰하고 추종 하는 풍조를 은근히 나무랐다. 李杜를 추종하는 사람들이 李杜를 열심히 배우고 따라 그리 다르지 않은 좋은 시를 쓴다고 자부하고 있는 것은 잘못이라고 했다.

이 말에 관한 이해는, 우리 생각을 더 보태야 선명해진다. 무엇을 추 종하면 꼭 같아지는 듯해도 그렇지 않다. 한때 대단한 의의를 가진 창 조물이 시간이 흐르면 실질적인 의의를 잃고 형식이 된다. 그림자가 사 람이 아닌 것과 같다. 추종이나 그림자는 외형만 있어 형식주의가 된다.

망가진 시를 자기가 일으켜 세운다고 했다. "我欲築頹基"(내가 허물어 진 터전에 집을 지으려는데), "無人助一簣"(한 삼태기 도와주는 이 없네.) 李杜를 본뜨면 새집을 지을 수 있는 것은 아니다. 李杜는 그 시대의 집 을 지었고, 자기는 새 시대의 집을 지어야 한다. 집을 짓는 방법을 개선해, 새 시대의 새집을 더 잘 지어야 한다. 흙을 한 삼태기 가져와 부어주는 조력자가 없다고 한 것은, 새로운 시를 지을 동참자를 모아들이려고 한 말이다.

어떻게 지어야 좋은 시가 되는가? "含蓄意苟深"(함축된 뜻이 참으로 깊어야) "咀嚼味愈粹"(씹을수록 맛이 더욱 순수하다)라고 했다. 형식이나 표현을 잘 갖추기나 한 시는 처음에는 좋아 보이지만, 거듭 읽으면 취할 것이 없다. 깊은 뜻을 함축한 시라야 읽을수록 더 좋다. 여기까지는 형식주의 배격을 확인한 말이다. 그리 대단하지 않다.

깊은 뜻은 어떻게 얻는가? 이 의문을 풀어야 논의가 진전된다. "意本得於天"(뜻은 본래 하늘에서 얻는 것이라), "難可率爾致"(쉽게 이르기 어렵네)라고 했다. 뜻을 하늘에서 얻는다는 것은 무슨 말인가? 사람에게서 얻지는 않는다는 말이다. 李杜를 숭앙하고 본뜨면 깊은 뜻을 얻을 수 있는 것은 아니다. 뜻을 사람에게서 얻지 않고, 하늘에서 얻는다. 이것을 모르고 다른 데서 구하니, 진정한 뜻에 이르기 어렵다고 했다.

하늘이란 무엇인가? 하늘이 어떤 神이나 주재자가 아니고 天地萬物의 自生自化일 따름이라고 〈問造物〉이라는 글에서 밝혀 논했다. 천지만물을, 거기 포함되어 있는 인생만사까지, 선인들을 매개로 하지 않고 스스로 부딪치고 체험해 알아내야 깊은 뜻을 얻을 수 있다. 천지만물도 그대로 있지 않지만 인생만사는 많이 변한다. 옛사람의 시에서 나타낸 뜻이 오늘날 것일 수 없다. 오늘날의 뜻은 다시 찾아야 한다. 이런 원리에 따라 새로운 시를 지어야 한다고 했다.

5

李杜와 어울리고 싶다는 말도 했다(《東國李相國後集》 권9 〈鬱懷有作 雙韻〉). "猶未寫千愁萬慮塡胸中 安得與太白子美對醉橫筆陣 吐出鬱氣和長虹"(천 가지 수심 만 가지 염려 가슴에 가득 찬 것을 토로할 길 없으니, 어찌하면 이태백이나 두자미와 마주 앉아 술 마시고 붓 휘둘러 울적한 기운 토로해 긴 무지개로 뻗어볼까?) 세상일이 뜻대로 되지 않아 갑갑한 심정을 李杜와 마주 앉아 술을 마시면서 토로하고, 시를 써서 풀어내고 싶다고 했다. 李杜를 술친구, 시 친구로 삼고 싶다고 했다.

李杜처럼 취해서 일생을 보내지는 않겠다고 했다(《東國李相國後集》 권 12 〈復答崔大博〉). "怡顔正好庭柯眄 衣雖如華食如蟻 何似李杜死飽醉"(편안한 얼굴로 뜰의 나무 보며 좋아하니, 옷은 비록 꽃 같고 먹이는 개미 같아도, 李杜가 술에 잔뜩 취해 죽은 것과 흡사하겠는가.) 자기는 편안한 마음으 로 뜰의 나무를 보고 좋아하면서 갑갑한 심정을 달랜다고 했다. 李杜처 럼 술에 잔뜩 취해 죽지는 않는다고 했다.

"옷은 비록 꽃 같고 먹이는 개미 같아도"라고 옮긴 말이 무슨 뜻인 가? "옷은 꽃처럼 화려하다."고 보면, "먹이는 개미 같아도"와 맞아 들 어가지 않는다. "꽃이 자기 옷을 스스로 마련하고, 개미는 먹을 것을 자기가 구하듯이" 살아간다고 한 것으로 이해할 수 있다. 자연과 가까 운 관계를 가지고 자급자족하는 소탈한 삶을 말했다고 할 수 있다. 시 로 나타낼 깊은 뜻을 하늘에서 받는다고 한 말을, 적절한 비유를 들어 이해하기 쉽게 말했다. 이런 깨달음은 李杜에게 없던 것이다. 새로운 시 가 어떤 것인지 잘 말해준다.

李杜보다 더 많은 노력을 한다고 했다(《東國李相國後集》 권1 〈兒子涵編 子詩文 因題其上〉). "雕刻心肝作一家 於韓於杜可堪過"(심장이나 간을 새겨 일

가를 이룬 것이, 한유나 두보를 많이 넘어선다고 할 수 있다.) 여기서는 이백 대신 韓愈를 넣었다. 노력을 많이 한 사람의 본보기로 이백을 드는 것은 부적당하고, 한유가 적당하기 때문이다.

많은 노력을 한 것은 부지런한 천성 때문이라고 하고 말 수는 없다. 사명감을 가지고 해야 할 일이 있다는 말이다. 무엇을 할 것인가? 다음 시가 말해준다(《東文選》 권19 〈晩望〉).

李杜嘲啾後	李杜가 지껄여댄 다음,
乾坤寂寞中	건곤이 적막한 가운데
江山自閑暇	강산이 절로 한가하고,
片月掛長空	조각달이 장공에 걸렸네.

李杜가 함부로 지껄여 건곤이나 산천이 다 망가진 것은 아니다. 오염되지 않은 모습을 그대로 드러내고 있다. 적막하고 한가한 의미를 알아차리고 받아들여 장공에 뜬 조각달 같은 시를 새롭게 짓는 사명을 수행해야 한다.

〈晩望〉이라는 제목이 무엇을 말하는가 생각해보자. "조각달이 장공에 걸렸네."와 관련시켜, 문자 그대로 이해하면 "저녁나절에 바라보다"는 말이다. "李杜가 지껄이고 간 뒤에"라고 한 것을 중요시하면, 그런 가벼운 뜻이 아니다. "늦은 시대의 소망"이라고 보는 것이 적합하다. 李杜가 가고 없어 때늦은 시대라고 여기지 말고, 새로운 소망을 가지고 전에 없던 시를 창작하자는 말이다.

6

새로운 시를 일으키는 공사를 하는 데 흙을 한 삼태기 가져와 부어주는 조력자가 없다고 한 것은, 새로운 시를 지을 동참자를 많이 모으려고 한 말이다. 동참자가 없지 않다고 한 말을 여기저기서 찾을 수 있다.

선배인 吳世才가 동참자라고 했다(《東國李相國全集》 권37 〈吳先生德全哀詞 幷序〉). 李杜와 오세재의 관련을 세 번 말했다. 문장 수련이 높은 경지에 이르렀다고 할 때에는 "爲詩文 得韓杜體 雖兒童走卒 無有不知名者"(시문을 지으면서 한유나 두보의 체를 터득해, 아동주졸이라고 이름을 모르는 자가 없었다.)고 했다. 전례를 본받기만 하지 않고 능숙하게 활용하고, 하층의 관심사를 진솔하게 나타내 누구나 읽고 감동을 받을 수 있게 했다는 말이다.

생애가 불우했다고 할 때에는 "李太白亦爾 杜甫雖窮 —亦得爲員郎 公獨卒不霑一命而死"(이태백 또한 그렇고, 두보는 비록 가난했어도 원랑 자리를 얻었으나, 공은 끝내 나라의 은혜를 한 방울도 얻지 못하고 죽었다.)고 했다. 이것은 사실을 지적한 것 이상의 의미가 있다. 불우나 빈곤이 절실한 사연을 제공해, 문학을 탄탄하게 한다. 아동주졸이라도 이름을 모르지 않다고 한 것이 이와 관련된다.

한유나 두보의 전례를 본받고 활용해 글을 잘 썼다는 것만으로 아동주졸에게까지 알려질 수는 없다. 설명을 더 해야 할 것을 미처 하지 못했다고 할 수 있다. 이렇게 생각하다가 "胸中恢廣 混包含兮 文場虎攫 視耽耽兮 李杜爲敵 一接殲兮"(마음이 넓고 넓어 아득한 것을 감싸고 품도다. 글 짓는 마당에서 호랑이가 웅크리고 노려보도다. 李杜가 대들어도 한 번 붙자 섬멸되고 말리라.)라고 한 데 이르면 눈이 번쩍 뜨인다.

"가슴이 넓고 넓다."는 것은 현실을 체험하고 인식하는 폭이다. "아득한 것을 감싸고 품도다."라고 한 것은, 지금까지의 문학에서는 지금까지 다루지 못해 무어라고 미리 예상할 수 없는 경지까지 나아갔다는 말이다. "호랑이가 웅크리고 노려본"다는 것은 불의와 대결하고자 하는 의지이다. 이런 강점을 모두 갖추어, 李杜와 경쟁하면 단번에 이긴다고 했다. 이것이 새로운 시대 문학의 모습이다. 오세재가 그 일단을 보여준 것을 정확하게 간파하고, 비유적인 언사를 사용해서 총괄해서 말했다.

오세재의 작품은 거의 다 없어져 진면목을 알 수 없다. 이규보는 국가의 은혜를 힘입어 문집이 출간된 것과 아주 다르다. 이규보가 높이 평가한 말을 듣고 짐작하면, 오세재는 새 시대 문학의 본보기를 보이는 선구자로서 크게 활약했다고 인정할 수 있다.

7

후배 시인 陳灌(진화)도 칭송하면서 대단한 가능성이 있다고 했다 (《東國李相國全集》 권11 〈陳君見和 復次韻答之〉). "陳郞年少氣尤雄 指麾電母鞭 雷公 斗膽可吸江湖空 有如跨天萬里飮海之長虹"(진군은 나이 젊고 기운 더욱 웅장하여, 번개를 지휘하고 우레를 채찍질하네. 강호의 물 들이마실 수 있을 만큼 담이 크고, 만 리 하늘 걸터타고 바닷물 마시는 긴 무지개 같구나.)이라고 했다. 어떤 기백을 보여주는지 비유를 들어 말하고, 자기를 포함한 몇 사람과 어울려 시를 지으니 "箇中風流不落李杜後"(그런 가운데의 풍류가 李杜에 뒤지지 않는다.)라고 했다.

다른 이유를 들어 진화를 다시 칭송했다(《東國李相國全集》 권11 〈陳君 復和 又次韻贈之〉). "李杜於君定孰勝 憂喜忘來似定僧"(李杜와 그대는 누가 마음가짐이 빼어난가, 마음 다스려 근심도 기쁨도 잊은 승려 같구나.)이라고 했다. "定"은 안정된 마음가짐이다. 진화는 승려처럼 참선을 하지 않고도 그 경지에 이르러, 李杜보다 훌륭하다고 했다.

마음이 안정되지 않은 시인은 일신의 불평을 털어놓는 시를 짓는다. 李杜도 그런 정도에서 벗어나지 못했다. 마음이 안정되어 있으면 시대의 움직임을 크게 보고, 만인의 생각을 담아내는 시를 쓸 수 있다. "마음이 넓고 넓어 아득한 것을 포괄"한다고 한 말이 이런 뜻이다. 진화의 시는 대부분 없어졌으나, 다음과 같은 것이 남아 있어 어떤 경지에 이르렀는지 알려준다(崔滋, 《補閑集》에 수록된 〈奉使入金〉).

西華已蕭索	서쪽 중국 이미 삭막해지고,
北寨尙昏蒙	북쪽 진지는 아직 몽매하다.
坐待文明旦	앉아서 문명의 새벽을 기다리니,
天東日欲紅	하늘 동쪽 해가 붉으려 하네.

제목을 〈奉使入金〉이라고 한 것은 사신이 되어 금나라에 들어가면서 지는 시라는 말이다. 역사가 전개되는 현장에서 깊이 생각하고 절실하게 깨달은 바를 술회했다. 짧은 시가 대단한 무게를 지닌다.

서쪽 중국은 강남으로 쫓겨 간 南宋이다. 전날의 영광을 잃고 무력하게 되었다. 북쪽 진지는 北宋을 멸망시키고 그 자리를 차지한 金나라이다. 진지를 쌓고 군사력이나 자랑하고 지적 수준은 낮다. 남북 모두 어둠에 잠겼다.

동아시아문명이 위기에 이르렀으므로 소생해야 한다. 그렇게 하는 사명을 동쪽의 고려가 맡아야 한다고 다짐했다. 이규보와 공유한 깨달음을 더욱 분명하게 나타냈다.

8

　이규보가 李杜의 전범을 넘어서려고 한 것은 개인적인 선택만이 아니다. 시대 전환이 요망되는 것을 간파하고, 새로운 시대의 문학을 선도하겠다는 결단이었다. 비상한 통찰력을 지닌 것을 알아차릴 수 있다.

　그 전환은 시대 구분의 용어를 사용해 말하면, 중세전기가 끝나고 중세후기가 시작되는 것이었다. 금나라가 북송을 멸망시키자, 동아시아에서 중세전기가 끝났다. 중세전기까지는 중국이 주도하던 동아시아문명을 다시 일으키는 중세후기의 과업은 중국 밖에서 수행해야 하고, 고려가 그 선두에 나서야 했다. 이규보는 이런 사명을 자각하고 수행하고자 했다.

　중세전기는 중심부의 중세문명을 밖에서도 갖추려고 하던 시기였다. 차등이 해소되지 않아 좌절을 겪었다. 중세후기에는 중세문명을 중국 밖의 여러 나라에서 독자적으로 재창조했다. 차등을 넘어서는 대등이 이루어졌다. 선진이 후진이 되고, 후진이 선진이 되는 역전이 시작되기까지 했다.

　중세전기에는 중국에서 마련한 규범에 따라 표현 기교를 가다듬던 한시가, 중세후기에는 내용을 중요시하게 되었다. 민족과 민중의 문학으로 나아가 새로운 가치를 분명하게 했다. 이규보가 그 본보기를 보여 동아시아문학사에서 획기적인 의의를 가진다.

9

　이규보가 한 작업을 오늘날 우리가 다시 할 수 있고, 해야 한다. 오늘날에는 유럽문명권에서 내세우는 갖가지 전범이 대단한 위세를 자랑한다. 추종하거나 비난해 차등을 더 늘이지 말고, 대등의 관점에서 필요한 대로 이용하면서 넘어서야 한다. 다음 시대로 나아가면서 모든 문제를 해결해야 한다.

좋은 전례가 있고, 대안의 근거가 되는 문화유산이 풍부해, 이번 일은 더 쉽게 할 수 있다. 더 어렵게 생각하고 엄두가 나지 않는다는 사람들이 학문이나 예술을 한다고 하니 한심하다. 거시적인 관점을 가지면 낙관론이 생기고 용기를 얻는다.

이룬 성과의 발전 (1)

1

학문을 잘하려면 어떻게 해야 하는가? 비결이라고 할 수 있는 것들을 말하고자 한다. 기존의 작업과 관련시켜 둘을 말할 수 있다. 고전 읽고 깨닫기, 이룬 성과의 발전이다. 새로운 작업을 하는 비결도 둘을 말할 수 있다. 의문 키우기, 원리 찾기이다. 여기서 이룬 성과의 발전에 관해 말한다.

2

김학주 교수의 《중국의 북송시대》(신아사, 2018)는 훌륭한 연구 성과이다. 중국의 한 왕조 北宋(960-1127)의 전모를 파악하고자 한 노작이다. 북송의 건국 내력, 과거제도의 정착과 士大夫의 등장, 평화를 유지한 대외정책, 경제적인 번영, 道學, 문학, 민간연예 등을 자세하게 고찰하면서 한 시대의 전반적인 특징을 해명했다. 저자의 전공 분야를 넘어서서 넓은 시야를 여는 새로운 작업을 했다.

"중국 역사상 가장 이상적인 정치를 펴서 온 천하의 백성들과 이웃나라들이 모두 평화롭고 여유 있게 잘 지내고, 중국의 학술 문화를 가장 높은 경지로 발전시킨 왕조는 북송이다." 책 서두에서 이렇게 한 말에 책 전체의 주제가 요약되어 있다. 북송을 평가 절하하는 중국의 통념을 비판하고, 이런 견해를 제시했다. 외국학이 원산지 학문의 수입을 넘어서서 우리 학계의 독자적 역량을 표출하는 창조학일 수 있는 본보기를 보여주었다.

책을 받아 즉석에서 훑어보고 주고받은 말을 적는다.

"〈북송과 동아시아〉라는 장이 하나 더 있어야 하겠네요."

"그것까지 할 수는 없군요."

"북송과 동아시아에 관해서 하고 싶은 말이 있어 독후감을 쓰고자 합니다."

"좋지요."

책 내용에 대한 자세한 검토는 능력이 부족하고 지면이 제한되어 있어 생략하고, 서평과는 거리가 있는 독후감을 쓰기로 한다. 저자가 수행한 작업의 요점을 해설하면서 나의 견해를 덧붙인다.

3

중국에서는 무력을 자랑하면서 국가의 위세를 크게 떨친 漢이나 唐을 칭송하고, 북송은 그렇지 못해 遼, 西夏 등과 싸워 이기지 못하고 굴욕적인 화친을 한 것을 창피스럽게 여긴다. 그것은 패권주의 사고방식이고, 武勇史觀이다. 이에 대해 저자는 준엄한 비판을 했다.

무용사관은 버리고 문화사관으로 역사를 이해하면, 북송을 중국의 다른 어느 왕조보다 높이 평가하는 것이 당연하다. 거대제국의 침공은 상처를 남기고 반발심을 키웠으나, 북송은 무력을 전연 사용하지 않고 혜택을 베풀기만 했다. 최상의 창조물을 여러 나라에 전해주어 동아시아 문명을 빛냈다. 그 유산을 한국, 월남, 일본 등지에서 줄곧 자랑스럽게 여긴다.

이것은 남의 일이 아니다. 무용사관을 버리고 문화사관으로 나아가 역사 이해를 바로잡는 과업이 한국사에서도 절실하게 요망된다. 한국사의 전성기는 중국을 상대로 무력을 뽐낸 고구려가 아니고, 동아시아문명을 민족문화로 재창조하는 수준을 가장 높인 조선왕조 전기임을 분명하게 인식해야 한다. 그때 축적한 문화 역량이 오늘날의 한국을 빛낸다.

	사대부	시정인
사상	道學, 鄕約	민간사상
문학	古文, 詩, 詞	민간문학
공연예술	雅樂	민간연희
미술	水墨山水畵	풍속화 淸明上河圖
종교	불교 大藏經	도교

북송은 사대부의 시대이면서 또한 시정인의 시대였다. 이 둘의 관계에 관한 총론이 있어야 한다. 문화의 여러 영역에서 이 둘이 무엇을 했는지 체계를 갖추어 고찰할 필요가 있다. 위의 표를 만들어보면 할 일

이 분명하게 나타난다.

북송의 사대부 문화는 한국, 월남, 일본 등 여러 나라에서 동아시아 문명의 전범으로 평가되고 재창조되었다. 사대부 문화는 어디서나 상통하고, 시정인 문화는 나라마다 상이했다. 상통의 중심이 북송이었다. 이 말에 북송의 역사적 위치에 대한 인식이 집약되어 있다.

周敦頤(주돈이)에서 程顥(정호)·程頤(정이)까지의 道學이 남송의 朱熹에 의해 정비되어 동아시아 공통의 이념으로 숭앙되고, 특히 한국에서 깊이 정착되고 발전되었다. 古文은 글쓰기의 본보기로 인정되어 오늘날까지 영향을 끼치고 있다. 蘇軾이 최후를 장식한 唐宋八家文이 동아시아 공동의 고전으로 줄곧 숭앙된다. 이 宋詩의 작풍은 唐詩와는 다른 또 하나의 전통으로 이어지면서 상호 작용을 했다. 詞는 사대부와 시정인이 공유한 문학인 것이 詩와 달랐으며, 중국어 노래이므로 외국에 전파되기 어려웠다. 고려의 李齊賢이 詞를 지은 것은 중국에 오래 체재했기 때문이다. 이상의 사실에 대한 자세한 고찰이 있으면 더 좋을 것이다.

鄕約은 도학으로 사회를 교화하는 규범이다. 도학자 呂氏 형제들이 자기 마을 공동체의 결속을 다지기 위해 呂氏鄕約을 제정한 것을 남송의 朱熹가 이어받아 높이 평가되고 널리 알려졌다. 여씨향약을 본보기로 삼아, 李滉이나 李珥를 비롯한 한국의 여러 도학자는 자기 고장에서 鄕約을 실시했다. 이 소중한 유산이 중국에서는 망각되었다.

전통적인 雅樂을 북송에서 국력을 기울여 정비한 大晟雅樂은 동아시아 음악의 품격을 높인 최상의 공연예술이다. 대성아악을 정비한 직후에 고려에서 받아들이고 조선왕조 초기에 재정비해 한국에서는 오늘날까지 충실하게 전승하고 있다. 월남이나 일본도 그 나름대로의 아악을 이어 오면서 자랑한다. 이런 아악이 중국에서는 사라져, 정통을 잇는 한국에서 배워가야 할 형편이다.

북송 수도 시정인의 삶을 자세하게 그린 거작 〈淸明上河圖〉가 중국 최대의 풍속화로 평가되고 있다. 이 그림을 경제의 번영을 말하는 자료로 들기만 하고, 미술에 대한 논의는 없어 보완이 요망된다. 郭熙를 비롯한 여러 화가가 水墨으로 자연을 그려 내심을 표출하는 山水畫나 四君子畵를 창안해 동아시아 전역에서 사대부 미술의 전범이게 한 것 또한 북송에서 이룩한 획기적인 업적이다. 중국에서 향약이나 아악은 사라졌으나, 수묵화는 남아 있어 고금을 연결한다.

불경에 관한 논의도 있어야 한다. 불경을 집성해 大藏經을 편찬하는 작업은 다른 언어 경전의 몇 가지 전례가 있으나 한문경전을 사용하는 동아시아에서 본격적으로, 가장 방대한 규모로 이루어졌다. 북송에서 이룩한 宋板大藏經이 최초의 완성본이어서 획기적인 의의를 지닌다. 이것을 동아시아 각국에서 받아들여 동아시아문명을 대장경문명이라고 할 수 있게 되었다. 遼·金에서 증보판을 마련했으며, 고려대장경이 최종 정리본이고 현존 최고본이다. 고려대장경을 琉球와 일본에서 받아갔다. 나중에 일본에서도 대장경을 만들었다.

위에서 든 여러 사실에 대한 구체적인 논의가 있어야 북송이 동아시아 문명의 정립과 발전에서 기여한 공적에 대한 전폭적인 이해가 가능하다. 북송을 기점으로 한 동아시아문명사를 쓸 만하다. 구체적인 사례에 대한 비교고찰이 많을수록 좋을 것이다.

4

극소수의 귀족이 권력을 독점하던 시대를 청산하고 세습적인 기반이 아닌 자기 실력으로 진출한 사대부가 국정을 담당하고 문화 창조를 주도하게 된 것이 북송의 역사적 의의이다. 이것은 중국에 국한되지 않은 변화여서 비교고찰이 필요하다.

한국에서는 무신난이 일어나 귀족이 몰락하고 사대부가 등장하는 계기를 만들었다. 조선왕조는 북송에서 정립한 사대부 문화의 이상을 최상의 모범이라고 할 수 있게 실행했다. 월남의 李朝나 陳朝에서도 과거제를 실시해 사대부 사회로 나아갔다. 일본에서 귀족 호위의 업무를 맡아 侍(사무라이)라고 일컬어지던 武士들이 정권을 잡아 謙倉幕府를 개설한 것도 함께 고찰할 만한 변화였다. 武士는 文士가 아니지만 지방에 근거를 두고 실력으로 진출한 혁신세력이라는 점에서 사대부와 상통했다.

북송에서 이룩한 사대부 사회의 모형, 실력으로 진출한 사람들이 무력이 아닌 문화의 능력으로 국정을 담당하면서, 평화를 유지해 백성을 편안하게 하고 생업을 보호하는 통치 방식은 동시대 세계 다른 어디서도 볼 수 없는 최상의 체제였다. 한국의 조선왕조가 이렇게 하는 데 앞서고, 중국은 북방민족의 침공으로 기회를 상실했다.

金은 북송을, 元은 남송까지 멸망시키고, 明이 혼란을 수습하지 못하고 있다가 淸이 등장해 지배력을 강화했다. 북방민족의 중국 지배는 국력 신장에 기여했어도, 문화에서는 큰 타격이었다. 시정인 문화는 꾸준히 발전했으나, 사대부 문화는 폭이 좁아지고 생기를 잃었다. 雅樂을 잃고 음악의 품격이 낮아졌다. 과거를 외면하고 道學에 힘쓰면서 鄕約을 주도하는 山林處士는 있을 수 없었다. 지나치다고 할 만큼 금전을 선호하는 풍조가 나타나고, 문화 수준이 전반적으로 낮아졌다.

사대부는 국정 담당자의 자부심을 잃고, 과거 공부를 해서 출세하려는 기회주의자로 타락했다. 과거에 급제해 벼슬을 하면 해악을 끼쳤다. 淸代 소설 《儒林外史》에 그 폐해가 잘 나타나 있다. 성공의 확률이 아주 낮은 과거를 포기하고 돈벌이를 하는 것을 일생의 목표로 삼아, 배금주의 사고방식이 팽배하게 되었다. 과거제를 폐지하자 모두 하층이 되는 하향평준화가 이루어졌다. 한국에서는 누구나 양반이 되어 상향평준화로 나아간 것과 다르다.

5

시야를 확대하기 위해, 동아시아사의 시대구분에 관한 지론을 조금 펴기로 한다. 동아시아에서 고대가 끝나고 중세가 시작된 시기는 漢이 망하고 唐이 시작되는 사이 北魏 때쯤이다. 龍門石佛이 분명하게 나타나 있는 가시적인 증거이다. 그 뒤 북송에서 절정을 보인 중세전기는 중국의 시대이고, 동아시아 각국은 중국을 배우고 따르려고 했다. 중세전기는 중세보편주의를 중국과 대등하게 구현하려고 한 시대였다고 규정할 수 있다.

金이 북송을 멸망시키고 북방민족의 지배가 더 큰 규모로 다시 시작되는 시기에 동아시아 각국이 독자적인 발전을 보여 중세후기가 시작되었다. 蘇軾이 최후를 장식한 唐宋八家文 이후의 중국 문학은 전범으로서의 의의를 잃었다. 중국 안에서는 元好問, 耶律楚材, 밖에서는 한국의 李奎報, 월남의 阮廌, 일본의 五山禪僧들이 민족이나 민중을 인식하는 한문학의 새로운 경지를 열었다. 중세후기는 중세보편주의를 여러 민족이 독자적으로 구현하려고 한 시대였다고 할 수 있다.

임진왜란이라는 국제전쟁을 겪고 동아시아가 일제히 변해 중세에서 근대로의 이행기에 들어섰다. 중국의 淸, 한국의 조선후기 정권, 일본의 德川幕府가 사회변화를 지연시키려고 해도 시정인의 경제적 활동과 문화 창조가 활발하게 이루어지는 것을 막을 수 없었다. 월남은 직접적인 관련이 없어도 이와 상응하는 변화를 보였다. 근대로의 이행기에 축적한 역량으로 서양의 영향을 받아들여 근대를 이룩한 것도 같다.

북송은 중국 역사상 최고 수준의 문명국가였다. 동시대 한국의 고려는 북송에서 이룩한 창조물을 적극 수용하고 발전시켜 대등한 수준에 이르고 앞서기까지 했다. 이에 관한 비교론에서 시작해 오늘날의 문제까지 고찰하는 거대담론이 필요하다.

고려에 온 북송의 사신 徐兢(서긍)이 《高麗圖經》이라는 책에 견문을 기록했다. 도서관의 장서가 수만 권이고, 일반인이 사는 마을에도 서점이 몇 개씩 있다. 학구열이 대단해 군졸이나 어린아이들까지도 공부를 한다. 이런 것들이 중국을 능가해 놀랍다고 했다. 蘇軾은 중국에서 없어진 책이 고려에는 있다고 하니, 서적 수출을 금지해야 한다고 했다.

북송의 문명이, 중국에서는 북방민족이 침공해 중원을 장악하자 제대로 이어지지 않고 회고의 대상이 되었다. 고려에서 수용한 북송의 유산은 조선왕조에서 더욱 발전시켜 당대 세계 최고의 문명임을 입증했다. 이것이 오늘날까지 이어져, 유럽문명의 패권주의적 팽창을 제어하고, 문명의 갈등을 넘어서서 인류 공영의 다음 시대를 열 수 있는 동아시아 공유의 소중한 역량 노릇을 한다.

중국에서 받아들인 문명을 더욱 발전시킨 성과를 알려주고 동참을 권유하는 것이 지난날의 은혜에 대한 최상의 보답이다. 일본이나 월남도 얼마 동안의 일탈을 시정하고 동아시아 큰집으로 돌아와야 한다고 깨우쳐주어야 한다. 이렇게 말한 《동아시아문명론》이 일본어에 이어서 중국어로 번역되고, 월남어 번역까지 나왔다.

동아시아 학문이 하나가 되어 동아시아가 하나가 되는 길을 열어야 한다. 김학주 교수의 노작이 그 출발점을 분명하게 확인할 수 있게 해서 필자는 크게 고무되었다. 커다란 책을 함께 쓴다고 생각하면서 내가 맡아서 할 수 있는 작업의 개요를 적었다.

6

논의가 여기서 완결되지 않는다. 앞의 〈고전에서 깨닫기〉, 뒤의 〈이규보의 이백·두보 넘어서기〉와 연관되어 내용과 의의를 확대한다. 스스로 모색하고 진행한 연구의 성과를 김학주의 북송 연구를 이용해 더욱 발전시키느라고 잠시 머물렀다 다시 떠나간다.

중세전기가 끝나고 중세후기가 시작된 역사적 전환이 논의의 초점을 이룬다. 이 전환의 양상과 이유를 문학사가 앞서서 확인하고, 역사에 대한 총체적 이해를 새롭게 하는 철학을 재정립한다. 국문학 자각 확대가 무엇인지 잘 보여준다.

이룬 성과의 발전 (2)

1

대한민국학술원 인문사회 제2분과의 정명환 회원은 92세이다. 92세에 새로운 저서를 내놓아, 세상을 놀라게 하는 충격을 준다. 나는 이 충격을 10세 연하인 옛 제자가 아직 젊다고 일러주는 것으로 받아들인다. 넘치는 의욕을 가지고 더 많은 작업을 하라고 격려하는 말로 듣는다. 그 고마움에 이 글을 써서 보답하고자 한다.

나는 불문학을 공부할 때 정명환 선생의 강의를 들었다. 한창 화제에 오르는 사르트르의 작품 원문을 읽는 감격을 누리면서, 평가만 하지 않고 비판도 하는 것을 듣고 비평에 입문했다. 그 뒤에 국문학 공부를 더 하느라고 선생과 멀어졌다가, 학술원 같은 분과에서 다시 만났다. 연구 발표에 이은 토론을 하거나 학술원상 심사를 할 때면, 가끔 생각이 달라 논란을 벌인다.

바둑 제자는 선생과의 대국에서 이기는 것으로 보답을 삼는다는 말이 학문에는 그대로 해당되지는 않는다. 학문에는 승패가 없기 때문이다. 그렇지만 선생의 《프루스트를 읽다》를 읽다"로 논란을 벌이는 것이 피차 유익하고, 학문 발전에 적극적으로 기여하리라고 믿는다.

학술원 회원은 서평을 하면서 논란을 활성화하는 본보기를 보일 의무가 있다고 생각한다. 내 책에 대해 박영식·이정복·김수용·이한구 회원이 서평을 해준 것을 감사한다. 나는 김학주 회원의 책 서평을 자진해서 하고, 이 책을 받아 조금 읽다가 서평을 쓰겠다고 바로 알렸다.

2

《프루스트를 읽다》는 불국 현대작가 프루스트(Marcel Proust)의 대하소설 "*À la recherche du temps perdu*"를 저자 나름대로 읽은 독후감이자 연구서이다. 원명을 적는 이유는 번역명에 문제가 있기 때문이다. 저자는 《잃었던 때를 찾아서》라고 하고, 이형식 번역본에서는 《잃어버린 시절을 찾아서》라고 했는데, 《잃어버린 시간을 찾아서》라는 제목으로 널리 알려져 있다. 어느 것이 정확하다고 말할 수 없어, 번역의 어려움을 생각하게 한다.

저자는 이 작품을 통독하지 않고 불문학 강의에서 언급한 부끄러움이 있었다고 책 서두에서 말했다. 2016년에 시작해 5년에 걸쳐 작품을 읽고 책을 썼다고 했다. 그 성실성과 인내력을 높이 평가하면서, 다른 사람들은 어떻게 해야 하는지 생각해본다. 저자 만한 독해력도 5년의 시간도 없으면, 이런 작품은 논의의 대상으로 삼지 말아야 하는가?

나는 《소설의 사회사 비교론》을 쓰면서, 문학을 이 작품에서 천직(vocation)이라고 한 견해를 토마스 만(Thomas Mann)은 저주(Fluch)라고 한 것과 비교해 고찰했다. 작품의 해당 대목을 길게 인용한 것은 연구서의 도움을 받은 덕분이다. 길고 복잡하고 난해한 작품은 연구서를 먼저 읽을 필요가 있다. 연구서가 작품 못지않게 난해하면, 지름길은 없다.

한국인 학자가 외국 작품에 관한 연구서를 그 나라의 말로 써서 그 나라에서 출판하는 것이 차츰 늘어나, 우리 학문이 대단한 수준에 이르렀다고 할 것은 아니다. 학문 이민에 성공한 개인적 성취로, 그 나라에 흔히 있는 학자를 하나 늘였을 따름인 것이 예사이다. 저자가 한국인이라는 이유만으로, 특별히 거론할 견해가 없는 저작을 부지런히 읽어야 할 것은 아니다.

국내의 독자를 의식하고 우리말로 연구서를 써야, 국내 학계를 위해 기여하는 바가 클 수 있다. 우리말로 생각을 해야 하니, 자기 견해를 가지고, 문명끼리의 대화를 하지 않을 수 없게 된다. 이질적인 내용이 관심을 끌어, 주위의 독자들이 적극적인 토론을 하도록 유도할 수 있다. 그러나 자각이 모자라고 결단을 내릴 용기가 없으면, 말이 다르고 문화가 상이한 간격을 메우지 못해 고생하다가, 깊은 논의를 하지 못하는 것이 예사이다. 초보적인 입문서나 써내 학문의 수준을 낮추기나 한다.

그러면 어떻게 해야 하는가? 이 책 《프루스트를 읽다》가 최상 대안의 본보기를 보여준다. 번역서가 12권이나 되는 길고 복잡한 작품의 원문을 휘어잡아 읽고, 저자의 관점에서 과감하게 시비했다. "그리고 나의 추억과 생각을 담아서"라는 부제를 달고 그대로 한 것이 공연한 일탈이 아니고 적절한 선택이다. 자기 자신을 돌아보면서 숨을 돌리려고 하지 않고, 더욱 치열한 탐구를 하고자 했다. 책 구석구석에 연륜과 식견이 나타나 있다.

그렇게 하면 객관적 타당성을 훼손한다고 나무라지 말아야 한다. 객관은 주관과 만나야 인식이 이루어진다. 타당성은 부정을 거쳐야 입증된다. 저자의 편견이 해를 끼친다고 염려할 것은 없다. 이 책을 그냥 받아들이지 않고, "《프루스트를 읽다》를 읽다"를 쓴다. 저자가 그 책과 시비한 결과를 내가 시비해 더욱 유익한 자양분을 만들고자 한다. 섭취한 식품이 우리 몸에서 원형 그대로 보존되어야 한다는 주장은 없다. 몇 번의 변형을 거쳐야 소화가 된다.

《프루스트를 읽다》뿐만 아니라, 《하이데거를 읽다》, 《레비-스트로스를 읽다》, 《촘스키를 읽다》 등이 계속 나와야 한다. 학술원 회원들이 이런 책을 쓰는 모범을 보이고, "《…읽다》를 읽다"고 하는 이런 글을 쓰는 본보기도 만들어야 한다. 《…읽다》 총서는 외국 추종의 수입학이 주체적인 창조학을 위한 자양분으로 변모해, 우리 학문을 한 단계 높이리라고 기대한다.

3

이 책은 서술 방식이 특이하다. 작품 이름을 번역으로만 알리고, 등장인물, 지역 등을 원어는 소개하지 않고 한글로만 적었다. 작품 밖의 잘 알려지지 않은 인물이나 번역하기 어려운 용어에만 원어를 살짝 달아놓았다. 책장을 넘겨보면 우리말로 쓴 소설이나 수상록 같다. 멀리 있는 대상을 깊이 이해한 덕분에 가까이 가져와 쉽게 친해지도록 했다. 학문의 아성을 허물고, 현학 자랑을 무색하게 했다.

앞에 책을 쓰게 된 경위를 말하는 머리말이 있고, 본문이 180개의 토막으로 이루어져 있다. 장이나 절의 구분이 없으며, 180개의 토막이 각기 독립되어 있다. 작품 전체는 어디서도 설명하지 않고, 하나하나 뜯어보면서 하고 싶은 말을 했다. 소설 기법이나 심리묘사를 중요시하는 통상적인 접근 방식에서 벗어나, 주제나 사상을 특히 중요시했다.

노력이나 지면을 낭비하지 않고, 어느 누구도 하지 않은 새로운 시도를 해서 특성이 분명한 책을 썼다. 문제가 될 만한 대목을 하나 번역해 놓고, 미시적인 분석에서 시작해 거시적인 논의까지 나아가면서 찬반론을 전개했다. 프루스트와 저자의 토론을 구경만 하면서 물러나 있을 수 없어, 독자도 토론에 참여하도록 한다.

9번째 토막에서 걸음을 멈춘다. "프루스트는 문물과 풍속이 우아함과 세련됨을 잃고 속악해진 것을 한탄하고 있다"고 했다. 이에 대해 저자도 동의한다고 하고, 다른 말을 했다. 중상류층의 멋 상실을 가난한 사람들의 "꾀죄죄한 옷차림"이 없어진 것으로 벌충하고도 남는다고 했다. 이 대목을 읽고, 나는 말하고 싶다. 외모만 보지 말고 내면을 살펴 민중의 역동적인 창조력이 세상이 좋아지도록 하는 데 기여하는 것을 알아야 한다.

56번 토막에서는 프루스트가 기억에 관해 한 말을 들었다. "우리의 기억과 마음의 용량은 모든 것에 충실할 수 있을 만큼 그렇게 크지 못하다." 이에 대해 저자는 말했다. "우리의 기억은 짧고 우리의 마음도 좁아서 과거는 잊히기가 쉽다." 그런데도 프루스트는 과거의 기억을 계속 길게 불러일으키는 것이 마땅하지 않다고 했다. 나는 말한다. 기억만 가지고 마음의 용량을 말하지 말아야 한다. 불교에서는 '一念三千'(일념삼천)이라고 하지 않는가. 한순간에 엄청난 생각을 하는 것이 불운이기도 하고 행운이기도 하다.

122번 토막을 보자. "연애심리 분석은 인간은 궁극적으로 이기주의자라는 본질적 통찰에 의거한다."는 것으로 다시 간추릴 수 있는 프루스트의 말을 시비했다. "이것이 프루스트의 근본적인 한계이고, 그의 소설을 읽을수록 재미없게 만드는 이유이다." "성패 여하를 불문하고, 인간은 자기 한계를 벗어나려고 하는 윤리적 지향을 하고, 세계와 타자를 위해 자기를 열기 위해 자신과의 투쟁을 전개하는 존재이다." 저자가 이렇게 한 말을, 나는 바꾸어놓고자 한다. 사람은 상극이 상생이게 하고, 차등을 넘어서서 대등을 이룩하려고 노력한다.

128번 토막에서는 예술이 무엇인가에 관한 논란을 벌였다. 프루스트가 예술가는 그저 개인이기만 하지 않고 "예술이 없으면 결코 알 수 없을 그 세계들의 심오한 조직을 스펙트럼의 색깔로 표출한다."고 한 말을, 저자는 "미적 체험의 윤리적 전환이라고 부를 수 있는 조망이 없다."고 나무랐다. 나는 말한다. 예술은 창조주권 발현을, 본보기를 보여 확대하는 것이 본질이고 사명이다.

176번 토막은 특히 주목할 만해 자세히 살피기로 한다. 서두에서 "이 소설을 다 읽지는 못했지만, 프루스트의 한계를 알려주는 매우 중요한 텍스트와 마주쳤다."고 했다. 이어서 한 말 가운데 특히 중요한 것 둘을 간추린다. 178번의 한 대목도 가져온다.

(가) "아무리 기피하려고 해도 그 후로는 잠시도 뇌리에서 떠나지 않는 줄기찬 집념으로 남는 지옥 같은 것이 없을 것인가? 이 소설에

는 그런 예는 없다. 그리고 그 이유는 아마도 프루스트가 그 누구와도 실존적 관계를 맺어본 일이 없기 때문인지 모른다. 그는 타자가 존재하는 세계를 그냥 스쳐 갔을 뿐, 그 속에 끼어든 일이 없기 때문이다.

(나) 이 소설의 마지막 권까지 어서 읽고는 그와 결별해야 하겠다는 생각을 굳히게 되었다. …… "우정이라는 것도 겉치레에 지나지 않는다."는 말을 들었을 때이다. 연대 의식이라든가 공감이라는 단어는 어느 이방의 말일 것이다. 그에게 친구란 쓸데없는 잡담으로, 예술 창조에 바쳐야 할 아까운 시간을 낭비하게 하는 백해무익한 자에 지나지 않는다. 문경지교(刎頸之交)라는 것은 꿈도 꾸어본 일이 없고, 연대의식이라든가 공감이라는 단어는 어느 낯선 이방의 말일 것이다.

(다) 나는 나의 존재의 근원이 어디 있는지, 어디에서 구원을 찾아야 하는지, 무엇을 하는 것이 문학도로서의 책임이며 도리인지 알기 위해서 내 나름대로 치열한 물음을 이어왔다.

(가)는 작품의 실상에 관한 사실판단이며, 왜 그런지 말한 인과판단도 들어 있다. (나)는 작품의 결함을 지적한 가치판단이다. (다)는 작품의 결함을 시정하는 대안으로 자기의 비판정신을 제시한, 더욱 적극적인 가치판단이다. 이 정도로 논의가 일단 완결되었다고 인정하고, 다음과 같이 평가할 수 있다.

저자는 자기 견해에 근거를 두고 작품을 비판했다. 이 작품이 명작이라고 여기는 환상을 깼다. 힘들여 연구한 수고의 대가를 찾으려고, 전공 분야의 가치를 높이려고, 대상으로 삼은 작품을 찬양하는 관습도 깼다. 작품을 비판의 대상으로 삼고, 저자는 비판정신을 더욱 가다듬는 데 이르렀다.

명작이라고 여기는 환상을 깼다는 것은, 이 작품이 교사가 아니고 반면교사라는 말이다. 90을 넘기면서 5년간 노력한 결과 반면교사의 가르침을 찾아내 전한 것이 큰 감동과 교훈을 준다. 이 작품을 정면교사로 받들고 따르다가 정신이 혼미해지는 일이 없도록 알려준 공적이 크다. 반면교사 덕분에 더욱 가다듬어진 저자의 비판정신과 만나면 많은 것을 얻을 수 있다.

4

책이 만족스럽다고 하기는 어렵다. 5년 동안의 힘든 노력이 작품에 관한 시비에 머무르고, 더 나아가지 않았다. 제시된 문제를 충분히 논의하지 않고 책이 끝나 결론이라고 할 것이 없다. 이런 지적을 하는 것은, 불만을 내가 맡고자 하기 때문이다. 불만을 해결하려고 노력하면서, 저자의 기여를 확대하고, 내 일거리를 찾는다. 이 책 읽기가 이 책을 반면교사로 삼고 더 나아가기가 되게 한다.

위에서 든 (가)는 두 부분으로 나누어진다. (가1) "아무리 기피하려고 해도 그 후로는 잠시도 뇌리에서 떠나지 않는 줄기찬 집념으로 남는 지옥 같은 것이 없을 것인가? 이 소설에는 그런 예는 없다."는 사실판단이다. (가2) "그리고 그 이유는 아마도 프루스트가 그 누구와도 실존적 관계를 맺어본 일이 없기 때문인지 모른다. 그는 타자가 존재하는 세계를 그냥 스쳐 갔을 뿐, 그 속에 끼어든 일이 없기 때문이다."는 인과판단이다. 사실판단은 분명하고 인과판단은 미약하다. 사실판단을 되풀이하는 수준에 머문다고 나무랄 수 있다.

(가1)의 이유는 (가2) 정도의 개인적 취향 이상의 것일 수 있다. "발자크가 살았던 자유로운 사회와 프루스트처럼 독점자본주의 시대 금리생활을 하는 사람들의 사회는 의사소통의 언어가 같지 않았다. 앞의 경우에는 행동하기 위해 소통하고(communiquer pour agir), 뒤의 경우에는 행동하는 대신 소통한다(communiquer au lieu d'agir)(Pierre V. Zima, *L'ambivalence romaneque. Proust, Kafka, Musil*, pp.144-145). 이 말을 경청하면서 의문을 더 가진다.

프루스트보다 조금 뒤에 뒤 가르(Martin du Gard)는 가족의 유대와 사회적 의무를 함께 중요시하는 대하소설을 내놓았다(*Les Tibaults*). 로맹(Jules Romains)은 우정으로 연결되는 합심주의(unanimisme) 사회를 이룩하자고 하는 대하소설을 더 길게 썼다(*Les hommes de bonne volonté*). 이런 노력으로 (가1)의 잘못을 시정하지 못한 것은, 독점자본주 시대의 금리생활자가 늘어났기 때문이 아니고, 실존주의가 등장해 외톨이라고 느끼는 개인의 허무의식이 시대를 이끄는 사조라고 추켜올렸기 때문이다. 실존주의가 버려두었던 성실성을 되찾고, 비판정신으로 부조리한 현실을 타개하려 한다고 해서 가치 착란의 책임에서 벗어날 수 있는 것은 아니다.

저자는 (나)에 관한 보충설명을 하면서, 프루스트는 꿈도 꾸어본 적 없는 문경지교(刎頸之交)의 본보기가 앙드레 말로(André Marlaux)의 소설에 보인다고 했다. 목숨을 바쳐 벗을 위한다는 문경지교는 관포지교(管鮑之交), 수어지교(水魚之交) 등과 함께 널리 알려져 있는 동아시아의 전승이다. 프루스트에게는 없는 우정의식을 다른 작가는 보여주었다고 하려고 문경지교를 한 번 언급하는 데 그치지 말고, 동서문명 비교를 문학을 통해 할 필요가 있다.

《삼국지연의》, 《수호전》, 《임거정》을 비롯한 동아시아의 많은 작품은 복수의 주인공이 의형제이다. 문경지교를 말만으로 다짐하지 않고, 의형제가 되는 의식을 천지신명을 모시고 거행한다. 《삼국지연의》에서 의형제는 "但願同年同月同日死"(다만 원하기를, 같은 해, 같은 달, 같은 날 죽기를 바란다)고 한 말을 어디서나 따른다.

그냥 사이좋게 잘 지내려고 의형제가 되는 것은 아니다. 이익을 위해 전술적 단합을 하는 공범자가 되는 것도 아니다. '義兄弟'의 '義'는 '利'가 아니다. 이익을 넘어서는 정당성이다. '義兄弟'의 '義'는 실제의 형제 같은 친밀한 관계를 정당하게 지키자는 '小義'만이 아니고, 세상을 바로 잡는 커다란 목표를 함께 달성하자는 더 큰 정당성을 뜻하는 '大義'여서 높이 평가된다. '大義'는 거대한 역사의식과 공동의 실천의지를 함께 지닌 말이다.

'의형제'에 해당하는 말이 유럽에는 없다. 실체가 없으니 지칭이 없는 것이 당연하다. '의형제'를 영어로 'sworn brothers'라고 하고, 불어로는 'ils se sont jurés d'être frères'라고 옮길 수 있으나 억지이다. "형제가 되기로 맹세했다"는 뜻만 가까스로 갖추어 '小義'의 문턱까지만 가고, '大義'는 있는 줄도 모른다. 유럽 특유의 사상 용어를 동아시아 말로 옮겨 이해하려고 해온 엄청난 노력에 상응하는 작업을 유럽에서는 하지 않아, 소통에 지장이 있다.

위에서 말한 (가1)의 사실판단에 머물거나 (나)의 가치판단을 쉽게 하지 말고, 인과판단을 철저하게 하려면 이러한 전통이 있고 없는 차이에까지 관심을 넓혀야 한다. 프루스트 작품의 특징은 개인의 생애에서 유래한 요인이나 시대 상황과 직접 관련될 뿐만 아니라, 문명의 전통이 작용한 결과이기도 하다. 이 여러 차원의 연구를 충실하게 하려면 두고 두고 많은 노력을 해야 한다.

인과판단이 아직 미흡해도 방향이 잘 잡혀 있으면, 가치판단을 온당하게 하게 하는 데 도움이 된다. (다)에서 말한 것을 재고하도록 한다. (가)와 (나)로 나타난 현대 유럽의 질병을 안에 들어가 개탄하고 나무랄 것인가? 동아시아문명의 '大義' 역사의식을 가지고 세계사를 바로잡는 과업의 하나로 삼고 치유를 시도할 것인가? 심각하게 생각해보아야 한다.

5

삶도 앎도 당대에 끝나지 않는다. 삶은 후손이, 앎은 후학이 이어받아 더 잘하려고 한다. 직접적인 연관은 없어도, 물려받은 공동체를 이어나가는 데 참여하면 후손이고 후학이다.

이런 사실을 알면 외로움에 시달리지 않아도 된다. 뜻한 바를 이루지 못했다고 한탄할 필요도 없다. 후손이 더 잘 살도록, 후학은 더 알도록 하는 데 도움이 되는 본보기를 보이고, 미완의 과업을 남기는 기쁨을 누리면 된다.

정명환 은사를 가까이 모시고 있어, 나는 행복하다. 후학 노릇을 하는 영예를 직접 누리면서, 미완의 과업을 물려받는다. 선학의 임무를 어떻게 수행해 후학에게 도움이 될 수 있을까 새삼스럽게 생각한다.

의문 키우기

1

학문을 잘하려면 어떻게 해야 하는가? 비결이라고 할 수 있는 것들을 말하고자 한다. 기존의 작업과 관련시켜 둘을 말할 수 있다. 고전 읽고 깨닫기, 이룬 성과의 발전이다. 새로운 작업을 하는 비결도 둘을 말할 수 있다. 의문 키우기, 원리 찾기이다. 이 가운데 의문 키우기에 관해 말한다.

2

학문을 왜 하는가? 잘 살 수 있게 하려고 한다. 농부는 농사를 짓고, 어부는 고기를 잡듯이, 학자는 학문을 한다. 학자는 학문이라는 농사를 짓고, 학문이라는 고기를 잡아 널리 유용한 지식을 제공한다.

이런 학문은 사실의 이치를 그 자체에서 찾아내는 실증을 일삼는다. 實事求是를 한다고 간추려 말할 수 있다. 무엇을 어떻게 하는지 설명하려고 하면 말을 아무리 많이 해도 내실이 부족할 수 있다. 길을 잃고 헤맬 수 있다. 시를 지어 특징을 명확하게 나타내는 비유로 삼을 수 있다.

살림

무는 돌보는 사람
정성에 보답하느라고
소출이 늘어나는구나.

배추는 지나가면서
누구나 부러워하는
들판의 보배로구나.

뒷산에서 캐는 산채
모자라는 양식을
보태주니 반갑구나.

앞내에서 고기 잡아
함께 먹고 즐기니
너 나 없이 좋구나.

이 시 〈살림〉이 불만스러워, 다음과 같이 개작하고 〈소리〉라는 제목을 붙인다. 두 시는 3행씩 4연으로 이루어져 있고, "무"·"배추"·"앞산"·"뒷내"가 각 연 서두에 오는 것은 같다. 뒤를 잇는 언사는 다르다. 다른 학문을 말한다.

소리

무는 돌보는 사람
발자국 소리를 듣고,
조금씩 자라는가?

배추는 지나면서도
탐스럽다고 하니,
더욱 알차지는가?

뒷산은 이 새 저 새
지저귀는 소리를 듣고,
나날이 저리 푸른가?

앞내는 어느 누가
간절하게 부른다고,
아득히 달려가는가?

　이 둘을 어떻게 평가할 것인가? (1) 〈살림〉은 생각이 건실하고, 〈소리〉는 하는 말이 허황되다. (2) 〈살림〉은 하나 마나 한 말을 범속하게 했으며, 〈소리〉는 의문을 일으켜 생각을 넓히고, 숨은 이치를 캐도록 한다. (3) 〈살림〉에서는 만물이 사람과의 관계에서 존재 의의를 가진다고 하고, 〈소리〉에서는 만물이 그 자체로 존재 의의를 가지는 연쇄적인 관계에 사람도 포함된다고 한다.

　이 세 가지 평가는 심각한 차이가 있다. (1)은 실용을 교훈으로 삼는 단순한 사고방식이다. (2)는 새로운 발상이나 탐구를 소중하게 여기는 창조론이다. (3)은 앞의 두 생각이 갈라지는 이유를 지적했다. 〈살림〉에서 사람은 만물의 주인이라고 한 것은 理學, 〈소리〉에서 사람은 만물의 하나라고 한 것은 氣學의 사고라고 더 밝혀 논할 수 있다.

3

위의 두 시는 학문과 바로 연관된다. 학문이란 별 것이 아니고 공인되고 유익한 지식이라고 여기면 〈살림〉을 따르면 된다. 학문은 지식이 아닌 탐구이고, 의문을 가지고 미지의 원리를 찾아내려고 애써야 한다면 〈소리〉와 함께 나아가야 된다.

〈살림〉은 實事求是 학문이 어떤가 말해주는 비유이다. 사람이 만물의 중심이라고 理學에 의거해 말하면서, 지식의 축적을 소중하게 여기고 개개의 사실을 실용주의 관점에서 평가하는 것이 실사구시 학문의 특징이다. 이미 알고 있는 것을 분명하게 기억하고 실행에 힘써야 한다고 했다. 인본주의나 실용주의가 권위를 자랑하고 기득권을 갖추었다.

〈소리〉는 推氣測理 학문이 어떤가 알려주는 비유이다. 사람은 만물의 하나라고 하는 氣學에 입각해, 드러난 모습을 근거로 만물의 숨은 원리를 하나씩 밝혀내야 한다고 추기측리 학문에서는 말한다. 유식하다는 우월감을 버리고 성실하게 탐구해야 하나라도 안다고 했다. 일체의 권위나 기득권을 인정하지 않고, 선입관이나 상식에서 벗어나 무엇이든지 의문을 가지고, 파격적인 추론을 전개해야 얻은 것이 있다고 했다.

무의 성장과 발자국 소리, 배추가 알차게 되는 것과 지나가면서 하는 말이 가시적인 영역에서는 전연 무관하다고 단언할 수 있지만, 불가시의 원리를 탐구할 수 있는 단서를 제공한다. 산새 소리와 산이 푸른 것, 누가 부르는 것과 냇물의 흐름이 관련된다고 여기다니 터무니없는 수작이다. 이렇게 말한다고 의문이 해소되는 것은 아니다. 우주의 거의 무한한 시공 속에서 아무리 미세한 것들이라도 서로 연결된 것이 아닌가? 이런 의문이 추기측리를 촉발한다.

推氣測理는 氣를 근거로 理를 헤아리는 행위이다. 推氣는 實事와 같고, 測理는 求是와 같아 보이지만 그렇지 않다. 實事는 직접 경험할 수 있는 것으로 한정되어 있고, 推氣의 氣는 무한히 개방되어 있다. 實事와 求是는 동어반복과 다름없어 직접 연결되어 있고, 推氣의 氣에서 測理의 理로 나아가려면 推測의 방법을 어떻게 갖추어야 할지 깊이 고민해야 한다.

싸잡아 말하면, 실사구시는 알 것을 다 알았다고 하면서 거만을 떨도록 한다. 가르쳐줄 테니 잘 들으라고 한다. 추기측리는 의문이 점점 커져 몸을 낮추면서 조심스럽게 앞으로 나아가도록 한다. 모두 함께 탐구하기로 한다.

4

實事求是는 實學의 강령이고, 추기측리는 氣學의 방법이다. 실사구시냐 추기측리냐 하는 것은 실학이냐 기학이냐 하는 논란이다. 두 학문에 대한 전면적인 비교가 필요한데, 아직까지 실학만 대단하게 여기고 기학은 어떤 것인지 알지도 못하는 불균형이 심각하다. 왜 이렇게 되었는지 자초지종을 살펴보면서 비교론의 실마리를 찾기로 한다.

1960년대까지로 되돌아가 논의를 시작하자. 그 무렵에는 근대화를 지상의 과제라고 여기고, 근대화를 이룩해야 빈곤에서 벗어나고 나라가 잘된다는 생각을 일제히 했다. 견해차는 오직 근대화는 서구화인가 하는 것에 있었다. 근대화가 서구화이면 종속을 가져오지 않을까 염려하고, 독자적인 길을 찾으려고 했다.

근대화의 독자적인 길을 찾으려면, 독자적인 연원이 있어야 하지 않는가? 이 물음에 두 가지로 응답하고자 했다. 하나는 자본주의의 맹아를 찾는 것이다. 또 하나는 실학을 근대 지향의 학문이라고 평가하는 것이다. 이 둘을 위해 많은 노력을 했다. 나도 그때 학문을 시작하면서 실학 연구에 동참하고자 했다.

자본주의 맹아는 선명하게 인식되지 않아 논란이 많았다. 실학이 근대 지향의 학문이라고 평가하는 것은 증거가 분명해, 설득력 있는 연구가 많이 이루어져 널리 관심을 끌면서 오늘에 이르렀다. 이것은 근래 우리 학문의 자랑스러운 업적이지만, 지나치게 평가할 것은 아니다. 지금은 실학 숭앙의 폐해를 나무라고 시정해야 할 때이다.

5

실학은 기학과 나란히 성장했다. 유학의 정통이라고 자처하는 理學의 이기이원론에 반대하고, 기일원론을 주장한 철학이 氣學이다. 任聖周는 기학, 洪大容은 기학과 실학을 함께, 丁若鏞은 실학을 하면서, 학문을 혁신하고 세상을 바로잡으려고 했다. 기학과 실학은 둘이면서 하나이고 하나이면서 둘이었다. 둘인 것은 임성주와 정약용이, 하나인 것은 홍대용이 잘 보여주었다.

실학을 숭앙하는 신도들은 기학을 땅에 묻어버렸다. 이학을 버려야 한다고 하지 않고, 理氣를 논하는 학문을 모두 청산해야 한다고 하면서 기학도 폐품에 포함시켰다. 일체의 철학은 관념이라고 여겨 극력 배격하고, 실사구시를 내세워 실용이나 실증에만 힘써야 한다고 했다. 학문의 안목을 좁히고 방법을 구차하게 만드는 것을 자랑으로 삼았다.

그것은 근시안적 착각이다. 근대를 지향하는 시대가 끝나고 근대가 실제로 이루어진 지금에 이르러서는, 실학의 실용이나 실증이라는 것들이 서구 전래의 실용이나 실증보다 상당한 정도로 모자라 거의 무용하게 되었다. 실학 신도들은 기학을 배격한 탓에 통찰력을 잃고 앞뒤를 분간하지 못한다. "실학이 근대지향의 학문인 것을 높이 평가해야 한다"는 말을 되풀이하는 것은 죽은 조상에게 제사를 지내는 제문에 지나지 않는다.

근대화란 무엇인가? 실용이나 실증을 존중하는 것이 근대화라고 여기는 좁은 소견에서 벗어나야 한다. 근대화는 산업화이고 민주화라는 것이 더 나은 견해이지만 문제가 있다. 산업화는 기업이 선도하고, 민주화는 민중이 일으켜, 둘 다 상당한 수준으로 성취되어 남부럽지 않게 된 것 같다. 그 결과 지구 전체로 확대되는 재앙에 말려들었다. 산업화는 물질만능주의로 기울어지고, 민주화는 이권의 배타적인 각축장으로 변질되고 있다.

나날이 좁아지는 소견이 엇갈리면서 계급투쟁을 격화하고, 민족모순이나 문명모순을 확대한다. 이런 사태에 대한 경험적이고 실증적인 논의는 미궁에 빠진다. 실학이 나서면 도움이 될 수 있는 사태는 전연 아니다. 어디서 희망을 찾아야 하는가? 이런 절박한 외침에 호응해 기학이 몸을 일으키지 않을 수 없다. 氣學의 추기측리를 더 잘해서 새로운 학문을 개척해야 한다.

氣는 물질과 정신을 아우르는 총체이다. 물질과 정신을 아우르는 총체가 없어서 생기는 끝없는 다툼을 해결할 수 있는 방향을 기학이 제시한다. 하나인 기가 여럿으로 나누어져 상생하고 상극하는 이치를 제시한다. 상생이 상극이고 상극이 상생인 것이 사람들 사이의 관계에서는 대등론으로 나타난다고 하면서 일체의 차등을 배격한다.

실학은 근대 지향을 자랑으로 삼는데, 기학은 근대를 극복하고 다음 시대를 바람직하게 이룩하는 지침을 제공한다. 실학은 서구의 근대가 닥쳐오자 힘을 잃었으나, 기학은 서구의 근대가 저지른 잘못을 바로잡아야 한다. 이 일을 제대로 하려면 많은 일꾼이 있어야 한다.

1960년대에서 2020년대까지 오는 60년 동안 세계사의 대전환이 이루어진 것을 온몸으로 체험하고 있어, 정신을 가다듬지 않을 수 없다. 선진국을 힘겹게 따르던 한국이 선두에 나서서 세계사의 앞길을 개척해주기를 국내외에서 기대하고 있다. 氣學의 추기측리를 이어받아 발전시키는 생극론이나 대등론이 더 큰일을 할 수 있도록 힘쓰자고 다짐하는 것이 마땅하다.

6

實事求是는 지식을 자랑하고, 추기측리는 의문을 소중하게 여긴다. 지식을 관념으로 보호하고 특권층이 독점할 때에는 實事求是가 진보적인 강령이었다. 오늘날에는 지식을 누구나 가질 수 있게 개방되어, 모르는 것이 더욱 소중하다. 추기측리의 의문이 진정한 가치를 가지고 미래를 창조한다.

교사는 계속 실사구시의 지식이 많다고 자랑하지만, 학자는 추기측리의 의문을 동력으로 삼는다. 교사가 학자로 행세하면서 학문을 망치는 것을 용인하지 말아야 한다. 교사는 차등론에 의거해 위세를 뽐내도록 내버려두고, 학자는 대등론을 신조로 삼고 자세를 최대한 낮추어야 한다. 양쪽의 차이를 분명하게 해야 한다.

지금은 지식 축적을 인터넷이 맡고 있으며, 인공지능이 더 잘한다. 그런 데에 있는 것을 조금 가져와 많이 안다고 자랑하면 웃긴다고 하지 않을 수 없게 되었다. 인터넷이나 인공지능은 의문에 대해서는 전연 무지하고 무력하므로, 사람이 학문 연구를 계속한다. 학문이 지식이라고 우길 수 없게 되어, 학문을 더 잘할 수 있다.

실사구시에서는 객관적 사실을 존중한다. 객관적 사실이 있고, 변하지 않는다고 여긴다. 이것을 알고서, 모르는 사람에게 가르쳐주어야 한다고 한다. 추기측리에서는 사실보다 사실의 원리를 더욱 소중하게 여긴다. 원리 탐구는 완결될 수 없고 계속 다시 해야 한다고 한다. 이를 위해 함께 토론을 하자고 한다.

실사구시에서는 객관적 사실이 그 자체로 독립되고 완결되어 있다고 여긴다. 불변의 사실을 파악한다고 자부한다. 그 때문에 자기와 사실의 관계를 고정시켜, 의식이 단순하게 된다. 사실들의 연관을 파악하지 못해 이해가 왜곡된다. 왜곡을 정당화하려고 하다가 시야가 좁아져, 사실 존중이 이념 추종으로 바뀐다.

추기측리에서는 사실은 독립되어 있지 않고 가변적이라고 한다. 어떤 사실도 다른 사실과의 연관관계에서 존재하고 의미를 가진다고 한다. 연관관계가 다양하게 펼쳐져 있어, 그 원리 탐구가 끝없이 계속된다고 한다. 사실들과 다면적이고 역동적인 관계를 가져, 시야가 열리고 의식이 깨어난다.

〈흥부전〉을 본보기로 들어보자. 실사구시의 연구에서는 〈흥부전〉을 독립되고 완결된 실체라고 여긴다. 추기측리에서는 〈흥부전〉이 두 가지 연관관계를 가지는 것을 고찰한다. 하나는 상하의 연관관계이다. 상하는 포괄하는 범위의 상위개념과 하위개념이다. 또 하나는 좌우의 연관관계이다. 좌우는 포괄하는 범위가 대등한 것들끼리 같고 다른 관계이다.

상하의 연관관계를 말해보자. 〈흥부전〉은 한편으로 그 상위의 판소리계소설, 소설, 서사문학, 문학 등과 관련을 가진다. 〈흥부전〉에서 상위 어느 것의 원리를 탐구할 수 있다. 〈흥부전〉은 다른 한편으로 그 하위 어느 이본, 누구의 어느 더늠, 어느 대목의 특정 언사 등과 관련을 가진다. 하위의 어느 것에서 〈흥부전〉의 원리를 탐구할 수 있다.

좌우의 연관관계를 말해보자. 〈흥부전〉과 〈춘향전〉, 판소리계소설과 다른 소설, 소설과 시조, 문학과 철학은 대등한 위치에 있으면서 같고 달라 그 원리를 밝혀내야 한다. 〈흥부전〉의 이본들끼리, 누구의 어느 더늠끼리, 어느 대목의 특정 언사들끼리도 대등하면서 상이한 원리를 찾아내야 한다.

〈흥부전〉에 대한 실사구시의 연구가 실제로 어떻게 되었는지 보자.[1] 〈흥부전〉이 사회사와 직접 대응되는 유기체라고 여기고, 악랄한 수탈자인 놀부와 아무리 노력해도 살아갈 수 없는 빈민인 흥부가 맞물려 있다고 했다. 이런 견해는 사실을 잘못 파악하고, 작품을 고립시킨 이중의 잘못이 있다.

추기측리의 연구에서는 이와 다른 작업을 한다. 놀부는 모든 관념을 파격적으로 타파하고 금전적 이익을 추구하는 賤富이다. 흥부는 관념적 사고를 버리지 못한 殘班이면서 살 길이 없는 빈민이기도 하다. 이 둘이 각기 노는 것이 작품의 실상이라고 했다.

형제의 신분이 이처럼 당착된 것은 부분의 독자성을 판소리에서 물

....

1 임형택, 〈흥부전의 역사적 현실성〉과 조동일, 〈흥부전의 양면성〉이 인권환 편, 《흥부전연구》(집문당. 1991)에 나란히 수록되어 있어 두 학풍의 차이를 확인할 수 있게 한다.

려받았기 때문이라고 했다. 이것을 출발점으로 해서, 판소리계소설의 특징을 해명하는 방법을 마련하고, 당착된 것의 의의를 밝히는 이론을 정립하려고 했다. 〈흥부전〉 연구를 학풍 혁신의 시험장으로 삼았다.

실사구시의 연구는 문학이 시대를 반영하는 거울인 것을 확인하려고 사회사에 의존한다. 학자이기 이전에 학생이고자 한다. 추기측리의 연구는 문학이 주장과 표현의 각축장임을 밝혀 새로운 철학을 얻어내려고 한다. 창조학의 본보기를 이룩해 학문 발전을 이끌고자 한다.

원리 찾기

1

학문을 잘하려면 어떻게 해야 하는가? 비결이라고 할 수 있는 것들을 말하고자 한다. 기존의 작업과 관련시켜 둘을 말할 수 있다. 고전 읽고 깨닫기, 이룬 성과의 발전이다. 새로운 작업을 하는 비결도 둘을 말할 수 있다. 의문 키우기, 원리 찾기이다. 이 가운데 원리 찾기에 관해 말한다.

2

햇빛은 따뜻하다. 여기서도 저기서도 따뜻하다. 옛사람도 따뜻하다고 했다. 멀리 있는 사람들도 따뜻하다고 한다. 이렇게 말한 수많은 자료를 모아 햇빛을 연구하면 어떻다고 할 것인가?

세계 각국 도서관에서 희귀자료를 조사해 햇빛이 얼마나 또는 어떻게 따뜻한지 논의한 사람들이 기록을 찾아내 집성하는 것을 자랑으로 삼으면 잘한다고 칭송할 것인가? 공연한 수고를 하는 데 그치고, 학문 연구와는 거리가 멀다고 해야 한다. 착각에서 벗어나야 한다고 일러주어야 한다.

햇빛이 따뜻한 것에 관한 연구는 문헌 고증과는 무관하다. 차이점을 넘어서서 공통점에 대한 집중적인 탐구를 해야 한다. 질량과 에너지의 등가성 원리 $E=mc^2$에 의해 핵융합이 일어나기 때문이라는 것을 밝히자 햇빛이 따뜻한 이유를 비로소 알 수 있게 되었다.

물을 본보기로 들면 사리가 더욱 명백해진다. 물은 나날이 살아가는 데 반드시 필요하므로 물이 무엇인지 모르는 사람은 없다. 물이 무엇인지 설명할 필요도 없다. 그러나 물은 수소 두 분자와 산소 한 분자가 결합되어 H2O의 구조를 가졌다고 밝혀져 비로소 어떻게 해서 생겼는지 알 수 있게 되었다.

3

어느 분이 《문학개론》이라는 책을 쓰면서 서두에서 말했다. 문학은 작품이다. 문학작품은 무수히 많고 각기 다르다. 그 모두를 알 수 없으므로 문학이 무엇인지 말하는 것은 무리이다. 문학작품 가운데 얼마를 읽고 이해한 경험을 진솔하게 말하는 것 이상의 언술은 허위이다. 이에 대해서 어떻다고 할 것인가? 햇빛의 경우와 견주어 어떻게 말할 수 있는가?

햇빛은 자연이고 문학은 문화이다. 자연에는 단일한 원리가 있지만 문화에는 단일한 원리가 없으므로, 위에서 한 말이 맞다. 문화에 관해서는 체험을 진술하는 것 이상의 말을 할 수 없다. 체험을 진술하는 것을 학문 연구라고 할 수 없으므로, 문화는 연구할 수 없다. 이것을 결론을 삼고 물러날 것인가?

이것을 결론으로 삼고 물러나면 곤란한 점이 있다. 대학에서 문학을 가르치면서 월급을 받을 체면이 서지 않는다. 학생들보다 읽은 작품이 더 많다든가, 말을 더 잘한다든가 하는 것을 교수 자격이라고 내세우면 학생들이 용인하지 않을 것이고, 다른 학과 교수들이 우습게 본다. 직접적인 독서체험 이상의 것에 대한 질문을 묵살하지 않고 받아 학생들보다 나은 식견을 보여주어야 체면이 선다.

직접 체험한 범위를 넘어서서 문학이나 문화에 대해서 포괄적인 이해를 하는 것은 불가능한가? 문학인 것과 문학이 아닌 것은 어떻게 구분되는가? 서정시, 소설, 희곡 등의 갈래는 어떻게 다른가? 동서고금의 서정시 작품은 어떤 공통점이 있는가?

이런 질문에 대한 대답을 지금까지 다른 사람들이 무어라고 했다는 말로 대신하는 것을 흔히 본다. 서로 다른 견해를 인용하기만 하고 자기는 편견이 없어 그 어느 쪽도 아니라고 한다. 인용이 화려하다고 자랑하는 글을 써서 대단한 논문이라고 한다.

인용이 화려하다고 자랑하지 말고 어느 말이 타당한지 시비를 가려야 한다. 기존의 대답 가운데 어느 것이 타당해도 한 걸음 더 나아가 타당성을 높이는 작업을 스스로 해야 전달자의 수준을 넘어서서 연구하는 교수일 수 있다. 연구하는 본보기를 보이고, 학생들이 연구를 할 수 있게 훈련시키는 것이 교수의 본분이다. 자연을 다루는 교수나 문화를 다루는 교수나 이 점에서 다르지 않다. 같은 액수의 보수를 받는 것이 타당한 이유를 분명하게 해야 한다.

4

자연 연구와 문화 연구는 미지의 사실을 밝혀 의문을 푸는 행위라는 점에서 동일하다. 햇빛은 왜 어느 시공에서든지 따뜻한가? 동서고금의 서정시 작품은 어떤 공통점이 있는가? 이런 것이 사실을 밝혀 풀어야 할 의문이다. 사실을 밝힌다는 것이 경험의 열거가 아니다. 햇빛이나 서정시라는 사실의 본질을 이루는 원리를 밝히는 작업이다.

자연 연구와 문화 연구는 같기만 하지 않고 다르기도 하다. 우선 사용하는 언어에 차이가 있다. 자연 연구에서 밝히는 원리는 수리언어로, 문화 연구에서 밝히는 원리는 일상언어로 표현된다. 수리언어는 연구의 주체와 분리되어 하나로 고정되어 있으나, 일상언어는 연구의 주체와 연관되어 더욱 유동적이다. 전통이나 관습이 각기 다른 언어를 사용해 번역해 소통하는 데 어려움이 있다.

언어의 차이는 대상의 차이기도 하다. 자연은 사람이 사용하는 언어와는 무관한 사물이지만, 문화는 언어의 창조물이거나 언어와 병행해서 존재하는 시각 또는 청각의 매체를 이용해 소통을 하는 창조물이다. 복합적이고 유동적인 창조물이다. 수리언어로 파악하면 문화의 복합성이나 유동성이 파괴될 수 있다. 시체를 해부하고 삶의 환희에 관해 말할 수 없는 것과 같게 된다.

복합적이고 유동적이며 생명과 같은 창조물을, 그 자체의 원리를 찾아내 이해하는 힘든 작업을 문화 연구에서 감내해야 한다. 어렵기 때문에 불가능하다고 하지 말고, 가능한 영역을 넓혀나가야 한다. 자연 연구는 시비를 분명하게 가리고 단선적으로 발전할 수 있지만, 문화 연구는 다양한 작업이 공존하면서 토론을 통해 상대적인 진전을 보이는 것이 예사이다.

자연 연구에서는 본질적인 것만 가려내면 되고 부차적인 것은 배제할 수 있다. 햇빛이 왜 따뜻한가를 밝히는 물리학, 내일 이곳에는 기온이 얼마나 올라갈 것인지 말하는 기상학은 전연 다른 분야이다. 문화연구에서는 같고 다른 양면이 함께 탐구의 대상이 된다. 보편성에서 특수성으로 나아가기도 하고, 특수성에서 보편성으로 나아가기도 한다.

세상에 무수히 많은 사실이 있다. 모든 사실이 학문연구의 대상이다. 사실을 하나하나 찾아다니면서 거론하면 노력에 비해 소득이 적다. 일생을 허비하기나 하고 얻은 성과가 미흡해 허탈할 수 있다. 경험론에 매이고, 귀납법에 머무르면 학문다운 학문을 하지 못한다.

노력을 줄이고 성과를 늘이려면 사실에서 이론으로 나아가야 한다. 수많은 사실을 아우르려면 이론이 필요하다. 자료학에서 이론학으로 나아가 연구의 수준을 높이는 것이 절실한 과제이다. 자료학으로 자립학을 옹호하는 데 머무르지 말고, 이론학을 스스로 개척해 창조학으로 나아가야 한다.

학문 연구는 이론을 찾아내는 작업이며, 더 나은 이론을 위한 경쟁이다. 이론은 말이 적을수록, 포괄하는 범위가 넓을수록 좋다. 이런 목표를 달성하기 위해 경쟁한다. 국내의 전국체전에 나가 좋은 성적을 거두면 되는 것이 아니고, 올림픽에 나가 우승을 해야 한다.

서정시는 무엇인가? 여기서 이 물음을 다루고자 한다. 이 물음에 응답하는 이론이 무수히 많다. 다 찾아다니려고 발품을 파는 것은 무리이다. 서정시 작품을 다 들추는 것보다는 일이 적지만 할 짓이 아니다. 李奎報가 잘못 지은 시를 나무란 말을 가져와 말해보자. 귀신이 수레에 가득한 글을 써서 연구 논문이라고 하는 것은 어리석다. 자기는 속아도 세상은 속지 않는다.

기존의 이론을 다 모아 종합하면 총체적인 결론을 얻을 수 있는 것은 아니다. 그런 下策에 미련을 가지지 말고 일어서야 한다. 새로운 이론을 대뜸 내놓는 것이 上策이다. "서정시는 세계의 자아화이다." 나는 이 명제로 서정시가 무엇인지 말하고, 문학 갈래를 모두 해명하는 이론의 출발점으로 삼았다. 선행 연구가 없어 주를 달아야 하는 수고도 면제되었다. 허장성세가 일체 필요하지 않고, 오직 알맹이만 내놓았다.

"세계의 자아화"는 지금까지 나온 서정시의 이론 가운데 말이 가장 적다. 모든 서정시가 예외 없이 해당되고, 다른 문학 갈래까지 온통 해명하는 이론의 출발점이 되며 포괄하는 사실은 가장 많다. 세계 어디에도 이런 곳이 없어, 학문 올림픽에서 우승했다고 자부할 수 있다.

"세계의 자아화"는 추상적인 말이다. '세계', '자아', '…화'라고 하는 세 개념이 포함되어 있다. '세계'는 인식의 대상인 사물이고, '자아'는 인식의 주체인 의식이며, '…화'는 하나가 다른 것으로 바뀌는 변화이다. 이런 설명을 하면 추상적인 개념에 대한 이해가 선명하게 이루어지는 것은 아니다.

실례를 들어 이론의 타당성과 유용성을 입증하는 것이 바람직하다. 시조 두 수를 본보기로 들어보자. (가)는 尹善道, 〈漁父四時詞〉의 하나이고, (나)는 무명씨의 작품이다.

(가)

우는 것이 뻐꾸기가 푸른 것이 버들 숲가
어촌 두세 집이 냇 속에 들락날락
말가한 깊은 소에 온갖 고기 뛰노나다

(나)

꿈에 다니는 길이 자취 곧 날작시면
임의 집 창밖에 석로라도 닳으리라
꿈길이 자취 없으니 그를 슬퍼하노라

(가)에서는 세계가 "우는 뻐꾸기", "푸른 버들 숲", "냇 속에 비친 어촌 두세 집", "맑고 깊은 소에서 뛰노는 온갖 고기"이고, (나)에서는 "임의 집 창밖의 길"이다. 이런 것들은 실제로 존재한다. 그림을 그려 보여줄 수 있다.

자아가 (가) "…가 …가", "들락날락", "뛰노나다"로, (나)에서는 "꿈에 다니는", "석로라도 닳으리라", "꿈길이 자취 없으니 그를 슬퍼하노라"이다. 이런 말로 자아의 내심이 형체를 갖추어 나타나게 한다. (가)

에서는 형태소를, (나)에서는 어절을 활용한다.

(가)에서는 세계가 자세하고 자아는 간략하며, (나)에서는 세계가 간략하고 자아가 자세한 것이 서로 대조가 된다. 둘 다 간략하거나 둘 다 자세하면 시답지 않다. 시조 형식에 허용된 한정된 길이를 적절하게 배분해 사용하는 것이 마땅하다.

세계의 자아화란 세계가 그 자체로 머무르지 않고 (가)에서는 배를 타고 광경을 바라보는 자아의 움직임과 흥취로, (나)에서는 임이 그리워 꿈에 거듭 찾아가도 길이 닳지 않은 슬픔으로 전환된 것을 말한다.

세계의 자아화는 세계나 자아 그 자체에는 없는 총체적인 의미를 둘의 결합으로 구현한다. 결합이 물리적이지 않고 화학적이다. (가)는 세상의 名利를 버리고 假漁翁의 삶을 즐기는 것을 자랑한다. (나)는 사랑을 잃고 이별을 당한 서러움을 하소연한다.

(가)는 남성이기만 한 사대부의 노래이다. 어부 흉내를 내는 가어옹은 어업으로 살아가지 않는다. 고기를 잡지 않고 구경만 하면서 즐거워한다. 일부 지배층의 독점적 우월성을 말해준다. 지체가 낮은 무자격자는 간접체험을 하는 것으로 만족해야 한다.

(나)는 남녀 어느 쪽에도 해당되는 청춘의 노래이다. 남성이 우월하다는 통념을 부정하고, 남녀가 대등함을 말해준다. "임의 집 창밖의 길"로 가는 상상을 하기나 하고 임이 창을 열지 않는 안타까움 때문에 남녀 어느 쪽이든지 안달한다. 자격 제한 없이 모든 사람이 그 처지가 되어 청춘을 되찾을 수 있다.

(가)는 上下, (나)는 老少를 생각하게 한다. 상하는 스스로 선택하지 않고 주어진 처지이며, 함부로 넘어갈 수 없는 장벽으로 구분된다. 노소는 누구나 거치는 과정이며, 마음먹기에 따라서 진행을 늦추거나 되돌아갈 수 있다. 세계의 자아화인 서정시가 커다란 발언권을 가진다.

7

　햇빛은 모든 생명체의 생존을 위해 절대적으로 필요하다. 서정시는 어떤가? 서정시는 호모 사피엔스가 다른 모든 생명체보다 삶의 질을 더 높일 수 있게 도와준다.

　세계의 자아화는 겉보기에 세계의 변화인 것 같으나 실상은 자아의 변화이다. 세계에 대한 자아의 우위 확인을 표면적인 구실로 하고, 그 이면에서 세계와의 관계를 가지면서 자아가 달라지는 행위이다. 세계와 자아 사이의 간격을 없애고 둘이 하나가 되는 즐거움을 누리면서, 자아는 고립에서 벗어나고 인식의 차원을 높이고 세계와 자아를 포괄하는 존재 일반에 관한 통찰을 얻는다.

8

　"서정시는 세계의 자아화이다." 이 원리를 발견하자, 후속 발견이 이어졌다. 물꼬를 트니 물이 세차게 흘렀다고 하면 적절한 비유가 아니다. 발견이 이어지기만 하지 않고 확대되었기 때문이다. 폭발이 연쇄적으로 일어나 더욱 커졌다.

　"세계의 자아화"가 있으면, "자아의 세계화"도 있는 것이 당연하다. "시조와 가사는 한쪽이 세계의 자아화이고, 다른 쪽은 자아의 세계화이다." 둘을 관련시켜 같고 다른 점을 상호 조명해야, 둘 다 분명하게 알 수 있다는 것을 깨닫고, 서로 같고 다른 점이 이렇다고 했다. "세계의 자아화"인 시조는 '서정'이라면, "자아의 세계화"인 가사는 무엇인가? 이 의문에 '敎述'이라는 용어를 창안해 대답했다.

발견이 이어지고 확대되었다. 자아와 세계는, 세계가 자아화하고 자아가 세계화하는 관계만 가지지 않고 대결하는 관계도 있다. 그것이 서사나 희곡이다. 서사에서는 자아와 세계의 대결에 작품외적 자아가 개입하고, 희곡에는 그런 것이 없다. 여기까지 이르러 문학의 큰 갈래 넷이 어떻게 구분되고 어떤 상호관련을 가지는지 밝혔다. 어디에도 전례가 없는 진전이다.

9

다시 서사 가운데 소설은 어떤 특징이 있는가 하는 의문을 제기하고 대답했다. 소설은 자아와 세계가 상호우위에 입각해 대결하는 것이, 세계의 우위를 전제로 하는 전설이나 자아의 우위를 전제로 하는 민담과 다르다. 여기서 소설이 무엇인가 하는 오랜 논란이 해결되었다. 이 발견이 연쇄폭발을 해서 소설사를 세계적인 범위에서 통괄해서 이해하는 다음 이론이 마련되었다. 《소설의 사회사 비교론》(2001)에서 한 작업을 최대한 간추려 말한다.

(1) 자아와 세계가 상호우위에 입각해 대결하는 소설이 나타난 시기는 중세에서 근대로의 이행기이다. 그때 상하·남녀가 경쟁하면서 합작하는 관계를 가지고 소설을 만들어냈다. 이런 사실이 세계 어디서나 기본적으로 같으면서, 문명의 전통이나 사회적 여건에 따른 차이점도 있다.

(2) 중세까지 위세를 떨치던 문학갈래를 안에 들어가 뒤집고는 정체를 숨겨 위장된 신분으로 출생신고를 하고 표현 형식을 차용한 것이, 소설이 생겨나면서 일제히 사용한 작전이다. 동서 양쪽에서 傳과 고백록이 사람의 행실을 평가하는 권능을 행사하고 있어, 동아시아에서는

'가짜 전', 유럽에서는 '가짜 고백록'이라고 하는 소설이 나타난 것이 같으면서 다르다. 다른 문명권에서 이런 일이 일제히 일어나, 광범위한 비교가 필요하다.

(3) 중세에서 근대로의 이행기의 변혁을 먼저 진전시킨 동아시아의 소설이 다른 어느 곳보다 먼저 자리를 잡았다. 산업혁명을 계기로 근대화를 이룩한 유럽이 선두에 나서서, 후진이 선진이 되고 선진이 후진이 되었다. 선후진의 역전이 다시 일어나, 유럽에서는 죽어가는 소설을 제3세계에서 살려내는 과업을 아프리카에서 모범이 되게 수행한다.

이것은 생극론의 철학을 구현하는 소설이론이다. 변증법과 맞서는 토론을 여러모로 전개하면서, 여러 문명권, 많은 나라의 소설에 대한 이해를 근본적으로 혁신하는, 거시적이면서 미시적인 성과를 보여주었다. 변증법에서는 소설은 사회갈등을 근대시민의 관점에서 묘사하고 해결하려고 하므로, 유럽에서 먼저 만들어내 세계 전역에 수출한 것이 당연하다고 주장한다.

변증법의 소설이론은 근시안적이고 편파적이라고 나무라고 대안을 제시했다. 변증법뿐만 아니다. 행세를 한다는 다른 여러 이론도 논파의 대상으로 삼고, 누적된 문제를 일거에 해결했다. 19세기까지의 물리학을 무효로 만드는 20세기 물리학의 혁명 같은 것을 성취했다.

제3장

크게 말하고

여기서는 크게 말하기로 하고, 연구의 현황을 점검하면서 전환을 준비한다. 추상적인 논의를 구체화하기 위해 실상을 문제 삼는다. 내가 한 작업을 되돌아보고, 주요 업적 열둘을 골라 재검토한다. 안으로는 문학사의 전개를, 밖으로는 몽골문학과 월남문학을 본보기로 들어 외국문학과의 비교를 새롭게 고찰하고자 한다. 자각이 어떤 결실을 거두고, 어떻게 발전하는지 말한다.

커다란 의문을 안고

1

《학문론》(지식산업사, 2012)에서 학문은 다음과 같은 커다란 의문에 대답할 의무가 있다고 했다.

> 시간과 공간은 시작과 끝이 있는가?
> 지구의 종말이 다가오는가?
> 사람은 다른 생물보다 우월한가?
> 생태 환경의 가치는 무엇인가?
> 문명의 충돌은 해결할 수 있는가?
> 상이한 종교가 공존할 수 있는가?

민족은 경계가 무너지다가 소멸되는가?

인류의 언어는 단일화되는가?

소통과 화합을 이루는 길은 무엇인가?

풍요와 행복의 관계는 무엇인가?

빈곤의 악순환을 멈출 수 있는가?

우연과 필연은 따로 노는가?

상극과 상생은 어떤 관계인가?

선진과 후진은 어떻게 교체되는가?

다음 시대는 어떤 시대인가?

이런 의문은 학과에 소속되어 일정한 과목을 가르치는 강의교수가 맡아서 연구하기에는 너무나도 벅차다. 강의교수는 지금까지 제기된 기존의 학설을 충실하게 정리해 학생들에게 소개하기만 해도 훌륭한 일을 한다고 칭송할 수 있다. 연구는 기존의 모든 학설이 지닌 결함을 지적하고 새로운 해결책을 제시하는 것을 말한다. 이런 연구는 강의교수가 감당하기 어려워, 연구교수가 있어야 한다.

위에서 든 것 같은 커다란 의문에 대한 새로운 해결책을 제시해 세계적인 범위에서 학문 발전을 선도하라고 연구교수를 선발하고 지원하고 격려하는 것이 마땅하다. 올림픽에서 신기록을 세우라고 선수를 선발하고 지원하고 격려하는 것보다 더 크고 중요한 일을 나라에서 해야 한다. 올림픽에 출전하는 선수는 최대한 돌보고 거국적인 관심을 가지면서, 학문 선수는 바라는 사람이 스스로 맡고 자기 돈을 들여 연습하고 출전하도록 하고 어디서 어떻게 경기를 하는지도 모르니 통탄하지 않을 수 없다.

올림픽에서 신기록을 세우는 선수는 신체의 능력에서 인류의 한계를 갱신해 칭송받아 마땅하다. 위에서 든 것 같은 커다란 의문을 새롭게 해결하는 학문 선수는 지적 능력에서 인류의 한계를 갱신해 더욱 높은 평가를 받아야 한다. 체육 선수가 올림픽에서 좋은 성적을 거두라고 국력을 기울여 지원한다. 메달을 획득한 순위가 국가의 서열인 듯이 여기기 때문이다. 지적 능력에서 인류의 한계를 갱신하는 학문 선수들이 있어야 선진국이 된다는 것은 생각하지 않는다.

체육교사로 근무하는 사람이 가르치는 여가에 자기 혼자 연습을 하고 개인적으로 올림픽에 나가서 좋은 성적을 거둘 수 없다. 이것은 누구나 다 아는 일이다. 강의교수가 가르치는 여가에 자기 혼자 연구해서는 위에서 든 것 같은 커다란 문제를 새롭게 해결하는 성과를 보여줄 수 없다. 이것은 아는 사람이 거의 없어 무시되고 있는 사실이다.

위에서 든 것과 같은 커다란 의문을 새롭게 해결하려면 강의교수의 의무에서 벗어나 연구교수가 되어야 한다. 연구교수는 모든 시간을 연구에 바칠 수 있다. 커다란 의문을 해결하려면 엄청나게 많은 시간이 필요하다. 연구교수는 전공이 없고 학과에 소속되지 않아 외도를 한다는 비난을 받지 않고 하고 싶은 연구를 할 수 있다.

능력과 관심이 서로 다른 연구교수 몇이 서로 토론자가 되는 관계를 가지고 협동하면 큰 성과를 올릴 수 있다. 연구교수는 강의를 하지 않아야 한다는 것은 아니다. 연구 진행을 점검하고 토론에 회부하는 공개 강의를 하는 것은 바람직하다. 이런 날이 빨리 오기를 고대한다.

3

나는 위에서 든 의문 가운데 마지막의 셋, "상극과 상생은 어떤 관계인가?", "선진과 후진은 어떻게 교체되는가?", "다음 시대는 어떤 시대인가?"를 문학사를 예증으로 삼아 새롭게 해결하고자 하는 커다란 소망을 가졌다. 《세계문학사의 허실》(1996)에서 8개 언어로 이루어진 38종의 세계문학사를 비판하고 새로운 연구를 하겠다고 선언한 것을 실행하려면 연구교수가 되어야 한다고 판단했다. 정년퇴임을 8년 앞둔 시기였다. 서울대학교 강의교수를 그만 두고 연구교수로 오라고 하는 곳이 있으면 가겠다고 하는 공개구직을 해서 커다란 화제가 되었다. 일간 신문에 일제히 보도되어, 만나자는 사람들이 이어졌다.

어느 군청 도서관 직원이 되면 연구만 하고 봉급을 받도록 해주겠다고 했다. 어느 대학에서 연구교수로 오라고 했는데, 그 대학 인사규정에서 연구교수는 3년 동안 재직하다가 강의교수가 되지 못하면 자동적으로 해임된다고 했다. 어느 대학에서는 연구교수 제도가 없지만 우선 옮겨오면 장차 만들겠다고 했다. 모든 교수는 강의교수여야 한다고 국법에서 명시한 탓에, 연구교수는 열외의 임시직이어야 하는 것을 확인했다.

세계의 거의 모든 나라에 연구교수가 있다. 우선 우리 주변만 돌아보자. 중국이나 북한의 과학원 또는 사회과학원은 연구교수의 일터이다. 대만의 중앙연구원은 연구교수를 우대하고 지원하는 모범을 보인다고 널리 칭송된다. 일본의 경우에는, 대학 연구소라고 하는 곳에는 반드시 연구교수가 있으며, 대학 밖의 국립연구기관의 연구원도 교수로 일컫고 예우한다. 멀리 가서 알아보면, 독일의 막스프랑크연구소, 불국의 국립과학연구센터의 연구원은 교수라고 일컫지 않지만 강의교수와 동일한 대우를 받고 연구에만 종사한다. 불국의 콜레즈 드 프랑스(Collège de France)의 구성원은 최고 대우를 받는 교수이며, 연구의 경과를 공개강의를 해서 알리는 의무만 지닌다.

대한민국은 나라를 만들 때 연구교수를 두어야 하는 줄 모르고 실수를 했다. 교육법 시행령에서 "교수의 강의 시간은 9시간으로 한다."고 한 조문이 발목을 잡아 연구교수가 있을 수 없게 되었다. 연구를 항시 해야 하는 특수성이 있는 극소수의 자연과학 응용분야 연구소에는 연구교수를 두는 예외적인 조처를 했을 따름이고, 다른 모든 대학 연구소는 강의교수들이 수시로 드나드는 사교장이기만 하다.

연구교수가 되어 연구에 전념하는 것은 불가능한 줄 알고, 서울대학교에 주저앉아 있으면서 연구와 강의를 일치시키는 방법을 찾았다. 세계문학사를 새롭게 탐구해 커다란 의문을 풀고자 하는 연구를 계속하면서, 처음 시작하는 제1단계의 작업은 박사과정에서, 어느 정도 자리가 잡힌 제2단계의 작업은 석사과정에서 강의하고 토론하고 보완했다. 일단 작성한 원고의 복사본을 만들어 검토하는 제3단계의 작업은 학사과정의 교양과목 강의를 하면서 진행했다. 고정되어 있는 과목을 계속 다른 내용으로 다루는 일탈이 비난의 대상이 될 수 있는 것을 각오하고, 새로운 연구의 실상을 알리고 방법을 가르쳐주는 의의가 더 크다고 했다.

그런 과정을 거쳐 이루어진 업적을 들어본다. 《카타르시스·라사·신명풀이》(1997), 《동아시아 구비서사시의 양상과 변천》(1997)에서는 '연극이나 서사시는 고대 그리스에서 시작되어 유럽문학으로 이어진 것이 본류'라는 과오를 바로잡고, 세계적인 범위의 일반론을 이룩했다. 《하나이면서 여럿인 동아시아문학》(1999), 《공동문어문학과 민족어문학》(1999), 〈문명권의 동질성과 이질성》(1999)에서는 중세문학의 재인식을 근거로 세계문학사 전개의 근간을 이해하는 이론을 정립했다. 《철학사와 문학사 둘인가 하나인가》(2000), 《소설의 사회사 비교론》 1-3(2001)에서는 철학사와 문학사, 사회사와 문학사를 통괄해서 이해하는 논의를 정립했다. 이상의 결과를 종합해 《세계문학사의 전개》(2002)를 내놓았다.

4

　서울대학교에서 정년퇴임을 하게 되었을 때 석좌교수로 오라는 제안을 여러 대학에서 받았다. 가서 무엇을 하기를 원하는가 물으니 확실한 대답이 없는 것이 예사였다. 이미 있는 석좌교수들은 무엇을 하는가 물으니 별로 하는 일이 없다고 했다.

　나는 어정쩡한 것을 싫어한다. 석좌교수가 되면 분명하게 하는 일이 있어야, 그 대학에도 내게도 도움이 된다. 하고 싶은 일을 새로운 연구를 진행하면서 공개강의를 통해 알리는 것이다. 이런 제안에 대해 계명대학교에서 적극적으로 호응했다. 계명대학교는 내가 대학 강단에 처음 서서 가르친 초임지이다. 석좌교수가 되어 다시 돌아가 수미상응을 하게 된 것이 기뻤다.

　오랜 소원을 이룰 수 있어 더욱 기뻤다. 불국의 콜레즈 드 프랑스 교수들이 하는 것 같은 공개강의를 하는 것이 오랜 소원인데, 그대로 실현하기는 어렵다고 판단하고 절충안을 마련했다. 너무 앞으로 나가면 호응을 얻기 어렵지 않을까 염려해, 이미 한 연구를 일반이론 정립의 관점에서 재론하면서 새로운 작업을 진행하기로 했다. 강의를 시작하니 그 생각이 옳았음을 알았다. 교수 수준의 참가자들이 10명 이상씩 되었으나, 모두 새로운 연구에 동행할 준비가 되어 있지는 않으므로 속도를 조절하기로 한 것이 적절한 판단이었다.

　"세계·지방화시대의 한국학"이라는 전체 제목을 내걸고 5년 10학기 동안 강의할 세부 제목을 정했다. 이런 사실을 강의 진행 방식과 함께 알리는 계획서를 개강 3개월 전에 인터넷에 올렸다. 매주 하는 강의 원고를 미리 써서 인터넷에 올려 강의 참가자들이 출력해 읽어보고 오도록 하고, 그 내용을 간추려 말한 다음 토론을 많이 하는 방법을 택했다. 강의가 끝난 다음 원고를 다듬고 토론 내용을 첨부해 출판에 회부했다. 그래서 책 10권을 냈다. 명단을 든다. 책 이름 앞에 "세계·지방화 시대의 한국학" 말이 있다. 출판사는 계명대학교출판부이다. 이 두 가지 사항은 생략하고, 각 권의 순번, 제목, 출판연도만 든다.

《(1) 길을 찾으면서》(2005), 《(2) 경계 넘어서기》(2005), 《(3) 국내외 학문의 만남》(2006), 《(4) 고금학문 합동작전》(2006), 《(5) 표면에서 내면으로》(2007), 《(6) 비교연구의 방법》(2007), 《(7) 일반이론 정립》(2008), 《(8) 학문의 정책과 제도》(2008), 《(9) 학자의 생애》(2009), 《(10) 학문하는 보람》(2009)

(1)·(2)에서는 전반적인 고찰을 하면서 방향을 제시했다. (3)·(4)에서는 학문하는 영역을 확대해, 나라 안팎을 넘나들고 시대의 고금을 오르내려야 한다고 했다. (5)·(6)·(7)에서는 학문의 내적 원리를 탐구했다. 내면으로 들어가고, 비교연구를 하고, 일반이론을 정립하는 방법을 실제 작업을 들어 살폈다. (8)·(9)·(10)에서는 학문하는 외적 조건을 고찰했다. 국가의 정책이 제대로 되어야 한다고 하고, 학자의 생애는 어떠해야 하는지 말한 다음, 학문하는 보람을 내 자신의 경우를 들어 밝혔다. 이 가운데 《(9) 학자의 생애》에서 동서고금의 빼어난 학자 12인의 생애를 고찰한 것이 특히 소중한 업적이다. 석좌교수가 되어 공개강의를 하지 않았으면 할 수 없었던 작업이다.

계명대학교에서 석좌교수 노릇을 5년 동안 하고 두 번째 정년퇴임을 하자 완전한 자유인이 되어 하고 싶은 연구를 마음대로 할 수 있게 되었다. 어디 가지 않고 집에 들어앉아, 노동 가능한 모든 시간을 학문에 바치니 기대하는 대로 진전을 이룰 수 있다. 아쉬운 것이 있다면 발표하고 토론하는 기회이다. 學問은 學과 問으로 이루어져 있다. 學을 해서 밝히는 것을 問으로 검증해야 진전이 확고하게 이루어진다. 그럴 기회가 이따금 있어 다행이다.

울산대학교 참여교수(fellow professor)가 되어 학문론에 관한 특강을 여덟 번 하고 학사과정 여러 전공분야 300여 명의 학생과 토론한 내용을 정리했다. 특강한 원고를 가지고 제주대학교에 가서 박사과정의 극소수 학생과 몇몇 교수와 함께 논의한 내용까지 첨부해 《학문론》(2012)이라는 책을 냈다. 여러 대학, 연구기관, 심지어는 국회까지 가서 발표하고 강연한 원고를 보완하고 연결시켜, 《한국학의 진로》(2014), 《통일의 시대가 오는가》(2019), 《창조하는 학문의 길》(2019), 《동아시아문명의 심층, 대등한 화합》(2020)을 냈다.

5

그동안 한 연구를 간추려 커다란 의문에 대해서 어느 정도의 해답을 얻었는지 말해보자. 상극과 상생은 어떤 관계인가? 상극이 상생이고 상생이 상극인 관계를 가지는 생극론을 문학 작품에서 확인하고, 문학사 전개에서 검증하고, 철학으로 정립하기에 이르렀다. 변증법이 상극에 치우쳐 계급모순을 투쟁으로 해결하려고 몰두하는 편향성을 시정하고, 생극론은 민족모순이나 문명모순을 투쟁과 화해가 둘이 아니게 해서 치유하는 대안을 제시하기까지 한다고 했다.

선진과 후진은 어떻게 교체되는가? 선진이 후진이고 후진이 선진인 것이 생극론에 내포되어 있는 원리임을 문학사에서 검증했다. 상층과 하층, 남성과 여성이 생극관계를 가지고 만들어낸 소설의 내력이 선진이 후진이 되고 후진이 선진이 되는 변화를 잘 보여준다고 했다. 동아시아소설이 선진이었다가, 후진이던 유럽소설이 선진이 되고, 더 후진이던 아프리카소설이 선진이 된 것을 밝혀 논했다.

다음 시대는 어떤 시대인가? 이 의문에 대한 대답은 선진이 후진이 되고 후진이 선진이 되는 변화가 소설사뿐만 아니라 세계사의 전 영역에서 일어난 것을 알아서 말할 수 있다. 고대에서 중세로, 중세에서 근대로 전환을 할 때 후진이 선진이 되고, 선진이 후진이 되는 변화를 겪었다. 이제 근대의 선진인 유럽문명권이 후진이 되고, 후진에 머무르던 다른 문명권에서 다음 시대로 전환할 선진이 나타날 때가 되었음을 다각도로 밝혀 논했다.

주요 업적 재검토

1

정년퇴임하고 14년 만인 2018년 2학기, 서울대학교 국어국문학과에서 대학원 강의를 했다. '고전문학특강'이라는 과목 이름에 "국문학연구 50년"이라는 부제를 붙이고, 한 주일에 한 종씩 내 저서 14종을 재론했다. 명단을 제시하면, 《문학연구방법》, 《탈춤의 원리 신명풀이》, 《한국문학사상사시론》, 《한국문학통사》, 《한국의 문학사와 철학사》, 《철학사와 문학사 둘인가 하나인가》, 《한국소설의 이론》, 《소설의 사회사 비교론》, 《시조의 넓이와 깊이》, 《하나이면서 여럿인 동아시아문학》, 《공동문어문학과 민족어문학》, 《문학사는 어디로》이다.

한 주일 세 시간 강의를 일정한 순서에 따라 한다는 계획서를 배부하고 그대로 했다. 제1교시: 두 사람씩 서평 및 질문 발표를 하도록 하고 응답한다. 제2교시: 저서를 오늘날의 시점에서 재론한다. 제3교시: 토론을 한참 하고, 새로운 연구를 위한 전망을 제시한다. 학기말에는 〈조동일 넘어서기〉라는 보고논문을 제출한다. 강의를 공개해서 했다. 수강신청자 7인을 포함해, 참석자가 25인 이상이었다. 그 가운데 명예교수, 교수, 강사, 타교 대학원생, 일반인이 다 있었다. 제2교시에 배부한 글을 여기 내놓는다.

2

문: "교수님이 박사과정을 수료할 때까지 국문과 박사과정에 다른 사람은 아무도 입학하지 않았다고 하던데 사실인가요? 이후 조동일 교수님의 땀과 정성으로 국문학이 이후 대표적인 인기학과가 됐다고 생각합니다."

답: "서울대학교 전체에서 박사과정 입학생은 거의 다 의학 전공자였습니다. 내가 응시하던 해에 국문학뿐만 아니라 인문사회 분야에서 서울대학교 박사과정에 홀로 입학했으며, 과정을 이수한 신제 박사학위를 최초로 받았습니다. 공부를 하려면 유학을 가야 한다는 공식을 깨고 국산품의 우수성을 입증할 책임이 있다고 여기고, 최상의 박사논문을 쓰고자 했습니다. 세계적인 범위에서 새로운 이론을 정립하는 연구를 했습니다.

국문학 교수가 서양문학이 문학의 전범이라고 섬기는 강의를 하면서 국문학은 폄하하니, 공부하려는 학생들이 국문과를 외면한 것은 당연했습니다. 고전문학에서 출발해 현대문학을 아우르고, 국문학에서 동아시아문학·제3세계문학으로 나아가, 서양의 편견을 시정하고,

세계문학 일반론을 다시 이룩하는 대공사를 하자, 국문과가 문학연구의 주역이 되었습니다."

이것은 2021년 6월 《월간조선》 기자가 찾아와 인터뷰를 할 때 주고받은 말이다. 내가 무엇을 했는지 위에서 한 말만 가지고는 적실하게 알 수 없다. 허풍을 친다는 의심을 받을 수 있다. 아래의 글을 읽고 판단해주기 바란다.

3

《문학연구방법》(1980)

이 책은 젊은 시절의 열정과 포부로 이룩한 업적이다. 내 학문의 출발점을 마련하고, 시대 전환의 과업을 수행하려고 시도했다. 난관을 헤치고 문학연구방법 정립을 위한 원론을 스스로 정립하려고 나섰다.

커다란 방해자 셋이 길을 막고 있었다. (가) 문학개론, (나) 국문학개론, (다) 문학연구방법론이다. (가)는 영문학 위주의 편향된 지식 숭배, (나)는 고전문학의 자료와 사실 이해, (다)는 서구의 기존 방법 열거에 치우쳐 폐단을 자아냈다. 무엇이 문제인지 하나씩 구체적으로 고찰해보자.

(가) 어문계열에 입학한 학생들을 대상으로 국문과 현대문학 교수들이 문학개론을 강의하고 국문과를 지망하라고 하는 자멸책을 그대로 두고 볼 수 없었다. 영문학을 서구문학 전반으로 확대하고, 다른 여러 문명권의 문학도 대등하게 포괄해야 문학개론이라고 할 수 있는 최소한의

조건을 갖춘다. 계명대학 시절에 한·중·일·영·독·불문학 전공 교수가 6 개국 문학을 함께 고찰하는 강의를 진행한 원고를 정리해 《비교문학총서》 1이라는 책을 냈어도, 잘못을 시정하기에는 역부족이다. 일본이 영미문학을 추종하느라고 문학개론을 만들어낸 것을 한국에서 추종한 내력을 밝히고 근원부터 비판하려고 하다가, 일본에서는 문학개론이 없어진 것을 알고 망연자실하게 되었다. 정신을 차리고 길을 찾아야 한다.

(나) 국문학개론은 일본의 전례와 관련을 가지고 출현한 국산품이다. 국문고전문학만 취급하는 폐쇄성에서 벗어나 한문학·구비문학·현대문학을 함께 포괄하고, 총괄해서 논의해야 한다. 《한국문학강의》에서 시도한 분담 집필은 통일성이 없는 결함이 있으므로, 한 사람이 일관되게 집필하는 것이 바람직하다. 한국문학 특질론에 깊은 관심을 가지고 본격적으로 연구한 성과를 축적해야 한다.

(다) 《문학연구방법》이라는 책이 하나 나와 있었는데, 서구 책의 번안이다. 자기는 해보지 않은 연구를 남들에게 시킬 수는 없다. 열거해 놓은 연구방법이 어느 것이든지 이해하고 적용하기 어렵기 때문에 더욱 존경하면서 숭배의 대상으로 삼도록 한다. 연구방법 특수화를 능사로 삼는 것도 문제이다. 다면적인 접근을 하거나 여러 방법을 절충해 통합론을 이룩하려고 하는 것은 소극적인 대응책이다. 스스로 깊이 탐구해 원론적인 해결책을 발견해야 한다.

이 세 방해자를 개별적으로 상대하려고 하면 힘이 많이 들고 성과는 모자란다. 한꺼번에 격파해야 한다. 수입학에서 창조학으로 나아가는 원론적인 탐구를 깊이 하는 특단의 방책이 필요하다. 입산수도해 마구니를 퇴치하는 法力을 깨달아 얻는 것 같은 전환을 거쳐야 한다.

책을 쓰겠다는 생각 없이, 마음을 비우고 영남대학의 넓은 교정을 산책했다. 산책하면서 떠오르는 것이 있으면 써서 모으고, 정리하고, 체계를 잡아 다듬고, 강의하면서 검토한 다음 연습문제를 추가했다. 연습문제 1·2·3은, 본문 이해, 다른 사람들의 견해와 비교 고찰, 새로운 탐구를 위한 논의를 하는 차이가 있다.

물음과 응답을 단계적으로 펼치고, 물음을 뒤집고 응답을 다시 하는 과정이 창조임을 보여주면서 책이 6장으로 이루어졌다. 1. 이 책은 왜 필요한가?, 2. 문학은 연구할 수 있는가?, 3. 문학작품을 어떻게 읽을 것인가?, 4. 문학작품은 어떻게 이루어져 있는가?, 5. 문학은 어떻게 해서 이루어지는가?, 6. 문학사는 어떻게 이해할 것인가? 단순에서 복잡, 표면에서 이면으로 나아가면서 단계적 향상을 이룩하는 순서이다. 6장이 모두 6절이다. 처음 3절에서 일차 작업을 하고 다음 3절에서 차원 높은 논의를 한다. 6을 논리 전개의 단위로 삼는 것은 《周易》의 전례와 연결된다.

2장에서 한 작업을 간추려보자. 2.1. 문학 자체는 연구할 수 없으나, 그 주변의 사실에 관한 연구는 할 수 있다. 2.2. 문학의 주관적 측면은 연구할 수 없고, 객관적 측면은 연구할 수 있다. 2.3. 문학은 연구할 수 없으므로, 연구할 수 있다. 이런 말을 한 2.3까지에서는, 문학은 연구할 수 있는가 하는 문제를 논의의 수준을 높여가면서 해결했다. 2.4.부터는 문학을 연구하는 행위에 관해 다각도로 논의했다. 2.4.에서는 창작·감상·비평·연구, 2.5.에서는 작가·독자·학자, 2.6.에서는 이론과 실천이 어떤 관계인지 해명했다. 항목 구분과 논의 전개 방식에서, 연구를 바람직하게 하는 본보기를 보이려고 했다.

4장에서는 무엇을 했는가? 4.1. 전체가 하나(理一), 부분이 실체(分殊), 전체는 부분의 대립적 총체(一而二, 陰陽), (더 나아가 生克). 4.2. 예술·주술·과학의 삼각관계, 언어예술(문학)·형체예술(미술)·소리예술(음악)의 삼각관계, 2+1의 논증, 하나와 다른 둘의 세 겹 대립. 4.3. 문학의 형상과 인식, 나타난 의미, 숨은 의미. 4.4. 음성적 질서, 시간적 질서, 공간적 질서. 4.5. 문학 갈래, 자아와 세계, 전환과 대결, 작품내적 자아와 작품외적 자아. 서정, 교술, 희곡, 서사. 추상적 차원의 큰 갈래와 구체적 실체는 작은 갈래. 4.6. 있어야 할 것과 있는 것, 융합과 대립, 숭고·비장·우아·골계, 추상적 차원의 성향이 사물의 존재 양상 일반론으로. 다룬 항목을 들면, 이와 같다.

6장에서는 문학사 이해의 단계를 말했다. 6.1. 점 선 면 입체, 6.2. 지속과 변화, 계승과 극복, 6.3. 시대구분 갈래 담당층, 6.4. 당대적 가치와 현대적 가치, 6.5. 과거 현재 미래, 부정의 부정, 6.6. 자료와 이론 실제작업, 마름과 일꾼. 마지막 대목에서 한 말을 다시 강조한다. 학문을 잘하려면 총명하면서 어리석어야 한다. 엄청 부지런하면서 적당히 게을러야 한다.

이 책에서 돈오한 것이 계속 점수해야 하는 과제로 남아 있다. 오늘날까지 노력했어도 뜻한 바를 다 이룩하지 못했다. 이 책 하나가 뒤에 쓴 많은 책과 대등한 비중을 가진다. 뒤의 책은 어느 것이나 수정하고 증보해야 하지만 이 책 본문은 그대로 두어야 한다.

4

《탈춤의 원리 신명풀이》(2006)

고교 시절 화가가 되려고 불어를 독습했다. 문학창작에 뜻을 두고 대학 불문과에 진학했다. 멀리 떠나가 상징주의 시에 심취하고 초현실주의까지 나아가는 것이 자랑스러웠다. 〈현대시의 존재론적 모험〉이라는 학사논문을 보란 듯이 방대하게 써냈다.

3학년 때 4·19에 주역으로 참여해 큰 충격을 받고, 역사의 방향이 달라져야 하는 것을 알아차렸다. 유학을 하려니 장애가 있어 불문과 대학원에 입학했다가 휴학하고, 언어와 영역을 넘어서서 수많은 책을 읽고 끝없이 방황하면서 탈출구를 찾았다. 봉산탈춤 대본을 읽고 공연을 보고 "여기 길이 있구나"하고 외쳤다. 대전환을 위해 국문학으로 전공을 바꾸기로 하고 4년 후퇴했다. 몇 겹의 전화위복을 거쳐, 고향 회귀의 진통과 희열을 겪었다.

학사논문 〈탈춤발생고〉(1966)에서 더 나아가 〈가면극의 희극적 갈등〉(1968)으로 석사를 하고, 교수가 되어 탈춤 강의를 시작했다. 다시 쓴 글을 보태 《한국가면극의 미학》(1975)을 내고, 키워서 《탈춤의 역사와 원리》(1979)를 이룩했다. 《카타르시스 라사 신명풀이, 연극·영화미학의 기본원리에 대한 생극론의 해명》(1997)에서 이론의 수준을 높이는 비교고찰을 시도했다. 뒤의 둘을 합친 책이 《탈춤의 원리 신명풀이》(2006)이다.

탈춤에 관한 기존의 평가는 허망했다. 탈춤은 무형문화재로 지정된 민속 유산이니 계속 돌보아야 한다. 우리 것이니까 소중하게 여기고 애착을 가지자. 서민의 애환을 나타내고, 양반과 파계승을 풍자한다. 거칠고 외설적이며, 유치하거나 불합리한 점이 많아 저급한 공연물에 지나지 않으며, 예술로 평가하기는 어렵다. 창작 희곡을 공연하는 본격적인 연극이 없어 부끄럽다. 이런 수준의 논의를 넘어서기 위해 분발하지 않을 수 없었다.

본격적인 연극이 없었던 이유는 둘이다. 상층 지식인이 유교 이념에 충실해 극작에 참여하지 않았기에 희곡 작품이라고 할 것이 없다. 공연물 영업이 성장할 만한 여건이 마련되지 않아 중국의 京劇이나 일본의

歌舞伎와 맞먹는 것은 나타나지 않았다. 그 때문에 탈춤은 민중의 전승인 민속극에서 벗어나지 않고 신명풀이를 온전하게 이어 발전시킨 것이 오늘날의 상황에서는 세계적인 의의를 가진다. 불행이 다행이고, 후진이 선진이 되고 있다.

탈춤의 유래는 고증이 가능하지 않아 안이한 추론을 낳았다. 중국에서 가져와 일본에 전해준 불교무언극 伎樂(기악)이 그 연원이라고도 했다. 국가 행사 山臺戲(산대희)가 민간으로 전파되어 각 지방의 탈춤이 생겨났다고도 했다. 탈춤이 침강문화재라는 견해에 대해, 탈춤의 역사는 민중의식의 성장사라는 반론을 제기했다. 농악대의 豐農굿에서 생겨난 전국 도처의 농촌탈춤에서 전문적인 떠돌이탈춤이 파생되고, 18세기 무렵 몇몇 곳의 도시탈춤이 성장해 공동체의식을 고양했다. 작품 자체가 그 과정을 말해주는 최상의 증거이다.

탈춤은 마음속의 신명을 여럿이 함께 풀어내는 大同의 놀이이며, 生克의 원리를 겹겹으로 구현하는 절묘한 연극이다. 밖에서는 구경꾼과 놀이패가, 안에서는 놀이패들끼리 생극의 관계를 가지고 밀고 당긴다. 서두의 길놀이와 결말의 난장놀이에서는 구경꾼과 놀이패가 상생하고, 중간의 탈놀이에서는 놀이패들이 생극의 투쟁을 하면서 상생의 화합을 하는 과정에 구경꾼이 개입한다. 예사롭지 않은 구조로, 누적된 관념을 무너뜨리고 삶의 약동을 구현하는 경이를 빚어낸다. 민중의 사회의식이 고도의 예술이고 심오한 철학임을 말해준다.

이런 '신명풀이'의 生克은, 유럽 '카타르시스'의 相克, 인도 '라사'의 相生과 함께 연극미학 보편적 원리의 하나이다. '신명풀이'는 세계 도처에 있었는데 '라사'나 '카타르시스'의 침해를 받아 위축되고 우리 탈춤에서나 선명하게 남아 있어, '카타르시스'의 독주를 시정하고, '라사'의 반론을 지원하면서 공연예술의 균형 발전을 이룩할 의무가 있다. 지금 한류 공연물이 세계 도처에서 열광적인 환영을 받는 것은 훼손된 신명풀이를 되살리기 때문이다. 이런 일이 문화 활동 전반에서 일어나도록 하기 위해, 학문이 앞서서 크게 분발해야 한다.

5

《한국문학사상사시론》(1978, 제2판 1998)

"문학이란 무엇인가?"라는 질문에 국문과 교수라는 이들이 으레 남의 말로 대답해왔다. 교육부 위촉으로 연세대에서 작성한 국어국문학과 표준교과과정 발표회에서 '비평론'은 "아리스토텔레스 이래의 서구 비평사를 다룬다."고 설명해 부당하다고 항변하다가 "우리가 그렇게 편협할 수 있는가?"라고 하는 훈계를 들었다. 국문학자는 거간 노릇이나 하면 되는가?

일본인 학생이 서울대 미학과에서 한국미학을 공부하고 싶은데 왜 가르치지 않느냐 하고 물으니 국문과에나 가라고 하더라고 나를 찾아와 말했다. 인도의 교수가 박사논문에서 한국미학을 고찰하려고 서울대 도서관에서 책을 찾으니 "미학"이라고 한 것에는 한국이 없더라고 했다. 미안하다고 사과하고, 내 책에서 타개책을 찾아보라고 했다.

역대의 詩話를 모아 풀이하면 직무유기를 면하는 것은 아니다. 비평사나 미학의 규격을 빌려와 필요한 지식을 정리해 제공하면 할 일을 하는 것도 아니다. 문학이란 무엇이고 어떻게 해야 하며 무엇이 문제인가를 두고 논란을 벌인 유산을 문학사상사라는 이름으로 총괄해 논의하는 것이 마땅하다. 세분화에 집착하지 말고 큰일을 크게 해야 한다.

국문학연구가 자료학을 넘어서서 이론학으로 나아가고, 수입학에 의존하지 않고 창조학을 이룩하려면 두 가지 기초공사가 필수이다. 연구의 원리를 밝히고 방법을 정비해야 한다. 문학론의 내력을 정리하고 이어받을 유산을 찾아야 한다.《문학연구방법》과 이 책은 아주 다른 내용이지만 서로 필요로 하는 동지여서 거의 동시에 집필했다.

고찰한 사람들을 들어보자. 제1기 12세기 이전: 元曉, 崔致遠, 金富軾. 제2기 13-16세기: 李奎報, 慧諶, 鄭道傳, 徐居正, 徐敬德, 李滉, 李珥. 제3기 17-19세기: 許筠, 張維, 金萬重, 洪萬宗, 金天澤, 洪大容, 朴趾源, 丁若鏞, 崔漢綺. 제4기 20세기: 崔南善, 申采浩, 韓龍雲, 玄鎭健, 崔載瑞, 趙潤濟.

《문학연구방법》은 돈오로 인도하고, 이 책은 점수로 나아가게 한다. 난삽한 한문 자료를 찾아 읽고 번역하고 풀이하는 작업은 오랜 수련과 많은 노력을 필요로 한다. 평생 해도 감당하기 어려울 난공사를 만용이라는 비난을 받아 마땅한 혈기를 앞세워 몇 년 만에 해치웠으니 오류가 많지 않을 수 없었다. 李佑成 선생이 손보아주고, 여러 동학이나 제자들이 힘을 보태 가까스로 고친 제2판을 내놓고서야 숨을 돌릴 수 있게 되었다.

한문이 어렵다고 주눅이 들 것은 아니다. 자구해석에 집착해 생각이 옹졸해지는 것을 경계하고, 무슨 말을 했는지 휘어잡아 앞뒤 맥락을 이해하고 깊은 논란에 참여해야 한다. 氣일원론, 이원론적 主理論, 이원론적 主氣論 사이에서 벌어진 철학적 논란이 문학에 관한 시비에서는 어떻게 나타나고, 어떤 의의를 가지는지 밝혀 논하는 것이 핵심 과업이다. 철학사 미비를 해결하는 최상의 방안을 철학과 문학의 관련 해명에서 찾을 수 있다.

"문학이란 무엇인가?"에 대해 심각한 논의를 펼쳤다. 李珥는 "사람이 내는 소리 가운데 뜻을 가지고, 글로 적히고, 쾌감을 주고, 도리에 합당한 것이 善鳴이다."라고 했다. 金萬重은 "사람의 마음이 입에서 나오면 말이 되고, 말이 節奏를 가지면 歌·詩·文·賦가 된다."고 했다. 洪大容은 "노래는 情을 말로 한 것이며, 巧拙을 버리고 善惡을 잊으며 自然에 의거하고 天機에서 나오는 것이 잘된 노래이다"라고 했다.

이런 유산을 버리고 李光洙가 '문학'은 'literature'의 번역이어야 한다고 한 뒤를 이어 해외문학파의 문학론 이식이 성행한 것이 당연한가? 崔載瑞가 본보기를 보였듯이, 지식의 원천에 매여서 창조를 할 수 없고, 상황을 따르느라고 주체성을 잃은 것을 비판해야 한다. 韓龍雲은 불행한 시대를 청산하는 사상의 각성을 위해, 趙潤濟는 국문학연구를 통한 민족정신의 소생을 위해 진력했으나, 바람직한 수준의 문학론이기에는 아직 많이 모자란다. 비약을 위한 발판 노릇을 이 책이 《문학연구방법》과 함께 할 수 있기를 바란다.

6

《한국문학통사》(1982-1988, 제4판 2005)

문학사는 자국의 정신문화 유산과 학문연구 수준을 자랑하는 표상이다. 근대국가는 으레 문학사를 잘 쓰려고 경쟁하는데, 식민지가 되었다고 물러날 수 없고 각성의 발판이 더욱 필요했다. 가르칠 기회를 박탈당하고, 어떤 지원도 받지 못한 처지를 분발의 동력으로 삼아야 했다. 安廓은 自覺論의 서설이라는 《조선문학사》를 1922년에 내놓았다. 趙潤濟는 민족정신을 고취하는 《국문학사》를 은밀하게 집필하다가, 1945년 이후 조국의 대학에서 감격스럽게 강의하고 1948년에 출간했다.

그 무렵 문학사가 대학에서 국문학을 강의하고 국어교사를 양성하는 기본 교재이고 자국문화 이해의 필독서여서 수요가 폭발적으로 늘어났으나, 공급이 따르지 못했다. 조윤제의 편향성을 시정하겠다고 나선 여러 후속 저작은 단기간에 안이하게 써내 체계가 엉성하고 내용이 미비했다. 강의 부담이 너무 커서 연구와 집필에 전념하지 못한 탓일 수 있었다. 그러면서도 연구 인력의 확대로 자료가 계속 발굴되고 분야별 탐구가 다양하게 진척되면서 전체를 통괄하는 시야가 흐려지게 되었다.

문학사를 충실하게 쓰는 것은 일생을 바쳐도 가능하지 않은 난공사라고 불국의 랑송(G. Lanson)이 단권 거작 《불문학사》의 서두에서 술회했다. 인도의 다스(S. K. Das)는 국가의 지원을 받는 조력자들과 함께 《인도문학사》 전10권 집필에 착수하고, 교수의 통상적인 임무가 면제되지 않아 무척 힘들다고 하소연하다가 두 권만 내놓고 과로사하고 말았다. 사회주의 국가의 전례에 따라 북쪽에서는 문학사를 국립연구기관에서 공동으로 담당하니 작업 여건은 좋아졌으나, 관점이 고정되고 혁신이 가능하지 않다. 남쪽의 자유방임은 대체로 불운이면서 더러는 행운일 수 있다. 한국학대학원 교수일 때 나는 하나만 맡는 강의에서 문학사를 쓰고 다듬는 작업을 다양한 전공의 우수한 학생들과 함께 여러 해 계속해서 할 수 있어, 마침내 《한국문학통사》 전5권, 부록 포함 전6권이 이루어졌다.

문학사 서술이 잘못된 이유는 (가) 분야 세분화, (나) 자료 실증과 이론 수입의 괴리, (다) 철학의 빈곤임을 밝혀냈다. (가) 구비문학·한문학·국문고전문학·현대문학이 별개라고 여겨 각기 다루기만 하고, 그 총체는 알려고 하지 않았다. (나) 개별적인 자료 실증을 연구라고 하는 다른 한편으로 유행하는 이론을 수입해 겉치레로 삼고자 해서, 문학사의 시대구분을 가능하게 하는 사고가 결여되었다. (다) 문학과 철학의 관련을 무시하고, 이론이 철학을 근거로 창조되는 것을 알지 못했다.

잘못 시정의 대안을 힘써 찾아냈다. (가) 구비문학을 어머니로, 한문학을 아버지로 해서 태어난 자식 국문고전문학이 현대문학으로 이어졌다. (나) 자료에서 이론적 총괄을 이룩해, 말과 글, 갈래 체계, 문학담당층의 변화를 단계적으로 파악하면, 시대구분이 이루어지고 문학사의 전개에 대한 거시적인 이해가 가능하다. 공동문어 서정시, 공동문어와 민족어 서정시와 교술시, 공동문어와 민족어 소설, 민족어 소설이 대표적인 갈래인 시대가 귀족, 사대부, 사대부와 시민, 시민의 주도권 교체로 나타나, 중세전기, 중세후기, 중세에서 근대로의 이행기, 근대를 이룩했다. (다) 상생이 상극이고 상극이 상생인 生克論이 작품 창작과 문학사 전개의 원리이고, 문학사 서술의 이론이다.

구상을 아무리 잘해도 문학사 시공은 만족스럽게 이루어질 수 없다. 1982년부터 1988년까지의 제1판을 세 번 고쳐 2005년에 제4판을 내고, 수정·증보를 더 할 수 없다고 고백했다. 1945년 이후의 남북문학을 함께 다루는 것도 가능하지 않다고 했다. 능력의 한계와 여건의 미비를 한탄해도 소용없다. 내 작업에 불만이 있는 사람이 그 불만을 자기 자신에게 돌려 월등하게 훌륭한 문학사를 쓰기를 간절하게 바란다. 인생은 유한하고, 작업은 무한하다. 내용뿐만 아니라 방법도 무한하다.

통일된 조국의 국호를 '우리나라'라고 하자고 제안해왔다. 우리나라의 문학사인 《우리문학사》에 최대한 근접한 문학사를 쓰려고 노력하는 것 이상의 일을 나는 할 수 없다. 남북의 상극이 상생이게 하는 지침을 마련하고, 1945년 이후의 문학을 함께 다루는 것을 특히 중요한 내용으로 하는 《우리문학사》가 가까운 시기에 이루어져야 할 것이다. 남북 합작 기관에서 중지를 모아 타협하면 일이 잘될 것은 아니다. 어쭙잖은 다수결이 하향평준화로 귀착해, 상극이 상생이게 하는 비약을 막지 말아야 한다. 최상의 업적을 넘어서서 통찰력이 더욱 탁월한 역군이 총설계자로 나서야 학문의 새 역사를 창조할 수 있다.

《우리문학사》를 훌륭하게 이룩하는 것이 도달점은 아니다. 문학사가 민족국가의 표상이어야 한다는 것은 근대의 편견이다. 통일국가를 만들고 그 문학사를 쓰는 과업을 힘써 완수해야 하지만, 근대를 넘어서서 다음 시대로 나아가는 것을 더 큰 목표로 삼아야 한다. 문명권문학사를 소중하게 여긴 중세를 부정의 부정으로 이어받고, 세계문학사를 바람직하게 서술해 세계사의 전환을 선도하는 방안을 내놓아야 한다. 문학의 경계를 넘어서서 총체사로, 학문총론으로 나아가는 것이 또한 긴요한 과업이다. 이를 위해 시험을 한 작업도 묻히지 않고 유용하게 쓰이기를 바란다.

7

《한국의 문학사와 철학사》(1996)

《한국문학사상사시론》을 쓰고 다시 《한국의 문학사와 철학사》를 내놓았다. 앞의 책을 더 자세하고 충실하게 써서 "시론"을 떼려고 하지 않고 딴전을 벌인 것이 잘못인가? 가능하지 않은 완성에 미련을 가지지 않고, 끝이 없는 모색을 더 소중하게 여기는 것이 전향적인 자세일 수 있다. 평생토록 시도를 거듭한 것을 후회하지 않고 자랑으로 삼으리라.

앞의 책에서는 문학에 관한 사상의 역사를, 대표적인 논자들의 논저를 들어 고찰했다. 체계를 갖추려고 한 전작저작이라 장편소설과 같다. 이 책은 글모음이어서 단편집과 흡사하다. 산만한 것이 결함인 다른 한편으로, 집약보다 확산이 더 큰 의의를 가질 수 있기를 기대한다. 사상의 핵심인 철학을 논의의 영역으로 국한시켜 구심점을 갖추고, 문학에 관한 철학, 문학에 나타난 철학에서 더 나아가, 문학사와 철학사의 관련에 관한 다양한 고찰을 시도했다. 규격에서 벗어나 자유로울 수 있었다.

문학사와 철학사의 관련은 어디서든지 관심을 가지고, 문학연구의 기본 과제로 삼을 만하다. 우리 경우에는 둘이 대폭 겹치는 특징이 있어, 함께 연구하는 데 힘써야 하는데, 실제로는 그렇지 못하다. 나라를 잃을 때 망한 철학이 아직 살아나지 않았기 때문이다. 철학의 유산이 상대적으로 빈곤한 불운을 외래 신제품 수입 자랑으로 해결하는 일본을 추종하다가, 철학을 창조학으로 해온 전통을 망각하게 되었다. 환자가 스스로 정신 차리고 일어나기는 어려워, 오랜 동지가 분발해 회춘이 가능하게 해야 한다. 이 책이 적절한 약방문이기를 바란다.

이미 고찰한 元曉, 李奎報, 徐敬德, 李珥, 朴趾源 등에게서 문학과 철학이 어떤 관련을 가졌는지 재론하는 데서 더 나아가, 문제를 다시 제기하고, 발견이 확대될 수 있는 길을 이리저리 찾았다. 관련된 사람들과의 비교고찰로 논의를 심화해 얻은 결과를 가능성에 그친 것들까지 잡다한 방식으로 제시했다. 義湘·明皛(명효)와 상이한 元曉의 사고가 문학에서는 어떻게 나타났는지 다각도로 탐색하면서, 원효가 비근한 예증을 활용하지 않은 아쉬움을 보완하려고 했다. 李仁老의 '托物'과 이규보의 '觸物'이 어떤 철학적 근거가 있는지 밝혀 논하고 미시에서 거시로 나아가고자 했다. 徐敬德이나 李珥까지 이른 귀신 논쟁에서 철학사와 문학사가 어떻게 만나는지 고찰하기도 했다.

말썽꾸러기 공리공론으로 여겨온 人物性同異 논쟁을 서슴지 않고 파헤쳐 해결책을 찾으려고 뛰어들었다. 남북에서 해온 기존의 연구가 모두 경과 설명에 부적절한 말을 보태기나 해서 새로운 접근이 불가피한 것을 확인했다. 원전을 면밀하게 재검토하는 지루한 작업을 하면서 밀림을 헤치고 활로를 찾아야 했다. 李柬(이간)의 人物性同論은 人物性因理同論이고 韓元震의 人物性異論은 人物性因氣異論임을 밝히고, 理同이냐 氣異냐 하는 논란은 어느 한쪽으로 결판이 날 수 없는 것을 알아냈다. 논쟁의 권역 밖에서 任聖周가 理一分殊를 氣一分殊로 바로잡아 人物性因氣同論을 해결책으로 제시한 것이 획기적인 의의가 있다고 평가해, 철학사 전개의 핵심 맥락을 처음으로 분명하게 드러냈다. 그 결과 사람이든 다른 생물이든 氣同而異인 삶을 누리는 것이 善이라고 任聖周나 洪大容이 주장한 견해를, 더욱 분명하고 강렬하게 집약한 작품이 朴趾源의 〈虎叱〉임을 입증했다.

그다음의 몇 논문은 논의의 확장에 관한 것들이다. 朴趾源을 일본의 安藤昌益과 비교해 시야를 확대하고, 동아시아 氣철학에 대한 광범위한 연구가 필요하다고 했다. 崔漢綺의 글쓰기 이론을 가져와 고금학문 합동 작전의 본보기를 보였다. 한·일 학문이 근대 극복을 위해 함께 나아갈 길을 찾아, 미래의 동행을 구상했다. 얼마든지 있을 수 있는 후속 연구의 몇 가지 본보기를 마련했다.

끝으로 生克論에 관한 최초의 본격적인 논의를 했다. 철학계를 대표할 만한 학자들을 상대로 신작 논문을 발표하고 토론을 통해 검증을 받아 장내경기를 시작할 수 있었던 것을 특기할 만하다. 생극의 體는 수긍하면서 用이나 시비했다. 거대담론의 시대는 끝났는데 공연한 수고를 한다고 해서, 서구의 기성품이 모두 불신되어 우리가 새 출발을 한다고 했다. 생극론은 너무나도 포괄적이어서 무용하다고 하므로, 구체화를 문학사에서 시작해 유용성으로 타당성을 입증한다고 했다.

문학사를 쓴 데서 더 나아가 철학사도 써야 할 것인가? 시간도 기력도 모자라 포기하면서, 철학사는 그것대로 독립시키지 않고 문학사와 함께 이해하고 논의해야 생동하는 의의가 있는 것을 확인한다. 생극론에 대해 체계적인 논의를 하는 저술이라도 해야 할 것이 아닌가? 생극론도 별도로 논의하면 모든 기존의 철학이 그렇듯이 난해하게 되고 실상과 호응되기 어렵다. 철학은 철학이 아니어야 철학 노릇을 할 수 있는 것을 생극론이 입증한다.

8

《철학사와 문학사 둘인가 하나인가》(2000)

철학사와 문학사의 관련을 세계적인 범위에서 고찰하는 것이 가능한가? 일생을 바쳐도 가능하지 않다. 불가능한 짓을 하려고 동분서주하다 중도에서 쓰러지면 훌륭하다고 하겠는가? 훌륭하지 않고 어리석다. 그런 어리석은 짓은 하지 말아야 하는가? 슬기롭게 하는 방법이 있다. 공연히 부지런을 떨지 말고, 뒤로 물러나 작전을 잘 세워야 한다.

문학에서 탐구하고 발견한 바에서 출발하면 볼 것이 보인다. 철학과 문학은 하나이면서 둘이고 둘이면서 하나여서, 합쳐지다가 갈라지고 갈라지다가 합쳐진다. 그 전모를 망원경으로 일별해 시야를 확보하고, 특히 요긴한 대목은 현미경으로 투시해 내밀한 원리를 알아내는 양면작전으로, 거시와 미시가 보완하도록 하면 된다. 이성을 넘어선 통찰을 갖추면, 이성이 경험을 검증하면서 해야 하는 미세한 업무도 적절하게 배정·지휘할 수 있다.

어떤 작업을 했는지 말해보자. 처음에는 어디서나 구비문학이 구비철학이다가, 기록을 사용하면서 둘이 분리되기 시작했다. 이곳저곳 고대에는 문학과 철학이 협력해 인생론을 산만하게 전개했다. 중세에 들어서면, 만물을 1로 총괄하고자 하는 소망을 철학시를 지어 실현하려고 했다. 1은 0이어서 "空則不可說 非空不可說"이라고 말한 龍樹(Nagarjuna)의 〈中論〉이 그 가운데 특히 우뚝했다. 義湘은 〈華嚴一乘法界圖〉에서 "無名無相絶一切"가 "一卽一切多卽一"이기도 하다고 해서 "多"에 관한 관심도 나타냈다.

중세후기가 되자, 논의를 더욱 분명하게 하려고 공동문어 철학 논설을 일제히 썼다. 산스크리트-힌두교문명권의 라마누자(Ramanuja)는 "브라흐만과 천지만물은 하나이면서 하나가 아니다."라고 했다. 한문-유교문명권의 朱熹는 "物物有一太極"을 말했다. 아랍어-이슬람문명권의 가잘리(Ghazali)나 라틴어-기독교문명권의 아퀴나스(Thomas Aquinas)도 거의 같은 지론을 폈다. 네 문명권에서 모두 1이 ∞이고 ∞가 1이라는 명제를 절대적인 진리에 관한 통찰로 삼아 반론을 허용하지 않고, 종교나 도덕에 관한 논란을 끝낸다고 했다. 세계철학사의 한 시대에 인류는 하나가 되어 함께 각성되고 또한 구속되었다.

각성은 받아들여도 구속에서는 벗어나야 하므로 반론이 요망되었다. 철학에서는 다른 말을 하기 어려워, 문학이 앞장서야 했다. 민족구어 노래로 민중과 소통하는 시인들이 혁신을 위한 시도를 일제히 하면서 각기 다른 방향으로 나아갔다. 아퀴나스와 단테(Dante), 가잘리와 아타르(Attar), 라마누자와 카비르(Kabir), 朱熹와 鄭澈 순서로 지배하는 철학자와 맞서는 시인 사이의 긴장관계가 더 커졌다. 정철은 "이고 진 저 늙은이 짐을 벗어 나를 주오"로 시작되는 시조 한 수로, 朱熹가 절대적이라고 재확인한 五倫에 치명타를 안겼다.

중세에서 근대로의 이행기에는 산문이 분발해 1을 내세우는 독선을 제거하고 일상적으로 경험하는 ∞의 가치를 드높이는 유격전을 감행했다. 볼태르(Voltaire)와 朴趾源이 그 선두에 나섰으며, 〈虎叱〉은 무슨 말을 했는지 알아차리면 충격이 엄청난 폭탄이다. 문학이 새로운 시대를 여는 것을 외면하고, 칸트(Kant) 이후 철학은 독자적인 아성을 구축하고 은거해 성가를 높이려고 했다. 논리를 엄정하게 가다듬을수록 통찰에서 더욱 멀어지고 한층 무력해진 철학이 잘났다고 뽐내다가, 문학과 가장 소원해진 시대가 근대이다.

철학은 문학과 가까워지고 하나가 되어야 살아난다. 분리는 유럽에서 선도했으므로, 통합은 선수를 교체해야 가능하다. 근대를 극복하려면 중세의 통찰을 부정의 부정을 통해 이어 발전시켜야 한다. 동아시아의 전통을 이어받아 내가 전개하는 생극론은 철학사와 문학사가 하나가 되어 통찰을 드높이는 다음 시대로 나아가는 선구자 노릇을 한다.

문학도 분발해야 한다. 철학 노릇을 가로맡는 것으로 약을 올려 철학을 깨우는 임무를 적극적으로 수행해야 한다. 위에서 거론한 것들 같은 문제작이 오늘날에는 없는 사태가 철학이 잠들어 있는 것보다 더 심각한 걱정거리이다. 생극론으로 문학을 연구하고 문학사를 쓴 것만으로는 부족하다. 문학창작이 중대한 사명을 각성하고 일어서도록 해야 한다.

9

《한국소설의 이론》(1977)

《문학연구방법》에서 가로로, 《한국문학사상사시론》에서 세로로 기초공사를 하면 국문학연구가 바람직하게 이루어지는 것은 아니다. 그 기초 위에 훌륭한 집을 지으려면 고차원의 방책이 필요하다. 작품 줄거리나 소개하면서 연구가 상식에 머무르고 있는 폐단을, 남들이 하는 말을 가져와 시정할 수는 없다. 사실을 근거로 이론을 창조해, 제기되는 의문을 일관되게 해결해야 했다.

탐구의 대상을 의문투성이 문제아 소설로 했다. 소설이라는 것이 《金鰲新話》에서 비롯했는가, 그 이전에도 있었던가, 한참 뒤에 출현했는가? '小說'이란 말의 유래를 존중하면, 소설은 아득한 옛적부터 있었다. '소설'이 'novel'의 번역어라고 하면, 근대소설이라야 소설이다. 이 둘은 절충 불가능한 극단론이면서, 소설의 이론을 위한 고민을 무의미하게 하는 공통점이 있다.

소설이란 무엇인지 신화·전설·민담과의 공통점과 차이점을 들어 밝히는 것이 현명하다. 이들의 공통점인 서사는 서정이나 희곡, 그리고 새로 확인한 큰 갈래 교술과는 어떻게 다른지 알아야 한다. 갈래 이론을 온통 쇄신하는 난공사를 피할 수 없으며, 그 근거가 되는 기본 원리를 다져야 한다. 이론 창조가 불가피하고, 이론을 창조하려면 문학연구가 철학과 만나야 한다.

이런 작업을 허공에서 진행할 수는 없다. 연구 현황을 확인하고 장애를 타파해야 했다. 오직 전체가 소중하다고 하는 민족사관을 배격하고 부분 해체를 주장하는 실증주의가 득세하면서 이론에 대한 관심이 사라진 판세를 뒤집고, 理氣철학의 陰陽을 들어 전체는 부분의 대립적 총체임을 밝혀 논했다. 자아와 세계의 대립적 관계가 구현되는 양상으로 갈래를 이해하는 이론을 창안하고, 서사는 자아와 세계의 대결에 작품외적 자아가 개입한다고 했다. 소설은 자아와 세계가 상호우위의 관계를 가지고 대결하는 것이 신화·전설·민담과 다르다고 했다.

신화·전설·민담·소설은 서사문학사의 주역 노릇을 순차적으로 했다. 신화시대 이후에 전설·민담시대가 나타나고, 그 다음에 소설시대가 시작되었다. 이것은 문학사 내부의 변화만이 아니므로, 시대변화와 연관시켜 이해해야 한다. 자아와 세계가 대결하지만 동질성을 지닌 원시의 신화시대가 가고, 자아와 세계가 어느 한쪽의 우위를 전제로 하고 대결하던 전설·민담시대가 고대에 나타나 중세까지 이어지다가, 다음 단계로 들어섰다. 중세 공동의 보편적 이념을 밀어내고 자아와 세계가 상호우위에서 대결하면서 중세에서 근대로의 이행기로 들어서서 소설의 시대가 시작되었다.

변화의 실상을 점검하면 문제의 인물 둘의 활약이 두드러진다. 金時習이 선구자, 許筠은 주동자 노릇을 해서, 자아와 세계가 상호우위에서 대결하는 소설의 작품구조를 창안했다. 시대 변화를 앞질러 '身世矛盾'을 심각하게 느낀 김시습은 冥婚전설을 소설로 바꾸어놓는 작업을 《金鰲新話》에서 했다. 세상이 크게 달라지는 징표인 '不與世合'을 절감하고, 허균은 逸士傳을 逸士小說로 개작하면서 '영웅의 일생'을 이어오는 민담을 이용해 《홍길동전》을 만들어내는 양면 작전을 한문과 국문에서 수행해 새 시대 문학의 선두에 섰다.

氣일원론을 파격의 동력으로 삼아 출현한 소설이 성장을 위해 일보 후퇴를 했다. 地上에서 벌어지는 자아와 세계의 대결이 天上의 개입으로 해결된다고 하는 이원론적 主氣論의 사고구조를 지닌 영웅소설이 대중적 인기를 누리는 국문 독서물로 양산되면서 본격적인 소설시대가 시작되었다. 이에 대해 작품구조 분석, 철학과의 대응 해명, 사회사적 고찰을 하는 다면적인 연구를 자세하게 했다.

《한국소설의 이론》에 이어 소설에 관한 책을 두 권 쓰겠다고 작정했다. 판소리계 소설과 朴趾源의 작품에서 氣일원론 소설이 다시 일어난 변화를 《한국소설의 반성》에서 논하려고 하다가 판소리계 소설에 관한 논문 몇 편만 내놓고 말았다. 《한국소설의 발전》이라고 하는 세 번째

권에서는, 신소설부터 李光洙 소설에 이르기까지 이원론적 主氣論 소설이 재현된 것을 물리치고 玄鎭健 이후의 사실주의 소설이 氣일원론 소설을 확립한 내력을 밝혀 논하려고 하다가, 신소설에 관한 책 하나 쓰고, 현대소설을 조금 고찰하는 데 그쳤다.

계획을 실행하지 못한 잘못을 몇 가지 후속 작업에서 바로잡고자 했다. 소설 이론을 도출하는 원리로 삼은 음양론은 생극론으로 발전시켰다. 한국소설사 서술을 위한 구상은 《한국문학통사》에서 살렸다. 그래도 미진한 작업을 《소설의 사회사 비교론》에서 세계적인 범위로 확대해서 했다. 《한국소설의 이론》은 미완의 시도이지만, 연구의 차원을 높인 의의를 지속적으로 지니고 있다.

10

《소설의 사회사 비교론》(2001)

소설론은 영문학 우월론 조작에 이용되었다. 18세기 영국에서 'novel'이라는 이름의 진정한 소설이 최초로 출현했다고 한다. 'roman'이나 'Roman'이 그 전부터 있었다면서 이웃의 불국이나 독일에서도 동의하지 않는 이런 주장이, 영국을 추종하는 일본에 정착한 데 말려들어 혼란을 겪어왔다.

잘못을 바로잡으려면 작품의 실상을 알아야 하지만, 작품을 하나하나 살피려고 하는 미시적 실증주의는 무력하다. 세계의 소설을 다 읽고 소설 일반론을 다시 이룩하는 것은 가능하지 않다. 지식이 늘어나는 것만큼 식견이 줄어드는 것도 경계해야 한다. 일이 엄청나게 많아도, 적절한 통찰력을 가지면 휘어잡을 수 있다. 이론 창조의 주체가 되어 제기된 문제를 해결해야 한다.

'소설'을 기본용어로 삼고, 명료한 사고를 우리말로 해야 한다. 자아와 세계가 상호우위에 입각해 대결하는 것이 소설의 공통적인 특징임을 분명하게 해야 한다. 《한국소설의 이론》을 보완하면서 출발점으로 삼고 멀리까지 나아가, 여러 문명권 많은 나라 소설의 사회사를 비교해 고찰하면서 진정으로 타당한 일반이론을 정립해야 한다. 사례 해설이나 일삼는 영미 서적은 뒤로 돌리고, 최상의 기존 이론인 독불의 변증법적 소설론을 넘어서기 위한 토론을 해야 얻는 성과가 커진다.

소설은 근대의 시민문학이고, 등장인물들끼리 갈등의 관계를 가진다고 변증법에서 내세우는 세 핵심 개념 근대·시민·갈등은 사실과 어긋난다. 소설은 중세에서 근대로의 이행기에, 귀족과 시민, 남성과 여성의 경쟁적 합작품으로 이루어지고, 등장인물은 서로 필요로 하면서 다툰다. 시대·창조자·등장인물에서, 소설은 상생이 상극이고 상극이 상생임을 밝히는 생극론의 소설론을 이룩했다.

유럽에서 근대 시민문학인 소설을 처음 만들어 세계문학사의 발전을 줄곧 선도한 것은 아니다. 이에 대해 생극론은 원론적인 반론을 제기하고, 실제 사실을 들어 대안을 말한다. 발전은 지속되기만 하지 않고 어느 한도에 이르면 정체로 기울어지게 마련이다. 대결에 의한 승패를 거치지 않고도, 선진이 후진이 되고 후진이 선진이 되는 전환이 일어난다. 세계사가 이렇게 전개되는 모습이 소설사에서 선명하게 확인된다. 소설사는 문학의 범위를 넘어서서 인식의 역사를 혁신한다.

중세에서 근대로의 이행기 동아시아의 소설이 복잡한 구성을 갖춘 장편으로 발전하는 동안에 유럽은 뒤떨어졌다. 산업혁명을 거쳐 근대로 전환한 유럽이 다면적 인간관계를 가진 근대소설을 먼저 만들어 온 세계에 내보내다가, 발전이 한도에 이르러 역동성을 상실하고 소설은 해체의 위기를 맞이했다. 유럽소설을 수용해 스스로 창작하는 작업을 뒤늦게 시작한 제3세계 특히 아프리카에서 소설을 살려내 후진이 선진이 되는 전환을 이룩하고, 세계사적 조망을 갖춘 문제작을 산출하고 있다.

소설은 자아와 세계를 일방적으로 전개하는 설화를 개조해 상호우위를 보여주려고 태어난 미숙한 신참자였다. 중세에 위세를 떨치던 교술문학에서 사람의 일생을 말하는 선행형태를 잇는다고 위장해 출생신고를 하고, 그 권위를 내부에서 뒤집는 무뢰배 노릇을 했다. 그 선행형태가 동아시아에서는 공식 역사서에 오르는 傳이고, 유럽의 경우에는 신 앞에서 잘못을 비는 고백록이었다. 가짜 傳과 가짜 고백록이 중세에서 근대로의 이행기 소설의 두 주역이었다.

동아시아 소설은 傳인듯이 쓰느라고 3인칭 시점을 사용하면서 一夫多妻의 사건을 흥미롭게 전개하는 데 이어서, 관심의 범위를 사회로 역사로 넓혔다. 유럽소설은 고백록의 전통을 이어 1인칭으로 多夫一妻 여주인공의 내심 고백을 들려주다가, 긴장이 풀어지자 내면심리의 미궁으로 빠져들었다. 아랍세계에서는 會合(maquama)이라는 교술산문을 이용해 독자적인 소설을 이룩했다.

의지할 만한 기록문학의 유산이 없는 아프리카에서는 구전신화를 가져와, 당면한 고난을 넘어서는 희망을 찾는 소설 창작의 원천으로 삼았다. 아프리카는 비참하므로 소설이 위대하다. 후진이 선진인 좋은 본보기를 불어나 영어 소설에서 보여주면서, 세계사의 조망을 제시하려고 한다. 심리적 갈등의 미로에서 벗어나 새 시대를 열기 위한 의식각성을 바라는 인류의 소망을 실현하고자 한다.

《소설의 사회사 비교론》 전3권에서 위와 같은 논의를 펼친 작업은 너무 벅차 미완일 수밖에 없다. 연구의 꼭짓점을 최선의 노력으로 올리려고 했으나 아쉬움이 남는다. 책의 분량이 너무 많아 독자를 괴롭히는 것을 반성하면서, 논의가 철저하지 못해 사과한다. 세계 최초의 시도를 힘닿는 데까지 한 것을 만족스럽게 여기고, 더 넓게 탐구하고 한층 높이 오르는 후진이 출현하기를 기대한다.

11

《시조의 넓이와 깊이》(2017)

시조를 특히 소중하게 여겨 정리하고 평가하는 작업에서 국문학연구가 시작되어 누백 년의 업적이 있으나, 만족스러운 것은 아니며 심각한 반성이 필요하다. 시조를 자료로 다루기나 하고 작품 안으로 들어가지는 못한 것이 아닌가? 감상이나 찬탄을 넘어선 작품론이 얼마나 이루어졌는가? 시조 연구가 앞서서 다른 분야를 이끌어야 할 것인데, 도리어 장애가 되고 있는 것이 아닌가?

문학연구는 작품 읽기를 핵심 과제로 한다. 난해한 말을 풀이하고 전거나 고사를 설명하는 수고를 해서 걸림을 없애면 작품 읽기가 수월해지는 것은 아니다. 느낌을 논리로 포착하고, 형상을 의미로 이해할 수 있어야 한다. 기성품이 많으니, 좋은 방법을 잘 골라 수입하면 난관을 해결할 수 있다고 여기는 것은 어리석다. 시조 자체가 지니고 있는 원리를, 동반자 관계에 있던 철학의 도움을 받아 찾아내야 한다. 이것이 오늘날 이룩해야 하는 창조학의 핵심 과업이다.

太極이 陰陽이고, 음양이 태극임을 확인하면 출발점이 마련된다. 음양이 生克의 관계를 가지는 것까지 알면 진전이 이루어진다. 작품 전후의 순행과 역행, 좌우의 조화와 대립을 확인하고, 표리에서 각기 말하는 바를 알아내야 한다. 작품에서 하는 말이 어떤 철학인지 밝혀, 미시가 거시이게 하는 데까지 이르면 할 일을 더 잘한다. 시조는 단순한 것 같아 좋은 실험 대상이다. 시조에서 창안한 작품분석 방법은 좋은 모형이 되어, 더 길고 복잡한 다른 갈래에도 널리 적용될 수 있다. 시조와는 거리가 먼 한문산문이나 현대소설 연구에서도 새 길을 열 수 있다고 기대해도 된다.

"山村에 달이 드니 먼 데 개 짖어 온다/ 柴扉를 열고 보니 하늘이 차고 달이로다/ 저 개야 空山에 잠든 달을 보고 짖어 무삼 하리오." 여기서 찬 하늘에 높이 솟아 바라보도록 하는 달은 일정한 주기로 뜨고 지는 천체이고, 공감을 나눌 상대이며, 있기도 하고 없기도 하는 것의 상징물이다. 변화·소통·有無에 관한 철학시를, 미천하다고 하던 기녀 千錦이 가장 유식하다고 하던 어느 누구보다 잘 지었다. 철학은 지식의 열거가 아닌 체험의 응축임을 말해준다. 자기가 잘난 체하지 않고 무엇이든 우러러보면 알 것을 더 안다는 것도 알려준다.

"높으락 낮으락 하며 멀기와 가깝기와 모지락 둥그락 하며 길기와 자르기와"에서, 中人 歌客 安玟英은 높다 낮다, 멀다 가깝다, 모지다 둥글다는 것이 고정되어 있지 않고 뒤바뀌니 한탄할 것 없다고 했다. 상생이 상극이고 상극이 상생인 것이 삶의 실상이다. 높고, 멀고, 둥글고, 길다고 으스댈 것은 아니다. 생극의 이치에 의해 세상은 돌고 돈다. 억눌려 사는 처지에 있는 불운이 행운이어서, 세상의 움직임을 분명하게 알 수 있었다. 상하·귀천은 뒤집히게 마련이라고 하는 사회철학 또는 역사철학을 정립했다.

"雪月이 滿庭한데 바람아 불지 마라." "壁上에 칼이 울고 胸中에 피가 뛴다." 한자어와 고유어가 이처럼 동거하는 것을 시조에서 흔히 볼 수 있다. 한자는 단점과 장점이 있다. 배우기 어려운 단점을 들어 魯迅이 "漢子不滅 中國必亡"이라고 했다는 말이 자주 인용된다. 한자는 개념을 압축해 간결한 표현으로 많은 것을 말하고, 對句를 잘 만들어 발상을 선명하게 하는 장점도 있다. 한자어를 우리말로 받아들여 서술어의 활용이 풍부한 고유어와 함께 사용하면, 단점은 줄어들고 장점이 커진다. 체언의 선명한 개념과 용언의 풍부한 활용이 생극의 관계를 가져, 사고를 절실하게, 표현을 절묘하게 한다. 시조가 그 성과를 특히 잘 보여준다.

요즈음 우리말로 철학을 해야 한다는 말을 많이 듣는다. 상고시대 고유사상의 용어라면서 생소한 말을 가져오거나, 서양철학 용어를 고유어로 번역하는 것이 우리말로 철학을 하는 적합한 방안이 아니다. 한자어로 이루어진 체언 철학, 고유어의 특징을 활용한 용언 철학, 이 둘을 함께 이어받아 시조에서처럼 결합해 사용하는 것을 비결로 삼아야 한다.

한자어 체언 철학과 고유어 용언 철학이 생극관계를 가지는 것은 한자가 윤회전생을 거쳐 다시 태어나 새로운 기여를 하게 되는 결과이다. 한국에서 시작한 이런 학문이 동아시아를 살리고 빛낸다. 한자는 중국의 사유재산이 아니고 동아시아의 공유재산이다. 누구도 버릴 수는 없고, 일제히 잘 활용해야 한다. 나는 魯迅의 말을 수정해 "漢文活用 東亞必興"이라고 한다.

12

《하나이면서 여럿인 동아시아문학》(1999)

동아시아비교문학은 국문학연구를 확대하는 의의가 있다. 유럽문학의 영향 연구를 비교문학으로 삼아온 잘못을 시정하는 대안이 된다. 동아시아 각국의 이해와 소통을 넓혀 동아시아가 다시 하나이게 하는 지침을 제공한다. 유럽중심주의를 극복하고 대등의 관점에서 세계화를 이룩하는 거점이 된다. 《동아시아문학사비교론》(1993)에 이어, 이 책(1999)을 써서 길을 열고자 했다.

(가) 동아시아문학은 여럿이다. 나라마다 다르고, 작가와 작품이 너무 많다. (나) 동아시아문학은 전체가 하나이게 하는 공통점이 있다. 다른 문명권의 문학과 얼마나 같고 다른지 말하기 위해서도, 그 전체를 하나로 이해할 수 있어야 한다. (가)와 (나)는 동시에 타당하며 서로 필요로 하는 관계에 있다. 하나가 여럿인 원리에 따라 동아시아문학을 이해해야 한다.

동아시아는 공통된 문명을 향유하는 문명권이다. 고대와는 다른 중세문명이 생겨나 몇 가지 문명권이 형성되었다. 건국신화가 始祖下降에서 始祖渡來로 바뀌면서, 고대자기중심주의가 중세보편주의로 교체되었다. 이런 변화가 월남, 유구, 한국, 일본 등지에서 어떻게 나타났는지 비교해 고찰했다.

동아시아문명의 공통점이 한문이나 유교라고 하면 모자라고, 大藏經을 들면 더욱 분명해진다. 인도에서 이루어진 산스크리트나 팔리어의 선행 경전은 교파에 따라 각기 숭앙하면서 필사본으로 전해졌는데, 그 모두를 옮긴 한문경전을 집성해 동아시아의 자랑인 목판인쇄를 한 것이 대장경이다. 중국의 대장경, 더욱 진전된 高麗大藏經을 주고받으면서 동아시아는 하나였음을 밝혀 논했다.

동아시아문명을 이루는 또 하나의 공통점 漢詩를 들어 논의를 진전시켰다. 近體詩의 규칙까지 갖추어 완성된 한시가 동아시아가 하나이게 하는 구심점이면서, 시대나 민족에 따라 다양한 변이를 해서 각기 다른 문학 노릇을 했다. 한시를 받아들여 충격의 원천으로 삼고 민족어시를 율격이 정비된 기록문학으로 발전시키려고 한 노력에 관한 비교고찰을 하면서, 여럿의 양상을 체계적으로 정리해 이해할 수 있는 것을 보여주었다.

南詔의 白文詩와 월남의 國音詩는 민족어가 중국어와 유사해 한시의 율격을 재현할 수 있었다. 한시 한 줄과 민족어시의 한 줄이 음절수나 정보량에서 대등하게 할 수 있었다. 한국의 鄕歌와 일본의 和歌는 민족어가 중국어와 상이해 독자적인 율격을 만들어야 했다. 한시 한 줄과 민족어시 한 줄이 음절수 또는 정보량에서 대등한 것 가운데 하나를 택해야 했다. 일본은 전자를, 한국은 후자를 택했다. 白文詩와 和歌는 안정되었고, 鄕歌와 國音詩는 민요가 치밀어 올라 변혁을 겪었다.

중국문학이라는 공통된 원천을 각국에서 어떻게 번역했는지 살펴, 동아시아문학이 하나이면서 여럿인 양상을 다른 각도에서 구체화해 논의했다. 시대에 따라 번역 방법이 달라진 것이 공통되어 여럿이 하나였다. 처음에는 원문을 자기 말로 읽고, 다음에는 원문 읽은 것을 민족어로 적고, 나중에는 자유로운 개작이 가능한 번역을 했다. 셋째 단계에 각국이 자랑하는 걸작이 이루어져, 월남의 《金雲翹》는 삶의 진실을 추구하고, 일본의 《南總里見八犬傳》은 소설 읽는 재미를 키우고, 한국의 《泉水石》은 역사에 대한 논란을 벌인 것을 밝혀 논했다.

이런 연구를 많이 해서 동아시아문학이 하나이면서 여럿인 양상을 구체적으로 밝혀야 하는데, 내실은 부족하고 빈말이나 떠도는 형편이다. 동아시아 비교문학이 새로운 유행이 되어 차질을 빚어낸다. 대외의존을 행세거리로 삼는 작태가 사태를 더욱 악화시킨다. 한때 일본의 유럽중심주의 비교문학자들이 동아시아문학사를 이룩하겠다고 하자, 일본통 초학자들이 적극 호응해 대리점을 차렸으나 본점이 망해 이룬 것이 없다.

최근에 미국에서 동아시아문학사를 위한 거창한 계획을 발표해, 영어를 밑천으로 삼아 수입학을 일삼는 영세업자들이 한국 대표라고 자처하면서 대목을 만난 듯이 들뜨고 있다. 국내에서 이미 이룩한 업적은 알지 못해 전체 구상에는 관여할 능력이 없고, 부품이나 조달하는 하청업자 노릇을 하면서 한국문학을 초라하게 소개하고 말 것을 염려하지 않을 수 없다.

동아시아문학사는 고전문학자들의 주체적인 능력으로 서술해야 하고, 동아시아문학이 하나임을 밝히는 것을 선결과제로 삼아야 한다. 동아시아한문학사를 한문으로 쓰고 각국어로 번역하는 작업부터 해야 한다. 민족어문학사에 관한 서술을 추가해 동아시아문학이 하나이면서 여럿임을 밝히는 것은 다음 과제이다. 유럽중심주의를 넘어서서, 여러 문명권의 문학사와 거시적인 비교를 하는 안목을 갖추고 동아시아문학사의 의의를 입증하면서, 세계문학사 서술을 정상화하는 데 적극 기여해야 한다.

13

《공동문어문학과 민족어문학》(1999)

한문을 받아들여 한문학을 한 것이 재앙인가 축복인가? 이 문제를 우리의 경우만 들어 고찰하는 것은 적절하지 않다. 일방적인 소신을 논거로 삼아 한문 찬반론을 전개하면서 목청을 높이는 것은 학문하는 태도가 아니다. 일본이나 월남은 어쨌는지 역사의 전 과정에 걸쳐 확인해야 한다. 나라마다 사정이 다른 점이 있더라도, 공통점에 관한 거시적이고 보편적인 논의를 해야 한다.

　남아시아의 산스크리트, 서아시아의 아랍어, 유럽의 라틴어가 어느 한 나라의 글이 아니듯이, 한문은 동아시아 문명권 전역에서 함께 사용한 공동문어이다. 공동문어를 받아들여 민족어와 함께 사용한 것이 다른 문명권 여러 나라에서는 어쨌는지 광범위한 비교연구를 할 필요가 있다. 우리 문제를 세계적인 시각에서 논의하고, 한국학이 세계학이게 해야 한다. 한국문학사에서 세계문학사로 나아가고, 세계문학사의 일환으로 한국문학사를 이해해야 할 때가 되었다.

　너무나도 엄청난 일이지만 주저하지 않고 시작하면서, "한 사람이 일생 동안 해낼 수 없는 일은 탐내지 말아야 한다."고 다짐했다. 아랍세계의 석학 이븐 칼둔이 "새로운 학문을 개척하는 사람이 모든 개별적인 문제를 열거해 다룰 의무를 지는 것은 아니다."라고 한 말에서 위안을 얻었다. 세밀하고 정확할 수는 없는 것을 각오하고 세계지도를 그려야 한다. 갈 수 있는 곳까지 가고, 읽을 수 있는 책을 읽으면 된다. 완벽을 기대하는 망상을 버리고, 후진이 나무라면서 비비댈 언덕을 만들면 된다.

　오래전부터 해오던 일련의 작업 한 가닥을 정리하기 위해, 몇 년의 시간, 1천만 원의 연구비, 세 차례의 강의 기회를 최대한 활용했다.《중세문학의 재인식》3부작 제2권을 《공동문어문학과 민족어문학》이라고 하고, 전작저서를 써냈다. 너무 번잡하지 않아 읽기 편한 책을 쓰려고 했다. 참고문헌 목록은 과시용으로 보일까 염려해 만들지 않고, 색인은 별권으로 미루었다.

　중세는 세계 어디서나 공동문어와 민족어를 함께 사용하는 이중언어의 시대였다. 공동문어를 받아들여 중세화하지 않고 원시나 고대 단계에 머문 집단은 고유문화를 키워 자랑스럽다고 할 수 없으며, 모두 중세국가와의 싸움에서 심각한 타격을 받고 밀려났다. 아이누인의 경우가 좋은 예이다. 공동문어를 자극의 원천으로 삼지 않고 민족국가를 만들고 키우는 것은 불가능했다. 우리는 예외였기를 바라는 것은 망상이다. 한문을 공동문어로 받아들여 중세화한 것이 현명한 선택이었다.

문명권은 공동문어에 따라 구획되었다. 한문·산스트리트·아랍어·라틴어문명권이 동쪽에서 서쪽까지 큼직하게 자리 잡고, 팔리어·그리스어문명권이 작은 단위를 이루었다. 어느 문명권이든지 그 내부에 중심부·중간부·주변부가 있다. 중심부에서는 공동문어가 우세하고, 중간부에서는 공동문어와 민족어가 대등하고, 주변부에는 민족어가 우세한 편차가 어느 문명권에서나 동일하다. 한문문명권에서는 중국이 중심부이고, 일본이 주변부이다. 한국은 타밀·페르시아·독일과 함께 중간부의 전형적인 모습을 갖추어 중심부나 주변부도 잘 이해할 수 있는 거점이 된다.

공동문어와 민족어의 관계는 시대에 따라 달라져, 중세전기, 중세후기, 중세에서 근대로의 이행기, 근대가 일제히 구분된다. 4·5세기 무렵에 시작된 중세전기에는 문명권의 중심부가 공동문어문학의 육성을 주도해 우위를 지속시켰다. 12·13세기 무렵 중세후기로의 전환이 이루어지면서 중간부가 대두해 공동문어문학과 민족어문학이 대등하게 했다. 17세기 이후의 중세에서 근대로의 이행기에는 주변부가 분발해 민족어문학이 공동문어문학을 넘어설 수 있게 했다. 20세기 이후의 근대에는 공동문어문학을 청산하고 민족어문학만 하게 되었다. 근대의 관점으로 중세를 이해하거나 매도하는 것은 부당하다.

중세에는 공동문어로 이룩하는 보편적인 문명과 민족어로 발전시키는 독자적인 문화가 생극의 관계를 가졌다. 근대가 되자 보편적인 문명은 청산의 대상으로 삼고, 독자적인 문화를 일방적으로 찬양하면서 민족주의의 원천으로 삼는다. 이제 민족주의가 상극으로 치달아 폐해가 심각하므로 상생으로 나아가는 보편주의가 요망된다. 공동문어를 다시 사용해 중세보편주의를 재현할 수는 없으나, 문명권의 동질성 회복을 발판으로 삼아 세계적인 화합을 이룩하는 방향으로 나아가 새로운 시대를 열어야 한다.

14

《문학사는 어디로》(2015)

국가의 흥망을 제왕의 치적을 들어 살피는 정치사는 고대부터, 교단의 내력을 성자의 행적을 중심으로 알리는 종교사는 중세부터 있었다. 문학사는 근대의 산물이다. 근대에 이르러, 언어공동체인 민족이 국민국가의 주역으로 등장해, 문학의 유산을 자랑하고 결속을 다지려고 문학사를 창안했다.

정치사·종교사·문학사가 세계 전역에서 이런 관계를 가진다고 소상하게 밝혀 논하려면 상상하기도 어려운 수고를 해야 한다. 서두의 논의를 대강 엉성하게 펴고 문학사에 관한 고찰에 들어가, 이 책은 처음부터 결함이 있다. 너무나도 많은 사실을 잡다하게 거론했다고 해도 변명하지 못할 형편이고, 주장하는 바는 논증이 모자란다고 나무라도 어쩔 수 없다. 문학사에서 무엇이 문제인지 대강 밝혀 논하기나 하는 것을 보람으로 삼지 않을 수 없다.

문학사가 자국문학사로 정착하고 생장하면서, 민족주의는 국민주의의 횡포를 자아내 시정이 요망된다. 국민의 형성에서 소외된 소수자들의 문학도 존재 의의가 있다고 역설하는 문학사가 할 일을 해야 한다. 국가를 넘어선 문명권, 문명권을 아우른 세계의 문학을 통괄하는 광역문학사도 계속 소중하게 여겨야 한다. 문학사의 취급 범위는 정체성 인식의 단위로서 심각한 의미가 있다. 국가의 배타적 주권이 재고되면서 자국문학사의 독주도 청산의 대상이 되지 않을 수 없다.

자국문학사는 문학의 유산을 자랑할 뿐만 아니라 학문 수준을 제고하는 기능도 있다. 이 둘은 일치하기 어렵다. 독불에서는 학문 수준 제고에 힘써, 이론 탐구를 위해 노력한 궤적을 보여주면서, 자료 실증에서 작품 해석으로 나아가다가 문학사회학을 갖추려고 한다. 영미에서는 이론에 관심을 가지지 않고, 문학 유산 자랑에 치우치는 경향이 있다. 양쪽 다 그 나름대로의 영향을 끼쳤다.

대영제국 전역의 영어문학을 긁어모아 과시하는 방대한 문학사를 써서 물량 경쟁을 유발한 영국의 전례를 따르기는 어려워, 미국은 세계 제패의 방법을 다른 데서 찾는다. 거대한 패권국가의 문학이 너무나도 초라한 고민을 문학사는 써도 별 수 없다는 주장으로 상쇄하면서 표방한 문학사 부정론을, 포스트모더니즘이니 해체주의니 하는 것으로 현란하게 장식해 온 세계의 추종자들을 이끄는 깃발로 삼고 있다. 그 폐해가 가까이까지 다가와 경계하지 않을 수 없다.

미국에서는 대학의 전공 학과에서도 가르치지 않는 자국문학사를 불국에서는 고등학교의 필수 교과목으로 삼고, 문학사 서술에 계속 열의를 가지며 문학사 긍정론의 저술도 거듭 내놓는다. 유럽문학사를 바람직하게 이룩해 유럽통합의 정신적 지주로 삼으려고 노력하기도 한다. 세계문학사를 다시 쓰는 데까지 나아가는 것은 아니다. 유럽중심주의에서 세계문학사를 논단해온 잘못을 시인하면서, 시정을 위한 대안은 없기 때문이다. 미국의 문학사 부정론과 불국의 문학사 긍정론이 토론을 벌이는 것이 마땅한데, 각자 자기 말만 하고 상대방의 논저를 읽고 거론하지 않는다. 온 세계 영문학도나 불문학도는 어느 한쪽의 주장만 전한다.

다른 여러 곳에서도 문학사를 위해 그 나름대로 힘쓰면서 한계를 보여주고 있다. 아일랜드에서 주체성 발견을 위한 문학사를 쓰고, 인도에서 여러 언어의 문학사를 통합하려고 하고, 스웨덴에서 세계문학사를 위한 노력을 하는 등으로 작업이 확대되지만, 문제의식이 부족하고 문학사는 어디로 가야 하는지 논의하지는 않는다. 일본이나 중국에서는 문학사의 부피를 키우기나 하고 방향 설정을 위한 고민을 하지는 않는다. 문학사의 현황과 진로에 대한 총괄적인 논의는 어디서도 하지 않았으며, 여기서 처음 시도한다.

문학사는 긍정하기 위해서도 쇄신이 필요하다. 자국문학사는 낡았다고 지목해 청산의 대상으로 삼으면 일이 잘 풀리는 것은 아니다. 자국국문학사가 아직 미완성인 것을 인정해 적절한 원리를 갖추어 더 잘 서술하고, 그 원리가 지방문학사나 광역문학사에도 그대로 적용되어 여러 영역의 문학사가 연결되고 통합될 수 있게 해야 한다. 이 작업은 안목이 협소하고 피로가 누적되기까지 한 유럽문명권 학계에서 담당할 수 없어, 다른 문명권에서 참신한 선두주자가 나타나 임무 교대를 해야 한다.

그 사명을 자각하고 한국문학사·동아시아문학사·세계문학사를 한 단계씩 서술하고, 문학사를 총괄해 논의하는 이 책을 썼다. 문학사 서술과 이론의 근거를 생극론으로 마련하고, 근대학문의 자랑인 이성을 다음 시대 학문을 하는 통찰로 바꾸어놓고자 하는데, 얻은 성과는 얼마 되지 않는다. "석양은 산을 넘고 갈 길은 천리로다."라고 탄식할 것은 아니다. 최선을 다하는 것으로 만족하자.

상하남녀 문학의 관련

1

여기서 문학사의 한 단면을 점검한다. 중세에서 근대로의 이행기 시대 문학의 양상을 창조자의 신분과 성별에 따라 구조적으로 이해하는 본보기를 보인다. 이 작업을 위해서 문학사의 시대구분에 관한 논의가 필요하다.

문학사의 시대를 고대·중세·근대로 나누는 것은 거시적인 개관일 따름이다. 거시에서 미시로, 개관에서 실상으로 나아가면, 더 많은 시대가 있다. 고대와 중세 사이에 고대에서 중세로의 이행기가 있고, 중세와 근대 사이에 중세에서 근대로의 이행기가 있다. 중세에는 중세전기와 중세후기가 있다.

많은 시대를 일관된 명칭으로 지칭할 수는 없다. 한정된 어휘로 무한한 사물을 명명할 때 생기는 어려움을 절감하면서 가능한 해결책을 찾아야 한다. 세분한 시대마다 다른 명칭을 사용하면 시대 상호간의 관련이 나타나지 않아 인식이 혼란된다. 고대·중세·근대와 동급의 용어를 지어낼 수 없으므로, 둘 사이의 "이행기"라는 말을 쓰는 것이 어려움을 해결하는 좋은 방법이다. 셋뿐인 말로 다섯 시대를 지칭하는, 이보다 더 좋은 대책은 없다.

고대·중세·근대는 정상적인 시대이고, "이행기"는 비정상적인 시대라고 여기는 것은 잘못이다. 시대에 정상과 비정상의 구분은 있을 수 없다. 모두 그것대로의 특징을 갖추고 있어 정상이고, 다른 시대의 관점에서 보면 비정상이다. 중세에서 근대로의 이행기는 중세의 관점에서 보면 중세에서 벗어나 비정상이고, 근대의 관점에서 보면 중세를 잇고 있어 비정상인 것이 그 시대의 특징이다.

한국문학사의 전개는 정상 궤도에서 벗어나 이런 이상한 일이 있다고 여기는 것은 큰 착각이다. 중세에서 근대로의 이행기는 세계문학사의 한 시대로서 보편적인 의의가 있다. 유럽문학사는 중세에서 근대로의 이행기에 들어선 것이 근대의 시작이라고 하고, 동아시아문학사는 중세에서 근대로의 이행기가 끝나 근대에 들어섰다고 하면서 이중의 잣대로 차등을 논한 허위를 일거에 바로잡아야 한다. 이 작업을 한국문학사 연구에서 철저히 한 성과를 세계 학계에 내놓아야 한다.

2

중세에서 근대로의 이행기라는 말이 번다하므로 이제부터 '근대 이행기'라고 약칭한다. 근대 이행기 문학의 기본 특징은 무엇인가? 이 물음에 간략하면서 깊이 있게 대답하려면, 상생이 상극이고 상극이 상생인 生克의 관계를 가진 것들을 찾아내야 한다.

언어 사용에서는, 구비문학·한문학·국문문학이 경쟁하면서 함께 발전하는 생극의 관계를 가지고 활발하게 창작되었다. 문학담당층에서는, 上下男女, 더 나누면 上男·下男·上女·下女가 서로 다투면서 협동하는 생극의 관계를 가지고 문학 창작을 적극적으로 했다. 上男은 한문학에서, 下男은 구비문학에서, 上女는 국문문학 소설에서, 下女는 국문문학 시조에서 최상의 작품을 산출한 것을 확인할 수 있다. 이런 작품이 따로 놀지 않고, 역사의 거대한 전환에 대한 토론을 마치 한자리에서 만나 미리 짜고 하는 듯이 전개했다.

과연 그런지 작품의 실상을 들어 확인하기로 한다. 작품을 上下男女의 균형을 고려해, 상층 남성의 한문학, 하층 남성의 구비문학, 상층 여성의 국문문학 소설, 하층 여성의 국문문학 시조에서 특히 뛰어난 것들을 하나씩 든다. 문학의 연원이 오랜 것을 고려해 하층 남성의 구비문학을 앞에, 상층 남성의 한문학을 뒤에 든다. 작품의 실상을 각기 살핀 다음에 비교 고찰을 한다.

3

(가) 먼저 하층 남성 구비문학의 좋은 본보기로 탈춤을 든다. 탈춤은 앞놀이·탈놀이·뒷놀이로 이루어져 있다. 앞놀이는 놀이패가 마을을 돌아다니면서 놀이가 시작된다고 예고할 때 마을 사람들이 환영하면서 함께 어울리는 서두의 행사이다. 뒷놀이는 탈놀이 공연이 끝난 다음에 놀이패와 구경꾼이 한 무리가 되어 춤추고 노는 마무리 절차이다.

탈놀이는 놀이패끼리 밀고 당기는 방식으로 진행되며, 대사 대목과 춤 대목으로 이루어져 있다. 대사 대목에서는 말을 주고받으면서 서로 다투던 놀이패가 춤 대목에서는 언제 그랬느냐는 듯이 함께 춤을 추면서 즐거워한다. 대사 대목 사이에 춤 대목이 있는 것이 탈춤 특유의 구성 방식이다. 〈봉산탈춤〉 양반과장의 한 대목을 요약해 제시한다.

춤 대목
1 말뚝이: 양반 나오신다아!
2 개잘량이라는 양자에 개다리소반이라는 반자 쓰는 양반이

나오신다는 말이요.

3 양반: 이놈 뭐야야!

4 말뚝이: 이생원네 삼형제분 나오신다고 그리하였소.

5 양반: 이생원이라네.

춤 대목

　　이런 구조가 되풀이된다. 1은 양반의 위엄을 나타내고, 2는 양반의 위엄을 파괴하는 말뚝이의 항거이고, 3은 말뚝이를 꾸짖는 양반의 호령이고, 4는 말뚝이의 변명이며, 5는 변명을 듣고서 납득해 양반이 안심한다는 것이다. 양반은 4의 표면만 믿고 기분 좋게 2가 부정되고 1·3이 긍정되었다고 생각하지만 그것은 일방적인 착각이다. 실제로는 1·3이 부정되고 2가 긍정되었다. 양반은 자기가 이겼다고 생각하지만 사실은 반대이다. 양반의 대사는 말과 의미가 어긋나고, 그런 줄 모르기 때문에 주관과 객관이 어긋난다. 이중의 불일치가 이중의 반어를 만든다. 이중의 반어로 양반은 우스꽝스러운 바보가 된다. 양반에 대한 비하가 2·4에서 시작되어 5에 이르러 완결된다.

　　대사 대목은 상극을, 춤 대목은 상생을 보여주어, 탈춤은 상극이 상생이고 상생이 상극인 생극의 연극이게 한다. 양반은 말뚝이의 공격을 막지 못해 패배하면서 그런 줄 모르고 말뚝이와 함께 즐겁게 춤을 춘다. 갈등이 소멸되었다고 여기는 것은 외형이고, 갈등이 격화되어 양반이 패배하는 데 이른 것이 관중도 다 잘 알고 있는 실상이다. 양반은 착각하고 있어 패배를 만회할 길이 없다.

　　말뚝이가 이겨서 승리의 춤을 추는 데 양반이 동참한다고 나무랄 것은 아니다. 가해자가 멍청해져서 과거의 관습을 본의 아니게나마 버리는 것은 환영할 일이다. 양반이 다시 태어날 수 있게 하고 받아들여야 한다. 갈등에서 벗어나 즐거운 마음으로 누구든지 함께 춤을 추고자 하는 이상이나 희망이 탈춤 전후의 대동놀이에서뿐만 아니라 그 중간의 탈놀이에서도 이루어져야 한다. 이런 주장을 효율적이고 효과적인 표현의 극치를 보여주면서 깊은 설득력을 확보했다.

(나) 상층 남성 한문학 작품에서는 李建昌의 〈俞叟墓誌銘〉(유수묘지명)을 든다. 평생 홀로 지내면서 신을 삼아 생계를 유지한 늙은이의 죽음을 애도한 글이다. 늙은이의 행적을 옛 성현과 견주어 한 말을 보자.

聖賢旣不能自行 而天下又卒不用其道 反以招譏謗 嬰患厄 恤焉而不寧 若叟固無意於行 而隣里之人 猶用其屨而歸其直 叟得以食其力 以老以終無他患 使叟果庸人也 則可以無憾 叟而果非庸人也 抑又何憾

성현은 애초에 무엇을 스스로 행할 수는 없었다. 천하가 또한 마침내 그 도리를 사용하지 않게 되어, 도리어 비방을 초래하고, 근심과 재앙을 당해 두려워하고 편안하지 못하기도 했다. 늙은이의 경우에는 세상에서 시행되는 것에 진실로 뜻하는 바가 없었다. 마을의 이웃 사람들이 오직 그 신을 신고 값을 치러, 그것을 먹고 힘을 얻다가 늙어 죽었으며 다른 근심은 없었다. 늙은이는 예사 사람이라고 해도 유감이 없다고 하겠다. 늙은이가 예사 사람이 아니라고 해도 또한 무슨 유감이 있겠는가.

신이나 삼다가 세상을 떠난 늙은이를 위해, 면식이 없고 생애도 잘 모르면서 묘지명을 지어 이중으로 부당하다는 시비가 있는 글이다. 신 삼는 늙은이와 옛 성현의 비교에는 깊은 뜻이 있다. 만만하게 보지 말고 세심하게 주의하면서 읽어야 한다.

신 삼는 늙은이와 성현의 비교는 표리 양면이 있다. 겉으로는 터무니 없는 말로 견강부회를 해서 웃기는 수작으로 긴장을 완화했다. 그 이면에서 성현이라는 이들은 하는 일 없이 세상을 움직이고, 무리한 주장 때문에 반발을 사기도 한다는 말을 했다. 장난처럼 쓴 글에서 허용되지 않는 비판을 했다. 불우한 하층민에게 각별한 친근감을 나타내는 글인 줄 알고 읽도록 해서 시비를 차단하고, 성현은 허망하다고 하는 엄청난 말을 눈치 채지 못하게 슬쩍 흘렸다.

사회 밑바닥의 천한 인물은 멸시를 받아 마땅하다고 하는 차등론에 반론을 제기했다. 누구나 대접을 받으면서 살아야 한다는 평등론의 공허한 주장을 대안으로 삼으려 하지 않았다. 가장 미천하고 불운한 사람이 마음을 비우고, 기대하는 바 없이 널리 혜택을 베풀어 성현보다 앞선다고 하는 대등론을 제시했다. 차등론을 부정하고, 평등론을 넘어서는 논리가 분명한 놀라운 수준의 대등론이다.

(다) 상층 여성이 창작했으리라고 생각되는 국문소설 〈완월회맹연〉(玩月會盟宴)은 분량이 180책이나 되어 단일 작품으로서 가장 방대하다. 작자를 추정할 단서가 있다. "〈翫月〉(완월)은 安兼濟의 어머니가 지었으며, 궁중에 흘러들어가 명성의 영예가 넓어지게 하려고 했다."(翫月 安兼濟母所著也 欲流入宮禁 廣聲譽也)는 말이 趙在三의 〈松南雜志〉에 있다. "翫"과 "玩"은 음과 뜻이 같은 글자이다.

안겸제는 대사헌과 감사를 지낸 사람이다. 어머니는 이름이 확인되지 않고 성은 全州 李氏이다. 친정과 시집이 모두 소론이다. 대사간 李彦經의 딸로 1694년(숙종 20)에 태어나, 1714년(숙종 40) 安錯(안개)의 아내가 되었으며, 1743년(영조 19)에 세상을 떠났다. 전주 이씨라는 집안을 보아 품격 높은 소설을 길게 쓸 만한 학식을 갖추었다고 생각된다. 큰 파란 없이 산 덕분에 여유도 있었다. 이 작품으로 "명성의 영예가 넓어지게 하려고 했다."고 한 것을 보면 다른 작품을 먼저 지은 것으로 생각된다.

작품 내용에 당쟁의 양상을 자기 집안 소론의 관점에서 다루면서 구체적인 사실을 작품에 끌어들인 것으로 보이는 대목이 있다. 그러면서 여성 작품의 특징이라고 할 것들을 갖추었다. 집안에서 벌어지는 일을 자세하게 묘사했다. 진행을 느리게 하면서 등장인물의 내면 심리를 섬세하게 그렸다. 여성이 기를 펴고 살지 못하는 데 대한 반감도 나타나 있다.

여러 집안의 일을 다루면서 파란만장한 사건을 거쳐 기약한 일이 이루어지기까지의 사건을 자세하게 말해 작품이 무척 길어졌다. 인륜도덕이 실현되어 나라가 바르게 다스려지고 가문의 번영과 개인의 행복이 보장되기를 바라는 조선후기 사대부의 염원을 구현하면서, 갖가지 도전이 만만치 않아 위기가 거듭 닥친 것을 문제 삼았다. 이상과 현실이 어긋나 작품이 긴장되게 하고, 서로 다른 목소리가 교체되어 다면적인 구조를 빚어냈다. 여러 소설에 흔히 등장하는 대립양상이나 갈등관계를 두루 모아들여 대장편을 이루었다.

나라는 편안하지 않고, 조정에서는 다툼이 일어났다. 북쪽 오랑캐가 세력을 얻어 침공했다. 간신이 득세해 황제가 친히 군사를 이끌고 가서 정벌해야 한다고 주장했다. 그럴 수 없다고 하는 충신은 황제의 진노를 사서 죽게 되었다가 간신히 목숨을 건졌다. 오랑캐에게 포위되는 고초를 겪는 황제를 충신이 구출해야 했다. 주인공의 아들은 부친상을 만나 시묘살이를 하다가 황제를 대신해 볼모가 되기를 자청했다. 주인공이 기약한 집안의 화평은 실현되지 않았다. 도학에서 어떻게 가르치든 사람은 취향이 각기 다르고, 이해관계가 상충되어 계속 충돌했다. 선악을 갈라 시비를 하는 것이, 선인보다 악인이 한층 적극적이고 더욱 유능해 문제를 일으키는 추세를 막을 수 없었다.

주인공 아들의 후처가 낳은 아들은 가출해 떠돌아다니다가 홧김에 남의 집에 불을 지르기나 하는 패륜아 노릇을 했다. "마음의 기탄(忌憚) 할 것이 없어, 마른 나무를 취하여 화공(火工)을 갖추어 집 사 모에 지 르고 돌아나오며 치밀어보니, 화광이 연천(連天)하여 편시(片時)에 온 집이 다 불끝이 되었으니, 심하(心下)의 쟁그러움을 이기지 못하더니." 라고 그 대목을 묘사했다.

삶의 총체적인 양상을 수많은 인물을 등장시켜 다면적으로 그리면서 시대 변화의 추이를 보여주는 것이 소설이 목표이다. 이런 소설을 생동 하는 문체로 써서 독자를 휘어잡는 것이 소설가의 소망이다. 18세기 한 국의 여성 작자가 이런 목표나 소망을 달성해 180책이나 되는 대장편 을 이룩했다. 오늘날의 단행본으로 출판한 것이 12권 분량이다.

(라) 하층 여성인 妓女는 이따금 국문문학 시조 작품을 놀라운 수준 으로 창작했다. 千錦의 달노래를 들어본다. "산촌에 밤이 드니 먼 데 개 짖어 온다./ 시비를 열고 보니 하늘이 차고 달이로다./ 저 개야 공산에 잠든 달을 보고 짖어 무삼 하리오."

"달"이라는 말이 세 번 나온다. "산촌에 달이 드니"에서는 사실을 그 자체로 전달한다. "하늘이 차고 달이로다"에서는 찬 하늘에 뜬 달을 바 라보고 공감을 나눈다. "공산에 잠든 달을 보고 짖어 무삼 하리오"에서 는 달이 공산처럼 마음을 비우고, 잠들었다고 할 만큼 헛된 관심을 버 린 것을 확인하고 무얼 모르고 함부로 짖는다고 개를 나무란다.

달은 일정한 주기로 뜨고 지는 천체이고, 공감을 나눌 상대방이기도 하고, 비울 것은 비우고 버릴 것은 버려 있음이 없음이고 없음이 있음 인 존재이기도 하다. 생애가 알려지지 않은 기녀가 달이 지닌 세 가지 의미를 구비한 달 노래 총론을 제시했다. 달이 지닌 세 가지 의미는 하 나씩 고양되는 인식의 단계이기도 하다. 사실을 알고, 공감을 나누고, 있음이 없음인 존재를 알아차리라고 일깨워준다. 서정시가 도달한 최고 의 경지라고 할 수 있다.

네 작품은 소속 갈래의 문학사적 위상에서 서로 얽혀 있다. (가) 구 비문학의 탈춤은 고대 이전에 생겨나 점진적인 변화를 겪다가, 근대 이 행기 사회 저변의 민중의식을 적극적으로 나타냈다. (나) 한문학의 傳 은 중세 상층 남성이 역사적 인물에 대해 포폄을 하는 공식적인 매체 인 것을 무시하고, 무명의 하층민을 함부로 기리는 무엄한 일탈에 이용 해 근대 이행기의 변화를 보여주었다. (다) 국문소설은 근대 이행기에 남녀의 대등한 참여로 만들어내다가, 여성이 앞서 나가 크게 키운 것을 확인할 수 있다. (라) 시조는 원래 중세 후기 상층 남성의 문학이었는 데, 누구나 짓겠다고 끼어들 때 하층 여성 기녀가 앞장서서 작품을 쇄 신했다.

上下男女의 생극 관계에서 상층보다 하층이, 남성보다 여성으로 주도 권을 더 가지는 것이 전반적인 변화이다. 이런 사실이 갈래의 위상뿐만 아니라 작품의 주제에서도 확인된다. 그러면서 생극의 맞물림이 갈래에 서는 느슨한 편이고, 주제에서는 긴장되어 있다. 上下가 지체뿐만 아니 라 賢愚도 다르다고 하는 차등론을 (가)에서는 하층이, (나)에서는 상 층이 뒤집었다. 男女의 愚劣이 인정되고 있는 것과 반대임을 여성이 입 증하는 작업을 (다)에서는 인생에 대한 다각적인 고찰, (라)에서는 인 간과 자연, 있음과 없음에 대한 고차원한 이해를 들어 수행했다.

4

이상에서 살펴본 바와 같이, 근대 이행기에는 上下男女가 대등한 위치에서 생극 관계를 가져 최상의 문학을 산출했다. 언제나 이랬던 것은 아니다. 같은 것을 전후 시기에서는 볼 수 없다.

중세는 上男의 한문학이 지배하는 시대여서 생극이 진행되는 범위가 협소했다. 下男의 구비문학은 上男의 한문학에 대해 반론을 전개하기는 역부족이었다. 上女는 국문을 자기네 글로 삼는 것으로 만족하고, 창작을 조금 시도하는 정도에 머물렀다. 下女는 구비문학의 독자적인 영역을 확보하고 문자생활은 하지 않았으며, 예외에 지나지 않는 妓女만 시조 창작을 시도했다.

근대에는 구비문학과 한문학이 퇴장하고 국문문학이 독점적인 우세를 누린다. 신분제를 타파하고 평등사회를 이룩하자는 요구를 일방적으로 표출하면서 복합적인 생극을 배제해, 작품의 언어 사용이나 주제 형성이 단조롭다. 민족주의 이념을 전면에 내세우면서도 근대 이행기에 이룩한 민족문학의 다채로운 유산이 소중한 줄은 모른다. 유럽중심주의의 침해를 받고, 지난날의 문학은 모두 후진의 징표라고 여긴다.

5

이제 근대는 종말에 이르렀다. 다음 시대로 나아가야 한다. 근대에서 아직 이름도 없는 시대로의 이행기에 들어서는 것이 당면한 과제이다. 근대는 고대의 부정의 부정이었듯이, 다음 시대는 중세의 부정의 부정이어야 한다. 중세 전체의 부정의 부정은 장차의 과제로 하고, 우선 중세에서 근대로의 이행기의 부정의 부정을 해야 한다.

구비문학·한문학·국문문학의 생극 관계를 직접 되살릴 수는 없다. 이 것을 上下男女의 생극관계를 다시 활성화하는 데에다 포함시켜야 한다. 나는 생극론에 대등론을 보태고, 창조주권론을 더 보태 근대를 극복하고 다음 시대로 나아가는 지표로 삼고자 한다.

생극론은 변증법이 상극에 치우친 편향성을 시정한다. 대등론은 차등론의 횡포를 제어하고, 평등론의 착각을 시정한다. 정치주권 행사를 희망으로 삼다가 실명하는 잘못을 창조주권론으로 시정한다. 上下男女가 모두 대등한 위치에서 자기 나름대로 창조주권을 발현하는 경쟁을 하면서 커다란 협동을 하는 사회를 만드는 것이 세계사의 과제이다.

다음 시대를 이룩하는 데 필요한 각성을 근대 이행기의 우리 문학에서 발견하고 가져와, 인류 공유물로 삼도록 내놓아야 한다. 이것이 국문학 연구자가 특히 힘써 할 일임을 알아차리고 분발하자. 민족을 위한 학문을 넘어서서 세계를 위한 학문을 할 때가 되었다.

몽골문학과의 비교

1

우리 한국은 동아시아의 한 나라이다. 한국문학은 동아시아문학의 하나이다. 이런 사실을 잊지 말고 한국에서 동아시아로, 한국문학에서 동아시아문학으로 나아가는 연구를 해야 한다. 이렇게 해야 한다는 당위를 역설하거나, 해야 할 말을 모두 열거하는 것은 그리 도움이 되지 않는다. 지금 힘써 해야 하는 가장 긴요한 과업을 제시하고 시험적인 논의를 구체화한다.

우리 한국은 동아시아의 중간에 있다. 동쪽에는 일본, 서쪽에는 중국이 있어 동서의 중간이다. 북쪽에는 몽골, 남쪽에는 월남이 있어 남북의 중간이다. 동서 중간인 것만 생각하고 한국문학을 중국문학이나 일본문학과 비교해 고찰하기만 했다. 남북 중간인 것도 잊지 말고, 한국문학을 몽골문학이나 월남문학과도 함께 논의해야 한다. 여기서 한국문학과 몽골문학의 유형적 특질을 비교해 고찰하고자 한다.

동서 비교에만 치중하면 생각이 좁아진다. 갈등 해결의 방도가 없어 갑갑하게 된다. 남북으로 관심을 돌리면 시야가 열리고, 새로운 가능성이 감지된다. 중간에 있는 우리가 동아시아가 하나가 되게 하려고 적극 노력하는 것이 당연하다. 순서를 잘 정해 적절한 전략을 세워야 한다. 남북의 유대를 먼저 돈독하게 하고, 동서와의 화합을 그 다음의 과제로 삼는 것이 현명하다.

2

유형적 특징 비교란 무엇인가? 문학사가 같고 다른 점을, 두드러진 의의를 가지는 문학 갈래를 비교해 고찰하는 연구이다. 이것을 두 민족문학의 상호조명에서 시작하고, 문명권문학이나 세계문학으로 확대하는 것이 바람직하다.

한국과 몽골은 그리 멀지 않은 이웃이다. 생김새가 구별하기 어려울 정도로 같고, 말이 비슷하며, 역사적인 관계도 밀접했다. 분단의 고통을 함께 겪는다. 문학사의 유형적 특징 비교가 당연히 요망된다. 이 연구에 착수해 상호이해를 돈독하게 하고, 양국이 협력해 동아시아에서, 세계에서 무엇을 할 것인지 구상하는 데 도움이 되고자 한다.

나는 몽골어를 모른다. 몽골 작품은 한국어로 번역된 것은 극소수이다. 중국어 번역으로 갈증을 달래 왔다. 양쪽 말을 다 아는 內蒙古에서 번역으로 다리를 놓는 것이 다행이지만, 관점에 문제가 있어 경계하지 않을 수 없다.[2]

3

두 나라 문학의 두드러진 공통점이 다음과 같다고 나는 이해한다.

    (1) 건국신화를 소중하게 여기고, 역사라고 자랑한다.
    (2) 구비서사시 특히 영웅서사시 유산이 풍부하다.
    (3) 한문학을 민족문학으로 삼고 하층민의 삶을 다룬다.
    (4) 어려운 시기에 역사소설로 의식각성을 촉구한다.

이런 항목에서 공통점이 구현된 양상을 확인하고 차이점도 고찰하는 것이 지금부터 할 작업이다. 작업의 순서를 일정하게 한다. 몽골문학에서 발견한 자료를 먼저 제시하고, 공통점이 두드러진 한국문학의 작품을 가져다 놓고 비교고찰을 한다. 얻은 결과가 동아시아문학사에서, 세

....

2 齊木道吉 外, 《蒙古族文學簡史》(呼和浩特: 內蒙古人民出版社, 1981)에서 몽골문학을 중국의 한 소수민족의 문학이라고 한 것을 그냥 두고 볼 수 없다.

계문학사에서 어떤 의의가 있는지 논의하는 데까지 나아간다.

이 글은 몽골에서 열리는 학술회의에서 기조발표를 하려고 썼다. 몽골어 번역본이 배부될 것으로 기대한다.[3] 그 모임에 한국에서 가는 참석자가 많을 것으로 예상한다. 한국인 참석자들을 위해서는 몽골문학을 자세하게 고찰해야 한다. 몽골인 참석자들을 위해서는 한국문학을 자세하게 고찰해야 한다. 어느 한쪽으로 기울어지지 않게 균형을 취하기로 한다. 발표 시간이 얼마 되지 않는 조건도 고려해야 한다. 논의의 대상이 되는 두 나라 문학을 기본 특징 위주로 간략하게 비교해 고찰하기로 한다.

간략한 논의에서 많은 것을 얻을 수 있다. 비교는 상호조명이어서 얻는 바가 크다. 어렴풋하게 알던 것을 확실하게 알 수 있게 된다. 모르던 것도 알 수 있게 된다. 비교하는 양쪽을 합친 총체가 지닌 공통적인 의미를 발견하는 더 큰 소득도 있게 된다.

4

몽골의 건국신화는 《몽골비사》(Mongγol-un niγuca tobčiyan)에 전한다.[4] 《몽골비사》는 1240년 무렵에 기록되었지만, 오랜 전승을 잇고 있다. "징기스칸의 선조는 위에 계신 하늘이 점지해서 태어난 푸른 이리였고, 그 아내는 흰 사슴이었다."고 했다. 천상과 지상, 동물과 사람이 하나로 연결되는 관계가 지상의 사람인 건국시조의 신이로움을 보장해준다고

....

3 코로나 바이러스의 창궐로 학술회의가 몽골에서 열리지 못하고, 2020년 7월 16일에 이 논문을 화면에서 발표했다. 몽골어 번역본이 배부되지 않았다.
4 이 책은 유원수 역, 《몽골비사》(혜안, 1994)라는 번역본이 나왔다.

한 말이다. 징기스칸은 전쟁에서 이겨 약탈할 수 있게 하는 지도자여서 훌륭하다고 했다. 고대의 자기중심주의라고 할 것을 찬양하고 중세의 보편주의와는 거리가 멀었다.

이런 건국신화가 곧 역사라고 하다가 역사 서술을 본격적으로 다시 해서 1652년에 《몽골 諸汗(제한) 원류의 寶綱(보강)》(Qad-un ündüsün-ü erdeni-yin toci)을 이룩했다.[5] "인도(enedkeg), 티베트(tubet), 몽골(monggo), 세 나라의 연원을 옛 史書에 있는 바를 모두 모아 논의하겠다"고 했다. 천지만물의 역사에다 인도의 역사를 보태고, 거기다가 티베트의 역사를, 다시 거기다가 몽골의 역사를 연속시켜 이야기했다. 티베트의 건국시조는 인도에서, 몽골의 건국시조는 티베트에서 도래했다고 해서, 《몽골비사》에서 볼 수 있는 것과는 아주 다른 건국신화를 제시했다. 시조하강 건국신화를 시조도래 건국신화로 바꾸어놓고, 고대의 자기중심주의에서 중세의 보편주의로 나아갔다.

한국의 건국신화는 1291년 무렵에 이룩된 《삼국유사》에 전한다. 桓因의 서자 桓雄이 이 세상에 내려와 곰이 변해서 사람이 된 熊女와 혼인해 낳은 檀君이 건국의 시조라고 했다. 환인은 "위에 계신 하늘"과 같다. 환웅은 "푸른 이리" 같은 짐승이 아니지만, 웅녀는 "흰 사슴"과 그리 다르지 않다. 한국의 건국신화에서는 여자 쪽은 원래의 상태를 유지하고, 남자 쪽은 짐승에서 사람으로 바뀌었다고 할 수 있다. 더 큰 변화는 환인이 바로 帝釋이라고 한 것이다. 제석은 불교에서 말하는 천신이다. 불교를 수용해 재래의 천신이 불교의 천신과 동일체라고 했다. 고대의 자기중심주의를 그대로 잇지 않고 중세의 보편주의로 나아갔다.

....

5 최학근, 《滿文大遼國史, 蒙古諸汗源流의 寶綱(蒙古源流)》(보경문화사, 1989)에 원문과 번역이 있다.

《삼국유사》에 수록되어 있는 〈駕洛國記〉에서는 천상에서 하강한 건국 시조의 아내가 인도에서 왔다고 했다. 남자 쪽은 시조하강 건국신화를, 여자 쪽은 시조도래 건국신화를 갖추고 있다. 남자 쪽의 시조도 하강하지 않고 도래했다고 하는 신화는 1451년에 완성한 《고려사》에 보인다. 고려 태조의 선조가 중국 황제가 남기고 간 아들이라고 했다. 도래가 인도가 아닌 중국으로부터 이루어졌다고 했다.

한국에서는 건국신화가 독자적인 저작을 확보하지 못하고, 이런 저런 역사서 서두에 얹혀 있기만 했다. 《몽골 제한 원류의 보강》에서와 같은 종합적 서술은 없고, 각기 다른 것들이 흩어져 있다. 신화를 밀어내고 불신하는 역사의 위세가 컸기 때문이다. 그렇지만 시조 하강을 말하다가 시조 도래를 말하게 된 것은 몽골과 한국이 같다. 고대에서 중세로 이행한 공통적인 변화를 말해준다. 몽골은 인도에서 티베트로, 티베트에서 몽골로 문명이 전파된 것을 말했다. 한국은 문명이 인도로부터도 전파되고, 중국으로부터도 전파되었다고 했다.

어떻게 말하든 건국신화를 신비화해 숭상한 것과는 거리가 멀다. 신화와 역사가 서로 수용하는 관계를 가지고, 문명의 전래나 문화의 성장에 관해 균형 잡히고 성숙된 논의를 전개했다. 몽골과 한국 두 나라 다 건국신화를 역사철학으로 활용하면서 민족사를 개척했다.

5

몽골은 영웅서사시를 자랑한다. 그 가운데 〈장가르〉(Djangar)가 특히 우뚝하다.[6] 흉포한 마왕의 침공으로 부모가 다 죽고 고아가 된 장가르는 구출·양육자도 스승도 없이 스스로 영웅이 되었다. 세 살 때 평생

생사를 같이 하는 神馬를 발견해 올라타고 싸움에 나서서, 마왕을 물리
치기 시작했다. 일곱 살 때에는 일곱 나라를 정복해서 영웅의 이름을
사방에 떨치고, 해가 뜨는 동쪽 나라 공주와 혼인을 했다고 했다. 마침
내 모든 투쟁에서 승리하고 모든 백성과 함께 영원한 행복을 누린다고
했다. "장가르는 사방 四大洲의 카간이며,/ 팔방 사십만 국가의 군주이
다."고 했다.[7]

또 하나의 대단한 영웅서사시가 〈게사르〉(Gesar)이다. 〈장가르〉는 몽
골만의 자랑이고, 〈게사르〉는 티베트와 공유했다. 〈장가르〉는 구두로만
이어오고, 〈게사르〉는 기록하기도 했다. 장가르는 투쟁하는 영웅이고,
게사르는 원래 천상의 부처가 이 세상에 내려와 사람뿐만 아니라 신,
마귀, 동물 등을 모두 다스린다고 했다. 〈장가르〉는 민족서사시이고,
〈게사르〉는 문명서사시이다. 중국 중심의 유교문명보다 인도에서 시작
된 불교문명이 월등하다고 했다. 중국의 천자가 주위의 모든 나라 위에
군림한다고 하는 데 맞서서 그 상위에 진정으로 위대하고 성스러운 제
왕이 불교의 가르침을 편다고 했다.

한국은 구비서사시가 〈장가르〉처럼 우뚝한 것은 없고 각기 다양한
모습을 하고 있으며, 제주도의 것들과 본토의 것들이 다르다. 바람의
신이 늙은 아내를 버리고 젊은 첩과 함께 한라산에 와서 자리를 잡고
사냥꾼더러 경배를 하라고 한 제주도의 신령서사시가 최초의 구비서사
시가 아닌가 한다. 세상이 만들어진 내력을 말하는 창세서사시가 그 뒤
를 이어 등장한 것으로 보인다. 여성영웅서사시가 먼저 있다가 남성영
웅서사시가 나타났다.

....

6 몽골 학생 노로브남이 서울대학교 대학원으로 유학을 와서 동아시아 구비서사시에
  관한 내 강의를 들으면서 몽골 작품 이해를 도와준 것을 늘 감사하게 생각한다.
7 黑勒 外 共譯, 《江格爾》(烏魯木齊: 新疆人民出版社, 1993), 177면.

제주도 여성영웅서사시는 흔적만 남고, 본토의 〈바리공주〉는 널리 알려져 있으며 놀라운 행적으로 감동을 준다. 일곱째 딸로 태어난 죄로 버림받았다가 구출·양육자를 만나 살아나고, 죽게 된 아버지를 저승의 약물을 길어와 살려냈다. 제주도의 〈괴내깃또〉는 아버지의 진노를 사서 무쇠 상자에 넣어 바다에 버려지는 신세가 되었다가 남해 용왕국의 사위가 되고, 뿔 여럿 달린 도적을 퇴치하는 전공을 세웠다. 군사를 이끌고 와서 도망친 아버지의 권력을 앗아 제주도를 다스리게 되었다. 탐라국 건국서사시가 이렇게 남아 있다고 생각된다.

지금까지 거론한 갖가지 전승이 몽골에도 있어 〈장가르〉를 산출하게 되었겠는데, 조사가 미진해 알려지지 않았거나, 〈장가르〉가 너무 크게 자라자 잊히게 되었을 수 있다. 한국 구비서사시의 여러 가닥은 유교의 거센 압력을 가까스로 견디면서 각자도생하고, 몽골의 경우에는 불교에서 펼쳐놓은 사통팔달의 연결망 덕분에 구비서사시의 천하통일이 이루어졌다고 할 수도 있다. 한국에서는 유교뿐만 아니라 불교 또한, 구비영웅서사시의 전승을 위태롭게 하면서도 다른 한편으로는 받아들이고 활용해 자기네 작품을 창작했다.

한국에서 이른 시기에 글로 창작한 영웅서사시는 모두 넷이다. (가) 李奎報(1168-1241)의 〈東明王篇〉, (나) 雲黙의 〈釋迦如來行蹟頌〉(1428), (다) 조선조 세종의 〈龍飛御天歌〉(1445), (라) 〈月印千江之曲〉(1447)이다. (가)·(나)는 고려 후기에 한문으로, (다)·(라)는 조선 초기에 한글로 지었다. (가)·(다)는 제왕영웅서사여서 〈장가르〉와 가깝지만, 특정 인물 행적을 역사적 사실과 관련을 가지고 서술했으며, 전승자들이 말을 보태고 상상을 추가해 더 길게 늘일 수 있는 것이 아니었다. (다)·(라)는 불교영웅서사시여서 〈게사르〉와 상통한다. (다)에서 우주의 역사, 석가여래의 일대기, 불교가 전래된 내력을 다 말한 것은 〈게사르〉

못지 않은 웅대한 구상이지만, 불교에서 흔히 하는 말을 모으기나 했으며 창조력을 발휘한 것은 아니다.

6

몽골 사람들도 한국인처럼 한문학을 했으리라고 생각하고, 어떤 것이 있는지 찾아다니다가 浦松齡(포송령, 1640-1715)과 만났다. 갖가지 기괴한 이야기를 방대한 규모로 모은 《聊齋志異》(요재지이)를 남겨 이름이 잊히지 않는 이 사람이, 중국인인 듯이 소개하는 것이 예사이지만 몽골인이다.[8] 청나라의 통치를 받으면서 몽골인이 어렵게 살아가는 처지를 한문학에서 나타낸 것을 확인할 수 있다. 그 책에서 孤魂亡靈이 오히려 사람다운 줄 알아야 한다면서 비뚤어진 세상에 대한 불만을 표출하고, 한시를 많이 지어 자기 동족이 고난을 겪는 모습을 그렸다.[9]

浦松齡의 한시를 한국에서는 몰라도, 몽골에서는 잘 알려져 있다고 믿기 어려워 구체적으로 예시한다. 〈靑石關〉에서는 몽골로 왕래하는 곳에 있는 험준한 관문의 모습을 그렸다. 〈日中飯〉은 황사가 몰아치는 사막에서 무더운 여름날 일가족이 모여서 식사를 하는 생활 모습을 실감나게 보여주었다. 남쪽으로 내려와 농사를 짓는 동족이 어렵게 사는 모습을 〈田家苦〉, 〈愚荒〉, 〈旱甚〉 등에서 나타냈다. 〈飯肆〉(반사, 음식점)라

----

8 문학사에서조차 중국인이라고 알도록 소개하는 것이 예사인데 믿지 말아야 한다. 鮮于煌 選注, 《中國歷代少數民族漢文詩選》(北京: 民族出版社, 1988)에서 이 사람이 몽골인임을 분명하게 밝혔다. 이름을 중국 음으로 "Pu Songling"이라는 것까지는 알아도, 몽골에서는 무어라고 하는지 찾지 못해 적을 수 없다.

9 위의 책, 168-175면.

는 시를 들어본다.[10] 널리 알려지지 않아 전문을 옮기고 번역한다.

旅食何曾傍肆簾　길가면서 밥 먹는다고 언제 음식점에 들렀던가.
滿城白骨盡災黔　성에 가득한 백골이 모두 이재민이다.
市中鼎炙眞難問　시중에 솥에 불 때는 집 있는가 물어보기 어렵고,
人較犬羊十倍廉　사람이 개나 양보다 열 배가 헐하다.

몽골인은 유목 생활을 하므로 길을 가다가 음식점에 들어가서 밥을 사먹는 일이 없었다. 그런데 세상이 달라져서 조상 대대로 살던 초원을 버리고 도시에 나오고, 음식을 사먹어야 하니, 모두 이재민의 신세로 떨어져 백골이 될 수밖에 없었다. 무엇이든지 돈을 주고 거래하는 판국이라 사람값을 계산해보면, 사람이 개나 양의 십분의 일에 지나지 않는다고 개탄했다.

한문은 중국 글이 아니고 동아시아 공동문어이다. 한문학은 동아시아의 공동문어문학이면서 각자의 민족문학이다. 중국·한국·월남·일본의 한문학이 일제히 이런 이중성격을 지녔다. 이에 몽골한문학도 포함시켜야 한다. 오랜 논란 끝에 한국에서 이런 견해를 확립한 것을 확인하고 평가해야 한다. 浦松齡과 한자리에 앉아 수작을 나눌 수 있는 한국의 상대역은 많이 있으나 丁若鏞(1762-1836)을 든다.

정약용은 명문에서 태어나 과거에 당당하게 급제하고 중앙정계에서 크게 활약하다가 밀려나, 오랫동안 고초를 겪는 동안에 새 사람이 되었다. 농민의 참상을 알고 깊이 동정해 새 사람이 되어 한문학을 민중문학이게 했다. 그런 작품이 잘 알려져 있으므로 새삼스럽게 들어 浦松齡

....

10 같은 책, 175면.

에 관해 고찰한 것과 균형을 맞출 필요는 없다. 그렇게 하지 않아도, 둘이 함께 한문학은 민족문학이기만 하지 않고 민중문학이게 한 공적이 분명하게 확인된다.

7

인잔나시(Injannasi, 尹湛納希, 1837-1892)는 《靑史》(Köke sudur)라고 하는 거작의 역사소설을 몽골어로 써서, 청나라 통치를 받고 있는 몽골인이 정체성을 잃지 않고 자부심을 되찾아야 한다고 촉구했다. 징기스칸의 생애에서 시작해서 몽골제국의 역사를 통괄해서 다룬 내용이다.[11] 서사시에서 거듭하던 이야기에다 허구적인 인물과 사건을 많이 보태 더욱 흥미롭게 구체화했다. 과거를 회고하는 방식으로 당대의 문제에 대한 간접적인 발언을 해서, 중국인의 역사 왜곡과 부당한 지배를 비판하고, 위축되고 있는 민족의식을 일깨웠다.

한국에도 많은 역사소설이 있으나 출현 시기가 몽골보다 늦었다. 1910년에 시작된 일본의 식민지 통치에 시달리면서 민족의 정체성을 찾고 자부심을 되살리기 위해 역사소설을 쓴 것은 몽골의 경우와 상통한다. 인잔나시가 중국인의 역사 왜곡과 부당한 지배를 비판하고자 한 것이 일제 통치하의 한국 작가들에게는 더욱 절실한 과제임을 깨닫고 적절한 방법을 찾아야 했다. 일제는 청나라보다 월등한 통제력을 가지고 비판을 봉쇄했으므로, 당대의 문제를 과거사를 들어 간접적으로 논

....

11 尹湛納希, 黑勒 外 譯, 《靑史演義》(呼和浩特: 內蒙古人民出版社, 1985); John Gombojab Hangin, *Köke sudur(the Blue Chronicle), a Study of the First Mongolian Historical Novel*(Wiesbaden: Otto Harrassowitz, 1973)

의하는 우회작전을 사용해야 했다.

　그래서 나온 한국의 역사소설의 대표작으로 洪命熹(1888-1968)의 《林巨正》을 드는 것이 적절하다. 《靑史》와 《林巨正》은 민족의 여망을 거작의 역사소설에 모은 점이 같으면서, 영웅이야기와 도적이야기인 것이 많이 다르다. 영웅이야기를 읽고 위대한 역사를 재평가하도록 하는 것보다 도적이야기를 흥미롭게 읽으면서 하층민의 일상적인 삶에 깊이 공감하도록 하는 것이 더욱 값지다고 여기고, 홍명희는 별난 시도를 했다.

　　　　8

　건국신화는 조작과 변질을 거쳐 정치적으로 이용될 수 있다. 일본에서 특히 두드러지게 나타나는 이런 잘못에서 몽골이나 한국은 상당한 정도로 벗어나 있는 것을 확인한다. 고대 자기중심주의를 버리고 중세 보편주의의 시대에 이르는 전환을 함께 겪자, 몽골에서는 불교, 한국에서는 유교가 건국신화를 신비화해 숭상할 수 없게 막았다. 불교나 유교에 기대기만 한 것은 아니고, 건국신화를 역사철학으로 활용하면서 민족사를 개척했다. 중국의 거대한 침해를 이겨내면서 자아 각성을 분명하게 하는 것을 그 역사철학을 실행하는 구체적인 과제로 삼아, 몽골과 한국은 동지로서의 유대를 가진다.

　한국과 몽골은 영웅서사시를 풍부하게 갖추어 동아시아문학을 빛낸다. 영웅서사시가 유럽문학 특유의 자랑거리라는 말이 거짓임을 입증하고, 세계문학의 정상적인 이해에 적극 기여한다. 영웅서사시를 상실한 중국이나 일본을 동정하고, 결핍 보충에 기여하는 의무를 한국과 몽골이 함께 지닌다. 티베트의 영웅서사시를 높이 평가하고, 운남 지방 여러 민족의 전승을 존중하면, 중국인의 자부심이 설득력을 갖춘다고 알려주자. 아이누의 영웅서사시가 빛난다고 말하는 것이 일본인이 신뢰를 얻는 데 도움이 된다고 깨우쳐주자.

한문학을 받아들여 창작한 것은 몽골이 동아시아문명권의 일원임을 입증한다. 인도-티베트-몽골로 역사가 이어진다고 한 것, 불교나 〈게사르〉가 티베트에서 온 것은 몽골이 산스크리트문명권에 속한 사실을 입증한다. 두 문명권에 소속되는 것은 흔히 누릴 수 없는 행운이다. 중국과 인도 두 거대국가가 불신을 씻고 화합할 수 있게 하고, 더 나아가 문명의 충돌을 해결하는 지혜를 갖추어 인류를 불행에서 구출하도록 하는 사명을 지니고 있는 것을 자각하기를 바란다. 한국은 불교 덕분에 동아시아문명의 범위를 넘어서는 상상을 해왔다. 몽골과 더욱 친하게 지내면서 상상에 실감을 보태고 싶다.

9

몽골문학과 한국문학의 유형적 특질을 비교해 고찰한 결과, 건국신화, 영웅서사시, 한문학, 역사소설에서 두드러진 공통점이 있는 것을 밝혀내고, 차이점에 관해서도 다각적인 상호조명을 했다. 몽골과 한국은 같은 처지에 있는 동지임을 확인하고 동아시아를 위해, 세계를 위해 무엇을 함께 해야 하는가에 관해서도 진전된 논의를 했다.

기대한 성과에 이르렀다고 생각하지만, 태도나 방법을 되돌아보지 않을 수 없다. 엄청난 말을 너무 쉽게 한 것 같다. 몽골말을 몰라 몽골문학에 대한 이해를 정교하게 할 수 없다. 한국어와 몽골어에 모두 능통한 양국의 후진 학자들이 나의 시도를 넘어서는 본격적인 비교연구를 할 것을 기대한다.

월남문학과의 비교

1

우리 한국은 동아시아의 동서남북 중간에 있다. 동쪽에 일본, 서쪽에 중국이 있어 동서 중간이다. 북쪽에 몽골, 남쪽에 월남이 있어 남북 중간이다. 동서 중간인 것만 생각하고 한국문학을 중국문학이나 일본문학과 비교해 고찰하기만 했다. 남북 중간인 것도 잊지 말고 한국문학을 몽골문학이나 월남문학과도 함께 논의해야 한다. 여기서 한국문학과 월남문학이 동아시아문학에서 차지하는 위치를 비교해 고찰하고자 한다.

2

먼저 여기서 거론하는 나라 이름 표기를 분명하게 하고자 한다. '越南'을 그 나라 발음을 따라 '베트남'이라고 하면, '中國'은 '쭝구어', '日本'은 '니혼' 또는 '니뽄'이라고 해야 하는 난점이 있다. '中國'은 '중국', '日本'은 '일본'이라고 하는 것처럼 '越南'은 '월남'이라고 해야, 한자어 국명을 우리 음으로 읽는 일관성이 있다. 한국·중국·일본·월남이라고 일제히 일컬어 네 나라 모두 동아시아 한문문명권의 정회원임을 분명하게 해야 한다.

3

한국문학은 한국문학만이 아니며, 동아시아문학이고, 세계문학이다. 다른 나라의 문학도 이와 같다. 월남문학 또한 월남문학만이 아니며, 동아시아문학이고, 세계문학이다. 이것이 지금부터 하는 모든 논의의 출발점이다.

동아시아문학이기도 하고 세계문학이기도 한 한국문학과 동아시아문학이기도 하고 세계문학이기도 한 월남문학은, 서로 같고 다른 양면을 지닌다. 서로 같은 점을 찾아내 동아시아문학이나 세계문학의 보편성 이해에 기여하고자 한다. 서로 다른 점을 고찰해 한국문학과 월남문학의 특수성 확인에 도움이 되고자 한다.

한국문학이나 월남문학만 동아시아문학이고 세계문학인 것은 아니다. 다른 어느 나라 문학도 문명권문학이고 세계문학이다. 문학사 비교는 민족·문명권·세계문학으로 나아가면서 세 단계로 진행해야 한다. 민족은 크거나 작거나 대등하다고 여긴다. 문명권은 중세에 이루진 것을 말하고, 크게 보면 넷이다. 민족문학 단계와 세계문학 단계의 비교는 일관되게, 문명권문학 단계의 비교는 경우에 따라 상이한 방식으로 해야 한다.

본보기를 들어 말해보자. 한국문학을 아프리카의 반투(Bantu)문학과 비교한다면, 반투문학은 어느 문명권에도 소속되지 않으므로 문명권 차원의 비교는 건너뛰고, 민족문화 단계의 비교에서 세계문학 단계의 비교로 바로 나아가야 한다. 한국문학과 페르시아문학처럼 문명권 소속이 상이한 문학을 비교할 때에는 문명권문학의 단계를 특히 중요시하고, 두 민족문학이 두 문명권문학의 특성을 어느 정도 보여주는지 힘써 고찰해야 한다.

한국문학과 일본문학은 동일 문명권의 두 문학이다. 같은 점을 들어 문명권문학의 공통된 특성을 말할 수도 있고, 다른 점을 문명권문학에서 차지하는 위치가 상이한 증거로 삼을 수도 있다. 앞의 작업은 문명권문학에서 세계문학으로 나아가는 길을 열어주고, 뒤의 고찰에서는 민족문학의 특성이 그 이상의 의의를 가진 것을 확인할 수 있다.

한국은 동아시아의 중간부이고, 일본은 주변부이다. 민족문학의 고유한 특성이라고만 여긴 것이 문명권에서 차지하는 위치가 달라 생긴 차이점이기도 한 것을 알고, 다른 문명권의 경우는 어떤지 밝히는 광범위한 연구를 해야 한다. 한국문학과 월남문학은 동아시아 중간부의 문학인 공통점이 있다. 이 경우에는 중간부가 지리적 위치가 아닌 문화의 위상이다.

한국문학과 월남문학이 문명권 중간부 문학인 공통점을 어떻게 이해하고 평가해야 할 것인가? 문명권 중간부의 문학이 중심부나 주변부의 문학과 상이한 양상이 다른 여러 문명권에서 공통되게 나타나는지 검증해야 하는 과제를 제기한다. 이 작업에서 문학사 비교론은 앞으로 크게 나간다. 공통점과 함께 존재하는 차이점을 찾아 동아시아문학의 특성을 밝히는 것도 기대되는 일이다. 이렇게 하면서 진전이 성글지 않게 다지고자 한다.

4

멀리 나아가려고 서두르지 말고, 출발점을 되돌아보자. 한국문학 연구는 국문학이라고 일컫는 한국문학을 그 자체로 고찰하는 작업에서 시작했다. 국문학은 다른 문학과 선명하게 구분되는 독자성이 있으며, 자율적으로 형성되고 변천해왔다. 이것이 조윤제의 《국문학사》 이래로 국문학사 서술의 공통된 이상이다.

독자성에 대한 의문은 한문학 때문에 생겼다. 한국인의 한문학은 중국 것인가 한국 것인가? 그 어느 쪽이라고 잘라 말할 수 없었다. 자율성에 대한 의문은 신문학 때문에 생겼다. 일본을 통해 서양문학을 이식하고자 한 신문학도 자율적으로 형성되고 변천했다고 할 수는 없었다. 양쪽의 고민을 해결하지 못하고 한참 방황했다.

그러다가 결단을 내렸다. 독자성과 자율성으로 국문학을 감싸기만 하지 않고, 사실을 확인하려면 비교문학이라는 창문을 열어야 했다. 중국문학과 한국문학을 비교해, 중국의 한문학이 한국에 전래되고, 중국문학이 한국문학에 많은 영향을 끼친 사실을 밝혀 논해야 했다. 한국문학과 일본문학도 비교해, 시대가 달라지자 서양문학을 이식하고자 하는 노력이 일본을 통해 이루어진 내력도 고찰해야 했다.

이렇게 하니 한국문학은 영향을 계속 받기나 하고 주지는 않아 초라하고, 영향의 출처가 달라 앞뒤가 나누어져 있다고 하게 되었다. 받은 영향을 소화해 독자적인 발전을 이룩했다고 하는 사실을 들어 자존심을 세우기는 어려웠다. 앞뒤 문학이 단절되지 않고 연결되어 있음을 밝히는 작업은 더욱 난감했다.

이 이중의 난제를 맡아 나서서, 두 가지 대응책을 마련했다. 한국문학에서 시대구분의 보편적인 원리를 찾고자 했다. 이것이 《한국문학통사》에서 한 작업이다. 비교문학을 양국 비교를 넘어선 동아시아 문학으로 확대하고, 영향을 주고받은 것과는 무관하게 문학이 같고 다른 양상을 고찰하기로 했다. 이렇게 하면서 《동아시아 문학사 비교론》을 거쳐 《하나이면서 여럿인 동아시아문학》에 이르렀다.

이 두 가지 작업은 맞물려 진척되었으므로 얻은 결과를 아울러 정리할 수 있다. 동아시아는 한문문명권이다. 한문학은 공동문어문학이면서 각국의 민족문학이기도 하다. 공동문어문학인 한문학이 동아시아 전역에 자리를 잡은 시기가 중세이다. 그 전의 고대에는 한문학이 중국에만 있고, 다른 나라는 모두 독자적인 구비문학만 향유했다. 중세가 끝나고 근대가 되자 공동문어문학을 버리고 모두 자국의 민족어문학만 하게 되었다.

중국에서 한문학을 받아들인 것은 중세화를 이룩하는 당연한 과정이다. 일본을 통해 서양문학의 영향을 받아들여, 자국의 민족어문학만 소중하게 여기는 근대로의 전환이 촉진되었다. 중세에서 근대로의 전환이 단계적으로 이루어져, 중세전기, 중세후기, 중세에서 근대로의 이행기, 근대가 차례대로 등장했다. 이런 사실이 문명권의 중심부·중간부·주변부의 위상 변화와 맞물렸으므로, 양쪽을 함께 파악해야 한다.

중세전기는 공동문어가 우세한 시기이고, 중심부인 중국이 주도권을 장악했다. 중세후기는 공동문어문학과 민족어문학이 밀접한 관련을 가진 시기이고, 중간부인 한국이 뚜렷한 본보기를 보여주었다. 중세에서 근대로의 이행기에는 공동문어문학을 밀어내고자 하는 민족어문학의 움직임이 나타났으며, 중간부인 한국과 경쟁하면서 주변부인 일본이 대두한 것을 주목할 만했다. 근대에 이르러서 자국의 민족어문학만 하게 되는 변화는 주변부의 일본이 선도했다.

중세전기, 중세후기, 중세에서 근대로의 이행기, 근대의 교체가 문명권의 중심부·중간부·주변부의 위상 변화와 맞물려 있는 양상은 동아시아 한문문명권 밖의 다른 여러 문명권에서도 공통되게 나타났다. 이를 탐색하기 위해 관심을 크게 넓혀 《공동문어문학과 민족어문학》을 이룩하고 《세계문학사의 전개》로 나아갔다.

산스크리트문명권은 중심부가 인도 중원지방이고, 중간부가 타밀이나 크메르이고, 주변부가 인도네시아 쪽이다. 아랍어문명권은 중심부가 아랍어 사용 지역이고, 중간부가 페르시아나 터키이고, 주변부가 동아프리카이다. 라틴어문학권은 중심부가 이탈리아이고, 중간부가 독일이나 헝가리이고, 주변부가 영국이다.

각 문명권의 중심부는 중심부끼리, 중간부는 중간부끼리, 주변부는 주변부끼리 같다. 중심부는 공동문어문학의 위세를 자랑하고, 중간부는 공동문어문학과 민족어문학의 가까운 관계를 보여주고, 주변부는 민족어문학의 발전에서 앞섰다.

주변부는 중세의 후진이었으므로 다음 시대 근대를 이룩할 때에는 선진이 된 것이 영국이나 일본에서 공통되게 확인된다. 다른 두 문명권의 주변부는 근대의 선두주자가 될 수 없는 특수한 사정이 있었다. 자체의 역량이 모자라는 탓도 있었지만, 제국주의의 침략을 받고 역사 발전이 저지된 것이 더 큰 장애 요인이었을 수 있다.

5

한국과 월남은 거리가 멀어 직접적 교류가 거의 없다시피 했으나, 동아시아 한문문명권의 중간부라는 공통점을 지니고 있다. 한국문학이 중국문학과도 다르고 일본문학과도 달라, 고립되어 있고 특수하기만 한 것이 아닌가 하는 우려를 월남문학을 알면 쉽게 불식할 수 있다.

한국과 월남은 동아시아 한문문명권의 중간부인 점이 같아 동질성이 크다. 이런 사실이 연구 부족으로 거의 알려지지 않았지만, 한국인과 월남인은 서로 생소하지 않다. 중국인이나 일본인보다 더욱 가깝다고 느낀다. 이것이 우연이 아님을 밝히는 연구를 해야 한다.

나는 한국문학과 월남문학을 비교해 연구할 수 있기를 간절하게 바라다가 좋은 기회를 얻은 적이 있었다. 1990년 2월 파리7대학 동양학부 한국학과에 가서 강의를 할 때 바로 이웃의 월남학과 교수들과 만나, 한국문학과 월남문학을 비교해 연구하는 모임을 만들자고 했다. 양쪽 다 상대방의 말은 모르지만, 불어로 소통할 수 있어 다행이었다. 한국문학 전공자인 부셰(Daniel Bouchez) 학부장이 중개해 만남이 이루어졌다. 무엇을 어떻게 했는지 정리한 글이 《한국문학과 세계문학》 말미에 있다. 구체적인 사실은 그쪽으로 미루고 특히 긴요한 사항만 간추려 옮긴다.

그 대학 동양학부는 중국·한국·월남·일본학과로 구성되고, 네 학과가 한 복도에 나란히 자리 잡고 있었다. 넷이 다 모이자고 하지 않고, 한국문학과 월남문학의 비교연구를 하자고 하는 이유를 서두의 발언에서 밝혔다. 중국은 대국이라고 으스대고, 일본은 최근의 성장을 뽐내, 불국의 대학에서도 유익한 대화를 기대하기 어려웠다. 한국인과 월남인 학자들은 그런 따위의 허위의식이 없고, 아직 드러내 논하지 못한 깊은 동질성이 있어 서로 신뢰할 수 있다고 여겼다.

한국문학과 월남문학의 공통점을 밝혀 고립주의에서 벗어나고, 동아시아 비교문학의 포괄적인 시야를 확보하자. 서론을 이렇게 편 다음 두 나라 문학사의 공통점에 관한 나의 소견을 말했다. 모임에 참석한 월남학자 넷이 일제히 내 견해에 찬동하고 제안을 수락했다. 그래서 많은 말이 오간 가운데 謝仲俠(Ta Trong Hiép)이라는 분이 "중국이 우리를 무시하니, 우리도 중국을 무시합시다."라고 한 말이 오래 기억된다.

출발은 잘했어도 후속 모임이 쉽게 열리지 않았다. 월남학자들이 한국문학에 대한 관심은 있으나 이해가 거의 없는 공백을 단시일에 보충하기 어려웠기 때문이다. 기다리고 있다가 나는 때가 되어 귀국해야 했다. 아쉬움이 오래 남았다.

부셰 학부장은 만남이 중단되었어도 중계를 계속했다. 어느 날 두툼한 우편물이 와서 알게 된 사실이다. 한국문학과 월남문학의 관계에 관해 내가 이미 쓴 여러 논저에서 월남학자들이 관심을 가질 대목을 찾아내 불어로 번역해 그쪽에 전해주고 어떻게 생각하는지 물었다고 했다. 그래서 얻은 답변을 보내왔다. 한 대목을 소개한다.

중국인이 지은 한시는 중국문학이고, 월남인이 지은 한시는 월남 민족문학이면서, 그 어느 경우에도 한문은 "민족을 넘어선 한문화의 영역"(domaine supra-national de la culture chinoise ou sinisé)이라고 했다. 뒤에서 말한 것을 나는 '공동문어'라고 일컫는다. 이 용어는 "langue écrite communne" 또는 "common written language"라고 옮길 수밖에 없는데 '공동문어'만큼 명쾌하지 않다.

그때 있었던 일을 되돌아보니 두 가지가 아쉽다. 월남문학은 불어를 통해서도 상당한 정도 알 수 있으나, 한국문학은 어떤 외국어에도 개방되어 있지 않다. 파리7대학 동양학부 월남학과에는 월남문학을 잘 아는 월남인 교수가 여럿 있으나, 한국학과에는 한국문학을 잘 아는 한국인 교수가 한 사람도 없다. 이 두 가지 이유로 한국문학과 월남문학의 비교연구가 더 진전되지 않았다.

한국문학과 월남문학은 동아시아문명권 중간부에 함께 자리 잡고 있어 같은 점이 많다. (가) 공동문어문학인 한문학과 자국의 민족어문학이 밀접한 관계를 가졌다. 공동문어 한시와 민족어 구어시를 둘 다 잘 지은 시인들이 있다. (나) 공동문어 한문으로 짓는 한시가 민족의 처지를 염려하면서 민족의식을 고양하고, 민중의 삶을 다루면서 민중의식을 나타내 민족·민중문학으로 성장했다. (다) 민족어 교술시를 중세후기 이래로 풍부하게 창작했다.

(가)의 본보기로 월남의 阮廌(Nguyễn Trãi), 한국의 魏伯珪를 특히 높이 평가할 만하다. (나)에 관해 구체적인 고찰을 자세하게 할 것이다. (다)는 여기서 간략하게 설명할 수 있다. 한국의 가사와 월남의 賦(phú)가 민족어 교술시의 좋은 본보기이고, 중세후기 이래로 풍부하게 창작된 점이 같다.

이런 것들이 중국이나 일본에는 없다. (가) 중국은 공동문어문학이, 일본은 민족어문학이 일방적으로 우세하고, 둘이 밀접한 관련을 가지지 않는다. 중국이나 일본에는 공동문어시와 민족어시를 둘 다 짓는 시인은 없다. (나) 중국의 한시는 더러 민중의 삶을 다룰 수는 있지만 민족문학의 처지를 염려하지는 않는다. 일본에서는 한시가 민족·민중문학이어야 할 필요가 없는 별개의 문학이다. (다) 중국의 교술시 賦는 고대에 생겨났으며, 공동문어를 사용했다. 일본에는 교술시라고 할 것이 없다.

한국문학과 월남문학에 (가)·(나)·(다)가 있는 것은 문명권 중간부문학의 공통된 특질이다. 중국문학이나 일본문학에 (가)·(나)·(다)가 없는 것은 중심부문학이나 주변부문학에서 널리 확인되는 공통된 편향성이다. 이런 사실을 확인하려고 하면 세계 일주를 다시 하면서 말하기 어려울 정도로 많은 논의를 해야 한다. 《문명권의 동질성과 이질성》을 비롯한 여러 저작에서 이미 어느 정도 해놓은 작업을 아쉬운 대로 이용하려고 하고, (나)에 대한 검토를 한자리에 모아놓고 하는 작업을 여기서 처음 시도한다.

(나) 공동문어시를 문명권의 중심부에서 받아들여 중간부에서도 지으면서 원형과는 다른 변형을 이룩해 민족·민중시를 창작한 것을 다른 여러 문명권에서 찾아보자. 《공동문어문학과 민족어문학》에서 이미 한 작업을 이용한다. 다음과 같은 대표적인 사례를 들고 한국문학이나 월남문학을 되돌아본다.

산스크리트문명권 크메르에서는 산스크리트 시의 격식을 충실하게 재현해, 크메르를 빛낸 제왕들의 위업을 기리는 비문에서 거듭 활용했다. 이것은 한국에서 〈廣開土大王陵碑〉에서 〈聖德大王神鍾銘〉까지의 한문 비문으로 나라를 빛낸 것과 상통한다. 월남에서 중국의 침공을 물리친 승리를 자랑한 한문 명문 〈平吳大誥〉(평오대고)는 비문이 아니지만 함께 평가할 만하다.

아랍어문명권의 중간부 페르시아 시인들 가운데 특히 빼어난 아부 누와스(Abu Nuwas)는 아랍시를 기발한 착상으로 생동하게 만들었다고 칭송된다. 한국이나 월남의 경우에는 여성이고 처지가 미천해 깊이 절감하고 있는 남성 중심의 주류사회에 대한 불만을 참신한 표현을 갖추어 나타낸 여성시인들을 더욱 주목할 만하다. 그 선두에 선 한국의 李桂娘, 월남의 胡春香(Hồ Xuân Hương)은 한시와 함께 민족어시도 지어 재능을 자랑했다.

라틴어문명권의 중간부인 독일에서는, 에케하르트(Ekkehart)라고 하는 기독교 사제자가 민족서사시라고 할 수 있는 〈발타리우스〉(*Waltharius*)를 라틴어로 지었다. 이것은 공동문어 민족서사시라는 점에서 李奎報의 〈東明王篇〉과 상통한다. 월남에는 서사시에 대한 관심이 적은 탓인지, 함께 논의할 작품이 발견되지 않는다.

6

한국의 고려왕조는 몽골족이 세운 원나라의 침공을 받고 많은 희생을 겪고 싸우다가 패배했다. 대량 살육은 면하고, 복속되어 간섭을 받는 나라가 된 것은 그나마도 다행이다. 金坵(김구)는 원나라에 사신으로 가는 임무를 맡고 길을 가다가, 완강하게 투쟁하던 현장에 이르러 시를 지었다. 그곳이 鐵州여서 시 제목을 〈過鐵州〉라고 했다.

몽골의 침략이 시작된 첫해인 1231년(고종 18)에 몽골군이 그곳을 포위해 공격했다. 수비 책임을 맡은 李元楨(이원정)이 일반 백성과 함께 완강하게 싸우다 처자와 함께 자결했던 일을 회고하고 시를 읊었다. 싸움이 끝나고 9년이 지났지만 모든 것이 생생하다고 했다.

當年怒寇闌塞門	그때 성난 도둑이 국경을 침범해오자
四十餘城如燎原	사십여 성이 불타는 들판 같았다.
倚山孤堞當虜蹊	산을 의지한 외로운 성이 오랑캐 길목에 놓여,
萬軍鼓吻期一呑	만 군사 북 치고 나팔을 불며 한꺼번에 삼키려 했다.
白面書生守此城	글만 읽던 선비가 이 성을 지키면서,
許國比身鴻毛輕	나라에 바친 몸 기러기 털보다 가볍게 여겼노라.
早推仁信結人心	일찍부터 어질고 신망 있어 민심을 모았으매,
壯士嚾呼天地傾	장사들의 고함소리 천지를 진동했다.
相持半月折骸炊	서로 버틴 반 달 동안 뼈를 꺾어 불을 때면서,
晝戰夜守龍虎疲	낮에 싸우고 밤에 지켜 용이나 호랑이조차 피로했다.
勢窮力屈猶示閑	형세와 힘이 다했으나 오히려 한가함을 보여,
樓上官絃聲更悲	누대 위의 관현소리 더욱 구슬프기도 했다.
官倉一夕紅焰發	관가 창고가 하루저녁에 불꽃을 품더니,
甘與妻孥就灰滅	처자와 함께 기꺼이 재가 되어 사라지고 말았다.
忠魂壯魄向何之	충성스럽고 장한 넋이여 어디로 향했는가?
千古州名空記鐵	천고에 고을 이름은 헛되이도 철주라 적혀 있네.

이런 시를 두고 표현의 격식이 어떻다고 하는 것은 불필요한 사치이

다. 지금 읽어도 싸움의 현장에 함께 참여해서 외치고 무찌르고 마침내 죽어간 사람들의 심정을 직접 느낄 수 있다. 옛사람의 명문을 본떠서 말을 다듬는 데 힘써야 작품이 아름다울 수 있다는 가르침을 거부하고, 생동하는 현실로 눈을 돌려 얻은 성과이다. 민족의 수난이 한문학이 민족문학이게 했다.

월남도 몽골의 침공을 거듭 받았다. 1288년에 제3차로 침공한 몽골군을 白藤江에서 격파한 陳國峻(Trần Hưng Đạo) 장군을 비롯한 월남 용사들의 위업을 두고두고 크게 칭송한다. 위에서 든 고려의 鐵州 전투는 한 번만 노래하고 만 것과 다르다. 張漢超(Trương Hán Siêu)의 〈白藤江賦〉 외 몇 작품이 더 나오고, 한 세기가 지난 다음에 阮廌(Nguyễn Trãi)는 다음과 같은 〈白藤海口〉를 다시 지었다.

朔風吹海氣凌凌	삭풍이 바다로 불어 그 기운 늠름하도다,
輕起吟帆過白藤	시인의 배를 가볍게 들고 백등강을 지나간다.
鰐斷鯨刳山曲曲	악어를 베고, 고래를 쪼갠 산 모양 구비 구비,
戈沉戟折岸層層	창이 떨어지고, 쌍지창이 꺾인 해안 층층이,
關河百二由天設	물가 요새 백두 곳을 하늘이 설치하고,
豪傑功名此地曾	일찍이 호걸들은 이곳에서 공명을 이루었도다.
往事回頭嗟已矣	지난 일 되돌아보면 슬프구나, 그뿐이란 말인가.
任流撫景竟難勝	흐름 따라 풍경을 어루만지며 마음 가누기 어렵다.

이 시는 세 층위로 이루어져 있다. 표면에 있는 첫째 층위에서는 白藤江이라는 강 어구에서 본 바다 경치를 그렸다. 전쟁의 자취가 바위에 남아 있다고 한 말은 묘사를 하는 데 쓴 비유이다. 자기 나라 산천의 아름다움을 둘러보고 칭송하는 것은 한시가 민족문학일 수 있게 하려는

시인이 감당해야 할 첫 번째 과업이다.

그 아래의 둘째 층위에서는 역사를 회고했다. 전쟁의 자취가 바위에 남아 있다고 한 말은 현재에서 과거로 방향을 돌리기 위해서 필요한 지시어이다. 백등강은 중국 가까운 곳에 있는 천연의 요새이다. 그곳에서 지난 시기에 중국의 침공을 물리치는 빛나는 승리를 거듭해서 거두었다. 阮廌는 그런 전례를 이어 이 시를 지었다. 외적을 물리치고 승리를 거둔 자랑스러운 역사를 회고하면서 민족의식을 북돋우는 과업을 시인이 맡아 나섰다.

맨 아래에 숨겨져 있는 셋째 층위에서는 과거가 아닌 현재의 상황을 노래했다. 전쟁의 자취가 바위에 남아 있다고 한 말은 이제부터 이루어야 할 소망의 암시이다. 지난날을 생각하니 슬프다 하고, 눈앞의 풍경을 보고 마음 가누기 어렵다고 해서, 현재의 불만을 토로하면서 그런 말을 했다. 중국의 명나라가 월남을 침공해서 통치하고 있는 것이 당시의 상황이다. 그 때문에 분개하면서 지난 시기의 영웅적인 투쟁을 되살려 독립을 되찾고자 해서 이 시를 지었다. 시인이 앞장서서 민족사의 진로를 개척하고자 했다.

한국의 조선왕조는 일본이 임진왜란을 일으켜 대참사를 겪었다. 참사를 누가 가장 크게 당했다고 말할 것인가? 화급하게 피란한 국왕인가? 싸우다가 죽은 장졸들인가? 삶의 터전을 잃고 목숨을 가까스로 구한 일반 백성인가?

재주가 뛰어나 이름이 높은 시인 許筠은 일반 백성 가운데 가장 큰 피해자가 있었음을 알리는 시를 지었다. 상층민보다 하층민이, 남자보다 여자가, 젊은이보다 늙은이가 더욱 어려운 처지에 이르렀다고 하는 시이며, 제목을 〈老客婦怨〉이라고 했다. 한시로 일상적인 서사시를 지어 하층민의 삶을 그린 것이 전례 없는 일이다. 어떤 참혹한 일이 있었던지 가련한 할미가 스스로 술회하는 말이 다음과 같이 이어졌다.

頃者倭奴陷洛陽	저번에 왜놈들이 서울을 함락할 때에
提携一子隨姑郞	어린애 데리고 시어머니와 지아비를 따라,
重跰百舍竄窮谷	거듭 비틀거리며 먼 길을 걷다 궁벽한 골짜기에 숨어
夜出求食晝潛伏	밤에 나와 구걸하고 낮에는 엎드려 있었다오.
姑老得病郞負行	시어머니는 병들어 지아비가 업고 걸으며
蹠穿峀山不遑息	높은 산 접어들자 쉴 겨를도 없었다오.
是時天雨夜深黑	그때 하늘에 비가 오고 밤은 깊고 어두웠다오.
坑滑足酸顚不測	웅덩이 미끄럽고 다리 아파 깊은 곳에 굴렀더니,
揮刀二賊從何來	칼 든 도적 두 놈이 어디에선가 나타나
闖暗躡蹤如相猜	서로 시기하는 사이인 양 어둠을 타고 뒤를 밟아와서,
怒刀劈腦腦四裂	노한 칼로 내리쳐 머리 둘을 온통 찢어놓으니,
子母幷命流冤血	모자가 함께 죽으며 원한의 피를 흘렸다오.

이렇게 해서 시어머니와 남편이 죽은 다음에도, 그 여인은 모진 목숨이 붙어 있었다. 이제는 노파가 된 채 주막에서 허드렛일을 해주고 연명했다. 난리 통에 헤어진 아이는 소문을 들으니 세력 있는 집의 종이 되었다지만 만난들 알아볼 수 없으리라고 했다. 노파의 하소연을 들은 대로 충실하게 받아 적고 자기 말은 보태지 않는 것이 새로운 시작법이다. 군주에서 하층민으로, 명분론에서 사회현실로, 설명에서 묘사로 관심이 바뀌면서 문학이 혁신되는 양상을 아주 선명하게 보여주는 작품이다. 한문학이 민중문학이 된 변모를 분명하게 확인할 수 있게 한다.

월남에서는 커다란 변혁 운동이 일어났다. 아래에 드는 작품에서 "西山"이라고 한 말은 阮惠(Nguyễn Huệ)를 지도자로 해서 일어난 농민반란

서산운동을 칭하는 것이다. 농민반란이 성공해 새로운 왕조를 세우고 阮惠가 왕위에 올라 光中皇帝(Quang Trung Hoàng Dế)라고 칭한 것이 1789년의 일이었다. 황제는 사회개혁을 단행하고 밖으로 중국 청나라의 침공을 물리쳐 월남역사를 크게 쇄신했다. 그러나 4년 뒤에 황제가 세상을 떠나 서산운동이 실패로 돌아가고, 다음 왕조가 외세의 간섭을 받기 시작해 월남이 쇠망하는 길에 들어섰다.

阮攸(Nguyên Du)는 시문을 짓는 재주를 이용해 과거를 보아 阮朝에 벼슬하고 살아가면서, 내심으로 깊은 회한을 느끼고 서산운동을 아쉬워했다. 그런 심정으로 이 시 〈龍城琴者歌〉를 지었다. 또한 하층민의 삶을 다룬 일상적인 서사시 장편의 좋은 본보기를 보여주었다.

서두에 〈小引〉이 있어 노래를 지은 경위를 밝혔다. 쪽을 켜면서 노래도 부르고 재담도 하는 광대, 이름은 누군지 모를 위인을 자기가 어릴 때에 "西山諸大臣"이 풍류스러운 놀이를 벌이는 자리에서 처음 보았는데, 수십 년이 지난 뒤에 중국으로 사신 가는 자기를 환송하는 연회석에 다시 나온 것을 보니 그 당당하던 모습이 초췌하게 되고 재주도 쇠퇴해서 크게 한탄스럽게 생각한다고 했다.

顏春神枯形略小	안색 파리하고 정신 메마르고 모습 왜소해지고,
狼藉殘眉不飾粧	눈썹이 많이 자라서 분장을 감당하지 못한다.
誰知就是當時城中第一妙	누가 알랴 당시에 이 사람이 성안에서 가장 절묘했음을?
舊曲聲聲暗淚垂	옛 노래 가락가락 몰래 눈물을 흘리게 해서,
耳中靜聽心中悲	귀로 조용히 들으니 마음 깊숙이 슬프구나.
猛然憶起二十年前事	이십 년 전의 일 기억이 드세게 일어나네.
鑑湖席中曾見之	鑑湖店의 자리에서 그이를 보았는데,

城郭推移人事改	성곽이 바뀌고 사람 일도 달라져서,
幾處桑田變滄海	몇 곳의 桑田이 滄海로 변했는가.
西山基業盡消亡	西山의 基業은 다 없어져 망하고,
歌舞空遺一人在	가무만 부질없이 한 사람에게 남아 있네.
瞬息百年能幾時	순식간의 인생 얼마나 된다고 하리오.
傷心往事淚沾衣	지난 일 상심하니 눈물이 옷을 적시네.

　인용구의 처음 두 줄에서는 다시 만난 광대가 쇠잔해진 모습을 그렸다. 셋째 줄의 "당시"는 西山운동이 성공해서 나라에 큰 희망이 있을 때이다. 그 시절에는 이 광대가 성중에 으뜸이었다고 하면서, 지난 일을 아쉬워했다. "鑑湖店"은 西山大臣들을 위해서 흥겨운 공연을 마음껏 벌이던 장소라고 〈小引〉에서 밝혀놓았다. 西山운동이 마땅히 성공했어야 했다는 말은 한마디도 하지 않았다. 西山운동을 패퇴시키고 들어앉은 왕조에서 벼슬을 하는 시인이 그럴 수는 없었다.

　그러나 "西山의 基業"은 다 없어지고, 한 사람 광대만 남아 있어 그때의 가무를 이어가고 있다고 했다. 광대의 행색이 초라해진 것을 보고 상심한다고 하면서, 지난 시기의 영광이 사라지고 이제 절망 가운데 살아가야 하는 슬픔을 간접적으로 나타냈다. 그런 내심을 감추고 살아가기만 할 수는 없어, 광대의 모습을 그린다고 하고서 시대에 대해 통탄하는 기회를 마련했다.

　앞의 시 두 편은 몽골군의 침공에 맞서 싸워야만 했던 민족 수난의 현장을 찾은 감회를 노래한 것이 같다. 그 싸움에서 한국은 지고, 월남은 이겨 시인이 하는 말이 달랐다. 힘써 싸웠어도 지고 만 경과는 자세하게 그리고, 희생된 분들의 죽음이 안타깝다고 했다. 투쟁을 오늘날 잊지 못하면서, 과거를 잊지 말자고 다짐했다. 이긴 내력은 널리 알려

져 있어 되풀이하지 않고, 험준한 산세나 뛰노는 물결을 보면서 다시
느끼는 승리의 감격이 자랑스럽다고 노래했다. 과거가 현재이게 해서,
다시 닥친 침략을 격퇴하겠다고 했다.

뒤의 시 두 편은 전란 때문에 고난을 겪는 하층민의 처지를 나타낸
공통점이 있다. 전란이 밖에서 닥쳐와 크나큰 수난을 강요했다고 누구
나 말하면서 民草의 피해가 가장 심각한 것은 무시하고 있어 시인이 찾
아내 알린다고 했다. 시인이 그 자리로 내려간 것은 아니며, 어려움을
이겨내는 의지가 예상 이상임을 알아차린다고 했다. 뒤의 전란은 민중
이 스스로 혁명을 일으켰다가 실패한 것이다. 말석을 빛내던 광대가 초
라하게 된 모습에, 시인이 자기 처지를 투영시키고자 했다. 혁명의 열
정을 깊이 숨기고 반혁명의 세태에 순응해 살고 있는 신세임을 은근히
알리려고 했다.

한국 시 두 편에서는 남들이 겪은 수난을 말하면서, 시인은 증인 노
릇을 했다. 월남 시 두 편에서는 시인이 스스로 겪고 생각하는 바를 말
하면서, 역사의 주역임을 확인하고자 했다. 증언은 정확하지만 한정되
어, 여러 증인이 많은 말을 해야 한다. 증언에서 대책이 나오지는 않으
므로, 대책을 찾는 토론을 새삼스럽게 벌여야 한다. 주역이 하는 말은
간략하지만 지향점이 뚜렷하다. 타당성을 결과로 입증한다.

한국은 아무나 나서서 떠들며 말을 낭비하니 갑갑하다. 엄청난 규모
로 모여든 군중이 체중을 보태 무게 중심이 기울어져야 역사의 진전이
가까스로 이루어진다. 월남은 일관된 이념을 인민의 이름으로 실행하고
있어 수난은 있어도 혼란은 있을 수 없다. 다른 길이 있는지 찾지는 않
아 가능성이 제한되어 있으므로, 믿고 따르면 될 것은 아니다. 양쪽의
단점은 배제하고, 장점을 합칠 수 있는가? 이런 상상을 해도 되는가?

한국문학과 월남문학은 직접적인 교류는 거의 없었지만, 뚜렷한 공통점이 있는 것이 확인되었다. 이러한 사실은 양국 국민이 깊은 유대의식을 가지는 특별한 이유를 밝히는 것 이상의 일반이론적인 의의가 있다. 민족이나 국가의 동질성은 역사적 체험이 공통될 때 생기고, 이에 대한 연구는 다른 어느 역사보다 문학사에서 더 잘할 수 있다.

지금까지의 고찰에서 얻은 성과는 문학사 이해의 방법을 가다듬고, 세계문학사의 전개를 새롭게 해명하는 데 커다란 기여를 한다. 개별문학사에서 문명권문학사로, 문명권문학사에서 세계문학사로 나아가 시야를 넓혀야 한다는 것을 재확인하면서 더 나아갔다. 문명권 중간부에서 이룩한 공동문어문학을 새롭게 창조해, 중간부가 세계문학사의 쇄신에 결정적인 기여를 한 것을 알아냈다.

한국문학과 월남문학은 그런 사명을 특히 잘 수행해 공동문어문학을 민족·민중문학으로 개조해 재창조하는 성과를 다른 어느 곳보다도 더욱 뚜렷하게 보여주었다. 이것은 후진이 선진이고, 우둔함이 슬기로움이게 하는 대전환으로 평가할 수 있다. 세계문학사가 중간에서 앞으로 나아가도록 하는 추진력을 제공했다. 그 장면을 구체적으로 확인해 흐뭇하다.

문학은 모름지기 민족·민중문학이어야 한다는 것이 유럽문명권에서 선도해 이룩한 근대문학의 지표이다. 공동문어문명의 유산을 무시해 천박해지고, 민족이나 민중이 배타적 우월성을 관철하려고 상극으로 치달아 근대는 위기에 봉착하고 있다. 세계가 요동치고 있는 것이 곳곳에서 감지된다.

대전환이 요망된다. 고대 자기중심주의의 부정의 부정으로 근대 민족주의를 이룩했듯이, 중세 보편주의의 부정의 부정으로 다음 시대를 이

록하는 과업이 제기되어 있다. 이번의 시대전환을 위해 한국이나 월남이 둘 다 모범적인 기여를 할 수 있으리라고 전망하지만, 가는 길이 같지는 않다.

한국과 월남은 장단점이 있어, 단점은 버리고 장점만 합칠 수 있는지 생각하게 한다. 한국의 다양성과 월남의 일관성을 합쳐 다음 시대를 효율적이면서 과감하게 창조하는 동력으로 삼자는 것은 지나친 희망인가? 지금까지의 논의에서 얻은 깨달음을 근거로 비교문학의 이론을 다지고 역사철학을 정립하는 학문을 잘하자고 다짐하자는 것은 조금도 지나치지 않다.

8

월남어문학은 거론하지 못해 아쉽다. 월남어는 모르기 때문에 하는 수 없다. 월남 한문학은 한문으로 창작했으므로 읽고 이해하고 평가할 수 있어 다행이다. 한문의 국제적 의의를 재확인하고 높이 평가한다.

한국의 李睟光이 1597년에 중국에 사신으로 갔다가 월남에서 온 사신 馮克寬(Phùng Khắc Khoan)과 만나 주고받은 한시가 전해지고 있다. 이런 일이 그 뒤에도 여러 번 있었다. 오늘날 학자들도 한문을 이용해 대화하고 교류할 수 있기를 바란다.

오늘날의 월남에서 월남 한문학을 돌보지 않는 것은 아니지만, 어느 정도 깊이 연구하고 적극적으로 평가하는가에 관해서는 의문이 있다. 로마자로 표기한 월남어를 '국어'(quốc ngữ)라고 하는 것은 오해의 여지가 있다. 한문은 물론, 한자를 이용해 월남어를 표기한 '字喃'(chữ nôm)까지 '국어'가 아니므로 버려도 좋다고 여기고 있는 것은 아닌지 염려

된다.

한국의 《東文選》과 흡사한 한문학 작품집 《李陳詩文》이 월남에 있다. 이 책 월남어 역주본에서 원문을 찾아내 요긴하게 이용하고 있다. 《李陳詩文》 제1권은 파리7대학 월남학과에 있는 것을 복사한 다음, 제2·3권을 구입하려고 파리 주재 월남 국영서점에 들렸을 때 있었던 일을 말하겠다. '李陳詩文'이라고 한자로 쓴 글씨를 내보이자, 아래와 같은 대화가 오갔다.

"이 책이 있는가?"

"우리는 일본 책을 팔지 않는다."

"이것은 일본 책이 아니고, 당신네 나라 월남 책이다."

"우리는 그 글자를 읽지 못한다."

"글자를 읽지 못해도 볼 줄은 아니, 이런 글자가 있는 책이 있으면 다 내놓아라."

한문 고전을 자랑하는 나라 월남이 오늘날에는 한문 교육을 하지 않아 파리에 파견되어 자기네 책을 파는 사람들이 이 지경이다. 한자가 있는 책을 내놓으라고 하니, 반 아름쯤 안고 나왔다. 《李陳詩文》만이 아니었다. 원문이 있는 고전번역서가 적지 않아 모두 다 샀다.

나라에서 고전을 돌보지 않는 것은 아닌데, 교육이 잘못 되었다. 월남에서 월남문학을 전공하고 한국에 온 유학생들이 한문을 거의 모르며, 고전을 번역본으로 공부했다고 한다. 원문을 읽을 수 없으면 이해가 깊을 수 없고, 번역 작업을 이어나갈 수 없다. 문화가 단절되는 심각한 위기가 생긴다.

한국에서도 한문은 버려야 하고 한문학은 한국문학이 아니므로 돌볼 필요가 없다고 하다가, 잘못을 깨닫고 바로잡았다. 한문 독해 능력이 단절되지 않고 이어져 자랑스러운 유산을 돌볼 수 있게 되었다. 한국한

문학을 문학사에서 소중하게 다루고, 이런 논문도 쓸 수 있게 되었다. 월남도 너무 늦기 전에 대오각성을 해야 한다.

월남한문학을 힘써 읽고 연구해 선조의 노력이 헛되지 않게 해야 한다. 넓고 깊게 연구하는 작업을 안에서 열심히 하면서 밖에서 호응하도록 해야 한다. 한국한문학이나 월남한문학은 민족문화이기만 하지 않고 동아시아의 공유재산이기도 하며, 세계문명을 빛낸다는 평가를 받아 마땅하다. 이를 위해 함께 노력하자.[12]

---

12 주요 참고문헌을 일괄 제시한다. 지준모·조동일, 《베트남의 최고시인 阮鷹》(지식산업사, 1992); 최귀묵, 《베트남문학의 이해》(창비, 2010); 阮鷹, 《抑齋遺集》(파리 동양어 대학 도서관 소장 1868년본); 《李陳詩文》 1-3(Hanoi: Nha Xuat Ban Khoa Hoc Xa Hai, 1977-1988); *Anthologie de la littérature vietanmienne* 1-6(Hanoi; Éditions en langues étrangères, 1972-2005); Durand, Maurice, *L'oevre de la poétesse vietnamienne Ho-Xuan-Huong, textes, traduction et notes*(Paris: École française d'Extrême-Orient, 1968); Durand, Maurice, *Mélanges sur Nguyen Du*(Paris: École française d'Extrême-Orient, 1966); Ngyen Khac Vien, *Aperçu sur la littérature vietanmienne*(Hanoi; Éditions en langues étrangères, 1976); Ngyen Khac Vien et Huu Nogc, *Littérature vietanmienne, historique et textes*(Hanoi; Éditions en langues étrangères, 1979); Nguyen Trai, *l'une des plus belles figures de l'histoire de la littérature vietanmienne. publié à cause du 600 anniversaire de la naissance de Nguyen Trai*(Hanoi; Éditions en langues étrangères, 1980); Schneider, Paul, et al., *Nguyen Trai et son recueil de poèmes en langue national*(Paris: Éditions du CNRS, 1987); Tran Cuu Chan, *Les grandes poétesses du Viêt-nam*(Saigon: Imprimerie de L'union, 1950).

제4장

작게 따지고

여기서는 작게 따져, 새로운 연구를 시도한다. 미시적인 연구와 거시적인 연구가 어떤 관계를 가지는지 살피고, 구체적인 사례를 들어 고찰한다. 연구의 비결을 두고 한 말을 보완하고, 실행을 해서 타당성을 입증한다. 시조 세 수를 정밀하게 분석하는 것을 본보기로 삼고 학문 혁신의 방향을 찾는다. 미시와 거시가 맞물리는 것을 입증한다.

미시에서 거시까지

1

微視는 작게 보는 것이다. 巨視는 크게 보는 것이다. 그 중간은 可視이다. 가시는 눈으로, 거시는 망원경으로, 미시는 현미경으로 보는 것이라고 구분해서 말하면 이해가 일단 선명해진다. 학문에 미시·가시·거시학문이 있다. 이 셋의 관계를 말하고자 한다.

인류는 오랫동안 눈으로 보는 가시의 학문만 해왔다. 하늘의 별도 눈으로 보았다. 망원경을 발명해, 너무 멀어 눈으로는 볼 수 없던 것까지보게 되면서 거시학문이 시작되었다. 현미경을 발명해, 너무 작아 눈으로는 볼 수 없던 것까지 보게 되면서 미시학문이 시작되었다.

거시학문은 망원경으로 볼 수 있는 범위로 연구를 한정하지 않는다. 망원경의 성능을 아무리 개선해도 볼 수 없는 것까지 알려고 한다. 미시학문은 현미경으로 볼 있는 것에서 멈추지 않는다. 현미경을 아무리 잘 만들어도 볼 수 없는 것까지 알려고 한다.

망원경이나 현미경을 더 잘 만들어 가시의 영역을 넓히는 것이 능사가 아니다. 가시의 영역을 아무리 넓혀도 불가시가 엄청나게 많이 남아 있다. 불가시 영역의 미시나 거시까지 알아내는 학문을 해야 한다. 불가시까지 알아내려면 肉眼과는 다른 心眼이 필요하다.

가시는 사실이기만 하지만, 불가시의 영역인 미시나 거시는 이론을 갖추고 이해해야 된다. 이론은 모든 것에 관한 포괄적이고 총체적인 인식이고자 한다. 가시의 사실에 매달려 누구나 보는 것을 자기도 보았다고 하는 연구는 수준 미달이다. 학문은 이론 만들기를 목표로 한다.

미시나 거시뿐만 아니라 가시도 이론을 갖추어야, 나타나 있는 현상의 이면을 밝히고, 상식의 오류를 시정할 수 있다. 미시·가시·거시의 이론이 각기 다른 모습을 띠고 분산되어 있으면 타당성이 의심스럽다. 하나로 연결되어 있어야 포괄적이고 총체적인 인식이라는 요건을 갖추었다고 인정된다.

원자 내부 미립자들의 운동이 사람의 몸은 물론, 대우주에서까지 일관되게 진행되고 있다. 사람의 몸도 다른 모든 물체가 그렇듯이, 대우주에서 생성된 원소들을 자료로 삼고 있다. 천지만물을 연구하는 자연학문에서 이렇게 말한다. 이에 어떻게 대처할 것인가? 예상하지 않던 사태가 닥쳐와 학문이 무엇인지 진지하게 생각하지 않을 수 없게 한다.

그냥 놀라고 말 것인가? 내가 직접 확인할 수 있는 가시의 범위를 넘어서서 하는 말은 다 거짓이라고 나무라고 물리칠 것인가? 자연학문에서는 그렇게 말하지만 사회학문이나 인문학문은 인정할 수 있는 사실만 취급한다면서 방어선을 칠 것인가? 사람의 몸은 그럴지 모르지만 마음은 별개의 것이라고 하면서 멀리 물러날 것인가?

자연학문과의 결별을 선언하고 안으로 움츠러들면 인문학문이 초라하게 된다. 인문학문을 인문학이라고 하면서, 구태여 학문일 필요가 없는 교양이나 취미를 소중하게 여긴다는 말로 초라함을 감추려고 하지 말아야 한다. 인문학이 위기라는 요상한 물건을 약장사가 약을 팔듯이 팔고 다니면서 인기를 끌려고 하지 말아야 한다. 달변이나 궤변으로 청중을 사로잡는 것이 창피한 줄 알아야 한다.

인문학문도 학문임을 분명하게 해야 한다. 가시의 사실을 감각적인 미사여구로 해설하는 것을 능사로 삼지 않고, 일관된 논리로 포괄적인 이론을 만들어내야 한다. 이렇게 해야 초라한 신세를 감추는 구차스러운 변명이나 위장을 벗어던지고, 자연학문과 당당하게 겨루고 앞서 나갈 수 있다. 유럽의 자연학문이 종교의 위세에 눌려 숨도 제대로 쉬지 못하고 있을 때, 동아시아의 인문학문은 천지만물의 기본 이치를 밝히는 보편적인 이론을 보란 듯이 제시했다. 후손이 못나 선조를 욕되게 하지 말아야 한다.

2

바다 건너에 있는 남들이 자기네 선조를 자랑하는 말을 수입해 행세거리로 삼지 말고, 우리도 선조가 있는 것을 알아야 한다. 우리 선조가 理一分殊냐 氣一分殊냐 하고 시비하는 철학으로 가시의 범위를 넘어서 있거나, 가시의 사실에 내재되어 있는 포괄적이고 총체적인 인식을 갖추려고 해온 것을 알아야 한다. 이런 논란은 존재하는 모든 것들을 한꺼번에 파악하고자 하는 점에서 자연학문에서 말하는 이론과 다를 바 없으며, 오히려 앞섰다고 할 수 있다.

자연학문은 이론의 범위를 넓히고 수준을 향상시키는 것을 자랑으로 삼는다. 거시를 휘어잡는 상대성이론이나 미시로 깊숙이 들어간 양자역학을 내놓고 위세가 더욱 등등하다. 인문학문은 이론을 포기하는 방향으로 나아가 열세를 자초하고 있다고 되풀이해 말하지 않을 수 없다. 이것은 못난 후손이 무얼 몰라 집안을 망치는 짓이다. 크게 잘못되었다고 격분하고 반성을 촉구한다.

이런 주장에 동의하지 않는 사람들이 반론을 제기할 수 있을 것이다. 인문학계에 정신 나간 뜨내기들만 있는 것은 아니니 헛다리짚지 말라고 충고할 수 있다. 전통학문에 대한 깊은 소양을 가지고 實事求是를 계승해, 주체적인 인문학문을 진지하게 하고 있는 모범적인 학자들도 있는 줄 알아야 한다고 깨우쳐줄 수 있다. 가상이라도 논쟁거리가 나타났다고 여기니 반갑다. 오래 벼르던 말을 할 좋은 기회를 얻는다.

모범이라는 것이 사실은 착오이다. 理一分殊에 대해 대응한 방식을 들어 어떤 착오인지 분명하게 지적할 수 있다. 理一分殊란 理는 하나이고 氣는 여럿으로 나누어져 있다고 하는 명제이다. 理一에 불만을 가진 선인들이 分殊만 소중하게 여겨야 한다고 주장하면서 實事求是를 표방했다. 실사구시의 학문을 이어받아 다시 빛낸다는 사람들이 크게 행세하는 것이 타당한지 검토해보아야 한다. 실사구시의 학문에 대해서 〈의문 키우기〉 대목에서 비판했으나, 많이 모자라 보완이 필요하다. 推氣測理의 학문과 어떻게 다른가에 관한 논의도 더 한다.

실사구시란 가시의 사실에서 진실을 추구하자는 주장이다. 理一은 사실이 아닌 이론이고 진실이 아닌 허위이므로 부정해야 하고, 오직 가시의 사실만 신뢰하고 평가해야 한다고 한다. 미시나 거시가 필요하다는 생각은 하지 않고, 일차원적 인식론을 따르라고 한다. 철학은 허황된 소리나 일삼으니 배격해야 하고, 사실 차원의 정치경제학이라야 신뢰한다.

理一을 외면했을 따름이고, 부정한 것은 아니다. 가시의 사실을 아무리 많이 동원해도 理一은 부정되지 않는다. 전체는 부분이 아닌 전체로 부정해야 한다. 理一分殊를 부정하고 氣一分殊를 대안으로 내놓는 작업이 오래전에 많이 진척되었다. 그 유산을 잇고 발전시키는 데 힘써야 한다. 氣一의 포괄적인 원리를 더욱 분명하고 정교하게 가다듬어야 하고, 分殊에 관한 논의를 시대 변화에 맞게 확대해야 한다. 氣一과 分殊의 관계에 관한 논의에도 혁신이 필요하다. 이렇게 해서 자연학문의 이론적 발전과 경쟁하면서 협력하는 것이 마땅하다.

실사구시를 다시 내세우는 논자들은 氣의 分殊를 들어 理一을 부정했다고 여기는 것이 착각인 줄 알지 못하고, 할 일을 다 했다고 자부하고 철학 무용론을 대단한 소신인 듯이 자랑하면서 퍼뜨리기까지 했다. 철학무용 때문에 氣一分殊도 도매금으로 폐기처분되는 신세가 되었다. 철학 부재로 이론을 만들지 못하니, 열심히 한다는 학문이 기형적일 수밖에 없다. 가시적인 자료를 기호에 따라 선별해 보여주면서 근거가 입증되지 않은 주장을 보태, 시류를 타는 경향성을 보이기나 한다.

3

氣一分殊란 氣가 하나이면서 여럿이고, 보편적이면서 특수하다는 말이다. 理一分殊의 理는 고귀한 정신이어서 자연학문은 범접할 수 없다고 한다. 氣一分殊의 氣는 물질·생명·정신이어서 자연학문에서 밝히는 자연의 원리와 바로 이어진다. 氣一分殊는, 理一分殊에서 理와 氣가 별개의 것이라고 해서 생긴 차질을 말끔히 해결하고, 자연학문과 인문학문이 하나로 이어지게 한다.

물질·생명·정신의 氣는 같아, 사람의 몸도 다른 여러 물체와 마찬가지로, 대우주에서 생성된 원소들을 자료로 삼고 형성되었다는 말은 타당하다. 물질·생명·정신의 氣는 같으면서 다르고, 몸과 마음은 하나이면서 둘이다. 사람의 몸은 보잘것없어 보여도, 정신은 엄청난 인식 능력을 가진다. 이에 관해 崔漢綺가 한 말을 들어보자. 〈物我互觀〉(물과 내가 서로 본다)이라고 하는 것이며 《推測錄》 권6에서 가져온다.

自天地觀我 則大洋之泡沫 自萬物觀我 則平地之點沙 然自推測觀天地 則先無始而後無終 容大塊而涵無際 自推測視萬物 則分析毫髮 透入金石 容萬物者天也 而心能推測之 閱萬物者積氣也 而心能推測之 天之於積氣 猶心之於推測也 天者積氣之統名 心者推測之總名 以我心比乎天 則範圍相準 以推測比于積氣 則規模相倣 是故大而容天地萬物 密而透金石毫髮

천지로부터 나를 알아보면, 곧 큰 바다의 거품이다. 만물로부터 나를 알아보면, 곧 평평한 땅의 한 점 모래이다. 그러나 내가 추측하는 것으로부터 천지를 알아보면, 곧 앞에는 시작이 없고, 뒤에는 끝이 없으며, 큰 덩어리를 포용하고, 무한함을 껴안고 있다. 내가 추측하는 것으로부터 만물을 살펴보면, 터럭도 나누어 헤아리고, 금석 안으로도 들어간다. 만물을 포용하는 것은 하늘인데, 마음은 그것을 능히 추측할 수 있다. 만물을 거느리는 것은 쌓인 氣인데, 마음은 그것을 능히 추측할 수 있다. 하늘에 쌓인 氣를 마땅히 마음으로 추측한다. 하늘이라는 것은 쌓인 氣를 통괄한 이름이다. 마음이라는 것은 추측을 통괄한 이름이다. 나의 마음으로써 하늘과 견주면 범위가 서로 가지런하다. 추측으로써 쌓인 氣와 견주면, 규모가 서로 비슷하다. 이런 까닭에 (마음은) 장대하면 천지만물을 포용하고, 치밀하면 금석이나 터럭을 뚫는다.

하늘은 위대하고 사람은 왜소하니 하늘을 믿고 따라야 한다는 주장을 일체 부정했다. 하늘은 신비스러운 이치를 간직하고 있어 사람의 능력으로 알 수 없다는 견해도 모두 청산했다. 천지라고 하는 것은 쌓인 氣의 총체가 아닌 다른 무엇이 아니므로, 만물을 하나하나 인식하는 방법을 확대해 추측하는 대상으로 삼으면 모를 것이 없게 된다고 했다. 이렇게 해서 理一分殊에서 氣一分殊로 나아가는 전환을 분명하게 했다.

시간과 공간에서 우주와 사람은 엄청난 차이가 있다. 사람은 너무나도 미미해 무시해도 좋은가? 아니다. 사람은 우주의 시간과 공간을 헤아리는 능력이 있어, 우주의 크기와 사람의 능력은 각기 대단한 까닭에 대등하다고 할 수 있다. "물과 내가 서로 본다"는 것은 만물도 나를 보기 때문에 하는 말이 아니다. 나는 만물을 보아 알 뿐만 아니라, 만물의 견지에서 나를 보면 어떻게 되는지도 안다. 두 가지 앎을 견주고 합칠 수 있으니 인식 능력에서 참으로 위대하다.

용어 사용을 눈여겨보자. '天地'는 총체이고, '萬物'은 개체이다. 인식을 의미하는 "보다"라는 말이 둘이다. '觀'은 心眼으로 '알아보다', '視'는 肉眼으로 '살펴보다'이다. 천지와 만물, '알아보다'와 '살펴보다', 이 네 용어를 사용해 진전시키는 논의를 주목하자. 미시·가시·거시를 아우르는 학문 총론을 이룩하고 각론으로 나아갔다.

인식 대상은 크고 주체는 작다는 것부터 말하려고 "自天地觀我"(천지로부터 나를 알아보다), "自萬物觀我"(만물로부터 나를 알아보다)라고 했다. 인식을 '觀'(알아보다)이라고만 총괄해 말했다가, 다음 대목에서는 세분했다. 주체의 인식 능력을 "自推測觀天地"(추측하는 것으로부터 천지를 알아보다), "自推測視萬物"(추측하는 것으로부터 만물을 살펴보다)라고 구분했다. 총체는 알아보고, 개체는 살펴본다고 했다. 나누어놓은 것을 합쳐, 사람의 마음은 천지만물과 대등하며, 총체인 천지와 개체인 만물을 각기 크게도 작게도 인식할 수 있는 능력을 갖추고 있다는 말로 결론을 삼았다.

총체는 알아보고 개체는 살펴보는 것이, 요즈음 말로 하면 철학이고 과학이다. 철학만 숭상하고 과학은 돌보지 않는 잘못을 바로잡고, 최한기는 그 둘이 둘이면서 하나이고 하나이면서 둘이라고 했다. 오늘날 사람들이 과학은 숭배하고 철학은 불신하는 것이 잘못임을 일깨워주었다.

최한기는 모든 학문을 통괄하는 학문 일반론을 이룩했다. 이런 일은 자연학문이 아무리 발전해도 할 수 없다. 자연과학이 주도하는 학문 통합론이 없는 것은 아니지만, 자연학문 특유의 수리언어는 소통이 너무 제한되는 결함을 시정하려고 일상언어를 사용하면 서투른 인문학문이 되고 만다. 자연학문까지 포괄한 학문 일반론은 인문학문이라야 감당할 수 있다는 것을 최한기가 분명하게 보여주었다.

오늘날에는 자연학문에서 내놓는 놀라운 이론을 전해 듣고 대부분의 사람들은 충격을 받고 위축된다. 實事求是를 재현한다는 학자들도 주눅이 들어 있기는 마찬가지인데 내색을 하지 않는다. 최한기가 이룩한 진전을 알지 못해 열등의식에 사로잡히지 말고, 잘 알고 이어받아 더욱 발전시켜 인문학문을 빛내고 모든 학문을 바로잡아야 한다.

최한기도 실사구시의 학문을 했다고 하면서 자기네 편으로 끌어들이려고 하는 물귀신 작전이 자행되어 대혼란을 빚어낸다. 이것을 준엄하게 꾸짖고 사리를 분명하게 해야 한다. 실사구시의 잘못을 시정하는 대안이 推氣測理여야 한다고 최한기는 분명하게 밝혀 논했다. 그 내역을 오늘날 사람들이 알아들을 수 있게 풀이해 말한다.

실사구시를 한다면서 虛事가 아닌 實事에서 非를 버리고 是를 추구해 실용적 가치나 확인하는 것은 몇 가지 결함이 있다. 다루는 대상을 축소하고 시야를 좁히는 탓에 보편적인 학문을 할 수 없다. 是非를 가리는 옹졸한 작업에 매달려 포괄적인 원리는 외면한다. 얄팍한 實利나 당면한 實用 찾기를 목표로 해서 一鄕一國을 위해 한시적인 기여나 한다.

推氣測理는 가시를 확대하면서 미시나 거시로 나아가, 불가시의 전 영역까지 알아내려고 하는 노력이다. 虛實이나 是非의 분별을 넘어선 총체인 氣에서 드러나는 증거를 가지고, 아직 모르는 포괄적인 理를 天地人의 전 영역에서 헤아리는 탐구이다. 一鄕一國의 범위를 넘어서서 天下萬世公共이 나아갈 길을 열어준다. 實利 이상의 大利, 實用 위의 上用으로 인류는 물론 금수나 초목까지 돌본다.

자연학문이 내놓는 별난 주장이 충격을 주어 문외한은 위축되게 하는 것은 학문주권 침해라고 할 수 있다. 사람은 누구나 학문을 하는 주체가 될 수 있는 권리가 학문주권이다. 학문주권은 천부인권과 흡사하다. 인권 선언을 하면 인권이 실현되는 것이 아니듯이, 학문주권도 주장하고 말 것은 아니고 실행을 대안으로 삼아야 한다.

선언이나 주장은 평등론을 확인하고, 실행은 대등론을 입증한다. 자연학문이 우월하다고 강변하는 차등론을 평등론으로 타파하려면 누구나 자연학문을 해야 한다. 이렇게 하는 것은 불가능하고 무용하다. 각자 자기 능력이나 취향을 살려 인문학문이나 사회학문 연구에 종사해 學을 이끌거나, 토론자로 참여해 間에서 활약하는 것이 대등론의 대안이다. 예술 창작이나 사회 활동에서 창조력을 살리는 것도 차등론의 잘못을 대등론으로 시정하는 훌륭한 방법이다.

창조의 핵심은 미시·가시·거시를 다 갖추고, 연결시키고, 하나이게 하는 것이다. 이를 두고 학문 연구, 예술 창작, 사회 활동 등이 선의의 경쟁을 한다. 크고 작은 사회 활동을 하는 모든 사람이 학문주권을 실현하는 창조의 역군이다. 자부심을 가지고 자기를 되돌아보면서 하는 일을 더 잘하려고 하는 것이 마땅하다.

지금 여기서 학문 연구, 예술 창작, 사회 활동 등 모든 영역에서 해야 할 일을 다 고찰할 수는 없다. 학문 연구에 관한 논의도 전폭을 감당하지 못한다. 자연학문과 인문학문의 경쟁을 바람직하게 진행되도록 하는 것을 직접적인 소관사로 한다. 미시·가시·거시를 다 갖추고, 연결시키고, 하나이게 하는 작업을 인문학문에서도 적극 시도하고, 더 잘하려면 어떻게 해야 하는가?

이에 관해 당위론이나 늘어놓는다면 비난받아 마땅하다. 자기는 하지 못하는 일을 남들에게 시킨다면 차등론을 나무라고 대등론을 주장한 것이 모두 허위이고 사기이다. 자기는 마음대로 하지 못하니 세상을 마음대로 하려고 하는 어리석은 짓은 그만두어야 한다. 서론은 이만 줄이고 실행에 들어가기로 한다.

〈높으락 낮으락 하며…〉

1

새로운 연구를 하려고 하면, 낡은 관습이 방해한다. 미시에서 거시로 나아가는 작업을 하려고 하니, 어느 분야의 연구를 하려고 하는가 하는 질문이 길을 막는다. 길을 열어야 앞으로 나갈 수 있다.

언어를 미세하게 분석해서 포괄적인 내용을 지닌 문학으로 나아가고, 문학을 고찰해 얻은 성과를 축적해 문화를 해명한다. 이렇게 대답하면, 언어·문학·문화는 별개의 영역이어서 함부로 넘나들지 말아야 한다고 한다. 그렇지 않다는 반론을 제기하고 길을 연다.

언어·문학·문화는 별개가 아니고 연관되어 있다. 따로 다루지 말고 이어서 연구해야 한다. 셋이 어떤 관계인지 다음 세 가지로 말할 수 있다.

(가) 언어 〈 문학 〈 문화

(나) 언어연구는 문학연구로 확대하고, 문학연구를 문화연구로 확대해야 한다.

(다) 언어연구는 문학연구이지 않을 수 없고, 문학연구는 문화연구이지 않을 수 없다.

(가)는 '언어+x=문학', '문학+y=문화'라는 것이다. 'y'가 무엇인지는 음악, 미술, 철학, 종교, 역사 등으로 열거할 수 있다. 'x'가 무엇인지는 미리 말하기 어렵고 문학연구의 과제이거나 목표이다.

(나)는 "해야 한다"는 당위이다. 말하는 사람은 하지 않는 일을 듣는 사람에게 시키려고 하면, 당위는 잔소리가 된다.

(다) "않을 수 없다"고 하는 것은 필연이다. 필연은 환영할 만하지만, 타당성을 입증하지 못하면 헛소리가 된다.

(다)를 입증하고자 하는 것이 여기서 하려는 일이다. 이해하기 어려운 개념을 모아 이론의 집을 거창하게 지으려는 것은 아니다. 누구나 관심을 가질 만한 예증을 들고 한 단계씩 풀이하면서 언어에서 문학으로, 문학에서 문화로 나아가지 않을 수 없다는 것을 입증한다.

2

安玟英의 시조 한 수를 예증으로 든다.

높으락 낮으락 하며 멀기와 가깝기와,

모지락 둥그락 하며 길기와 자르기와,

평생에 이러하였으니 무슨 근심 있으리.

《시조의 넓이와 깊이》(푸른사상, 2017), 427–428면에서 들고 풀이한 것을 훨씬 자세하게 말한다. 이것을 "이 자료"라고 지칭한다. 무슨 말인지 알만 하니 주석은 달지 않는다. 부분을 지칭하는 용어를 정리하기만 한다.

"높으락 낮으락 하며 멀기와 가깝기와"는 줄1, "모지락 둥그락 하며 길기와 자르기와"는 줄2, "평생에 이러하였으니 무슨 근심 있으리"는 줄3이라고 한다.

"높으락"은 토막1, "낮으락 하며"는 토막2, "멀기와"는 토막3, "가깝기와"는 토막4라고 한다. 줄2도 이와 마찬가지이다. 줄3에서는 "평생에"가 토막1, "이러하였으니"가 토막2, "무슨 근심"이 토막3, "있으리"가 토막4이다.

정리해 보이면 다음과 같다.

줄1: 토막1 토막2 토막3 토막4

줄2: 토막1 토막2 토막3 토막4

줄3: 토막1 토막2 토막3 토막4

이 자료에 관해 세 단계의 작업을 한다. 먼저 언어연구에서 하는 작업을 한다. 그 뒤에 문학연구로, 다시 문화연구로 나아간다.

3

먼저 되풀이되어 나타나는 어미(토)를 보자. 토막1·2에서 "–락"이 되풀이되고, 토막2에 "–며"가 있고, 토막3·4에서 "–와"가 되풀이된다. 이런 것이 줄1·2에서 되풀이된다. "–락"·"–며"·"–와"는 복수의 것들을 열거하는 어미인 것이 같으면서 다른 점도 있다.

"–락"은 반드시 짝을 지워, 대조되는 의미를 지닌 서술어 둘을 열거한다. "붉으락푸르락", "들락날락", "오락가락", "쥐락펴락" 같은 것들이 더 있다. "높으락낮으락", "모지락 둥그락"이라고 한 것이 정상적인 용법이다.

"–며"도 짝을 지워, 대조되는 의미를 지닌 동사 둘을 열거할 수도 있다. "가며 오며"도 있다. 짝을 짓지 않고 단독으로 쓰일 수도 있다. "높으락낮으락 하며", "모지락 둥그락 하며"의 "하며"에서는 단독으로 쓰이는 것을 선택했다.

"–와"는 한 번만 쓰여 앞뒤의 명사를 연결하기만 하는 것이 예사이다. 여기서 "멀기와 가깝기와", "길기와 자르기와"라고 해서, 뒤에 첨가한 "–와"가 앞의 "–와"와 짝을 이루도록 한 것은 특이하다. "–와"로 연결되는 것들이 두 쌍만이 아니고 그 이상이 더 있을 수 있다는 생각도 하게 한다.

세 조사 "–락"·"–며"·"–와"가 어떻게 쓰였는지 각기 설명하면 할 일을 다 하는 것이 아니다. 이처럼 복수의 것들을 열거하는 작업을 일제히 하고, 열거하는 방법을 다양하게 한 것은 무슨 이유이며 어떤 의미를 가지는가? 이 의문을 지금까지의 언어연구에서는 감당하기 어렵다.

다음에는 의미를 살펴보자. 줄1에서는 높고 낮은 高低, 멀고 가까운 遠近을 말했다.

줄2에서는 모지고 둥근 角圓, 길고 짧은 長短을 말했다. 공간적 존재의 여러 양상을 둘씩 짝을 지워 말한다. 줄1에서 말한 것들은 기준점이 있다. 줄2에서 말한 것들은 기준점이 없다. 갖가지 경우를 모두 들어 대조가 되는 것들을 말했다. 이렇게 한 것은 무슨 이유이며 어떤 의의를 가지는가? 이 의문도 지금까지의 언어연구에는 감당하기 어렵다.

여기서 언어연구의 영역이 어디까지인지 검토해보아야 한다. 지금까지의 언어연구는 말이 어떻게 되어 있는가 하는 연구만 해왔다. 이것을 어형연구라고 하자. 어형연구는 말이 어떻게 쓰이고 무슨 구실을 하는가 하는 다음 단계의 연구로 나아가야 한다. 이것은 어법연구하고 하자.

어형연구를 하다가 어법연구로 나아가지 않을 수 없다. 어법연구로 나아가면 정체성에 혼란이 일어나니 어형연구를 고유한 영역으로 고수해야 한다고 하면, 사실판단에 그치고 인과판단이나 가치판단은 포기해야 하니 온전한 학문이 아니다. 사실판단·인과판단·가치판단은 학문의 세 요건이다. 셋 다 알자는 것이 학문을 하는 이유이기도 하다.

"복수의 것들을 열거하는 작업을 일제히 한다"는 것은 사실판단이다. "왜 그렇게 했는지" 밝히는 것은 인과판단이다. "그렇게 한 것이 어떤 의의가 있는지" 알아내는 것은 가치판단이다. 어형연구에서 어법연구로 나아가야 사실판단의 영역을 넘어서서 인과판단이나 가치판단으로 나아갈 수 있다. 어법연구는 언어연구이면서 언어연구를 넘어서서 문학연구와 만난다.

4

위에서 진행한 언어연구에서는 줄1과 줄2만 다루고 줄3은 건드리지 않았다. 줄3에 관해서는 언어연구가 특별히 할 일이 없기 때문이다. 줄3을 문학연구에서 고찰하면서 언어연구에서 문학연구로 넘긴 두 가지 의문을 다루기로 하자.

줄3 서두에서 "평생에 이러하였으니"라고 한 것은 줄1·2에서 말한 것이 살아오는 과정이라는 말이다. 과정에는 시제가 들어가야 한다. 시제를 넣으면서 생략되어 있는 것을 "그 밖에 여러 일이 있었으며"라는 말을 괄호 안에 적어 보충해보자.

"높았다가 낮았다가 하고 멀었다가 가까웠다가 하며 (그 밖에 여러 일이 있었으며), 모질었다가 둥그렸다가 하고 길었다가 짧았다가 하며 (그 밖에 여러 일이 있었으며), (이렇게 살아왔으니) 무슨 근심 있으리"라고 했다고 연결해 말할 수 있다.

그러면 앞에서 넘어온 두 의문에 대답할 수 있는가? 두 의문을 확인해보자. 복수의 것들을 열거하는 작업을 일제히 하고, 열거하는 방법을 다양하게 한 것은 무슨 이유이며 어떤 의의가 있는가? 존재하는 모든 것들, 존재하는 모든 양상을 정리해 말한 것은 무슨 이유이며 어떤 의의를 가지는가?

변화의 곡절을 많이 겪고 인생 경험이 풍부하다고 자랑하려고 별난 노래를 지었으며, 표현 방식과 사고의 영역을 넓힌 것을 의의로 한다고 할 수 있다. 고유어만 사용하고 어형 변화를 소중한 자산으로 활용해 세상을 깨우쳐줄 만한 명작을 이룩한 것을 높이 평가해야 한다. 한자어에 토를 단 것과 같은 시조가 많은 가운데 이런 것이 있어 더욱 돋보인다.

이런 말을 늘어놓으면 의문이 풀리는 것은 아니다. 줄3의 전반부 "평생에 이러하였으니"를 경험 자랑으로 이해하고 말면 "무슨 근심 있으리"가 너무 단순해진다. 경험이 많다고 자랑이면 근심이 없다고 할 정도의 만족감을 주는 것은 아니다. "무슨 근심 있으리"라는 말이 왜 나오고 어떤 의의가 있는지 알려면 문학연구의 통상적인 수준을 넘어서야 한다.

언어연구에 어형연구와 어법연구가 있듯이, 문학연구에도 작품 자체의 연구와 작품이 어떻게 해서 이루어지고 무슨 구실을 하는가에 관한 연구가 있다. 앞의 것은 문학의 어형연구, 뒤의 것은 문학의 어법연구라고 할 수 있다. 언어에서든 문학에서는 어형연구를 하지 않고 어법연구를 하겠다는 것을 억지이다. 어형연구에 머무르고 어법연구로 나아가지 않으면 옹졸하다.

언어의 어법연구는 문학연구와 만난다고 했다. 문학의 어법연구에서 작품이 어떻게 해서 이루어지고 무슨 구실을 하는지 밝히는 작업은 문화연구와 만난다. 연구가 발전하면서 단계적으로 확대되는 것이 필연적인 과정이다. 앞으로 나아가기만 하면 잘하는 것은 아니다. 먼저 할 일을 제대로 하지 못하면 통념을 되풀이하는 수준에 머문다.

문화연구를 해야 한다고 하면서 통속적인 수준의 한국문화론을 되풀이하는 것은 학문이 아니다. 언어연구에서 문학연구로, 문학연구에서 문화연구로 진행하면서 밝혀 논한 성과가 통념이나 상식을 우습게 만드는 획기적인 성과가 있어야 학문을 제대로 한다고 할 수 있다.

5

문화연구는 아무나 쉽게 한다고 나서서 북새통을 이루고 있다. 무주공산을 서로 차지하려고, 연구하는 절차는 거치지 않고 기묘한 말을 늘어놓는 도깨비들이 설쳐댄다. 문화는 범위가 너무 넓고 형체가 불분명한 것 같아 연구하기 어려운 줄 알아야 한다.

가능한 길 한 가닥이 문학연구에서 더 나아가면 발견된다. 문학연구가 통상적인 수준을 넘어서서 제기된 문제를 풀기 위해 적극 노력하면, 문화연구를 정리하고 혁신하는 너무나도 힘든 작업을 조금이라도 할 수 있다. 문화의 문법이라고 할 것을 어느 정도는 알아낼 수 있다.

당위론을 펴기만 하는 것은 무책임한 짓이다. 마름 행세를 하고 싶은 유혹을 뿌리치고 일꾼으로 나서야 한다. 이 자료 고찰에서 본보기가 될 만한 것을 내놓아야 타개책이 생긴다. 그 가능성을 밝히고 방향을 제시하기로 한다.

높은 것은 낮고 낮은 것은 높고, 먼 것은 가깝고 가까운 것은 멀고, 모진 것은 둥글고 둥근 것은 모지고, 긴 것은 짧고 짧은 것은 길다.

이렇게 말한 것은 생극론의 사고이다. 상생이 상극이고 상극이 상생이라는 것이 여러 모습으로 나타난다. 아주 쉬운 말로 커다란 깨달음을 나타냈다. 세상은 생극론의 이치를 가지고 움직인다는 것을 아니 근심이 없다. 낮다, 가깝다, 모지다, 짧다고 한탄할 것은 없다.

낮다, 가깝다, 모지다, 짧다는 것이 있을 수 있는 일이 아니고, 실제 상황이어서 문제가 심각하다. 억눌려 사는 처지에 있는 불운이 행운이어서, 세상의 움직임을 알 수 있다. 높고, 멀고, 둥글고, 길다고 으스댈 것은 아니다. 생극의 이치에 의해 세상은 돌고 돈다.

그처럼 놀라운 말을 중인 가객 안민영이 시조를 지어 했다. 하층민의 성장과 의식의 확대로 거대한 역전이 실제로 진행되고 있는 것을 알렸다. 관념적인 설명은 전연 없는 작품을 내놓아 걸고넘어지지 못하고 제대로 알면 압도되지 않을 수 없도록 했다.

수식어나 활용형을 다채롭게 사용해 우리말의 아름다움을 잘 나타냈다는 작품들과는 차원이 다르다. 언어 자산의 더욱 기본적인 층위인 어미(토)를 자재로 삼아 크고 넉넉한 집을 지어, 문학이 철학이고 역사인 문화통합을 확보하고 혁신했다. 정철이나 윤선도보다 안민영이 더욱 심오해 탁월한 창작을 한 것이 대변동이다.

6

전공 세분이 학문 연구의 선결 조건이라고 믿는 것은 근대 특유의 배타적 분리주의 사고방식에 휘둘린 탓이다. 언어연구와 문학연구는 원수가 되다시피 해서 둘 다 멍들고, 문화연구는 자리를 잡을 곳이 없어 허공에서 떠돌고 있어 사태가 심각하다. 연관관계 상실 때문에 생긴 파탄을 각론을 각기 수입해 시정하려고 하다가 미궁이 확대된다. 혼란을 일거에 청산하는 대오각성이 필요할 때이다. 상극의 시대인 근대를 넘어서서 상생을 소중하게 여기는 다음 시대로 나아가는 생극론의 학문을 선도해 후진이 선진이게 해야 한다.

문화는 文史哲의 통합 영역이다. 위의 작업은 文史哲 통합이 막연한 당위론을 넘어서서 성과 있게 이룩할 수 있게 하는 시발점이다. 文에서 언어 → 문학 → 문화로 나아가 史나 哲에서도 통합을 지향하도록 촉구한다. 史는 언어 수준의 '사건'에서 문학에서와 같은 '연관'으로, 거기서 더 나아가 문화의 '총체'로 연구를 확대하는 것이 마땅하다. 哲에서 해야 하는 세 단계 작업은 '저작'의 개별적 양상, '개념'의 상관관계, '사고'의 총체에 관한 연구라고 할 수 있다. 문사철에서 각기 추구한 성과가 모여 문화를 총체로 인식하고 창조할 수 있게 해야 한다.

전공을 세분해 문사철을 나누고 더 나누는 동안 글을 길고 자세하게 쓰려고 경쟁하는 악습이 생겼다. 논의를 복잡하게 하고, 인용을 많이 하고, 주를 번다하게 달아 더욱 높이 평가되는 논문을 내놓겠다고 했다. 이제 분화에서 통합으로, 상극에서 상생으로 나아가면서 글쓰기도 달라져야 한다. 말을 줄여 핵심을 분명하게 하면서 포괄하는 범위는 넓혀야 한다. 논증의 학문을 넘어서서 통찰의 학문을 해야 한다. 논문작법의 성가신 규칙에서 벗어나 성현의 말씀을 기록한 경전 같은 글을 쓰는 것이 바람직하다. 학자가 새로운 시대의 성현이 되어 세상을 이끌어야 한다.

학풍을 쇄신하려면 모든 사람을 같은 제도로 묶어두지 말고 각자의 선택을 존중해야 한다. 학과나 전공의 구분을 넘나들면서 공부를 좁게도 하고 넓게도 할 수 있어야 한다. 글쓰기 방식에서도 최대한의 재량권을 인정해, 짧은 시 한 편 같은 글이 박사논문일 수 있어야 한다. 교수의 임용과 승진에 필요한 업적도 외형적인 요건은 없애고 오직 내질만 소중하게 여겨야 하고, 연구와 창작의 구분을 넘어설 수 있게 해야 한다.

〈청산이 높다한들…〉

1

학문을 깊이 있게 하려면 시조를 제대로 이해해야 한다. 시조는 만만하다고 속단하지 말자. 속속들이 알려고 하면 많은 노력이 필요하다.

학문하는 방법을 혁신해야 한다.

이런들 어떠하며 저런들 어떠하리?
만수산 드렁칡이 얽어진들 어떠하리?
우리도 이같이 얽어져 백년까지 누리리라.

청산이 높다 한들 부운을 어찌 매며,
난석이 쌓였은들 유수를 막을쏘냐?
이 몸이 걸인 되어 부니 그를 즐겨 하노라.

시조 두 수를 자료로 제시한다. 둘을 비교해 이해하고자 한다. 알려진 것을 이용해 미지의 것을 이용해 탐구하는 방법을 사용한다.

〈이런들〉이라고 약칭하고자 하는 앞의 작품은 잘 알려져 있다. 나중에 조선왕조의 태종이 되는 李芳遠이 고려 말에 지어 鄭夢周에게 주었다고 하는 유래 설명과 함께 잘 전해져 누구나 알고 있다. 유래 설명은 의심스럽지만, 노랫말은 안정되어 신뢰할 수 있다. 이본이 아주 많으나 차이는 거의 없다. 무엇을 말하는지 누구나 잘 안다고 할 수 있다.

〈청산이〉라고 약칭하고자 하는 뒤의 작품은 모르고 있다가 가까스로 발견되었다. 김흥규 외 공편저, 《고시조대전》(고려대학교 민족문화연구원, 2012) 4774.1번 작품이라고 말해야 신원이 확인된다. 이본은 없고 이것만이다. 무슨 뜻인지 알기 어려워 비교고찰이 필요하다.

둘 다 《시조의 넓이와 깊이》(푸른사상사, 2017)에서 고찰했으나, 많이 모자란다. 둘을 견주어 살피는 것은 여기서 처음 하는 작업이다. 이 작업을 어떻게 할 것인지 깊이 반성하면서 진행해야 한다.

2

두 작품은 "-ㄴ들"이라는 말을 되풀이해 사용한 공통점이 있다. "-ㄴ들"은 어떤 말인가? 앞말과 뒷말을 예사롭지 않게 연결시킨다. 앞말이 사실임을 내키지 않더라도 인정하기로 하고, 그러면 어떻다고 해야하는지 뒷말에서 재론한다. 이 점을 분명하게 알아야 작품을 제대로 읽어낼 수 있다. 언어 이해가 정확해야 문학으로 나아갈 수 있다. 문학의 이해를 깊이 하려면 더 나아가야 한다.

사실임을 앞말에서 인정한 것이 〈이런들〉에서는 "이런", "저런", "만수산 드렁칡이 얽어진"이다. "이런", "저런"은 자기 의지는 없이 형편대로 움직이는 상황이다. "만수산 드렁칡이 얽어진"은 헤어나기 어려울 정도로 복잡하게 얽힌 난관이다. "萬壽山은 고려 왕궁 안의 산이다. 이름은 "만년의 수를 누리는 산"이다. "드렁칡"은 생소한 말이지만, "큰 덩치가 마구 들어서서 얽힌 칡"임을 어감으로 짐작할 수 있다. 이리 저리 움직이는 것이 만년이나 수를 누리라고 하던 고려 왕국에 난제가 겹쳐 해결하기 어렵게 된 위기 상황 때문이라고 말한 것으로 이해할 수 있다.

사실임을 앞말에서 인정한 것이 〈청산이〉에서는 "청산이 높다", "난석이 쌓였다"이다. "亂石"은 "함부로 쌓은 돌"이다. 높고 낮으며, 항구적이고 임시적인 차이가 있어도, 둘 다 압도적인 위엄이 있어 함부로 범접할 수 없는 자연물이다. 무어라고 의견을 개진할 여지가 없다. 〈이런들〉에서 인간 세상이 바람직하지 않게 위기 상황에 이르렀다고 한 것과 아주 다르다.

앞말에서 인정한 것을 두고 그러면 어떻게 해야 하는지 재론한 뒷말이 〈이런들〉에서는 "어떠리"이다. 이 말만 되풀이하고 더 나아가지 않았다. 재론이 기껏해야 위기 상황을 불만으로 여기지 말고 수긍하고 추종할 수밖에 없지 않은가 하는 것이다. 소극적인 자세를 보이면서 문제를 회피하고, 주어진 현실을 있는 그대로 따르자고 했다.

앞말에서 인정한 것을 두고 그러면 어떻게 해야 하는지 재론한 뒷말이 〈청산이〉에서는 "부운을 어찌 매며", "유수를 막을쏘냐"이다. 재론이 수긍이 아니고 반론이다. 압도적인 위엄이 있어 함부로 범접할 수 없는 자연물을 두고 무어라고 의견을 개진할 여지가 없다고 앞에서 한 말의 허점을 지적하고 타당성을 부인했다.

"만수산 드렁칡이 얽어진"에서 자연을 들어 인간 세상에 관한 발언을 한 것이 이 경우에도 인정된다. "청산이 높다"고 하는 위엄이나 "난석이 쌓였다"고 하는 규제로 "부운"처럼 떠돌아다니고, "유수"의 자유로운 삶을 침해하려고 하지 말아야 한다고 했다.

〈이런들〉에서 이래도 그만이고 저래도 그만이니 따지지 말자고 한 것은 현실추수주의이며, 기득권자의 안이한 자세를 나타낸다고 할 수 있다. 원래의 의미는 어쨌든 오래 전승되고 널리 알려져 이런 의미를 지니게 되었다. 〈청산이〉에서 권위로 누르거나 규제로 불편하게 하려고 하지 말고 자유롭게 살 수 있게 해야 한다고 요구한 것은 혁신을 요구하며 항거하는 하층의 소리이다. 새로운 소리를 기발한 방법으로 들려주었다.

〈이런들〉이 기득권을 누리고 있는 판국에, 〈청산이〉라는 신참자가 등장했다. 〈이런들〉이 널리 알려져 존중을 받는 것을 불만으로 여기고, 〈청산이〉를 반론으로 내놓았다고 할 수 있다. "-ㄴ들"의 되풀이를 그대로 받아들이고 뒤집는 안다리걸기를 했다고, 씨름에 견주어 말할 수 있다.

〈이런들〉과 〈청산이〉는 둘 다 초·중장과 종장의 관계가 다르다. 둘 다 초·중장에서는 "-ㄴ들"을 사용해서 어떤 사실을 가정해 제시하고, 종장에서는 서술자가 자기 말을 한다. 그러면서 초·중장과 종장의 연결 방식은 반대가 된다.

〈이런들〉에서는 초·중장에서 한 말이 종장으로 이어졌다. 초·중장에서 한 말의 자연스러운 귀결이 종장에 나타났다. 가정한 것을 그대로 시인하도록 한다. 사고를 모호하게 하고, 기득권을 옹호하는 언사라고 할 수 있다. "우리도 이같이 얽어져"라고 하는 말로 책임을 회피하고 지탄을 면하고자 했다.

〈청산이〉에서는 초·중장에서 한 말을 종장이 뒤집었다. 가정한 것을 그대로 시인하지 않고 사실을 밝혔다. 사고를 명징하게 하고, 기득권을 거부하는 반론을 제기했다. "이몸이 걸인 되어"라는 말로 어떤 고난이라도 각오하고 단호하게 결단을 내렸다고 밝혔다. 고독한 투쟁을 시작하는 각오를 알렸다.

초장·중장·종장의 관계를 세분해서 살펴보자. 〈이런들〉에서는 초장의 "이런들 어떠하며 저런들 어떠하리"가 논의의 방향을 알리는 막연한 말이다. 중장의 "만수산 드렁칡이 얽어진들 어떠하리"는 자연물을 이용한 비유여서 감각적 설득력이 있다. 종장의 "우리도 이같이 얽어져 백년까지 누리리라"는 초장에서 알린 논의의 방향을 중장의 감각적 설득력에 기대서 구체화한 안이한 결론이다.

〈청산이〉에서는 초장의 "청산이 높다 한들 부운을 어찌 매며"가 분명한 내용을 가진 가정이다. "청산"의 높이를 존중하면서 힘겹게 의문을 가진다. 중장의 "난석이 쌓였은들 유수를 막을쏘냐"에서는 시선을 낮추고 의문을 자신 있게 제기했다. 이와 같이 전개된 초·중장과 종장의 "이 몸이 걸인 되어…"가 다음과 같은 세 가지 관계를 가진다. 깨어 있는 의식으로 면밀한 구성을 한 것을 확인할 수 있다.

첫째는 비유의 관계이다. 앞에서 자연을 들어 말한 것을 비유의 매체로 삼아 뒤에서 사람의 일에 관해 발언하는 바를 선명하게 이해되도록 한다. 둘째는 대조의 관계이다. 상상은 허망하고, 사실은 분명한 것이 대조가 된다고 한다. 셋째는 점층의 관계이다. 초장의 상상보다 중장의 상상이 조금 구체화된 변화가 중장에서 종장으로 나아갈 때에도 더 진행되어, 종장의 사실을 납득하기 쉽게 한다.

〈이런들〉을 뒤집어엎는 〈청산이〉의 작전은 이처럼 면밀하게 구상되고 수행되었다. 공연히 목청이나 높여 반역의 의도를 노출해 희생을 자초하는 것과는 많이 다르다. 창작방법의 향상에서 사회의식의 성숙을 확인할 수 있다.

4

靑山이 높다 한들 浮雲을 어찌 매며,
亂石이 쌓였은들 流水를 막을쏘냐?
이 몸이 乞人 되어 부니 그를 즐겨 하노라.

한자어를 한자로 적으면 이와 같다. 한자가 말뜻을 분명하게 해준다. "靑山"은 "푸른 산"이다. "浮雲"은 "뜬구름"이다. "亂石"은 "어지럽게 쌓인 돌"이다. 《표준국어대사전》에 올라 있지 않아 보충해야 한다. "流水"는 "흐르는 물"이다. "乞人"은 "빌어먹는 사람, 거지"이다. 이런 말들이 짝을 짓고 있다.

(가) : (나)

(1)　　青山 : 浮雲

(2)　　亂石 : 流水

(3)　　 ? : 乞人

이런 표를 그려놓고 생각해보자. (가)가 대단하고, (나)는 헛된가? 겉보기에는 그렇고, 사실은 다르다. 고정되어 있는 (가)보다 자유롭게 움직이는 (나)가 더 좋다고 한다. 이 말을 한 단계씩 앞으로 나아가면서 한다.

(1)에서는 "青山">"浮雲"이라고 할 수 있다. "푸른 산"이 "뜬구름"보다 우람하고 품격이 높다. (2)에서는 "亂石"<"流水"라고 할 수 있다. "어지럽게 쌓인 돌"은 위태롭고, "흐르는 물"은 당당하다.

(3)은 어떤가? 이 물음에 대답하려면 "?"라고 한 것이 무엇인지 알아내야 한다. "?"은 생략되어 있어 독자가 알아내야 한다. 독자를 시험하는 과제를 능력껏 풀어내야 한다. 이렇게 하도록 하는 것이 이 작품의 특징이다. 정답이 없어 작품이 개방되어 있고, 완결되지 않는다. 작품을 완결시키려고 하는 무리한 시도를 하지 않고 개방되어 있는 특징이 어떤 의의를 가지는지 확인하는 것이 내가 할 수 있는 일이다.

우선 "?"="傭人"이라고 생각한다. "傭人"은 머슴이다. 머슴살이를 그만두고 걸인이 되어 나간다고 하니 앞뒤의 말이 잘 연결된다. 머슴은 잠 잘 곳이 있고 굶지는 않지만 남을 위해 노동력을 제공하면서 매여 지낸다. 자기 인생을 즐기는 자유를 누리려고 걸인 노릇을 한다고 했다.

다시 "?"="主人"이라고 생각한다. 머슴이 아닌 주인이 걸인이 되어 떠나가야 할 이유는 없다고 할 수 있으나 그렇지 않다. 주인은 자기 것을 지키고 관리해야 하므로 멀리 떠날 수 없다. 행운이 불운이다. 걸인은 거처가 없어 어디든지 돌아다니면서 놀라운 체험을 한다. 지극한 불운이 엄청난 행운이다. "傭人"이라고 하지 않고 "主人"이라고 해야 이런 역전이 더욱 분명해진다.

5

걸인이 되어 떠나가는 것이 왜 즐거운가? 말하지 않아도 짐작할 수 있는 것을 "乞人 되어 부니"의 "부니"로 구현했다. 이 말이 무슨 뜻인지 알아내는 것이 독자가 할 일이다. 누구든지 자기 깜냥만큼 알아낼 수 있다.

"부니"는 "보니"라고 보고, "乞人이 되어 자기 자신을 되돌아보니"라고 하면 문맥이 잘 연결된다. 이런 결론을 내리면 작품의 의미가 너무 단순해진다. 乞人이 된 것만으로 즐겁다고 하고 무엇을 하는지 말하지 않은 것은 제대로 된 시가 아니다. 문맥만 살피지 않고 더 많은 것을 찾아야 한다.

다시 생각하면 "피리를 부니"라고 한 말인데, "피리를" 생략하고 독자가 알아내라고 한 것 같다. 집에 들어앉아서는 불지 못하는 피리를 자유의 몸이 되어 마음껏 불고 다니니 즐겁다고 한 것이 아닌가 한다. 피리를 불고 다니는 걸인은 광대이기도 해서 더 큰 즐거움을 누린다.

초·중장과 연결시켜보면 피리는 좀 엉뚱하다. "浮雲"이나 "流水"와 대응되는 무엇이어야 한다. "부니"를 "바람이 불다"라고 하는 "불다"의 활용형으로 보는 것이 나을 듯하다. "이 몸이 걸인 되어 바람처럼 부니"

에서 "바람처럼"이 생략되었다고 보면 앞뒤가 연결된다. "浮雲"이나 "流水"와 연결되려면 예사 바람이 아닌 "狂風"이 더 적합하다. "主人"을 "乞人"으로 뒤집었다고 하면, "浮雲"·"流水"보다 더 큰 자유를 격렬하게 누리는 "狂風"처럼 떠돌아다닌다고 해야 어울린다.

그런 자기가 그냥 즐겁다고 하지 않고, "그를 즐겨 하노라"라고 한 것은 무슨 까닭인가? 방랑자가 되어 떠돌아다니니 즐겁다고 하는 것은 일차적이고 충동적인 행위이다. 그런 자기를 보고 즐거워한다는 것은 반성적이고 이차적인 행위이다. 주인의 자리를 버리고 걸인이 되어 방랑하는 것이 일차적이고 충동적인 행위만이 아니고 이차적이고 반성적인 행위이기도 하다는 것을 말해 생각이 무게를 갖추었다.

6

방랑 또는 유랑을 하면서 떠돌아다닌다고 하는 동서고금의 시가 아주 많아 《서정시 동서고금 모두 하나 3 유랑의 노래》(내마음의바다: 2016)에다 모아놓고 고찰했다. 시조에는 유랑의 노래가 없어 실망하다가 이것을 하나 찾아냈다. 하나만이라도 특별한 의의가 있다.

杜甫는 "飄飄何所似 天地一沙鷗"(떠도는 것이 무엇과 같은가? 하늘과 땅 사이 갈매기 한 마리)(旅夜書懷)라고 했다. 난리를 만나서 고향을 떠나 외롭게 떠도는 신세를 한탄했다. 이 작품에서는 방랑을 하는 것을 한탄하지 않고 자랑스럽게 여겼다. 사실 이상의 의미가 있다고 여겼기 때문이다.

金時習은 유랑을 노래하는 한시를 여럿 지었다. "此年居是山 來歲向何山"(올해는 이 산에서 지내지만, 내년에는 어느 산으로 향하리?)(〈晚意〉)

라는 사연에 지극한 슬픔이 배여 있다. 승려가 되어 방랑했으며, 자기가 걸인이라고 하지는 않았다. 삶의 밑바닥까지 가면 가치관이 달라진다고 하지 않았다.

金炳淵은 乞食을 하는 방랑자가 되어 시를 짓고 다니면서 삿갓 뒤에 자기 모습을 감추었다. "鳥巢獸穴皆有居 顧我平生獨自傷"(새는 둥지, 짐승도 굴, 모두 거처가 있건만, 내 평생 돌아보니 너무나도 가슴 아파)(〈蘭皐平生詩〉)이라고 한 것이 실제 상황이다. 부득이한 사정이 있어 머물러 살 수 없는 예외자인 것을 한탄했다. 이 작품에서 방랑의 의의를 평가한 것과는 많이 다르다.

방랑의 노래에는 각설이타령만한 것이 더 없으나 그 의의는 한정되어 있다. 求乞을 하면서 신세타령을 하는 것이 각설이의 생계 수단이다. 관심을 끌면서 동정을 살 만한 말을 길게 늘어놓는 것이 예사이다. 주인의 자리를 버리고 떠나왔다고 하지 않고, 狂風처럼 떠돌아다니는 자유를 격렬하게 누린다고 한 것과는 거리가 멀다.

독일 낭만주의 시인들이 방랑의 노래를 많이 남겼다. 케르너(Justinus Kerner)의 〈방랑자〉("Der Wanderer")의 전반부를 보자. "Die Straßen, die ich gehe, /So oft ich um mich sehe,/ Sie bleiben fremd doch mir."(가고 있는 길이/ 자주 주변을 돌아보아도,/ 줄곧 낯설기만 하다.) 방랑 초보자가 낯설어하고 당황해하는 소리만 했다. 방랑하는 이유가 무엇이고, 방랑에서 무엇을 기대하는지 말하지 않았다. 안이한 주관주의에 빠져 철학으로 인정할 만한 사고는 없다.

7

얻은 결과를 총괄해보자. "-ㄴ들"이 무엇인가? 이에 대해 언어·문학·철학에 근거를 둔 대답을 얻은 것을 가다듬어 제시한다. 언어에서는, 앞뒤 말의 의미 불균형을 특이하게 조절하는 연결어미이다. 문학에서는, 깊은 생각을 절묘하게 나타낼 수 있는 우수한 기법이다. 철학에서는, 가설을 제기하고 검증하는 작업을 수준 높게 하는 논리이다. 이런 자산이 있고 잘 활용한 것을 높이 평가해야 한다.

"-ㄴ들"을 함께 이용하면서, 〈이런들〉은 범속하다고 할 수 있고, 〈청산이〉는 빼어난 작품이다. "靑山"〉"浮雲"에서 "亂石"〈"流水"로 나아갔다가 ("主人")〈"乞人"의 역설에 이르러, 狂風처럼 떠돌아다니는 자유를 격렬하게 누리는 자기를 보고 즐거워한다고 했다. "靑山"의 권위나 "亂石"의 규제에 맞서서 자유를 얻으려고 전개한 투쟁을 오묘한 표현을 갖추어 알려주었다.

서두의 "靑山"에서 결말의 "乞人"으로 나아가면서 기존의 통념을 모두 뒤집고, 높은 것은 낮고 낮은 것이 높으며, 존귀는 미천이고 미천이 존귀이며, 행운은 불운이고 불운이 행운이라고 했다. 이것은 생극론 또는 대등론의 철학이다. 획기적인 각성을 해서 얻은 철학을 누구나 이해할 수 있는 적절한 예증을 들어 아주 실감나게 나타냈다.

〈청산이〉는 "乞人"의 처지가 오히려 자랑스럽다고 여기는 하층민이 "靑山"이라고 자부하는 상층보다 더 높은 수준의 통찰력을 보여준 작품이다. 생활 체험에 입각해 철학의 본령을 획기적으로 혁신한 성과이다. 중세에서 근대로 이행하면서 조선후기에 이룩한 문화발전이 어느 정도에 이르렀는지 확인할 수 있는 분명한 증거이다.

이 작품이 꼭 해야 할 말을 생략하고 독자가 찾아내게 하는 별난 수

법을 사용한 것도 재평가해야 한다. 독자의 참여가 반드시 필요해 작자가 독주할 수 없으며, 양방향의 소통으로 작품 이해가 진행된다. 독자가 찾아내는 말은 얼마든지 달라질 수 있어 작품 이해가 폐쇄되지 않고 개방되어 있으며, 완결되지 않고 진행된다. 이런 방식을 창출한 것 또한 높이 평가하고 창조 작업을 하는 모든 영역에서 활용해야 한다.

위와 같이 해석하고 평가할 수 있는 소중한 유산이 정작 근대가 되자 망각되었다. 후속 작업을 하는 작품을 찾아볼 수 없다. 연구를 한다는 사람들도 의식이 혼미해져 남의 장단을 따르면서 서투른 춤을 춘다. 시조 한 수를 제대로 읽지 못하면서 수입한 지식이나 잡다하게 늘어놓는다.

밖에서 밀어닥친 근대를 받아들여 어긋난 것을 알아차리고 깊이 반성해야 한다. 반성은 전향적이어야 유효하다. 끝나가고 있는 시대를 바로잡으려고 하지 말고, 다음 시대를 바람직하게 이룩해야 한다. 이 작품을 근대를 넘어서서 다음 시대로 나아가는 전환의 시발점을 모색하는 데 활용하는 것이 마땅하다.

8

지금까지의 고찰이 필요한 이해를 하나씩 보태려고, 언어에서 문학으로, 문학에서 철학으로 나아가는 순서로 고찰했다. 이것은 기존의 관습을 이용해 새로운 작업을 하는 임시방편이다. 언어·문학·철학이라고 갈라 말하는 것이 실제로는 여럿이 아니고 하나이므로 분야 구분을 넘어선 총체학문을 해야 한다고 이 작품이 알려준다.

총체학문은 중세의 유산이면서, 근대를 넘어서서 다음 시대로 나아가는 지표이다. 이 소중한 지표를, 한국에서 한국학을 출발점으로 삼고 광범위한 비교연구를 하면서 찾고 있는 것을 널리 알리고 국내외의 동참자를 구한다. 이미 써낸 논저가 너무 많아 감당하기 어렵고, 한국어에 능통하지 않으면 이해가 힘든 이중의 장벽이 있어 미안하다. 여기 작은 본보기를 하나 보이고, 세계를 위해 널리 도움이 되는 학문 혁신의 방향을 제시하는 의의가 있는 것을 확인해주기를 기대한다.

이 글을 원문 그대로 읽어 진면목을 아는 외국인 동학들이 있기 바란다. 얻은 바를, 자국의 작품을 대상으로 삼고 자국어 논의를 전개하면서 더욱 발전시키는 창조적 변형을 하는 것이 바람직하다. 각기 자기 작업을 함께 하면서 서로 돕는 것이 마땅하다.

〈버라 버라 하니…〉

1

내라 내라 하니 내라 하니 뉘런고?
내 내면 낸 줄을 내 모르랴?
내라서 낸 줄 모르니 낸동 만동 하여라.

지은이 모르는 고시조에 이런 것이 있다. 이본은 없고 이렇게만 전한다. 돌보지 않고 버려둔 것인데, 다시 보니 놀랍다. 흔히 볼 수 있는 작품과 아주 다르다. 무엇을 말하는 어떤 작품인지 알아내면 많은 것을 얻으리라고 기대할 수 있다.

2

이 시조는 "내"라는 말이 열 번이나 등장하는 것이 예사롭지 않아 당황하지 않을 수 없다. 앞뒤의 연결이 까다롭기도 해서, 뜻하는 바를 알기 어렵다. 어떻게 하면 이해할 수 있는가? 정밀한 검토를 바로 시작하면 길을 잃을 염려가 있으므로, 우선 멀리 두고 살피면서 대체로 무엇을 말했는지 짐작해보자.

"나는 누구인가?" 알고 싶은 것을 출발점으로 삼지 않았던가? "나는 나인가?"라고 말을 바꾸었다가, "내가 나인가?"라고 다시 묻고, "내가 내이다"라고 하는 데 이른 것이 아닌가? "내가 나인가?"라는 데까지 이른 과정은 생략하고, "내가 내이다"라고 하는 발상을 얻고서 이말 저말 한 것을 보여주지 않았는가?

"나는 누구인가?"라고 물은 것은 자기가 누구인지 생각하지도 않고 살아가는 자아망각이 마땅하지 않았기 때문이었을 것이다. 자아망각에서 벗어나, 자기가 누군지 알고 살아가는 자각각성을 얻기를 바랐을 것이다. 바라는 바가 순조롭게 이루어지지 않아 "내가 내이다"라고 하는, 말이 어색하고 뜻이 모호한 중간지점에 이른 것으로 보인다.

우선 멀리서 대강 살펴 이 정도로 할 수 있는 말이 타당한지 검증하려면 비상한 노력을 해야 한다. 말의 쓰임새와 앞뒤의 연결을 면밀하게 살펴 뜻하는 바를 알아내는 추론을 수학 문제를 푸는 것 같은 절차를 거치면서 해야 한다. 수학에서 사용하는 수식이 아닌 일상어로서는 감당하기 어려운 고도의 논리를 전개해야 한다.

3

이제 안에 들어가 작품을 자세하게 살펴보려고 하니 난관이 있다. 앞으로 나아가기 어렵게 하는 구절이 적지 않다. 생략된 말을 보충하고, 축약된 말을 복원하고, 고어를 현대어로 교체해 걸림이 없게 할 필요가 있다.

초장 "내라 내라 하니 내라 하니 뉘런고?"에서, "내라고 하는"의 주어가 생략된 것을 알아차리고 보충하면 "내가 내라 내라"가 된다. "내라 하니"는 축약된 형태여서 원래의 말을 복원하면 "내라고 하는 이"가 된다. "뉘런고"라는 고어를 현대어로 교체하면 "누구인고?"가 된다. 전문을 알기 쉽게 옮기면, "내가 내라고 내라고 하니, 내라고 하는 이 그 사람이 누구인고?"이다.

중장 "내 내면 낸 줄을 내 모르랴?"에서 "내 내면"이라고 축약되어 있는 말을 복원하면 "내가 내이면"이다. "낸 줄 모르랴"는 생략된 주어를 보충하면 "내가 낸 줄 모르랴"이다. "모르랴"는 현대어로 교체하면 "모르겠는가"이다. 전문을 알기 쉽게 옮기면, "내가 내이면, 내가 낸 줄을 모르겠는가?"이다.

종장 "내라서 낸 줄 모르니 낸동 만동 하여라"에서, "내가"라는 주어가 생략된 것을 보충할 수 있다. "내라서"라는 고어를 "내이면서"라는 현대어로 교체할 수 있다. "낸동 만동 하여라"는 현대어이기도 해서 그대로 둘 수 있다. 생소하다고 여긴다면 "내인 것과 내가 아닌 것이 별반 차이가 없어 혼란이 일어나고 불만스럽구나."라는 뜻이라고 풀이할 수 있다. 전문을 알기 쉽게 옮기면, "내가 내이면서 낸 줄 모르니, 낸동 만동 하여라"이다.

"내가 내라고 내라고 하니, 내라고 하는 이 그 사람이 누구인고? 내가 내이면, 내가 낸 줄을 모르겠는가? 내가 내이면서 낸 줄 모르니, 낸 동 만동 하여라." 이렇게 옮기니 무슨 말인지 알 수 있으나 심각한 의문이 다시 제기된다. 왜 이런 말을 했는가? 이에 대해 고찰하는 것이 더욱 긴요한 과제이다.

4

"왜 이런 말을 했는가?"하는 의문을 해결하려면 되풀이해 나타나는 "내가 내라"에 관심을 모아야 한다. "내라"의 "-라"는 "-이다"라고 말한 것을 간접적으로 인용해 뒤의 말과 잇는 연결어미이다. "내가 내라"가 무엇을 말하는지 원형에 해당하는 "내가 내이다"를 들어 살피기로 하자. 일인칭대명사에 "나"도 있고 "내"도 있다. 두 말의 쓰임새를 보자.

    (가) 나는 나이다.
    (나) 내가 나이다.
    (다) 내가 내이다.

  (가) "나는 나이다"는 자연스러운 말이다. "나는 다른 사람이 아니고 나이다"라는 뜻이다. "나이다"가 중요하므로 강조해 말한다. (나) "내가 나이다"도 자연스러운 말이다. "다른 사람이 아닌 내가 나이다"라는 뜻이다. "내가"가 중요하므로 강조해 말한다.
  (가) "나는 나이다"를 "내가 나이다"로 바꾸면 말이 되지 않는다. (나) "내가 나이다"도 "나가 나이다"라고 바꾸면 말이 되지 않는다. "나"는 "-는"과, "내"는 "-가"와 연결되기만 한다. 사실은 분명한데 그

이유를 밝히는 연구는 아직 이루어지지 않은 것 같다.

(다) "내가 내이다"는 어떤가? "내가 나이다"를 잘못 말해 자연스럽지 못하다고 나무랄 수 있다. 언어를 고찰하는 데 그치면 이 이상 할 말이 없다. 그러나 "내"라는 말을 열 번이나 등장시키고 "내가 내이다"라는 말을 계속한 것을 실수라고 하고 말 수는 없다. "내가 내이다"가 어떤 의미를 가지는가 하는 문제는 문학이 맡아 다루어야 한다. 언어에서 문학으로 나아가 논의를 확대하고, 이해의 차원을 높여야 한다.

"내가 나이다"에서는 앞의 "내가"는 자각의 주체이고, 뒤의 "나이다"는 그 대상이다. "내가 내이다"도 이와 같다고 할 것은 아니다. 앞의 "내가"만 자각의 주체이지 않고 뒤에서 "내이다"라고 한 "내"도 자각의 주체라고 할 수 있다. "내가 내이다"라는 자연스럽지 못한 말을 구태여 한 것이 새로운 발언을 하고자 했기 때문이라고 할 수 있다.

자각 주체의 대상 또한 자각의 주체일 수 있음을 알리는 가장 간명하고 적절한 방법이 "내가 내이다"라는 어형을 사용하는 것이다. 다른 말을 길게 해서 더 좋은 효과를 거둘 수 없고, 시조 형식을 파괴하기나 한다. 여기서 작품의 핵심을 발견했다.

5

내라 내라 하니/ 내라 하니 뉘런고?(내가 내라고 내라고 하니, / 내라고 하는 이 누구인고?)

내 내면 낸 줄을/ 내 모르랴?(내가 내이면, /내가 낸 줄 모르겠는가?)

내라서 낸 줄 모르니 낸동 만동 하여라(내가 내이면서 낸 줄 모르니, /낸동 만동 하여라.)

작품 원문을 다시 들고 풀이한 말을 괄호 안에 적으면 이와 같다. 중간에 "/"에 넣어 앞뒤를 구분했다. 앞에서는 사실을 말하고, 뒤에서는 논란을 했다고 우선 대강 말할 수 있다.

더 자세하게 말해보자. 앞에서는 주체인 "내"와 대상인 "내"가 관련을 가지고, 대상인 "내"가 또한 주체이기도 한 사실을 말했다. 이런 사실에 관해 뒤에서 드는 더 큰 이차적인 주체인 "내"가 논란을 한다고 했다. 이런 작업이 초·중·종장에서 점차적인 변화를 보이면서 진행되었다.

초장에서 "내라 내라 하니/ 내라 하니 뉘런고?(내가 내라고 내라고 하는,/ 내라고 하는 이 누구인고?)"라고 한 것을 보자. 주체인 "내"가 대상인 "내"와 같다고 하는 사람이 누구인가 하고 물었다. 남의 일을 남의 일인 것처럼 여기고 빗나간 질문을 했다. 주체와 대상의 관계에 문제가 없는 것 같다고 여기는, 이차적인 주체인 "내"가 할 일을 하지 못했다. 주어진 대로 살아가면서 자아망각에 안주하고 있다.

중장에서 "내 내면 낸 줄을/ 내 모르랴?(내가 내이면, /내가 낸 줄 모르겠는가?)"라고 한 것을 보자. 주체인 "내"가 대상인 "내"라면, 이차적인 주체인 "내"가 모르겠는가 하고 반문했다. 당연히 알아야 할 일을 모를 수 있겠는가라고 하면서, 이차적인 주체가 자아망각에서 조금 깨어났다. 초장의 "뉘"가 여기서 "내"로 바뀌어 무책임에서 벗어나 정신을 차리고 보니 난감하게 되었다. 주체인 "내"가 대상인 "내"와 같은 것을 모를 수 있는 것을 눈치 채고 불안하게 여긴다.

종장에서 "내라서 낸 줄 모르니 낸동 만동 하여라.(내가 내이면서 낸 줄 모르니, /낸동 만동 하여라.)"라고 한 것을 보자. 주체인 "내"가 대상인 "내"가 다르지 않고 같다는 사실을 모르고 지낸 잘못을 이제야 알아차리고, 자기 삶을 되돌아보면서 한 말이다. 자아망각을 불안하게 여기는 단계를 넘어서서 자아각성을 이룩하고자 하는 노력이 미진해, 사는 보람이 없다고 탄식했다.

거듭 등장한 말 "내"는 삼중의 의미를 가진다. 주체이고, 대상이면서 또한 주체이며, 주체와 대상의 관련을 논의하는 더 큰 이차적인 주체이다. 이런 사실과 논란이 변하는 양상을 세 단계에 걸쳐 말했다. 자아망각에 안주하고 있는 것을 나무라다가, 자아망각이 흔들리는 것을 알아차리고 불안해하고, 자아각성을 이룩하지 못한 것을 자책했다.

6

(1) 내라고 하는 이 누구인고?
(2) 내가 낸 줄 모르겠는가?
(3) (내가) 낸동 만동 하여라.

초·중·종장의 뒤에서 한 말이 이렇다. 세 말이 어떻게 다른지 분명하게 알기 위해 주제를 바꾸어보자. "내가 내이다"를 두고 하는 말이 추상적이어서 모호하게 들릴 수 있으므로 "고향으로 간다"는 것에 관한 말이라고 해보자. 이런 방법을 널리 사용할 만하다.

(1)은 "고향으로 가는 이 누구인고?"인데, 자기가 가면서 누가 가는지 몰라서 하는 엉뚱한 말이다. 정체성 혼란이 일어나서 하는 멍청한 소리이다.

(2)는 "고향으로 내가 가는 줄 내가 모르겠는가?"인데, 당연한 말인 것 같으나 예사롭지 않다. 당연히 알고 조금도 의심하지 않아야 할 사실을 두고 "모르겠는가"라고 반문하는 것은 인식능력에서 차질이 생긴

탓이다.

(3)은 "고향으로 가도 간동 만동 하여라"인데, 고향에 가서 실망한다는 말이다. 고향이 기대한 바와 다르거나 고향을 자기 마음에 품으려고 하지 않거나 하는 등의 이유가 있어 귀향에 차질이 생긴 것으로 보인다. 귀향의 의의에 대해 의문을 가지게 되었을 수도 있다.

위와 같은 용례에서 보면 알기 쉬운 말을, 이 작품에서는 "내가 내이다"에다 적용해 이해를 힘들게 했다. 위에서 검토해 얻은 결과를 잊지 말고 간직하고 다시 읽으면 추상적이어서 모호하다고 여기던 말이 선명해질 수 있다.

"내가 내이다"는 "고향으로 간다"보다 복잡하고 난해하다. "고향으로 간다"에서는 주체인 가는 사람과 대상인 고향이 분리되어 무엇을 말하는지 알기 쉽다. "내가 내이다"에서는 "내"가 누구인지 알고 말하는 사람과 그 대상이 분리되어 있다고 간단하게 말할 수 없다. 둘이 분리되어 있는지 아닌지 논란이 된다.

논의를 더 전개하기 위해 어떻게 해야 하는지 분명하게 자각하자. 알기 쉬운 것이 알기 어려운 것을 아는 데 도움이 되는 사실을 확보해 혼란을 막자. 알기 쉬운 것과의 비교를 알기 어려운 것의 내막을 알 수 있는 방법으로 삼고 앞으로 나아가자. 알기 어려운 것의 내막을 되도록 알기 쉽게 파악하려고 노력하자.

이런 작업이 진행된 내용을 소상하게 기술한다면 너무 장황하게 된다. 인문학문에서 사용하는 언어 표현은 자연학문의 수식과 달라, 정밀도를 높여나갈 수 없는 한계가 있다. 이 두 가지 이유가 있어, 진행한 작업의 개요를 보고하기만 한다.

(1) "내라고 하는 이 누구인고?"는 "내라"고 말하는 사람이 자기인지 다른 사람 누구인지 몰라 묻는 말이어서, 멍청이가 되었다고 할 수

있을 정도로 정체성 혼란이 일어난 것을 알렸다. 자아망각의 심각한 증세를 그대로 나타냈다.

(2) "내가 낸 줄 모르겠는가?"는 자기가 자기인 것을 모르겠는가 묻는 말이어서, 인식능력에서 차질이 생긴 것을 알렸다. 자아망각을 알아차리고 염려했다. 멍청이라고 할 수는 없으나, 바보가 아닌지 의심할 만한 상태이다.

(3) "(내가) 낸동 만동 하여라"는 자기가 자기인 것이 자기가 아닌 것과 그리 다를 바 없다고 하는 말이어서, 존재 의의에 대한 회의를 알린다. 자아망각에서 자아각성으로의 전환이 충분히 이루어지지 않은 것이 불만스럽다고 하는 이유이다.

정체성 혼란, 인식능력에서 생긴 차질, 존재 의의에 대한 회의라고 한 것들은 단계적인 차이를 이중으로 나타낸다. 한편으로는 자아망각에서 자아각성으로 한 단계씩 나아가 희망을 주면서, 다른 한편으로는 일시적인 증세를 말하다가 지속적인 질병을 진단하는 데 이르러 절망이 짙어지게 한다. 절망은 극도에 이르면 희망으로 역전되는 것을 말하지 않고 알아내도록 한다.

7

지금까지 논의한 작품은 언어연구를 면밀하게 해야 할 자료이면서 문학으로서 소중한 의의가 있고, 깊이 있는 철학을 제시했다고 평가할 만하다. 필요한 이해를 하나씩 보태려고, 언어에서 문학으로, 문학에서 철학으로 나아가는 순서로 고찰했다. 이렇게 한 것은 기존의 관습을 이용해 새로운 작업을 하는 임시방편이다.

언어·문학·철학이라고 갈라 말하는 것이 실제로는 여럿이 아니고 하나이므로 분야 구분을 넘어선 총체학문을 하는 방향으로 나아가야 한다. 총체학문은 중세의 유산이면서 근대를 넘어서서 다음 시대로 나아가는 지표이다. 이 소중한 지표를, 한국에서 한국학을 출발점으로 삼고 광범위한 비교연구를 하면서 찾고 있는 것을 널리 알리고 국내외의 동참자를 구한다.

비교연구의 의의를 확인해보자. 이 작품은 언어 구사가 면밀하게 이루어져 있어 수학 문제를 푸는 것 같은 절차를 거치면서 분석해야 이해할 수 있는 점에서, 발레리(Paul Valéry)가 시도한 순수시(poésie pure)와 상통한다. 무의미와의 경계에 놓인 오묘한 심상을 얻으려고 하지 않고, 의식 각성의 단계를 깨우쳐주고자 한 지향점은 상이하다. 해독을 다 해도 끝내 난해시인 것과, 알고 보면 절실하게 와닿는 것이 다르다. 그쪽은 도수가 아주 높은 술과 같아 조금씩 조심스럽게 음미해야 하고, 이 작품은 샘에서 솟아나는 물로 여기고 흔쾌히 마실 수 있다.

의식 각성의 단계에 관한 견해는 헤겔(Hegel)의 철학과 비교해볼 만하다. 헤겔은 자아가 매몰되어 있는 卽自(an sich)의 단계에서 주체의식을 가지는 對自(für sich)의 단계로 나아가 의식 각성이 이루어진다고 했다. 이 작품은 의식 각성으로 나아가는 과정을 두고 유사한 고찰을 하면서, 이것 아니면 저것이라고 하는 양단 논법을 호기 있게 펼치지 않고, 변화 과정에 세심한 관심을 가지고자 했다. 의식의 주체가 여러 겹인 것을 알아내려고 하고, 자아망각에서 깨어나는 단계를 하나씩 밝히려고 했다.

이 작품은 발레리의 시와 상통하는 표현으로 헤겔의 철학과 견줄 수 있는 사고를 하나가 되게 나타내고 있다. 문학이 철학이고 철학이 문학인 총체를 일상생활에서 누구나 하는 쉬운 말을 활용해 만들어, 협소한 개념과 경직된 논리에 갇혀 있는 고답적인 문학이나 전문적인 철학에서는 볼 수 없는 생동하는 발상을 나타냈다. 어려운 공부를 하는 번거로운 절차를 거치지 않아야 더 잘 이해할 수 있는 것이 놀랍다.

하층의 민중이 상층의 지식인 이상으로 깨어나 왕성한 탐구를 해서 이룩한 창조물이 가치의 서열을 뒤집었다. 차등론을 파괴하고 대등론의 타당성을 입증했다. 이런 사실이 조선후기의 한국문화가 어느 수준까지 발전했는지 잘 알려준다고 하고 말 것은 아니다. 세계사적 관점에서 더욱 확대된 비교고찰을 진행할 필요가 있다.

제5장

마당으로

이제 마당으로 나간다. 탁상의 문학론에서 현장의 예술론으로 나아간다. 우리 공연예술의 특징은 무엇이고 어떻게 계승할 것인지 논의한다. 공연자와 참여자가 함께 이룩하는 대등창작이 가장 소중하다고 한다. 전통연희를 계승해 공연하는 분들을 위해 강연한 원고를 내놓는다. 유튜브에서 "조동일"을 치면 강연하고 토론한 현장을 보여주는 동영상이 있다.

방자와 말뚝이

1

전통예술을 계승하려면 잘 알아야 한다. 대강 보고 속성으로 익혀 엉뚱하게 이용하려고 하지 말아야 한다. 깊이 알아보고 기본원리를 체득해야, 새로운 가치를 발현할 수 있다. 이런 방향으로 나아가는 데 도움이 되는 논의를 전개하고자 한다.

방대한 자료를 늘어놓고 불필요한 고증을 일삼는 잘못을 추방하고 논의를 분명하게 하고자 한다. 방자와 말뚝이가 판소리나 탈춤에서 무엇을 어떻게 하는가? 문제를 이렇게 한정하고 판소리와 탈춤의 원리를 비교해 고찰하는 성과를 얻어, 계승을 위한 지침으로 삼고자 한다.

판소리 〈춘향가〉 사설을 아주 생생하게 적어놓은 〈남원고사〉(南原古詞)의 한 대목을 보자. 이몽룡이 해가 빨리 져서 어서 춘향을 만나러 가고 싶어서 방자를 닦달한다. 방자는 능청을 떨면서 딴소리를 한다. 원문을 제시하고, 현대어로 옮긴 다음, 말뜻을 풀이한다.

"방즈야, 히가 언마나 갓느니?"

"히가 아직 아귀도 아니터쇼."

"이고, 그 히가 어졔는 뉘 부음편지를 가지고 가는드시 줄다름질ᄒ여 가더니, 오날은 어이 그리 완보장텬ᄒ는고? 발바당의 종긔가 낫느? 가릭토시가 곰기는가? 삼버리줄 줍으믹고 스면 말독을 박아는가? 딕신 지가를 잡히엿나? 장승 거름을 부러ᄒ나? 어이 그리 더듸 가노? 방즈야, 히가 어딕로 갓나 보아라."

"빅일이 도텬즁ᄒ여 오도가도 아니ᄒ오."

"무졍세월약뉴픽라 ᄒ더니 허황흔 글도 잇거고나. 붓친드시 박힌 히를 어이ᄒ여 다 보닐고? 방즈야 히가 엇지 되엿느니?"

"셔산의 빗겨 죵시 아니 넘어가오."

"관쳥빗 불너다가 기름을 만히 가져 셔산 뫼봉의 발나두라. 밋그러워 넘어가게 ᄒ여다고. 그리ᄒ고 히 지거든 즉시 거릭ᄒ라."

방즈놈 엿즈오딕,

"셔산의 지는 히는 보봄즈리 치노라고 눈을 씀을씀을 ᄒ고, 동녕의 돗는 달은 놉히 써셔 오노라고 바스락 바스락 쇼릭ᄒ니, 황혼일시 졍녕ᄒ다. 가랴 ᄒ오? 말냐 ᄒ오?"

"방자(房子)야 해가 얼마나 갔느냐?"

"해가 아직 아귀도 아니 텄소."

"애고, 해가 어제는 누구 부음訃音 편지를 가지고 가는 듯이 줄달음질하여 가더니, 오늘은 어이 그리 완보장천緩步長川하는고? 발바닥에 종기 났나? 가래톳이 곰기는가? 삼蔘 벌이줄 잡아매고 사면四面 말뚝을 박았는가? 대신代身 지가止街를 잡혔는가? 장승 걸음 부러웠나? 어이 그리 더디 가노? 방자야, 해가 어디로 갔나 보아라."

"백일白日이 도천중倒天中하여 오도가도 아니하오."

"무정세월약류파無情歲月若流波라 하더니, 허황한 글도 있겠구나. 붙인 듯이 박힌 해를 어이하여 다 보낼꼬? 방자야, 해가 어찌 되었느냐?"

"서산西山에서 종시終始 아니 넘어가오."

"관청빛〔官廳色〕 불러다가 기름을 많이 가져 서산 뫼봉에 발라둬라. 미끄러워 넘어가게 하여 다고. 그리하고 해 지거든 즉시 거래擧來하라."

방자 놈 여쭈되,

"서산에 지는 해는 보금자리 치느라고 눈을 끄물끄물 하고, 동령東嶺에 돋는 달은 높이 떠서 오느라고 바스락바스락 소리 하니, 황혼黃昏일시 정녕丁寧하다. 가랴 하오? 말라 하오?"

대단한 입심이다. 문서가 풍부하다고 하는 경지이다. 전통예술 연행자는 모두 이런 능력을 가져야 한다. 〈남원고사〉 전권을 외면 아주 좋은 공부를 한다. 현대역이라도 좋다. 고전을 이해하지 않고 전통을 계승하겠다는 것은 억지이다.

"아귀 트다"는 "싹 트다"이다. "곰기는가?"는 "곪은 것이 낫지 않고 그대로 굳어지는가?" 하고 묻는 말이다. "벌이줄"은 "물건이 버틸 수 있도록 이리저리 얽어매는 줄"이다. "삼蔘 벌이줄 잡아매고 사면四面 말뚝을 박았는가?"는 "인삼을 지키려고 줄을 매고 사방에 말뚝을 박아 동행을 방해하는가?"라고 하는 말이다. "지가止街"는 "높은 사람이 지나가니, 예사 사람은 길 한쪽에 멈추어 있으라."고 하는 것이다. "무정세월약류파無情歲月若流波"는 "무정한 세월은 흐르는 물과 같다,"는 말이다. 적합하지 않은 인용이다. "관청빛〔官廳色〕"은 "관청 음식을 담당하는 관원"이다. "거래擧來"는 "거두어 온다"는 말이다. 이런 옛말을 잘 알아 계속 활용하고, 상응하는 의미를 지니는 오늘날의 말도 열심히 찾아야 좋은 작품을 이룩한다.

이몽룡과 방자는 밀고 당기는 관계이다. 관계의 실상을 보자. 표리가 다른 것을 잘 살펴야 한다. 이해 능력을 시험한다. 이몽룡은 해가 어디까지 갔는지 방자에게 묻는다. 이것은 심정이 너무 절박한 것을 알려줄 뿐만 아니라, 무능을 드러내기도 한다. 사실이 아닌 서책의 세계에서 놀면서, 세상 물정 모르고 문자나 희롱한다. 관가 공용의 식용유를 가져다가 산에 부으면 해가 미끄러져 빨리 넘어간다고 하고, 그 기름을 다시 거두어 올 수 있다고 할 만큼 현실과 동떨어져 있다. 이런 것이 양반의 허점이다. 표리가 달라, 우세가 열세이다.

방자는 상황 판단을 정확하게 하고 적절하게 대처하는 것을 숨기고, 시키는 대로 하는 척하면서 이몽룡이 식견이 부족한 철부지임을 드러내도록 유도한다. 이몽룡이 잘 골라 쓴다고 자부하는 문자가 엉뚱한 수작이도록 한다. 상황을 장악하고, 이몽룡을 이끌어나간다. 이것이 하층민의 반격이다. 열세를 유리하게 이용하는 슬기로운 방법이다. 표리가 달라, 열세가 우세이다.

방자와 이몽룡의 관계는 탈춤에서 보여주는 말뚝이와 양반의 관계와 흡사하다. 〈봉산탈춤〉 양반과장에서 두 대목을 들어보자.

말뚝이: (중앙쯤 나와서) 쉬- (음악과 춤 그친다.) (큰 소리로) 양반
    나오신다. 아, 양반이라거니, 노론·소론·이조·호조·옥당(玉堂)을
    지내고, 삼정승 육판서 다 지낸 퇴로재상(退老宰相)으로 계신 양반
    인 줄 아지 마시요. 개잘량이라는 양자(字)에 개다리소반이라는
    반자 쓰는 양반이 나오신단 말이요.
양반들: 야 이놈 뭐야아?
말뚝이: 아아, 이 양반 어찌 듣는지 모르겠소. 노론·소론·이조·호
    조·옥당(玉堂) 다 지내고 삼정승 육판서를 다 지내고, 퇴로재상으
    로 계시는 이생원네 삼 형제분이 나오신다고 그리 했소.
양반들: (합창) 이생원이라네에. (굿거리장단에 모두 같이 춤춘다.)
(춤추는 동안에 도령은 때때로 형들의 면을 탁탁 치며 돌아다닌다.)

취발이: (말뚝이에게 끌려 양반의 앞에 온다.)
말뚝이: (취발이의 엉덩이를 양반 코앞에 내밀게 하여) 그놈 잡어들
    였소.
생원: 아 이놈 말뚝아. 이게 무슨 냄새냐?
말뚝이: 이놈이 피신을 하여 다니기 때문에 양치를 못하여서 그렇
    게 냄새가 나는 모양이외다.
생원: 그러면, 이놈의 모가지를 뽑아서 밑구녕에다가 갖다 박아라.
말뚝이: 이놈에 목쟁이를 뽑아다 밑구녕에다 꽂는 수가 있으면, 내

좆으로 샌님의 입술을 떼여 드리겠습니다.

"노론·소론"은 역임할 수 있는 관직이 아니다. 비꼬려고 열거했다. "옥당"(玉堂)은 "글을 관장하는 관청 홍문관의 관직을 명예롭게 일컫는 말"이다. "퇴로재상"(退老宰相)은 "늙어서 은퇴한 정승"이다. "개잘량"은 "털이 있는 채로 사용하는 개가죽"이다. "개다리소반"은 "다리가 개다리처럼 생긴 소반"이다. 말뚝이는 양반을 모시고 사는 하인이니 얻어 들어 아는 말이 적지 않으나, 방자만큼 유식할 필요는 없다. 말을 몇 마디만 하면 된다.

위의 두 장면을 보면, 양반은 사실을 파악할 능력이 없다. 험담을 하는 소리가 들리는 것 같아 말뚝이를 닦달하다가, 변명하는 말을 듣고 안심한다. 냄새는 조금 맡아도 눈에 보이는 것이 없어 무리한 소리를 한다. 취발이의 "모가지를 뽑아서 밑구녕에다가 갖다 박아라"고 한 것은, 이몽룡이 식용유를 가져다가 산에 부으면 해가 미끄러져 빨리 넘어간다고 한 것보다 더 심한 억지 수작이다.

이몽룡의 우세가 열세이고 방자의 열세가 우세이듯이, 양반의 우세가 열세이고 말뚝이의 열세가 우세이다. 그러면서 방자는 조연이고, 말뚝이는 주연이다. 판소리에는 이몽룡보다 오히려 더 중요한 주역 춘향이 따로 있어 열세가 우세인 것을 분명하게 해서, 이몽룡의 우세가 열세이게 뒤집어놓는다. 방자는 역전의 가능성을 보여주었을 따름이다. 탈춤의 말뚝이는 자기 스스로 열세가 우세이게 해서, 양반의 우세를 뒤집어 열세이게 한다.

전개 방법이 다른 것을 더욱 주목해야 한다. 판소리는 말이 많고, 탈춤은 말이 적다. 판소리는 사건을 풀어내고, 탈춤은 상황을 보여주기 때문이다. 이것은 서사와 희곡의 차이이다. 서사와 희곡의 차이를 판소리와 탈춤이 극명하게 나타낸다. 이에 관한 이해가 가장 긴요하다.

사건 풀어내기는 광대가 입심으로 한다. 광대가 광대·고수·청중의 관계를 주도하면서, 청중의 머릿속에 이몽룡과 방자가 밀고 당기는 관계가 벌어지도록 한다. 이몽룡과 춘향이 밀고 당기는 관계로 나아가 본론에 들어간다. 상황 보여주기는 입심이 아닌 행동으로 한다. 탈꾼이 주도하지 않고 탈꾼·악사·관중이 밀고 당기는 관계에서 이루어진다. 탈꾼에 말뚝이도 있고 양반들도 있어 조성되는 상황에 악사나 관중이 직접 참여한다.

생산과 소비라는 용어를 사용해 양쪽이 어떻게 다른지 말해보자. 판소리는 광대가 하는 생산에 소비자인 청중이 반응을 보이면서 간접적으로 개입한다. 탈춤은 탈꾼·악사·관중이 한자리에서 함께 생산한다. 광대는 하나이지만, 탈꾼은 여럿이다. 여럿이 어울리지 않으면 연습도 할 수 없다. 광대는 잘하면 누구라고 이름이 난다. 전국 어디서나 칭송받는다. 탈꾼은 탈을 쓰고 있어 얼굴을 드러내지 않는다. 이름이 날 수 없다.

판소리 광대는 대등의 상위로 올라가려고 사설을 다채롭게 하고 유식하게 한다. 무식이 유식하게 하려고 하니 말이 자꾸 많아진다. 탈춤은 말이 많을 필요가 없다. 탈꾼·악사·관중이 한자리에서 밀고 당기는 관계가 말로 전달할 수 있는 것보다 더욱 많은 정보를 압축해 발산한다. 상황 자체가 전기장이므로 전선이 필요하지 않다.

4

탈춤을 계승한다면서 생소한 사건을 풀어내면서 단색조의 설익은 훈계를 앞세우기까지 하는 것은 전연 부당하다. 잘못 이용해 탈춤을 모독한다. 탈춤을 죽이기까지 하면서 대단한 일을 한다고 착각한다.

사건을 풀어내려면 탈춤이 아닌 판소리를 선택해야 한다. 훈계를 앞세워 남들이 어떻게 하라고 하지 말고, 자기가 할 일을 해야 한다. 차등을 뒤집고 대등을 이룩하는 사설을 능숙하고 풍부하게 내놓는 경지에 이르러야 한다.

탈춤은 사건을 풀어내지 않고 상황을 만들어야 한다. 탈꾼·악사·관중이 밀고 당기는 관계로 만들어내는 전기장이어야 한다. 이 원리를 어기면 탈춤이 아니다. 함부로 현대화하다가 저질의 소재주의로 편협한 애국심을 고취하는 만행을 저지르지 말아야 한다.

전통을 계승한다면서 망친 전례가 아주 많다. 현대시조가 글자 수를 무리하게 맞추거나 해서 시조를 죽이고, 한국화라는 그림이 필력은 잃고 묘사나 해서 풍경화가 되고 만 실패를 연장시키지 않아야 한다. 판소리와 탈춤을 둘 다 매장시킨 흙더미에 올라서서 승리의 깃발을 꽂는 반역자가 되지 말아야 한다. 반역자가 모자라 더 나타나야 하는 것은 아니다.

판소리든 탈춤이든 지금까지 하던 대로 한다고 하고서, 내용을 바꾸고 새롭게 하는 것이 좋은 방법이다. "신판"이라고 표방하고 구판을 희화해 뒤집어엎고, 오늘날의 사설을 들려주고 상황을 보여주면 몇 가지 이득이 있다. 창작보다 개작이 쉽다. 고금 합작으로 역량을 키운다. 엉뚱한 짓을 해서 전통을 망치지 않는다. 박해를 피하는 진지를 마련한다.

판소리와 탈춤은 장단점이 있다고 여기고 합치려고 하지 말아야 한다. 합치면 양쪽의 장점이 다 죽는다. 판소리와 탈춤이 둘 다 필요하다고 생각하면, 둘을 연결시키는 것이 좋다. 〔판소리-탈춤-판소리〕이거나 〔탈춤-판소리-탈춤〕이거나 하는 실험을 할 수 있다.

5

전통예술을 계승하려면 잘 알아야 한다는 말을 다시 한다. 판소리와 탈춤을 둘 다 살리면서 새로운 창조를 해야 한다. 작품의 실상을 잘 알고 원리를 체득하는 것이 선결 과제이다. 소재주의와 애국주의가 야합해 전통 계승을 망치지 않아야 한다.

옛사람보다 현대인이 더 잘났다고 여기는 것은 잘못이다. 예술은 정치의 지도를 받고 몽매에서 벗어나야 한다고 하는 것은 더 큰 잘못이다. 이런 잘못을 뿌리 뽑기 위해 싸워야 한다. 예술투쟁의 위력을 발현해야 한다.

신명풀이 비교 고찰

1

'카타르시스'·'라사'·'신명풀이'가 연극의 세 가지 원리라고 나는 말해왔다. 이 셋을 비교해 고찰하는 작업을 《카타르시스·라사·신명풀이》(1997)라는 책에서 하고, 그 전문을 재수록한 《탈춤의 원리 신명풀이》(2006)에서 더 많은 논의를 했다. 여기서 기존의 성과를 간추리면서 새로운 견해를 보탠다. 생극론 탐구가 더욱 진전되고, 대등론과 창조주권론이 추가되면서 연극에 관한 논의에서도 새로운 지평이 열린다.

'카타르시스'(catharsis)라는 말은 고대 그리스의 아리스토텔레스(Aristoteles)가 〈시학〉(Poetics)에서 처음 했다. 영웅이 참혹하게 패배하는 끔찍한 연극을 보면 관중은 "연민과 공포의 감정을 환기시키는 사건에 의거해 바로 이런 감정의 '카타르시스'를 경험한다"고 했다. '카타르시스'는 원래 의학의 용어이며, 소화가 되지 않고 뱃속이 거북할 때 쓰는 관장치료법을 의미했다. 이 말을 가져와 연극을 보면서 연민과 공포의 감정을 간접적으로 경험해 마음속에서 씻어내는 치료 효과를 '카타르시스'라고 한 것으로 이해된다.

간단한 언급에 지나지 않는 것을, 후대의 유럽 각국 논자들이 대단한 이론이라고 받들고 많은 해몽을 추가했다. 이것은 크게 잘못되지 않았으므로 길게 나무랄 필요는 없다. 온 세계가 그 뒤를 따라 '카타르시스'가 연극의 보편적인 원리이고, 고대 그리스의 비극이 모든 연극의 전범이라고 하는 것이 문제이다. 유럽중심주의의 사고의 전형적인 폐해를 자아내, 다른 원리는 찾을 수 없게 하고, 상이한 연극은 평가절하하도록 하니 가만둘 수 없다.

이에 대한 반론이 인도에서 제기되었다. 영국인이 인도를 식민지로 삼아 통치하면서 유럽문명이 인도문명보다 우월하다고 하려고, '카타르시스'를 원리로 한 고대 그리스의 연극을 전범으로 삼고 인도의 고전극이 생겨났다고 해서, 사태를 악화시키고 반론을 부추겼다. 인도의 여러 학자가 나서서 부당한 소리를 그만두라고 하면서, 바라타(Bharata)가 지었다는 방대한 고전 〈나티아사스트라〉(Natyasastra)에서 말한 '라사'(rasa)가 '카타르시스'보다 월등한 이론이라고 했다.

그 책에서 "연극은 신, 마귀, 인간, 이 세 세계의 감정을 나타낸다.", "도리·유희·이익·화평·웃음, 싸움·애욕·살육, 가운데 어느 것이든지 갖추고 있다."고 했다. 연극이 사람의 일을 다루는 데 그치지 않고, 사람이 자기 이상의 세계와 분리되지 않고 있는 연관관계를 가지고 神人合一을 이룬다고 했다. 연극의 종류나 취향은 다양하지만, 그 모두를 아우르는 원리는 '라사'라고 했다. '라사'는 무엇이든지 원만하게 아우르는 아름다운 느낌이라는 말이다.

이런 논거를 이용해, 인도 학자들은 유럽인의 편견에 대해 다각적인 비판을 했다. 유럽에서는 비극은 비극이고, 희극은 희극이라고 갈라놓지만, 인도에서는 비극적인 것과 희극적인 것뿐만 아니라 그 밖의 다른 미감이 다양한 방식으로 복합되어 여러 형태의 연극을 만들어냈다고 했다. 그리스의 조각은 사람의 손을 있는 그대로 나타내지만 인도에서는 조각해놓은 손을 보고서 연꽃을 생각할 수 있게 하듯이, 인도 연극은 인간의 삶을 처절하게 사실적으로 그리지 않고 불행을 넘어서는 성숙된 자세를 상징적이고 서정적인 품격을 갖추어 나타낸다고 했다.

작품 비교에 근거를 둔 반론도 있다. 소포클레스(Sophocles)의 〈오이디푸스왕〉(Oedipus Tyranos)과 칼리다사(Kalidasa)의 〈사쿤탈라〉(Sakuntala)를 예증으로 들고, 무엇이 어떻게 다른지 말했다. 〈오이디푸스왕〉에서는 운명 앞에서 인간이 전적으로 무력하다고 했으나, 〈사쿤탈라〉는 경험과 초월, 유한과 무한, 현실과 신화가 둘로 나누어져 있지 않고 하나로 연결되어 완벽한 조화를 이루는 것을 보여준다고 했다.

'카타르시스'의 횡포에 대한, '라사'에 입각한 반론은 타당하지만 미흡하다. 유럽 쪽의 편견을 비판하면서 인도연극의 가치를 옹호하는 데 그치고, 세계연극 일반론에 관한 더욱 진전된 이론을 만들어내지 못하고 있기 때문이다. 유럽중심주의의 편견을 근본적으로 비판하고 극복하지는 못하고 있다.

2

한국 연극의 주류를 이루는 탈춤은 '카타르시스' 연극과 아주 거리가 멀다. '카타르시스' 연극을 연극의 전범이라고 여기고, 탈춤은 정상에서 벗어났다고 나무라는 것은 잘못이다. '라사' 연극과 비교를 한다면 수준 미달이라고 할 수 있으나, 이것 또한 빗나간 견해이다. 탈춤은 '카타르시스' 연극이나 '라사' 연극과는 다른, 또 하나의 연극이다.

'카타르시스'나 '라사'와 구별되는 탈춤의 원리는 무엇이라고 해야 하는가? 나는 이 문제를 처음 제기하고, 탈춤의 원리는 '신명풀이'라고 하는 해답을 말했다. 이것은 어떤 이론의 도움을 받지 않고, 탈춤에서 직접 발견한 사실이다. 탈춤 공연은 '신명풀이'이고, 탈춤은 '신명풀이'를 원리로 하는 연극이라고 하는 증거를 탈춤이 제공한다.

'신명풀이'에는 혼자서 하는 것도 있고, 여럿이 함께 하는 것도 있다. 여럿이 함께 '신명풀이'를 하는 것을 대동놀이 또는 대방놀이라고 한다. 대동놀이는 일반적으로 하는 말이고, 대방놀이는 탈춤 대사에서 흔히 볼 수 있는 말이다. 대방놀이라는 용어를 사용하면서 논의를 진행한다.

탈춤은 대방놀이다. 대방놀이의 전형적인 모습을 보여준다. 먼저 하는 앞놀이와 나중에 하는 뒷놀이에서는, 구경꾼과 공연자가 구별 없이 같은 자격으로 신명풀이를 하면서 어울려 논다. 중간에 하는 탈놀이에서는 공연자와 구경꾼이 구별되기도 하고, 공연자가 구경꾼이며 구경꾼이 공연자이기도 하다.

"오랫만에 대방놀이 판에 나왔으니, 춤이나 한 번 추고 놀아볼까." 공연자는 등장하며 이렇게 말한다. "저놈이 사람을 친다." 구경꾼은 이렇게 말하면서 공연에 개입한다. 공연은 대사 대목과 춤대목의 교체로 진행된다. 공연자들이 말을 주고받으면서 다투는 대사 대목 사이사이에,

말을 멈추고 함께 춤을 추는 춤대목이 있다.

대방놀이에서는 누구나 함께 어울리면서 상생의 기쁨을 누리는 공동의 신명풀이를 한다. 탈놀이를 할 때에는 등장인물들끼리 상극의 관계를 가지고 다투다가, 춤대목에서는 상생을 확인한다. 상극이 상생이고 상생이 상극인 관계를 보여준다.

'카타르시스' 연극은 상극, '라사' 연극은 상생에 치우쳐 있다. '신명풀이' 연극은 상극이 상생이고 상생이 상극이라고 하는 생극의 연극이다. 상극·상생·생극을 각기 구현하고 있어, '카타르시스'·'라사'·'신명풀이'가 연극의 세 가지 기본 원리를 이룬다.

이런 사실이 작품에 어떻게 나타나 있는지 살펴보자. 작품의 본보기로 인도 학자가 이미 고찰한 〈오이디푸스왕〉·〈사쿤탈라〉를 다시 들고, 〈봉산탈춤〉을 추가한다. 셋이 어떻게 다른지, 생극론의 관점에서 명확하게 밝혀 논한다.

〈오이디푸스왕〉에서는, 상생이라고 여기던 것이 상극으로 밝혀져 끔찍하기 이를 데 없는 파멸을 가져왔다. 괴물을 퇴치하고 나라를 구한 영웅 오이디푸스가 왕으로 추대되고 과부로 있던 왕비와 부부가 된 것은 칭송받아 마땅한 상생이다. 이런 상생은 허상이어서 곧 무너지고, 오이디푸스가 아버지를 죽이고 어머니와 결혼한다고 한 神託이 실현된 처참한 내막이 밝혀져, 자기 손으로 눈을 찔러 장님이 되어 떠나갔다.

〈사쿤탈라〉에서는, 상극이라고 여기던 것이 상생으로 밝혀져 최상의 복락을 누리게 되었다. 국왕의 사랑을 받다가 헤어져야 했던 시골 소녀 사쿤탈라는 정표로 주고 간 반지를 잃어버려 곤경에 빠졌다. 이런 상극은 허상이어서 곧 무너지고, 상생의 실상이 밝혀지는 대전환이 일어났다. 잃어버린 반지가 나타나고, 국왕이 기억을 되살렸을 뿐만 아니라, 시골 소녀 사쿤탈라가 사실은 여신의 딸이라는 비밀이 밝혀졌다. 하늘의 신이 두 사람의 결합을 주선하고 행복을 축하했다.

〈봉산탈춤〉에는, 신이니 국왕이니 영웅이니 하는 차등론 상위의 특별한 존재는 등장하지 않는다. 노장과 그 제자 목중들, 양반과 그 하인 말뚝이, 영감과 그 아내인 할미 사이에 다소의 차등은 있어도 쉽게 뒤집어지고 대등한 관계가 이루어진다. 산중에서 도를 닦는다는 고승 노장은 망나니 제자 목중들 때문에 놀이판에 나와 신명풀이에 동참한다.

지체가 높다고 으스대는 양반은 말뚝이의 놀림감이 되어 우월한 지위가 헛것임이 드러난다. 남자라고 횡포를 부리던 영감은 할미가 죽자 깊이 뉘우친다. 위에서 아래를 누르는 상극이 일제히 무너지고 위아래 구분 없이 모두 대등하다고 하는 상생이 이루어진다.

3

'카타르시스'의 원리에서는 말한다. 저 멀고 높은 곳에 신들이 있다. 신들이 사람의 운명을 만들었는지는 알 수 없고, 사람의 운명을 알고 있는 것은 알겠으니, 얼마나 두려운가. 신들에게 다가가 대등하게 되려는 것은 용납되지 않는다. 위대한 영웅이 빼어난 능력을 발휘해 칭송을 받으려고 하면 더욱 처절하게 패배한다. 신과 사람의 차등을 훼손하려고 하는 어리석은 짓은 하지 말고, 최대한 존중하는 것이 당연하다.

'라사'의 원리에서는 말한다. 분열된 세계에서 괴롭게 살아가는 사람들이 신과 만나면 본원적인 화합을 이룩하고, 이미 보장되어 있는 즐거움을 누리면서 살아갈 수 있다. 우연이라고 생각되던 것들이 사실은 모두 필연이다. 신은 저 높은 곳에서 섬김을 받기만 하지 않고 사람 마음 속에서 진정한 자아를 이루고 있기도 하다. 높은 경지에 이른 종교적 스승인 성자의 인도를 받고, 마음을 고요하게 가다듬어 진정한 자아를 발견하면 신과 만날 수 있다. 신과 사람은 둘이면서 하나이다. 둘이어서 차등의 관계를 가지고, 하나여서 평등하다. 둘임을 이해하려고 하지 말고, 하나이게 실행해야 한다.

'신명풀이'의 원리에서는 말한다. 신은 저 높은 곳에서 섬김을 받아야 하는 대상이 아니고, 그런 신이 사람 마음속에 들어와 있는 것도 아니다. 신은 사람과 다르다고 여기고 어떤 관계를 가질까 생각하는 망상을 버리고, 사람이 스스로 지니고 있는 신명을 살려내야 한다. 자세를 낮추거나 마음을 고요하게 하면 움츠러드는 신명이, 적극적으로 나서서 열띠게 움직이면 살아난다. 신명을 살려내서 풀어내는 신명풀이를 하면, 運化가 역동적으로 진행되어 삶이 즐겁고 보람된다. 누구나 대등한 능력과 노력으로 신명풀이를 함께 하면 세상이 좋아진다. 영웅이나 성자가 따로 있는 것은 아니다. 공동의 신명풀이에 적극 참여하는 모든 사람이 자기 나름대로 영웅이고 성자이다.

'카타르시스' 연극은 고대 그리스, '라사' 연극은 중세 인도, '신명풀이' 연극은 중세에서 근대로의 이행기 한국에서 부각되었다. 이러한 사실을 들어 각기 그 시대, 그곳의 성향을 보여주는 특수성이 있다고 할 것은 아니다. '신명풀이'로 구현되는 대등론은 인류 공유의 창조주권인데, 사정이 각기 달라 숨을 죽인 곳도 있고 잘 살아 있는 곳도 있다. 상층이 나서서 차등론의 연극을 야단스럽게 조작한 곳들에서는 숨을 죽이고, 상하를 뒤집는 연극을 하층에서 해오다가 때가 오자 보란 듯이 내놓은 한국에서는 잘 살아 있다.

우리 한국의 학자나 예술가들은 '신명풀이'의 원리나 그 표현 방법을 깊이 연구하고 계승하며 발전시킬 의무가 있다. 놀라운 보물이 있는 줄 모르고 남의 집이나 기웃거리는 추태를 이제 반성하고 그만두어야 한다. '신명풀이'의 원리가 우리 것이니까 소중하고 민족문화 발전을 위해 적극 활용해야 하는 것만은 아니다. 우리 유산의 보편적인 의의를 적극 평가하고 다채롭게 발현해 세계사의 진행을 바람직하게 조절하는 데 기여해야 한다. '카타르시스'의 폐해를 줄이고, '라사'의 편향성을 시정해, 인류가 '신명풀이'의 대등론을 마음껏 구현하면서 행복을 누리도록 하는 것을 사명으로 하고 분투해야 한다.

이와 관련해 두 가지 실천 과제가 제기된다. 하나는 연극사를 바로잡는 것이다. '카타르시스' 연극의 세계 제패에 제동을 걸려면, '라사' 연극을 적극적으로 평가해 균형을 취해야 한다. '라사' 연극이 인도에서 어떻게 이어지는지 파악하고, 동남아시아 전역으로 관심을 넓혀야 한다. '신명풀이' 연극은 세계 도처에 있는 인류 공유의 유산인데, 대부분 숨을 죽이고 있다. 모두 찾아가 살아나라고 해야 한다. 세계적인 범위의 연합전선을 구축해 세계연극사의 실상을 정당하게 밝혀내고, 미래의 창조를 위한 설계를 함께 해야 한다.

또 하나는 영화의 진로를 바로잡는 것이다. '카타르시스' 연극을 이으면서 살육의 참상을 대폭 확대하는 미국영화가 황야의 무법자인양 세계를 휩쓸면서 다른 모든 나라의 영화를 초토화하고 있다. 오직 '라사' 연극을 계승한 인도영화만 이에 맞서 자기 자리를 지키기나 하고, 대세를 바꾸어놓기에는 역부족이다. '신명풀이' 전통의 한 가닥을 케이팝 (K-pop)이라는 것으로 살려 대단한 인기를 얻고 있는 우리 한국이, 더 큰 능력을 영화에서 한층 슬기롭게 발현해 차등론을 대등론으로 바꾸어놓기 위해 힘써야 한다.

공연예술의 대등창작 원리

1

"우리 공연예술"은 고금의 것들을 함께 말한다. 판소리, 탈춤, 가야금 산조 등의 전통 공연예술을 이어받아 오늘날의 것으로 재창조하려면 어떻게 해야 하는가? 이 의문을 해결하는 올바른 방법을 찾고자 한다.

전통 공연예술의 계승은 새삼스러운 시도가 아니다. 그 경과를 분야별로 자세하게 고찰하는 데 몰두하면 시야가 좁아져 거시적인 문제의식을 상실할 염려가 있다. 전반적인 상황을 총괄하는 미학이론을 갖추어, 무엇을 잘못하고 있는지 근본적인 반성을 하고 올바른 방법을 찾아야 할 때가 되었다.

이른바 개화와 함께 밀어닥친 외래예술, 수입미학의 위세에 힘겹게 맞서다가 생긴 두 가지 심각한 차질을 알아차리고 바로잡아야 한다. 하나는 소재주의이고, 또 하나는 국수주의이다. 전통 공연예술에서 이런저런 기법을 가져와 오늘날의 창작을 위한 겉치레로 삼으면서 고금을 연결시키는 방식은 저급의 소재주의이므로 버려야 한다. 우리 공연예술은 고유한 특징이 독특한 가치를 지녀 자랑스럽다고 하는 국수주의 또한 기대하고 선전하는 것과는 반대로 자해를 초래한다.

소재에서 원리로 관심을 돌려, 전통 공연예술의 기본 원리가 무엇이며 어떤 보편적인 의의가 있는지 알아내고 계승의 방법을 밝혀야 한다. 그 결과 얻어낸 것이 "대등창작 원리"이다. 오늘날 이어받아야 할 우리 전통 공연예술의 이 기본 원리는 인류 본연의 창조주권을 발현하는 대등예술을 이룩해 차등예술의 잘못을 세계적인 범위에서 바로잡는 의의를 가진다. 이것이 무슨 말인지 밝혀 논할 것이다.

2

문: 저는 한국 대중가수 서태지라고 해요. 우리 판소리를 대중가요에 접목시키려 하는데 어렵군요. 판소리의 가장 흥미로운 부분은 무엇인가요? 그리고 판소리를 대중가요에 어떻게 하면 재미있게 접목시킬 수 있나요?

답: 판소리는 음악이 장단이나 음색, 가창법 등에서 아주 폭이 넓어 많은 것을 표현할 뿐만 아니라, 다른 특징도 가져 대단한 인기를 얻습니다. 판소리는 노랫말이 문학이면서 노래는 음악입니다. 청중의 반응에 따라 노랫말과 노래를 즉석에서 개작해 부를 수 있는 것이 커다란 장점입니다. 예컨대 박동진의 어사 출도 장면은 부를 때마다 다릅니다. 노랫말을 자유자재로 지어낼 수 있는 능력이 있어야 명창입니다. 또한 광대의 창을 반주하는 고수가 추임새를 넣으면서 상대역의 구실을 합니다. 그래서 두 사람이 하는 연극처럼 진행됩니다. 고수가 하는 일이 중요해서 '일고수 이명창'이라는 말이 있습니다. 이런 특징을 대중가요에서도 갖출 수 있다고 봅니다. 용기를 가지고 시험할 일입니다.

내 홈페이지("조동일을 만납시다")에서 오고간 문답이다. 판소리를 대중가요에서 이어받는 방법에 관한 물음에 대답한 말을 재론한다. 무엇을 이어받을까? 판소리의 창법, 장단의 변화, 창과 아니리를 섞는 진행,

이런 것들을 이어받는다면 소재주의의 잘못을 저지른다. 이질적인 소재가 잡다하게 들어가면, 대중가요를 망칠 수 있다.

"일고수 이명창"이라고 하는 것은 소재가 아닌 원리이다. 고수는 광대의 상대역인 공연자이기도 하고, 광대의 창을 이끄는 지휘자이기도 하고, 청중의 대표이기도 하다. 고수의 추임새에 따라 창을 하는 것은 판소리 광대가 독립된 공연자가 아님을 말해준다. 마음속으로 청중을 의식하고 요구를 받아들이는 정도를 많이 넘어서서, 광대가 청중을 상대역으로 해서 말을 주고받으면서 공연을 하는 것이 판소리의 기본 특징이고 원리이다. 청중은 고수를 통하지 않고 직접 공연에 개입하기도 한다. 자기 나름대로의 창조주권을 발현한다는 점에서, 광대와 대등한 관계를 가지고 창작에 참여한다.

그 때문에 사설과 창이 계속 달라지며, 사설의 재창조가 더욱 돋보인다. 판소리는 한 마당이 한 작품이 아니다. 수많은 작품을 산출하는 바탕이다. 명창이라고 평가되는 광대는 자기 더늠을 밀착된 관계를 가진 청중과 함께 새롭게 만드는 대등창작의 원리를 깊이 체득하고 탁월하게 실현한다. 안숙선 명창이 정읍인가 어디서 흥부 가난타령을 할 때, 동네 할머니들이 모여들어 오줌을 설설 쌀 정도로 몰입해 대등창작을 열띠게 한 광경을 잊을 수 없다.

청중과의 밀착이 부족하면 더늠 자랑이 억지일 수 있다. 박동진의 어사출도는 이런 혐의가 있다. 판소리가 출세해 서울로 진출하면서 대등창작에 금이 가기 시작했다. 판소리 완창은 기억력이나 인내력을 자랑하는 무리한 짓이고, 청중 학대이다. 진행을 멈추고 청중과 말을 주고받을 수 없어 판소리의 가치를 스스로 훼손한다.

판소리가 국악이라고 하는 것은 사설을 죽이는 자해 행위이다. 〈광대가〉에서 사설을 득음보다 먼저 들고 사설 다듬기에 힘을 쏟은 신재효를 위해 "동리국악당"을 만들어 판소리를 죽이고 있다. 전해오는 사설을 외워 재현하기만 하는 판소리는 대등창작의 원리를 잃어 죽은 시체에 지나지 않는다. 사설 창작 능력은 잃고 전수받은 소리를 재현하기만 하는 것은 시체가 잠꼬대를 하는 것과 그리 다르지 않다.

창작판소리라는 것들이 여럿 있는데, 생소한 사설을 들려주면서 청중을 계몽이나 선전의 대상으로 삼아 대등창작의 원리를 저버리는 것이 예사이다. 대단한 일을 한다고 어깨에 힘을 주어 대등을 파괴하고 차등을 선포해서 배신의 죄과가 더 크다. 안숙선의 흥부 가난타령을 밀착된 청중과 함께 재창작하듯이, 개작을 신작으로 만드는 것이 최상의 방법이다. 발성법이나 장단이 달라도 좋다. 대등창작의 원리를 살려, 공연자가 청중과 함께 현장에서 지어내는 소리는 무엇이든지 판소리를 빛내는 자랑스러운 후계자이다.

3

(가) 목중: 오랜만에 대방놀이 판에 나오니, 아래 위가 휘청휘청하고 어깨가 실룩실룩하다. 이왕 나왔으니 하던 지랄이나 하여볼까.

(나) 악사: 웬 할맘인가?
　　미얄: "덩꿍"하기에 굿만 여기고 한 거리 놀고 가려고 들어온 할맘일세.
　　악사: 그러면 한 거리 놀고 갑세.
　　미얄: 허름한 영감을 찾아다니는 할맘이니, 영감을 찾고야 놀겠습네.

(다) 노장: (취발이를 친다.)

　　취발이: 어이쿠(하면서 물러난다.)

　　관중 여럿: 중놈이 사람을 친다!

　　탈춤 대사에 이런 것들이 흔히 있다. (가)의 "대방놀이"는 모든 사람이 함께 어울려 춤추고 노는 놀이이다. 대방놀이가 진행되는 동안에 이따금 탈놀이를 보여준다. 탈놀이를 하려고 탈을 쓰고 등장하는 극중인물이 대방놀이판에 나왔다고 한다. 극중장소가 따로 있지 않은 것을 (나)나 (다)에서도 확인할 수 있다.

　　(나)에서는 악사가 대방놀이 판에 나앉아 있는 마을사람 노릇을 한다. 미얄할미가 나타나는 것을 보고, 누구냐고 물어 말이 오간다. 미얄할미는 대방놀이에 끼이려고 왔다고 하다가, 영감을 찾아다닌다고 한다. 대방놀이를 하는 공연장소가 영감을 찾는 극중장소로 바뀐다. (다)에서는 등장인물들끼리 다투는 탈놀이에 관중이 직접 개입해 어느 한쪽 편을 든다. 늙고 힘없는 승려 노장이 활기에 찬 젊은이 취발이를 치는 것은 두고 볼 일이 아니라고 여기고 관중이 여럿이 일제히 격분하고 나선다.

　　모든 사람이 누구나 대등한 자격으로 참여하는 대동놀이를 진행하면서, 등장인물들이 탈을 쓰고 등장해 다투는 탈놀이를 이따금 한다. 극중장소를 따로 설정하지 않고 공연장소가 극중장소여서, 연극이 현실과 직결되어 있다. 탈놀이가 진행되는 동안에는 관중이 된 대동놀이 참여자들이 탈놀이에 직접 개입한다. 대등창작의 원리가 이런 방식으로 구현된다.

　　대등창작은 누구나 자기의 신명을 풀고 창조주권을 발현하도록 해서 즐겁다고 하고 말 것은 아니다. 차등을 제거하고 대등을 실현하기 위한 투쟁인 것을 또한 높이 평가해야 한다. 노장–목중 과장에서 관념의 차등을, 양반–말뚝이 과장에서 신분의 차등을, 영감–할미 과장에서 남녀의 차등을 공격해 뒤집어엎는 것이 대등창작의 원리를 알뜰하게 실현하면서 이루어졌다.

지금은 이런 대등창작을 밀어내고 차등창작이 득세했다. 극작·연출·공연·관람이 담당자나 작업 순서에서 엄격하게 구분되고, 앞의 것이 뒤의 것 위에서 군림하는 차등창작이 세계를 휩쓸어 예술사의 위기가 조성되었다. 기이한 재주를 자랑하는 전문가가 횡포를 자행하고, 최하위의 관람자 신세로 전락한 대다수의 사람들은 창조주권이 유린된다. 극작·연출·공연·관람이 하나인 대등창작의 원리를 재현하는 투쟁을 일제히 일으켜야 한다.

마당놀이니 마당극이니 하는 것들이 탈춤을 이어받는다고 하는데 많이 모자란다. 소재주의나 국수주의에 사로잡혀 있으면서 과도한 자부심을 가진다. 대등창작의 원리를 실현하는 것이 어떤 의의를 가지는지 알지 못하고, 차등창작의 관습에 편승해 시류를 따르는 주장을 전달하려고 한다. 나라 안의 어떤 문제를 해결하려고 하는 근시안적인 관심을 넘어서서 세계예술사를 바로잡기 위해 나서야 한다.

4

국악과 양악이라는 말을 쓰는 것은 진부한 느낌을 준다고 할 수 있으나, 차이를 명백하게 하기 위해서는 어쩔 수 없다. 시나위는 여러 악기를 각기 자기 나름대로 연주하면서 진행하는 합주이다. 가야금이나 거문고 산조는 현장 즉흥이어서 계속 달라진다. 이런 것이 양악과는 다른 국악의 특징이다. 양악에서는 작곡과 연주가 엄격하게 구분되고, 국악에서는 작곡이 연주이고 연주가 작곡이다.

누구의 즉흥곡이라는 것을 악보에 적힌 대로 피아노를 쳐서 연주하는 것을 들으면 기가 막힌다. 피아노 치는 사람이 자기의 즉흥곡을 현장에서 지어내 들려주면 왜 안 되는가? 길고 복잡하고 까다로운 악보를 깡그리 외워 한 치의 오차도 없이 완벽하게 연주하는 것을 보면, 거대한 빌딩 사이에 걸어놓은 외줄을 밟고 건너가는 모험가가 생각난다. 사람의 능력이 어찌 그런 경지에 이를 수 있는가 하고 감탄하면서도 비인간적인 억지가 역겹다.

예술은 극단으로 치닫지 않고 자연스러워야 하고, 마음을 졸리게 하지 말고 편하게 풀어주어야 한다. 작곡자가 신의 경지에 이르러 엄청나게 위대한 것을 탁월한 연주자가 입증해 차등을 최대한 확대해 경탄을 자아내는 것은 정상은 아니다. 차등이 아닌 대등을 실현하는 것이 정상이다.

정상을 버리고 비정상을 택하게 하는 데 오선지 악보가 큰 구실을 했다. 오선지 악보의 발명은 큰 공적이면서 재앙이다. 악보가 없거나 엉성하면 연주가가 작곡의 능력도 발휘하는데, 오선지 악보가 너무 훌륭해 음악을 망쳤다. 양악만 망치지 않고 국악도 망치고 있다.

양악이 들어와 악보에 있는 대로 연주하는 것이 정상이라고 하자, 시나위는 신이 나지 않게 되었다. 산조를 정해놓은 격식에 맞게 이어받으려고 노력하다가 채보를 해서 교재로 삼는다. 오선지 악보를 이용한 작곡이 자리를 잡아, 국악은 사망신고도 못한 채 사라졌다.

시대 변화의 추세를 거스를 수 없다고 하지 말자. 양악의 차등창조를 뒤집어엎는 국악의 대등창조가 세계로 나아가 혁명을 일으켜야 한다. 피아노나 바이올린 연주자가 자기의 즉흥곡을 현장에서 지어내 들려주는 것이 혁명의 시발점이다. 이렇게 하는 것은 아주 쉬운 일이다.

바이올린 연주자는 무대에 올라갈 필요도 없다. 청중의 한 사람으로 자리를 잡고 있다가 일어서서 즉석 작곡을 연주하면서 청중이 막대기 장단으로라도 호응하도록 하면 어떨까? 양악의 여러 악기 연주자들이 장단만 대강 정하고 가락은 각기 자기 좋은 대로 지어내 들려주는 시나위 방식의 대등음악을 지어내면 더 신나지 않을까?

5

인류 역사는 차등과 대등의 싸움으로 이어져 왔다. 지체·재산·사고·기량의 차등을 자랑하고 극대화하려고 하는 기득권자에 맞서서, 차등을 부정하고 대등을 실현하려고 하는 도전자의 혁명이 계속되고 있다. 예술은 기득권자가 아니고 도전자여야 하는데, 기량의 차등을 확보하고 행세를 하면서 다른 차등까지 넘보는 배신을 한다.

내부의 혁명을 먼저 일으켜 차등예술을 대등예술로 바꾸어놓아야, 예술이 인류를 위해 크나큰 기여를 할 수 있다. 우리 공연예술의 대등창작 원리를 살리고 키워 혁명의 선구자가 되자. 이 사명을 깊이 자각하고 슬기롭게 실현하자.

신판 수궁가, 똥바다

1

늘 하던 소리를 한다고 해서, 누구나 안심하고 편안하게 듣도록 하자. 생뚱맞은 생소리를 느닷없이 내질러, 오랜 벗들이 졸지에 낯선 손님이 되게 하지 않게 하자. 말을 대강만 얽어놓고, 추임새에 따라 이리저리 가다듬어나가는 것이 좋다. 모르고 있던 무엇을 알려준다면서 목에 힘을 주면, 웃긴다고 하리라. 몸을 낮추고 마을 열어, 서로 주고받으면서 깨달음을 키우자.

이런 공연을 해야 하다고 거듭 주장하면 어리석다. 훈계는 그만두고, 실제로 어떻게 해야 하는지 본보기를 보여야 한다. 이미 있는 본보기를 나무라고 새로운 본보기를 보인다. 새로운 본보기는 훌륭하다는 찬사를 들으려고는 하지 않는다. 이것을 나무라고 더 좋은 본보기를 바라고, 야구 선수가 희생 번트를 치는 것 같이 한다.

2

김지하가 지은 〈糞氏物語〉(분씨물어)를 임진택이 판소리로 공연한 〈똥바다〉라는 것이 창작판소리의 걸작이라고 널리 알려져 있다. 인터넷에 올라 있어 다시 들을 수 있다. 글도 따로 올려 열어볼 수 있는데, 따오지는 못하게 막아놓았다. 필요한 구절을 베끼면서 거론하기 번거로워,

대강 말하고자 한다.

일본에 성은 糞氏(분씨)이고 이름은 구태여 말할 필요 없는 고약한 녀석이 있어 괴이한 행적을 벌였다는 이야기이다. 조선을 온통 똥바다를 만들겠다고 작정하고 건너와, 서울 광화문 광장 세종대왕 동상 앞에서 야단스럽게 똥을 누고 일어나다가 옆에 있는 새똥을 밟고 넘어져 죽었다고 했다. 이 줄거리에 온갖 입심을 다 동원해 별별 이상한 사설을 푸지게 늘어놓은 것을 다 들다가는, 내 말을 할 지면도 시간도 없게 될 터이니 이만 줄인다.

나는 그 작품이 명작이라고 칭송하려고 입을 연 것이 아니고, 준열하게 나무라려고 한다. 그 녀석이 새똥을 밟고 죽었다고 하면서 새를 공연히 구설수에 올린 것은 동물학대가 아닌가? 그 녀석이 제 똥을 밟았다고 해야 한다. 어떻게 해서 온 조선을 똥바다로 만든다는 말인가? 똥을 자꾸 싸면 된다는 것은 그 녀석의 착각이라기보다 광대의 실수이다. 부적을 붙였다고 해야 썩 어울린다. 여기까지는 하찮은 수작을 목을 풀려고 내놓은 허두가이다.

3

이제 목이 풀렸으니, 잔 트집은 그만 잡고 큰 잘못을 꾸짖자. 김지하가 그 따위로 쓴 글을 임진택이 소리를 해서 들려준 것은 판소리에 대한 배신이고 모독이다. 판소리는 광대가 스스로 지은 소리를 청중과 합작해 거듭 다시 짓는 대등창작을 생명으로 한다. 신작 판소리를 한다면서 판소리를 죽이는 것을 용서할 수 없다. 신작은 하지 말아야 한다는 것은 아니다. 늘 하던 판소리를 대등창작을 함께 해온 청중 앞에서 다시 하면서 새 소리를 집어넣어 고금이 같으면서, 다르고 다르면서 같은 묘미를 보여주어야 한다.

말은 잘한다마는 그렇게 할 수 있나? 자기는 하지 못하는 일을 남들에게 시키고 잘난 체하지 말아라. 이게 갑질이 아니고 무엇인가? 대등 창작 운운하면서 차등을 자랑하는 것이 아닌가? 이렇게 따지고 나서면, 어떻게 해야 하는지 내가 본보기를 보인다고 구태여 말하지 않을 수 없다. 아차, 그러고 보니 야단이 났다. 본보기에 홀리면 큰일이니, 단단히 일러둔다.

본보기를 따라 하면 너도 나도 다 망한다. 본보기를 헌신짝 같이 버리고 더 기발한 소리를 해야 하고, 할 때마다 더 잘해야 한다. 그래도 또랑광대 무리가 흉내를 낼까 염려해, 말을 대강 엉터리로, 재미없다고 핀잔을 들을 만하게 한다. 분기탱천해 누구나 자기 소리를 하도록 하는 작전을 쓴다.

4

나는 오늘 별별 이상한 수궁가를 한 자락 하리라. 고금 어느 때인가 일본천황이 전신에 병이 들었느니라. 천하만사를 꿰뚫어본다는 도사를 불러 물어보니 말한다. 폐하의 병환은 판소리 수궁가에서 동해용왕이 걸렸다고 한 것과 흡사하나이다. 동해용왕이 온갖 어족을 마구 먹어치워 병이 들었듯이, 폐하는 너무 많은 보물을 조선에서 앗아 오면서 피를 흘리게 한 탓에 동해용왕과 동병상련의 처지가 되었나이다.

그러면 어떻게 해야 하는가? 동해용왕은 토끼의 간이 치료제라는 말을 잘못 듣고, 별주부를 보내 토끼를 유인해오다가 망했나이다. 동해용왕의 신하는 모두 멍청이였나 봅니다. 소신은 세상에 무엇을 안다는 녀석들이 모두 입을 다물고 눈만 둥그레질, 만고의 비방을 아뢰겠나이다. 별주부보다 월등하게 유능한 신하를 조선에 보내 한양 삼각산 산신에게 사죄하고 용서를 빌면 모든 병이 쾌차할 것이옵니다.

짐을 위해 조선에 갈, 별부주보다 더 유능한 신하 어디 있는 누구인가? 이렇게 물으니 한 신하가 휘젓고 나서는데, 성은 糞氏(분씨)이고, 몰골은 마귀인 녀석이다. 조선 사람들이 겁나게 해서 일을 망치려는 것이 아닌가? 성은 좋은 것으로 갈아 달고, 얼굴에는 미소를 머금은 가면을 쓰고 나다니는 것이 어제 오늘의 일이 아니오니 안심하소서.

5

어떤 경로를 거쳤는지는 알 수 없으나, 조선 한양에 턱 당도했다. 경복궁 너머로 삼각산을 바라보고 넋을 잃었다. 너무나도 수려하고 서기가 서린 것이 미칠 지경으로 부러워, 좁은 속이 더 좁아지다가 숨을 쉬기도 어렵게 되었다.

삼각산 신령에게 사죄하는 의무를 자기도 모르게 팽개쳤다. 가면을 벗어던지고, 糞氏의 본색을 드러냈다. 온 조선이 똥바다가 되게 하라는 주문을 써서 세종대왕 동상에다 붙이고, 그 앞에서 똥을 겁나게 누어 시동을 걸었다. 아주 기뻐 조심성 없이 일어나다가 자기 똥에 미끄러져 세상을 떠나고 말았다.

나의 별주부는 왜 돌아오지 않고 소식이 없는가 하고 탄식하다가 병이 더 심해져 그 천황은 죽고, 아들이 뒤를 이었다. 새 천황은 전조에 있던 불미스러운 일을 없던 것으로 만들어 아무도 알 수 없게 하라고,

역사서에 올리지 않아 후대의 사가도 찾아낼 수 없게 하라고 엄명했다. 역사왜곡을 물샐틈없이 완전하게 했다.

그런데 이것이 무슨 고약한 일인가? 아비가 앓던 병이 되살아나 전신을 엄습한다. 과거의 사실은 조작해도, 현재의 비밀은 새어나가는 것을 막기 어려워 야단이 났다. 양심을 속이지 말라는 교수의 무리가 앞장서서 작당을 하고 국내외의 기자들을 잔뜩 불러놓고 떠들어댄다. 조선에 사죄하라고, 진심으로 사죄하라고. 아무 반응이 없자 같은 말을 되풀이하니, 말을 전하는 광대도 난처하고 가련하다.

6

있는 소리를 두고 없는 소리를 할 수 없어, 따분하고 미안하다. 사죄할 것을 사죄하고 청산할 것은 청산하고, 두 나라가 사이좋게 지낸다는 소리를 하면 광대도 얼마나 신나겠는가? 이 나라 광대는 일본 소리를 하고, 일본 광대는 이 나라 소리를 하면서, 원한이 축복이고 축복이 원한인 깨달음을 만천하에 알리면 얼마나 장쾌하겠는가? 다음에는 더 좋은 소리를 함께 하기를 바라고, 오늘 혼자 하는 이 소리는 이만 줄인다.

끝말

국문학의 자각 확대? 분에 넘치는 짓을 한다고 비난할 것인가? 자기가 맡은 일이나 하고 들어앉아 있으면 세상이 조용할 것인데, 공연히 나서서 소란하게 떠든다고 나무랄 것인가?

물이 가득 차면 넘쳐흐른다. 국문학 안에서 할 일을 다른 어느 학문보다 모범이 되게 한다고 생각하고, 그 경험이나 각성을 널리 나누어주고 싶다고 감히 말한다. 나를 바로잡으면 세상을 바로잡는 데 기여해야 하는 것이 당연하다.

교육이 부실한 이유를 밝히고 해결책을 말한다. 잘못되고 있는 학문을 바로잡는 원리를 제공한다. 공연예술의 전통을 잘못 계승하지 않도록 깨우쳐주고자 한다. 어디서나 차등론을 거부하고 대등론을 실현하자고 한다.

이런 말을 목청을 높여 하니 자가당착이라고 할 것인가? 여기저기서 어쭙잖은 위엄을 뽐내는 허세의 아성을 무너뜨리고 우리 모두 땅바닥에서 만나 시합을 하자고 끌어내리는 도발이다. 교육, 학문, 예술의 어느 분야도 고립을 자랑하지 말고, 완성을 뽐내려고 하는 망상을 버리고, 허리를 맞잡고 씨름을 하자고 한다.

이 책에서 말한 것은 모두 서론이나 예비적인 고찰이다. 본론을 일방적으로 길게 늘어놓으면 시합이 시작될 수 없다. 거론한 모든 분야가 분기탱천해 씨름장에 나오도록 하는 데 필요한 정도의 말만 했다. 본론은 경기가 진행되는 동안에 하나씩 이룩할 것이다. 공동의 노력으로 아주 잘 이룩할 것이다.

국문학의 자각 확대라니. 이런 건방진 녀석이 어디 있나! 단단히 혼을 내주어야 하겠다고 말하면서 나서는 시합 상대를 기다린다. 큰 소동이 일어나기를 바란다. 이 말을 길게 할 필요가 없어 이만 줄인다.